蒙古卫拉特英雄史诗

[俄]符拉基米尔佐夫 著

雅茹 译

学苑出版社

图书在版编目（CIP）数据

蒙古卫拉特英雄史诗 /（俄罗斯）符拉基米尔佐夫著；雅茹译. -- 北京：学苑出版社，2024.10. --（中国史诗学丛书 / 斯钦巴图主编）. -- ISBN 978-7-5077-7065-0

Ⅰ．I207.22

中国国家版本馆 CIP 数据核字第 2024TH0661 号

出 版 人：洪文雄
责任编辑：陈　佳
出版发行：学苑出版社
社　　址：北京市丰台区南方庄 2 号院 1 号楼
邮政编码：100079
网　　址：www.book001.com
电子邮箱：xueyuanpress@163.com
联系电话：010-67601101（营销部）、010-67603091（总编室）
印　刷　厂：鸿博昊天科技有限公司
开本尺寸：710 mm×1000 mm　1/16
印　　张：15.5
字　　数：224 千字
版　　次：2024 年 10 月第 1 版
印　　次：2024 年 10 月第 1 次印刷
定　　价：108.00 元

出版前言

中国各民族有形态各异、蕴藏丰富且传承悠久的史诗传统，在国际史诗版图中占据重要位置。中国史诗大体可分为两类：一类是南方少数民族史诗，主要以神话史诗为主，篇幅比较短小，大多以天地宇宙形成、人类起源等神话故事为叙述对象，并作为民俗仪式的一部分而存在，保持着古老的形态；另一类是北方少数民族史诗，主要以英雄史诗为主，以《格萨（斯）尔》《江格尔》《玛纳斯》"三大史诗"为代表，篇幅比较长，规模宏大，以英雄的征战、婚姻等历史事件为叙述对象，已脱离相关仪式而获得独立的传承形式，代表着史诗体裁的高度发达阶段。其中，中国"三大史诗"不仅传播于国内各民族民间，还传播到周边各国各民族民间，成为跨国界流传、多民族共享的史诗。

然而，我国各民族史诗的抢救保护、整理出版、分析研究工作起步很晚。无论在资料搜集还是在理论研究的开启时间上，均落后其他流传区国家几十年，甚至上百年。以《江格尔》为例，这部史诗主要流传于中蒙俄三国各民族民间。俄罗斯联邦卡尔梅克《江格尔》的抢救保护、搜集记录工作早于中国150年，于1802年开始，至20世纪40年代，记录出版了卡尔梅克《江格尔》30余部诗章的数十部异文，从而使其名扬世界，并成为与世界著名史诗齐名的伟大史诗。蒙古国记录该国《江格尔》可追溯至立国前的1901年，至1978年，共抢救记录了蒙古国《江格尔》25部诗章。而我国《江格尔》的正式搜集记录工作，是从1978年开始的。

虽然起步较晚，但我国各民族史诗研究的起点高、发展快。中国《江格尔》

的抢救记录工作启动后，从100多位艺人口中抢救记录了100余部独立诗章的300余部异文，迄今出版《江格尔》资料本、翻译本、文学读本60余部，推出了《江格尔》科学资料本。《格萨（斯）尔》搜集出版工作更是硕果累累，迄今出版资料本数百卷。至于讲述玛纳斯子孙八代英雄事迹的《玛纳斯》史诗，国外经100多年的搜集，记录下了玛纳斯祖孙三代英雄的前三部，而我国已记录了完整的《玛纳斯》八部。史诗资料记录出版工作的成就，带来了中国史诗研究的起步、发展和腾飞。而这些成就的取得，与党和国家的重视与大力支持是分不开的。

改革开放以来，党和国家一直很重视少数民族史诗的抢救和研究，先后将其列入国家社会科学"六五""七五""八五"重点规划项目。此后，中国社会科学院又将中国少数民族史诗研究列为"九五""十五"和"十一五"重点目标管理项目，保证了中国史诗学科不断开拓进取，攀登高峰，摆脱史诗在中国而话语权却在国外的尴尬局面，逐步掌握并开始引领中国少数民族史诗研究的话语权，为国家赢得了尊严和荣耀。在这个过程中，中国社会科学院史诗研究团队发挥了极其重要的作用。

中国社会科学院民族文学研究所的中国少数民族史诗研究，始于1980年该所成立之初。一开始便实行资料建设与科学研究并行、田野观察与理论建构相结合的思路。在资料建设方面，民族文学研究所史诗研究团队成员奔赴全国各地，经过多年的集体努力，搜集到了大量珍贵的资料，撰写了300多万字的田野考察报告和研究报告，内容覆盖了内蒙古、新疆、西藏、青海、甘肃、四川、广西、云南、贵州、黑龙江、吉林、辽宁、北京等13个省、自治区、直辖市的多个民族。在这些积累基础上，已出版210多种学术资料、14部工具书，其中有20多种是多卷本，有的甚至达几十卷本。如，仁钦道尔吉、朝戈金、旦布尔加甫、斯钦巴图主持的《蒙古英雄史诗大系》（4卷，2007—2010），降边嘉措主持的《藏文〈格萨尔〉精选本》（40卷、51册，民族出版社2002—2013），斯钦孟和主持的《格斯尔全书》（第1—12卷，民族出版社2002—2014），郎樱、次旺俊美、杨恩洪主持的《格萨尔艺人桑珠说唱本》（全套计50卷，西藏藏文古籍出版社2001—2014）等。

在理论研究方面，团队成立之初就承担"九五"国家级重点项目"中国史诗研究"，先后完成并出版发表了众多研究成果，开启中国少数民族史诗研究的序幕。尤其是《格萨尔》《江格尔》《玛纳斯》等中国"三大史诗"和南方史诗为研究内容的一系列研究成果——"中国史诗研究"丛书7部，更是奠定了中国社会科学院民族文学研究所史诗学科的国内领先地位。通过理论开拓与借鉴，结合长期田野调查，中国社会科学院民族文学研究所学者开始在中国少数民族史诗的综合研究、比较研究、传承研究以及史诗形成和发展规律的探讨方面显现出强大实力。截至20世纪末，出版了《江格尔论》《玛纳斯论》《格萨尔论》《南方史诗论》《民间诗神——格萨尔艺人研究》《蒙古英雄史诗源流》等标志性成果，全面系统地评价和描述了中国史诗的总体概貌、重点史诗文本、重要演唱艺人以及史诗文类的各种问题，为以后的研究奠定了基础。在此过程中，民族文学所老一辈学者做了开拓性、奠基性的工作。他们基于本土资料，努力引进和借鉴国外相关理论，公开翻译出版或内部编印方式国外史诗研究经典著作或文章，推动了中国史诗研究的深入发展。

进入21世纪以来，民族文学研究所史诗研究团队新一代学者开始挑大梁，积极引进和推介口头程式理论、民族志诗学、表演理论等理论方法，翻译出版《口头诗学：帕里-洛德理论》《故事的歌手》《荷马诸问题》《突厥语民族口头史诗：传统、形式和诗歌结构》等国外史诗理论经典，以"口头史诗文本研究""中国少数民族语言与文化研究""格萨（斯）尔抢救、保护与研究""柯尔克孜族百科全书《玛纳斯》综合研究"等10多项国家社会科学基金委托项目、重大项目、重点项目以及一般项目、院级重大项目和所级重点课题为依托，逐步建立起了具有中国特色的史诗学，出版了《口传史诗诗学——冉皮勒〈江格尔〉程式句法研究》《史诗学论集》《古代经典与口头传统》《鹰灵与诗魂——彝族古代经籍诗学研究》《蒙古史诗：从程式到隐喻》《〈玛纳斯〉史诗歌手研究》《诗性智慧与智态化叙事传统》等一大批成果，引领中国史诗学研究方向，成功实现了研究范式转型。

2017年开始，借助于中国史诗研究方面的丰厚积累和优势，民族文学研究所史诗学研究被列为中国社会科学院"登峰战略"优势学科。2023年2月，"中国史诗学团队"被评为"首届中国社会科学院优秀科研团队"。此次出版的"中国史诗学丛书"除了符拉基米尔佐夫的《蒙古卫拉特英雄史诗》，收录的都是本学科团队成员的创新成果。我们希望继续发扬首届中国社会科学院优秀科研团队优良传统，保持和巩固总体学术优势和学科框架，加强基础理论研究，提炼标识性话语，加快推进"中国史诗学派"形成的步伐，明确方向，突出优长，形成合力，砥砺前行，奋力开创中国史诗学学科高质量发展的新境界。

斯钦巴图

2024年4月24日

目 录

前　言 ·········· 001

宝玛额尔德尼 ·········· 047

达尼库日勒 ·········· 091

黑根灰屯呼和铁木尔哲勒 ·········· 169

额格勒莫尔根 ·········· 183

额尔格勒图尔格勒 ·········· 197

沙日宝东 ·········· 213

蒙古语与其他东方语言词汇索引 ·········· 233

译后记 ·········· 237

前　言

13世纪著名的旅行家、威尼斯人马可·波罗在讲述一场战役时，详细描述了蒙古人在战前演奏乐器和唱歌的情形。不过，马可·波罗并没有告诉我们这些究竟是什么歌曲，在当时也没有人听过它们。尽管如此，我们仍然可以确定，这些歌曲是在那个遥远的时代正准备冲锋陷阵的蒙古人演唱的歌曲。不是只有马可·波罗一个人说起过蒙古人的事迹。蒙古人在大规模的征战中与文化各不相同的欧亚各民族，如格鲁吉亚人、亚美尼亚人以及伊斯兰世界的不同民族发生过接触；而蒙古人在13世纪建立了一个组织严谨、联结了远东文化圈、中亚文化圈和近东文化圈的庞大帝国，这进一步促进了蒙古人与属于不同文明的各民族建立最为密切的联系。无论如何，不久以后欧洲也要与这个来自中亚未知草原、充满传奇色彩的民族发生碰撞。蒙古人对欧洲地区的远征，以及他们在近东与穆斯林的战争，使当时欧洲人的内心时而充满恐惧，时而充满希望，他们希望蒙古人身上会产生新的可怕力量。他们对蒙古人产生了非常浓厚的兴趣，多次向他们派遣使团使节，写了很多关于蒙古人的书籍，关于蒙古人的魔幻、传奇故事四处流传，因为符合人们的愿望，这些故事往往被当成事实。还有一些是真实的、经过深思熟虑的故事，这些则是由像马可·波罗那样在蒙古人之中生活过多年的人所带来的。但事实往往被当成虚构和幻想，当时欧洲社会各个阶层的人都很难相信在遥远的亚洲，在"异教"世界的某个地方，一个由昔日游牧民族、草原之子领导的国家，在文化上却远超当时的欧洲：这个国家既有严谨的国家机构，又有完善的通信方式、特定的金融体系、正规的常设卫兵团。

他们知道如何制造火药和大炮，懂印刷术，会制造纸币。大汗并不是基督徒，但在他的王国里，甚至在他的部族、卫兵和营帐当中，对基督徒、穆斯林和佛教徒都很宽容。

在13、14世纪的亚洲史以及部分欧洲史中，蒙古人扮演了重要的角色，各种不同语言记录的有关蒙古人的文献数目众多。其中需特别注意的是波斯历史学家拉施德丁（Рашид-ад-дин，13世纪末至14世纪初）和一位佚名格鲁吉亚历史学家（14世纪）的作品，根据这些资料，我们可以得出结论：当时的蒙古人经历了一个史诗创作的时期。很显然，与其他亚洲游牧民族和游猎民一样，史诗情感和史诗情节在蒙古人中间传播开来，自12世纪末、13世纪初就有了一些特殊的发展，大型史诗、叙事诗和长诗等复杂形式的作品开始被创作出来。军事战役、大规模的征战、军事生活、战斗荣耀都为史诗情节的发展创造了便利条件。在这种情况下，一个强大的社会阶层发挥了重要作用，并成为史诗情感的承载者和激励者。我们可以说，成吉思汗的时代是草原贵族阶级兴起且壮大的时代，他向草原贵族阶级指明了统治之道，一个强大的特权阶级国家从而被组织起来。成吉思汗是蒙古草原贵族阶级的天才领袖，亦是其愿望的表达者与理想的承载者，他是完美的贵族。草原贵族创造了跨部落阶级，他们依靠成吉思汗将不同的部落、氏族、牙孙（кости，意为骨）、蒙古或半蒙古血统的家族迅速团结起来。草原贵族也组成了成吉思汗的军队和禁卫军，为实现真正的草原游牧民族的理想，无论是邻近的中原地区或是遥远的波斯，他们追随成吉思汗到达了世界的每一个角落。蒙古贵族需要放牧所必需的自由草原，但由于生产较少，各方面的需求无法被满足，他们还需要铁匠和织布匠等。这就意味着其属地中必须有定居人口为他们这样的自由游牧主服务。但即便获得了这一切，草原贵族们也清楚，这样稳定的状态只有在建立起牢固的社会秩序后才可能实现：他们努力获取游牧民族似乎无法得到的东西——建立一个经久不衰的国家。然而，这是一个特殊的国家，是蒙古贵族与他们的天才领袖成吉思汗共同梦想的国家——在他们眼中，这个国家是一块世袭领地，他们是这块领地的主人，而这块领地几乎就是整个世界。

蒙古草原的贵族阶级成了史诗情感的承载者和激励者；关于那些领袖们的故事，关于光荣的征战和机智的谋略，特别是对游牧生活轻松且真实的赞颂（因为蒙古人不断的胜利为他们提供了肥沃的牧场、自由的草原和大量的战利品），所有的一切不仅在蒙古贵族内部引起了反响，在很大程度上也是他们的直接创作。蒙古贵族不仅是史诗故事的守护者和传播者，也是创作者。他们不仅不断践行勇士功业，还吟唱英雄故事和史诗歌曲，歌颂自己氏族的光荣勇士，歌颂游牧地的富裕生活。因各种机缘巧合，那个时代蒙古人的史诗典籍有幸流传到了我们的时代。东方学家们发现了一部记录于1240年的蒙古族英雄传说，其中一部分被改编成了"历史"故事。这部《蒙古秘史》无疑是蒙古文学中最杰出的作品，它不仅反映出了史诗的特征，还反映出了由成吉思汗的辉煌统治、大规模征服、当时普遍的紧张局势以及蒙古世界的统一和崛起所激发出的民族意识。蒙古王公贵族们想听到的不仅仅是对个别英雄、个别氏族的歌颂，还希望听到民族史诗、民族历史；历史和史诗的概念在当时并没有什么差别。《蒙古秘史》不是真正的史诗，它不是蒙古族的《伊利亚特》，因为它太"历史"了，有些地方也太散文化了；但它也不是"历史"，无论如何都不是编年史之类的文献。尽管在某些方面《蒙古秘史》有成为成吉思汗"家族史"的倾向，仍然是草原蒙古贵族理想最忠实的代言，但其中充满了史诗情感和史诗母题，它以自己的方式展现出英雄史诗的特点。就像第一位对这部有趣的草原作品的特征和意义做出定义的巴托尔德（В. В. Бартольд）那样，最好将《蒙古秘史》界定为"英雄故事"。

流传至今的还有其他几部古老的蒙古文学史诗作品，例如叙事诗《成吉思汗的两匹骏马》，以及一些编年史摘录和一些相关材料，我们需要谨慎对待这些材料，因为我们根本不清楚这些作品的创作时间。只有通过作品的总体精神、突出的史诗情感，有时通过与《蒙古秘史》中相对应处的母题和语言，我们才能推测出这些作品属于蒙古历史的早期，当时的蒙古民族正在经历其史诗的发展阶段。

但曾经统一而强大的蒙古帝国将分崩离析。他们在中亚西部建立起来的国家里，蒙古元素正在逐渐消失。蒙古人又回到了他们的草原。蒙古人在内讧、大规模的游牧以及一次次的战斗和袭击中度过了若干年。佛教以其在西藏发展的形式在蒙古人中间传播开来；蒙古人仍处在内讧和对满洲人的战争当中，他们又一次进行了大规模的游牧。20世纪初的蒙古人仍像13世纪的蒙古人那样，他们依然是游牧民族，但他们在失去独立的同时又失去了所有的气魄，失去了昔日游牧民族辉煌的生活，他们的一切都变得无足轻重。在欧洲旅行者眼中，此时的蒙古人是绝对原始的游牧民，他们早已失去了所有的往昔，甚至失去了对过去的记忆。一个学识并不渊博的欧洲旅行者可能不会注意到，这个游牧民族有自己的文学、自己独特的文明，还有从事宗教活动和研究不同知识的佛教寺院。这样的旅行者可能会惊讶地发现，在佛教寺院里，人们认真地研究知识理论，而且不难发现那里还有人在研究异"己"的存在问题或诗歌理论。当然，由于西藏的影响，近几个世纪以来，蒙古地区在许多方面已经成为活生生的古"印度"。由于历史条件的变迁，蒙古人不再需要发动战争，不再需要远征，不再需要征服富饶的地区。

那么，蒙古史诗究竟发生了什么？它是否消亡了？蒙古人是否已经忘记了他们古老的英雄史诗？他们曾经所拥有的、创造了著名世界观的史诗情感是否已经消逝？毕竟其他民族的史诗已经消失了：法国人不再唱《罗兰之歌》，不再高歌纪尧姆（Гийом）的功业，不再有人歌颂尼伯龙人和足智多谋的奥德修斯；甚至在民间，史诗长诗也消失了，例如，现在阿尔泰特楞古特（теленгит）人当中越来越难找到英雄故事的说唱艺人了；最后，同一个民族在其存在的很长一段时间内，由于处在不同的历史条件下，会创作出完全不同的史诗：《伊利亚特》《奥德赛》和中世纪及新希腊史诗长诗之间没有任何的共同之处。那么我们会在蒙古人那里发现什么呢？

二

自14世纪以来,蒙古文学为我们提供的材料极少,因此无法对上述问题做出任何判断。凭借偶然间流传下来的少数几部作品,无论如何也无法断定史诗的现状和几百年间史诗传统的地位。它们数量少,分布范围小,以至于无法将其作为英雄史诗在蒙古人当中衰落的间接证据。因为我们明白,英雄史诗往往在民间流传数百年,却从未被记录成文字,因此会显得与该民族的文学格格不入,俄罗斯的壮士歌就是一个极好的例子,蒙古文学亦是如此。蒙古王朝在中原地区没落之后,蒙古人回到了他们的草原和山区,新的蒙古部落走上了历史的舞台。至此,他们一直过着非常原始的生活,蒙古历史的一个黑暗时期也随之来临,蒙古人迅速失去了之前所获得的一切,他们生活的方方面面都迅速地退化和衰落了。蒙古人似乎很快就倒退到12—13世纪的历史环境和成吉思汗之前的状态。随后,自16世纪末期,在藏传佛教精神的引导下,蒙古的文化生活开始兴起。蒙古人的文学复兴相当迅速,但这种文学首先是为佛教寺院服务的,在其后续的发展中,蒙古文学成了佛教教义和礼仪、佛教观念、佛教故事的传播载体;它满足蒙古社会新的生存需求,在佛教精神中创新并表达着其旧有的内容。一些新的形式,如新的标准语形式被迅速创造出来,在识字率相对较低的环境中,这些形式成了不可动摇的规范,并在几乎所有类型的文字上都留下了自己的烙印。蒙古文学只回应并服务于蒙古人的精神层面:蒙古人的佛教情怀。蒙古文字也必然服务于国家和社会的各个部门:但它仍然与蒙古人丰富的生活存在距离,真正的草原游牧生活并没有在其中得到反映。蒙古文学是佛教寺院和王公贵族的创作,当中并没有真正的"草原韵味"。如果仔细观察,当然也有可能发现其他的流派,但这是罕见且偶然的。因此,在新旧蒙古书籍和手稿中寻找蒙古史诗作品是徒劳的,如果它们被流传下来,那也只是留存在人们的口中。想要找到它们,就不能去书店,而要去游牧民的毡包里,用心倾听蒙古人在什么时候、什么情况下歌唱并讲述他们的英雄史诗。

东方学者长期以来一直认为蒙古人目前已经完全遗忘了英雄史诗。然而,一些旅行者和研究者指出，他们偶尔会在一两个蒙古部落中发现抒情史诗长诗。东方学者们还知道在卡尔梅克草原上发现的一部史诗，但总的来说，他们认为蒙古人当中现在并没有英雄史诗和长诗，他们曾经拥有的东西也消失得无影无踪。这种观点一直持续到最近，在出现了新的东方学流派之后，人们开始从不同角度对东方人民的生活进行更为深入的研究，当出现了特别关注不同蒙古部落的现存语言和民间艺术的蒙古民俗研究者时，这种观念才得以改变。此外，在同一时期，布里亚特人和卡尔梅克人当中也出现了本民族的知识分子，他们热衷于研究本民族的民俗和收集蒙古民间艺术作品。通过他们的共同努力，以往关于蒙古英雄史诗的错误观点得以被纠正。事实证明，蒙古人并没有忘记自己的英雄长诗，在蒙古部落居住的许多地方，英雄史诗仍然存在，且处于不同的发展阶段。在一些蒙古部落中，英雄史诗仍在他们的职业史诗说唱艺人口中传唱不息，史诗创作至今仍在持续发展：旧的史诗被改编，新的史诗被创作，杰出的创作者和史诗说唱艺人被不断培养出来。

经过在该领域20—25年的深入研究，从蒙古的不同地区，与蒙古族现存的相当一部分活的英雄史诗相关的材料已得到了记录和收集，此外，因为我们对中央亚细业有了进一步的了解，于是我们才有了对蒙古民族英雄史诗存在的地域、形式、规模以及条件有更清晰概念的可能。

在我们目前所熟知的蒙古世界，有三个地区还流传着英雄史诗，我们也能够在那里遇见职业的史诗说唱艺人，他们的特点各不相同。蒙古史诗的三种不同类型和形式的传承者分别为：一是伊尔库茨克州和外贝加尔的布里亚特人，二是伏尔加河流域的卡尔梅克人（卫拉特人）和18世纪下半叶从俄罗斯迁徙到现居住地准噶尔和天山地区的卫拉特人，三是蒙古高原西北的卫拉特人以及一些蒙古化的操突厥语的部落。在上述部落人民居住的每一个地区，我们都能发现一些自然发展的英雄史诗，这些史诗有自己独特的历史，并以这样或那样的形式被保留或传唱了下来。在蒙古的其他部落中，例如居住在蒙古高原中部和东部的喀尔喀部、蒙古高原南部和东南部的察哈尔和其他部落，以及游牧在蒙古高原西北的喀尔喀部和卫拉特部之间的和托辉特（хотогойту）部落中，也能够遇到史诗长诗和长篇史诗。在这些部落中，还能够不时遇见一些略懂或能演唱特定一小段英雄史诗的人，他们是属于不同社会阶层的不同身份的人。但这些史诗片段大部分都曾经是被传唱的大型史诗的一些片段，它们并不属于某个特定地区，也不是这个或那个部落、家族、某个特定流派所特有的。我们可以或多或少地肯定，英雄史诗在所有这些与蒙古有关的地区已被遗忘，已经绝迹。但同时也有必要补充一点，那就是还有一些人由于这样或那样的原因记得一些英雄长诗，但大多都是些残篇。最后，还剩下一些地区和蒙古部落，我们对它们掌握的信息还不足，对那里英雄史诗的情况也几乎一无所知。我们对游牧在库库诺尔（青海湖）附近的蒙古人的英雄史诗有多少了解？关于西藏的蒙古人我们又有哪些了解？关于阿富汗的莫卧儿人呢？我们一无所知。

尽管没有任何可以直接用作证据的古籍，但我们可以肯定的是，目前展现在我们面前的布里亚特史诗就是几个世纪前的遗产。布里亚特史诗的形成时间较早，它不断发展，受到了这样或那样的影响，累积了各种特点，最后以大型史诗的形式展现了出来，而现在则开始明显地衰落、被遗忘、消失。当然，根据我们现有的知识水平，很难想象布里亚特英雄史诗发展的准确历史，这是未来需要解决的问题，也许是在不久的将来即将能够被解决的问题。然而，通过对布里亚特史诗的分析以及将它们与蒙古和操突厥语部落的其他史诗作品进行比较的研究都在表明，这些由初民部落创作的看似原初的叙事诗，实际上已经经历了漫长的历史，它们是长期创作的结果。此外还可以确定的是，它们已经没有了进一步的发展，这些史诗所表现出来的特定形式存在一阵之后就开始消失、被人们所遗忘。再过几年，布里亚特英雄史诗也必然会经历喀尔喀和漠南蒙古的英雄史诗所遭遇的一切。

布里亚特史诗，尤其是布里亚特长篇英雄史诗是幸运的。早在上世纪（19世纪）中叶，就有一些布里亚特人对这些史诗产生了兴趣，并将它们记录下来。随后，俄罗斯和布里亚特研究人员用俄语做了一些工作。但布里亚特英雄史诗的研究从扎姆察拉诺（Жамцарано）开始收集和研究，并指导他的同事们走上这条研究道路后才得以全面展开。在苏联科学院出版的《布里亚特勇士赞歌集》

第一卷的序言中，扎姆察拉诺以生动有趣的方式概述了他故乡的英雄史诗，哪怕只是泛泛而谈，也让那些不懂蒙古语的人有机会认识这种民间艺术。

伊尔库茨克和外贝加尔地区的布里亚特人被分为不同部落和氏族，他们在语言、宗教和文化方面都有着明显的差异。目前，他们的英雄史诗以韵文体大型长诗的形式出现，多数情况下，史诗说唱艺人吟诵这些英雄史诗，极少数情况下会有乐器伴奏。在特殊情况下，或在某些特定地区，这些史诗才被"讲述"或叙述。在内容方面，布里亚特史诗会让人想起希腊、德意志、斯拉夫等其他民族的史诗作品。与其他民族一样，布里亚特人在自己的史诗中颂扬其英雄业绩，描述奇遇，赞美貌美的妻子，讲述勇敢聪明的战马。与其他民族的英雄史诗一样，布里亚特史诗有时也会描绘奇妙的现象和神奇的生物，它们有时伤害英雄，有时则帮助英雄。这些史诗中也会出现神灵，大部分是原始萨满信仰万神殿中的神灵，甚至有时神灵和他们的儿子也会成为大型史诗的主角，所以事件不仅发生在地上，还发生在天上和地下。布里亚特史诗中在出现萨满神灵、猎民生活的原始图景的同时，还会出现其他反映布里亚特人生活的人物和文化现象。总的来说，尽管在布里亚特英雄史诗中有一些很容易被分辨出来的后期积累，在我们看来它还是出奇地原始、古老。它将我们带入到猎人简单原始的生活中，史诗中对这种生活的外部形态、各种情形和情节的描写十分突出，它还将我们带进当时的人的心灵深处。一方面，这些史诗歌颂的英雄不是国王、可汗和领主，而是最强壮、最勇敢、最优秀的"温顺得像一匹小马驹"一样的猎民和牧民。另一方面，这些史诗将听众吸引到一个只有牧民和猎民才能够想象出来的理想世界当中：这里有富饶的牧场、自由的草原、可以在围猎后愉快休憩的毡包，而勇士们则守护着这些财富，为了保卫自己的领地或获得新的牧场和畜群而建功立业。然而，这些史诗还可以像萨满在嗡嗡作响的手鼓声中将人们带进充满神灵和怪物的迷雾世界那般，将听众从牧民和猎民天堂般的梦境带入奇怪且可怕、迷雾重重的萨满世界当中。纯朴、原始的诗歌甚至在创造这个奇妙的世界时，就像周围的原始森林在窃窃私语那般——那些可怕的、看不见的形象往往只在第一眼看上去时让人感到害怕，或被描述得可怕而已，实际上它们和周围的一切都别无二致。尽管如此，布里亚特史诗还是生动地反映了人们对奇异世界的渴望以及用幻想来哄骗或恐吓自己的倾向。尽管布里亚特史诗具有很强的原始性，在漫长的历史过程中发生了一些变异和积累的内容较少，但它们仍然是世代创作的结果，是以其他形式长期发展的结果，正如法兰西的史诗被称为法兰西史诗一样，布里亚特人的史诗可被称为布里亚特史诗。当然，正如前者一样，它们不是一蹴而就的，而是慢慢演变成现如今我们可接触到的这种形式。布里亚特史诗以原始的状态被保留了下来，其情节、精神、诗歌创作方法均是粗糙的，其中虽有来自某地故事的各种新增内容，仍可以发现其原始性，但这并不意味着它们保持着最初创作的原样，而是长期且复杂创作过程的结果。布里亚特英雄史诗始终存在于民间，由于学习和表演大型史诗是平民的事情，史诗说唱艺人也总是出自民间。实际上，布里亚特人并不知道什么是贵族阶级，而在贵族居住的地方，贵族们的喜好和生活方式基本与周边的平民相差无几。布里亚特英雄史诗无法得到文学的加工、提炼和完善，它是原始的，但这种情况并没有影响它在诗歌和体裁上成为卓越的典范。布里亚特英雄史诗很明显受到了通古斯人的较大影响，还有传说称布里亚特人直接借鉴了通古斯人的英雄史诗。毫无疑问，蒙古人从西藏或途经西藏的遥远印度借鉴而来的各种故事和传说必然产生了普遍的影响。例如，在比《伊利亚特》篇幅更长的大型布里亚特史诗中，一位英雄的名字以及很多有关该英雄传说的情节均从唐古特－西藏地区经蒙古人再传到了布里亚特人当中。这位英雄就是著名的格斯尔汗——西藏的格萨尔王，他诞生于西藏，是众多故事的主人公，现在藏族人、蒙古族人和其他民族地区广泛流传，一些人认为格斯尔－克萨尔（Гесер-Кесар）与希腊的恺撒－克萨（Кайсар-Кесар）并无二致。

如果我们转向伏尔加流域的卡尔梅克人以及他们在准噶尔和天山地区游牧的同胞，就英雄史诗而言，我们所看到的就是完全不同的另一种状况了。首先需要注意的是，生活在伏尔加河沿岸的卡尔梅克人（即西蒙古的卫拉特人）只知道《江格尔》这部英雄史诗。实际上他们也有一些其他的史诗歌曲，例如关于马赞巴托尔（Мазан-Батыр）的史诗，但这些史诗与英雄史诗的经典作品有着较大的差异，更接近于抒情长诗。这种抒情长诗在喀尔喀、布里亚特、和托辉特、西蒙古的卫拉特以及其他蒙古部落中广泛流传且被人们所熟知。总之，伏尔加流域卡尔梅克人的这种史诗与其他史诗不同，它们具有"历史性"。毫无疑问，这是在近期被创作出来的，史诗当中被传唱的英雄是生活在近期的历史人物。将这些卡尔梅克史诗与俄罗斯历史长诗做比较是一件易事，例如关于伊凡雷帝（Иван Грозный）、斯科平（Скопин-Шуйский）、彼得大帝（Петр Великий）的历史长诗，人们对上述作品的态度与我们在俄罗斯壮士歌中看到的态度是一致的，例如关于伊利亚·穆罗梅茨、阿廖沙·波波维奇和一些"历史史诗"。

伏尔加流域卡尔梅克人所知的一首以主人公名字命名的英雄史诗是《江格尔》。这部史诗对于欧洲社会来说并非无人知晓，因为这首草原英雄史诗的德语和俄语摘译本曾多次出现过，斯塔索夫（Стасов）也曾在自己关于俄罗斯壮士歌的著名文章中引用过《江格尔》。但《江格尔》的全译本至今还未出现，直到今天《江格尔》的全文还未能被完全记录下来。最近，诺木图·奥奇洛夫（Номто Очиров）和科特维奇（В.Л.Котвич）记录并出版了《江格尔》的大部分内容。

不久前，根据与卡尔梅克人接触过的旅行者、学者以及酷爱民间史诗的卡尔梅克人所言，《江格尔》曾在伏尔加河沿岸流传。到处都有《江格尔》史诗说唱艺人——"江格尔奇"，他们会经常组织一些比赛，有些人记得史诗中的一些长诗，还有些人更是背诵过《江格尔》全文。人们喜爱《江格尔》说唱，为了听优秀说唱艺人的演唱，人们会跋山涉水慕名而来，在宴会、婚礼和各种节日庆典上邀请他们表演。卡尔梅克贵族阶层更是珍视他们，王公、贵族、诺颜、宰桑们通常会在身边留一个或几个"江格尔奇"，在诺颜宫帐的任何节庆仪式上都不能没有江格尔说唱艺人的表演。这些艺人几乎都出自平民，他们有这种艺术的天赋，在学习演唱民族史诗之后通常都会以此谋生，他们演唱《江格尔》或许是出自对民族文化的热爱，也或许是为了荣誉。但在近期，这种情况有了较大的转变。卡尔梅克贵族没落了，人民的兴趣发生了转变，在新的社会现状和俄罗斯移民的冲击下，卡尔梅克人的生活发生了迅速的变化，人们对《江格尔》的兴趣也逐渐减弱，开始冷落《江格尔》。老一辈"江格尔奇"相继去世，而新"江格尔奇"则没有出现，即便有新的爱好者出现，他们也无法顶住整体风向的压力，无法完善技艺，逐渐忘记所学。就这样，《江格尔》史诗开始在卡尔梅克草原消失。现如今在卡尔梅克草原，人们虽知道《江格尔》史诗，但也仅限于其中的一些英雄人物，别说找到好的"江格尔奇"，连多少记得一些史诗内容的人都很难遇见。相对于他们，我们对那些从伏尔加河地区迁徙，如今生活在准噶尔和天山的卫拉特人的英雄史诗现状知之甚少。听说他们从伏尔加河迁走时也带走了说唱《江格尔》的传统，这也是意料之中的事情。在土尔扈特部，《江格尔》至今都在被传唱，且非常著名，土尔扈特人认为《江格尔》是土尔扈特人的民族英雄史诗。有一次在南阿尔泰山西麓，我遇见一位准噶尔卡尔梅克人的后代，这位年轻的土尔扈特人记得《江格尔》史诗当中的一些片段，甚至还能在冬不拉的伴奏下唱上一段（不过唱得相当糟糕）。根据他的讲述，在他的家乡，《江格尔》仍然非常有名，在王公们的宫帐里，在平民的毡包里一直在演唱。

那么，这个土尔扈特人、伏尔加卡尔梅克人的英雄长诗《江格尔》究竟是什么呢？我们故意不将它称为史诗，是因为它本身展现出了很多影响其被称为史诗的特点。《江格尔》是一系列完全独立的英雄长诗，长诗之间的联系只有这些独立长诗里的江格尔汗，独立长诗里的英雄都服务于江格尔汗一人。《江格尔》由多部独立长诗组成，通常被认为有十二部，但也曾有过且目前还有更多部。长诗的开篇通常都是对江格尔的宫殿、畜群、宴会的描述，或者是对他的童年和第一次功业的描述，这些序诗通常会成为"共用段落"，并且一成不变地在各个长诗中重复出现。随后，长诗过渡到主要情节，即江格尔手下勇士们的英雄业绩，当然有时候也会描写江格尔本人的功业。总而言之，所有的长诗都以江格尔的勇士们与江格尔汗为条件紧紧联系在一起，江格尔本人总会在每首诗歌的开篇隆重登场，让这首诗歌成为史诗的开头，或者将其独立出来，但他的登场仍然是史诗集群的开头。我们在《江格尔》中能够观察到一个非常鲜明的英雄史诗样本，它贯穿于集群的所有阶段，并准备构成一个大型或是几个独立的英雄史诗。但史诗中却给我们展现了另一种可能性，出现的不是像印度《摩诃婆罗多》那样的宏大史诗，也不是法兰西《武功歌》以及它的"线"那样的史诗集群，而是特殊的史诗集群。但与此同时，我们在《江格尔》中看到的史诗集群与我们所熟悉的俄罗斯壮士歌的集群类型完全不同。我们知道，弗拉基米尔壮士歌是俄罗斯英雄史诗最宏大且最卓越的集群，里面的一些不同起源的壮士歌在情节和情绪方面都各不相同，内容被限定于英雄们围绕在红太阳弗拉基米尔周围，一同前往基辅王宫的这样一种集群当中。乍一看，这似乎与我们上述关于《江格尔》的内容有很多相似点。但事实上二者差异较大，卡尔梅克史诗在其发展的过程中已经经历过俄罗斯叙事诗的那些形式。问题在于《江格尔》独立长诗中的事件有更多的内部相似性，它们不仅有同一个可汗这样的外部联系，其情节也是环环相扣的，每首长诗都是前一首的自然延续，几乎看不到自相矛盾之处；说唱艺人在表演某首长诗的时候似乎记得其他的内容，这些内容在后续会被说唱艺人描绘出来；真正的"江格尔奇"对整篇长诗和集群了如指掌，同时还能在听众面前将《江格尔》中的任何一段演唱得栩栩如生，能够给人留下深刻印象。另外，《江格尔》与俄罗斯壮士歌集群的差异还在于江格尔汗是真正的英雄，是诗歌中主要的人物。虽然他在另外一些诗歌中不处于重要的位置，常常让位于其他英雄，但他总是一个起作用的人物。最后，《江格尔》的各长诗是被提前分配好的，所述人物是特定诗歌中江格尔最亲近的英雄们。

  我们还知道英雄史诗集群的其他类型，有一个民族值得一讲，因为这个民族在人种、语言和生活条件方面与卡尔梅克人非常相近，卡尔梅克人与这个民族的接触较多，他们就是卡拉吉尔吉斯人[1]。需要注意的是卡拉吉尔吉斯人的史诗和史诗集群，这是因为卡尔梅克《江格尔》、卡尔梅克英雄史诗在不久前也很可能经历了与卡拉吉尔吉斯人英雄史诗相似的发展阶段。卡拉吉尔吉斯人英

---

1 沙俄时期称吉尔吉斯人为卡拉吉尔吉斯人，而哈萨克人被称为吉尔吉斯人。——译者注

雄史诗的发展和传播较为特殊，就像著名的突厥语民族民间文学研究者和收集者拉德洛夫（В.В.Радлов）向我们展示的那样，它以多样诗歌的形式出现，且都与一位英雄——玛纳斯相关，还有一些歌曲与交劳依（Йолой）和托什吐克（Тэштюк）相关。就像这三个集群无法代表整个卡拉吉尔吉斯人的英雄史诗一样，它们同样也不能代表这个史诗在人民中的状态。有一些诗歌片段与玛纳斯的生活有关，但是这些片段通常都会在说唱艺人口中发生变异，它们相互交织在一起，被增减并创造出新的故事，通常被保留下来的共同内容则是反映史诗情感的生活片段，表现的是人们最熟悉且最热爱的史诗主题。除了史诗的诗法和语言，其余相同点就是人民所喜爱的英雄——玛纳斯。根据上述众多特点，我们可以推测出卡尔梅克英雄史诗也经历了类似的发展阶段。但在这之后，一些特定的片段在技艺纯熟的职业史诗说唱艺人那里开始变得越来越明确，并逐渐聚焦。一方面，听众逐渐喜爱并熟悉情节的特定顺序，另一方面，史诗说唱艺人开始即兴创作，他们的技艺被更精致的加工和对结构的关注所替代。《江格尔》史诗集群的出现是这些过程的结果，这不是一个英雄生活片段的汇总，而是一条彼此有紧密联系的长诗链。

卡尔梅克人是游牧民族，但他们并不是原始游牧民，他们自登上历史舞台以来经历了许多。他们深知独立松散部落的生活条件，经历过部落联盟国家的建立，也为建立牢固的草原王朝而努力。他们被迫在远途游牧的过程中开阔眼界，与中原人、吉尔吉斯人、高加索人等各民族相遇。卡尔梅克人与其他蒙古族人民一样，在当时受到了佛教、西藏和印度文化的影响，他们成功地将游牧生活与著名的文化成果相结合，例如，他们创造出了民族文字和基本教育原理。社会分层在他们当中发生得较早，他们有规模庞大的贵族阶层，也有其他社会阶层。卡尔梅克人的所有这些生活条件都已经在民族英雄史诗《江格尔》中有所反映。这已经不是像布里亚特史诗那般宏伟、引人注目、诗歌优美的原始森林居民的史诗。《江格尔》中所展现的是更加复杂的游牧生活，不仅是游牧民的生活，还有游牧国家的生活。比布里亚特史诗更加鲜明的是，《江格尔》向我们展现了游牧生活的图景。它的赞扬真实、简单且明确，《江格尔》所描述的游牧民的理想是真实且平常的,这种辽阔的草原生活理想充满了特殊的诗意。《江格尔》中的"草原韵味"以一种固定的风格流露出来,这并不是刻意创造出来的,而是真实的。这种理想的、充满激情的游牧生活画卷在我们面前既复杂又斑斓,我们需要承认,《江格尔》是民族精神、民族志向和期望的表达者,它描述的是这个民族真实的世界,是他们视为理想的日常和真实的生活;《江格尔》是真正的民族诗歌。在《江格尔》中很少有魔幻、奇妙、神话般的内容,对英雄的神奇特质、神奇力量的描写只是以夸张的形式表达,而不对其神奇特性进行描绘,即使是传说中的生物、可怕邪恶的"妖怪"和"蟒古思"也只是可怕凶猛的敌人所变,虽然诗歌有时也给予他们神奇的特质,同时也将他们设定为与江格尔汗的臣民一样过着游牧生活的人。我们在其中看不到完全的萨满神灵,通常看不到森林里神奇的萨满世界和原始居民的理想。在这方面,布里亚特史诗和《江格尔》有着较大的差异。在《江格尔》里,佛教的外在影响十分明显:江格尔和他的勇士们被描绘成佛祖的信徒,佛教万神殿当中的面孔会经常出现并讲述关于佛教寺庙的故事;对王公们的宫帐和家什以及一些地方的描述中总会附带佛教文化元素,如果没有显露出佛教的世界观,那么总会表现出佛教的风格特点。

在确定这些后,我们要着手研究与其他民族有关的《江格尔》史诗元素方面的问题,这些问题比较难以解答,目前也无法彻底解决。这些问题就是:哪些母题或情节从其他地方进入到《江格尔》当中?其源头究竟是什么?它们是如何进入到卡尔梅克叙事诗当中的?随后会出现关于叙事诗母题最基本的问题,即是否借鉴过其他史诗?这些细节、这些宫殿、这些对战斗和宴会的描写都是来自哪里?它们都是本民族的原创或更多借鉴自其他民族?此外,长期接受说唱艺人的创作改编,《江格尔》应该有了不同的变化、不同的积淀和改造。所有这些是如何、以何种方式、在何种未曾被记录过的诗歌创作方法下形成的?对于各种史诗而言,这些问题总体上来说是非常困难的,对于卡尔梅克英雄史诗而言,这些问题目前还无法知晓,因为卡尔梅克人的生活、现存的史诗、历史以及对其周边民族的研究还不够充分,中亚民族学的比较研究和文学史的比较研究都还处在萌芽期。虽然现阶段我们所知甚少，但我们依然可以提出问题，还可以拟定一些答案。例如，我们现在能够确定的是波斯史诗《列王纪》对《江格尔》的影响。当然这经过了突厥语民族的间接影响，突厥语民族与卡尔梅克人长期接触且居住在一起，他们在很早以前就已经受到了伊朗文化的影响。就像生活环境与卡尔梅克人几乎完全相同的吉尔吉斯人或卡拉吉尔吉斯人，他们所受伊朗文化的影响更大。"江格尔"这个名字借用了波斯 Джехан-гир（世界征服者）的名字。毋庸置疑的是，《江格尔》中还有来自上述关于格斯尔汗的英雄传说的影响。

关于格斯尔汗的英雄传说看似诞生于西藏，但深受蒙古人的喜爱，很早就被翻译成了蒙古语，还被转写成卫拉特-卡尔梅克文字。格斯尔汗的传说在卫拉特各部民间传播，其中就包括迁往伏尔加河的卫拉特人。这个在中亚深受欢迎的传说以书面和口头的方式传播开来，总有出色的说唱艺人能够将其几乎一字不差地转述，我曾见证过有人逐字逐句地转述关于神圣英雄格斯尔汗的传说。这种风靡于蒙古民族聚居地区的外来传说也被反映在《江格尔》中。这种影响不仅体现在一些情节上，还表现在各种细节中，如对战斗和武器的描述。《江格尔》里众多的"共用段落"和名号都是从格斯尔汗那里借鉴而来，它们彼此间相互关联。这种影响在长诗的共同结构、事件发展的方式和《江格尔》的整体诗歌创作方法上都有所体现。当然，江格尔奇所面对的一直是大家喜爱的英雄传说中的典范——格斯尔汗，虽然格斯尔汗被迫与佛教万神殿中的神灵战斗，但他依然是佛教的英雄，同时也是藏族的英雄。人们开始不由自主地将格斯尔汗的各种特点关联到江格尔身上，格斯尔汗当然也就轻松地进入了蒙古人民的神灵行列中，而且还变得似乎是蒙古民族原本的神灵。

人们通常在冬不拉[1]的伴奏下演唱《江格尔》。根据我们从新旧记录和传统形式的了解，《江格尔》具有独特的韵律，但从蒙古诗的角度来看，其诗句是一种变相的贯顶诗（即押头韵），但其中经常有散文的插入。在这方面，《江格尔》

---

1 此处冬不拉即陶布秀尔。——译者注

类似于爱尔兰的格律诗。

我们在简略观察并评述了布里亚特和卡尔梅克人的英雄史诗后，现在要转向蒙古英雄史诗的第三个中心，即蒙古高原西北的卫拉特人的英雄史诗。由于本卷的内容是对蒙古高原西北卫拉特人史诗作品的翻译，而我又曾在当地生活了足够长的时间，还亲自记录并解析了他们的英雄史诗，因此我似乎更有可能详细地描述这类英雄史诗。促使我这样做的原因如下：在蒙古地区，没有任何地方的史诗能像蒙古高原西北卫拉特部的史诗那样达到如此完整且发达的程度，也没有任何地方像卫拉特部的故乡——阿尔泰山和杭爱山地区，即今天的卫拉特游牧区那样，拥有利于英雄史诗的保存和活力的特殊条件。

三

目前居住在蒙古高原西北科布多地区的卫拉特人于 18 世纪中叶从准噶尔和蒙古西部的其他地区迁居到这里。蒙古高原西北卫拉特人被分成若干个部落，彼此的联系都非常紧密，生活环境总体上与包括喀尔喀部在内的其他蒙古部落较为相似。但他们还有一些重要的特点。大多数卫拉特人至今为止都保留着外婚制的传统，得益于这一点和其他一些情况，他们所有古老的东西都得到了更好的保存。就像古老故事中传唱的那样，人们回忆着曾经辉煌的历史，过着幸福安宁的生活，当时的卫拉特人曾试图建立一个庞大的游牧民族国家，他们相信"四卫拉特"的辉煌王国将再次重生。现如今，蒙古高原西北卫拉特人的生活无论遭受何种打击、生活环境变得与其他蒙古部落何等相近，诗歌中还是会歌颂过去，其中的理想至今还符合广大人民的意愿，这是弥足珍贵的。史诗中当然还有描绘神奇且广为人民热爱的未来，人们像以前那样相信未来，他们诉说着未来，创作着与之相关的神话，在古老的诗歌中寻找着关于未来的预言。

蒙古高原西北的卫拉特人中不仅流传着各种各样的传说、神话和"历史"抒情史诗歌曲以及英雄史诗，存活于职业史诗说唱艺人口中的这些作品为人民所熟知且被热爱,这被认为是民族的财富。它们取代了历史,被人们所相信同时又满足了人民精神上的最高审美需求。该地区的卫拉特人至今还未完全走出"史诗"时代,时至今日,人们虽然不是完全拥有"史诗"的情感和"史诗"的生活方式,但终归是更为接近,他们理解且热爱这些。

英雄史诗在蒙古高原西北的所有卫拉特部中几乎都有流传,一方面,英雄史诗在游牧于乌布苏湖附近山谷的巴亦特人和杜尔伯特人中得到了独特的发展和传播,另一方面,英雄史诗在沿布尔干河和阿尔泰山脉地区游牧的卫拉特人、被蒙古化的乌梁海人、土尔扈特人以及和硕特人中的发展和传播也十分迅速。当英雄史诗从这些地区流传到西蒙古的其他卫拉特部落时,也会传播到其他蒙古人(如喀尔喀人、和托辉特人)中。因此有些巴亦特英雄史诗可能会出现在距离巴亦特人的故乡汗呼赫山相距甚远的地方,且因各种原因融入当地。

蒙古高原西北卫拉特人的史诗虽因流传地区、部落的不同而有内部细微的差异,但有共同的特点和特性,它们也因此有别于其他蒙古民族的史诗。

卫拉特史诗是规模宏大的诗歌作品,这种诗歌的构成形式是双行诗节,其篇幅则根据场合而定。蒙古高原西北地区卫拉特人的英雄史诗从来都不是被讲述而是被吟唱出来的,一般在陶布秀尔琴的伴奏下演唱,极少情况下在弦乐("胡")的伴奏下演唱。旋律与演唱和伴奏一样,要视不同情况而定,这首先与地区、承载诗歌的部落有关,其次与诗歌本身的内容、剧情的发展进程和事件有关。

蒙古西部卫拉特人的英雄史诗通常由职业史诗说唱艺人"图兀勒奇"(тульчи)演唱,但普通的爱好者,甚至女性也熟知英雄史诗,史诗普通爱好者某些时候也会在较小的范围内,在亲朋好友的私人圈子里演唱。有些时候我们甚至无法区分职业史诗说唱艺人和普通史诗爱好者。在科布多地区的卫拉特人中,可以在各种场合、不同时机演唱英雄史诗。人们在公开场合或私人聚会、假日节庆、休闲宴会上,或在听众高兴时的任何聚会中,在出征之际以及任何拥挤的长途旅行中,甚至在瞭望哨所和军营中都演唱英雄史诗。但卫拉特英雄史诗最常见的演唱地点还是在王公贵族的宫帐中,这里的演唱不仅隆重,还须遵循所有的古老规则和习俗。卫拉特王公以及邻近地区其他蒙古部落的王公们都对英雄史诗表现出特殊的兴趣，他们经常邀请著名的史诗说唱艺人——图兀勒奇来到自己的宫帐里演唱英雄史诗，不仅每逢节日或一些特殊的场合，甚至在最平常的日子里也会邀请他们来表演。通常来说，这些王公们往往都是精通英雄史诗的行家，因此他们对新的作品、自己不熟悉的英雄史诗或新的版本抱有极大的兴趣，他们喜欢与说唱艺人们以及其他熟知那些古老诗歌的人一起探讨这部或那部史诗中的疑惑之处。王公们往往自己就是那熟练的史诗演唱者，鉴于他们地方统治者的身份，自然不便在公众场合演唱史诗，但这并不妨碍王公们在自己家中、在家人和朋友们面前演唱。任何一个著名的史诗说唱艺人都会以自己经常被强大或有实力的王公邀请去表演而感到自豪，并以王公们"御用"说唱艺人的身份出现。另一方面，王公们自认为是本民族英雄史诗的资深爱好者和鉴赏家，因此会以各种可能的方式吸引著名说唱艺人们的到来。职业说唱艺人来自社会各个阶层，他们当中有出身于平民的，也有出身于佛教僧侣的，还有来自世袭贵族台吉们的。英雄史诗说唱艺人是个受尊敬的职业，因此无论他出身于哪个阶层，无论他走到哪里都格外受尊重，且很荣光，图兀勒奇这个称呼对他们而言就是一个光荣的头衔。蒙古西部的卫拉特人在任何情况下都不将英雄史诗说唱艺人看作是可雇佣之人，相反，说唱艺人们被认为是血统高贵（具有更高教养的）、被超自然能力青睐的人，他们才是真正保护往昔辉煌传统、真正维护着卫拉特精神的人。不论是王公贵族还是平民百姓，在史诗说唱艺人面前都认为自己应该感谢他们的天赋，资助图兀勒奇。人们祝福说唱艺人、敬重他们，给说唱艺人们送礼也就成了每个人的义务。但这些礼物并不是为其歌唱所付的报酬，说唱艺人是不能被"雇佣"的，这是一种光荣的赠予，礼物则代表恭敬、感谢之情。

史诗说唱艺人的这种地位得益于他们的身份，他们往往出身自世袭贵族台吉阶层，来自游牧贵族的行列，甚至往往来自卫拉特统治阶级的王公贵族家庭。

蒙古高原西北的现代卫拉特社会在历史上长期存在着阶级分化，社会中有不同的阶级，但由于其文化的特殊性和现状，总体来说人们都过着同样的生活，有着共同的理想、共同的精神追求和满足精神需求的机会，物质条件是主要区别。但是游牧生活方式和氏族制度在这方面也以非常平衡的模式产生了影响，今天的富人在这样或那样的情况下，明天就有可能变得穷困潦倒，而一个穷人也可以很快进入殷实甚至富裕的生活状态中。因此可以说，蒙古西部卫拉特地区的所有人，无论贫富贵贱都过着一样的日子，他们不会突破这既存的社会环境，就像游牧民除非想背井离乡，就不会走出自己游牧区域一样。虽然卫拉特社会是如此地高度统一，我们仍然可以注意到一些家庭的特殊选择，他们通过传承的方式认为自己是"优秀的"，其他人也认为他们是"优秀的"。他们大多数都是草原贵族——台吉和一些与统治家族有关联的旧家族，由于某个部落或封地的所有王公台吉们都被认为同属一个家族，因此在"优秀的"行列当中还包括狭义的王公贵族家庭本身。在这些"优秀"的人——卫拉特贵族、仆人和官宦当中，相较于其余民众，他们更加支持古老传统、古代创作的记忆、过去鲜活的形象、昔日平易近人的出色人物形象，因为他们都来自游牧贵族的环境。现在他们的后代，以及那些通过长期服役而加入贵族行列的人，保持并珍视着自己的传统、自己的阶级和家族的精神，至今仍然未被破坏的封建制度也继续滋哺着这些追求。为了将蒙古封建主们变成自己的官吏，为了将草原封建制变为世袭官僚主义，清朝在最近的一个半世纪里付出了大量心血，且在多地取得了显著的成就。但是在西蒙古，在蒙古地区这个偏僻"荒凉的角落"里，在阿尔泰山和杭爱山这些偏僻地区，封建主义被保留了下来，而且在近期才开始没落。

　　西蒙古卫拉特"优秀的人们"，也就是那些草原贵族们，他们是古代遗训的守护者，也是英雄史诗的守护者。他们或从自己人中推出英雄史诗的职业说唱艺人，或支持、庇护这些史诗说唱艺人。他们认为古老的英雄史诗歌颂的是他们的英雄，说出了他们的理想和对生活的看法，他们认为英雄史诗不仅仅是卫拉特民族的，还是他们"自己"阶级和氏族的财富。古老的英雄诗歌赞颂的是他们的草原贵族祖先，英雄史诗的主角就是领袖、王公贵族。在英雄史诗中，卫拉特的"优秀的人们"认识了自己，也就是说他们在权力、财富和荣耀的神圣光环中看到了自己。诚然，他们较为理想主义，但他们仍然是贵族，命运注定他们要领导"四卫拉特"。在现在这个艰难困苦的时代，昔日的英雄已经逝去，卫拉特人不得不离开他们幸福的准噶尔家园，当卫拉特人的帝国倒台后，一个天生的游牧贵族（也许曾是一个领主），却要与他的普通邻居和臣民一样以放牧为生，他也会因为失去马匹而忧心忡忡、倍感屈辱。毕竟他是光荣家族的后裔，是家族传统的守护者和延续者。最重要的是，命中注定他要站在首领的位置上，他生来就拥有这种权力，他明白这种权力及其相应的地位所带来的责任。体现卫拉特贵族精神、愿望、追求和理想的正是他们的英雄史诗。它们代表的并不是民族，而是一个阶级，这个草原贵族阶级不仅是现在，过去更是民族性格和整个民族生活的代言。草原上的游牧贵族在更早的卫拉特封建制度最繁荣的时期，在游牧生活的条件下，就像他们现在与人民生活在一起那样，总是在人民当中，与人民同甘共苦。因此他们不仅是领袖，还是普通民众的代表，是普通人民鲜活的声音。游牧贵族是所有部落、所有民族共同创造的，因此他们不再只属于这个阶级，而属于全社会，属于所有部落和民族。事实上，蒙古高原西北的卫拉特英雄史诗生动地表现了草原贵族的精神，赞美了王公贵族的英雄事迹，虽然在贵族中诞生，在贵族社会中备受支持，英雄史诗更在平民中传播且受到喜爱。普通百姓也将这些英雄史诗视为自己的民族遗产和宝贵财富，热爱且用心欣赏，聆听表演时激动地沉浸于英雄们的冒险经历当中，也赞叹他们，从他们的思想和对生活的指引中汲取营养。平民中也会出现类似贵族出身、对英雄史诗有热情的说唱艺人，他们完全遵循旧贵族学派的指示，在表演时不为自己谋利，不以此换取任何东西。这一切之所以成为可能是因为直到最近，蒙古高原西北的卫拉特人一直实行着具有氏族生活方式的、稳定的贵族封建制度，而那里的平民和贵族是一个不可分割的整体，王公们是真正的民族领袖和人民的代表。我们再次重复，由卫拉特贵族创作、支持的英雄史诗在蒙古高原西北不仅是阶级的创作，也是人民的创作。

佛教寺院在西蒙古卫拉特部的英雄史诗传播中起到了至关重要的作用。最重要的是寺院没有排挤大家喜爱的英雄史诗，而是为其持续热心地提供庇护。

除了蒙古高原西北的卫拉特寺院，其他卫拉特人居住地区的寺院也一直庇护民族文化事业。西蒙古的卫拉特僧侣对英雄史诗的态度也反映了这一特点。与其他蒙古部落的佛教寺院不同，卫拉特寺院并不竭力打击英雄史诗，僧侣们也从不认为自己该蔑视、鄙视这些民族诗歌作品，更不认为它们是罪恶的，并且也不禁止英雄史诗的表演。蒙古高原西北寺院中的卫拉特僧侣与其他人一样热爱英雄史诗，经常邀请著名史诗说唱艺人到寺院表演。很多时候僧侣自己，尤其是社会阶层较低的僧人会成为英雄史诗的说唱艺人，甚至成为职业说唱艺人。在庇护民族史诗的道路上，卫拉特寺院做得更好。在蒙古高原西北的一些寺院里还流传着这样的传说：一些史诗中被人们所熟知的英雄，如今转世成为某座寺院里神圣的喇嘛。例如，传说中著名的英雄达尼库日勒[1]（他是一部大型史诗的主人公，在巴亦特人和杜尔伯特人中非常知名），现如今在巴亦特人的德杰林寺庙中得以再生，并获得了巴格西活佛（бакши-геген）的头衔。佛教对卫拉特英雄史诗的这种认可和神圣化，使得英雄史诗在佛教大肆控制人民思想和收买人心中获得了额外的支持和力量。

蒙古高原西北卫拉特人的英雄史诗，无论它们属于哪个地区，无论是在特斯河和汗呼赫山区传唱的巴亦特史诗，还是在布尔干河和青格勒河流域由游吟说唱艺人演唱的乌梁海史诗，都有复杂的特点和完整的结构。即便在一个并非特别有经验的史诗说唱艺人口中，每部史诗似乎是被严格界定的诗歌作品，其情节的发展和谐，所有部分都是按照总体布局构建的，其中可清晰地看到按照某种特定的诗歌创作方法进行创作的痕迹。在这方面，蒙古高原西北的卫拉特史诗不仅与卡尔梅克的《江格尔》有着较大的差异，与布里亚特的英雄史诗也有不小的差异。与布里亚特史诗相比，卫拉特英雄史诗更具"文学性"，作品更加严谨优雅、更加成熟。西蒙古卫拉特英雄史诗生动地反映了这样一个事实，即它们在一个较为有文化的环境中被创作、传播和流传，是世袭贵族和贵族统治阶级及其仆从的精神财富，带有一种在草原王公贵族的宫帐中逗留过的痕迹。

---

[1] 也译作岱尼-库茹勒。——译者注

这首先在于它们更加完善的加工，其次体现于其复杂且固定的诗歌创作方法，最后体现在语言上。对英雄史诗的所有这些特点进行分析后我们必然会想到，现在摆在我们面前的，活跃在蒙古高原西北卫拉特史诗说唱艺人口中的英雄史诗经历了漫长的历史才被逐渐创作出来，经过多个世纪的发展，它们受到了各方面的影响，最终才发展成为我们现在所看到的这种大型、复杂和严谨的形式。有朝一日，也许在相对较短的时间内，我们会写出这部英雄史诗的发展史，但现在我们的工作只能或多或少地局限于对它现状的分析以及澄清它存在的条件。当然，现在我们也可以对它的过去、对其他层面的影响、对它的一般发展过程做出一些判断，但需重申一遍，呈现卫拉特英雄史诗发展的详细历史是未来的工作。

蒙古高原西北的卫拉特英雄史诗专门描述英雄的功业、荣耀、财富和力量，描绘征战和平静生活的场景，其内容总是丰富且复杂的。可以说史诗的情节往往复杂地发展成某种长篇英雄体小说，但与此同时又不失英雄史诗所有的鲜明特点。西蒙古卫拉特英雄史诗通常是集中歌颂某一位英雄的诗史，但其情节仍然非常复杂，因为史诗通常会描绘英雄一生中的重要生活片段，往往从他的降生开始，安排他到不同的国度和疆域里，迫使他经历各种各样的事件、克服重重阻碍、遇见形形色色的人和物。如果史诗讲述的是"一系列"英雄，即整个英雄的家族，至少是父亲与儿子两代人的故事，那么史诗的情节就会更加复杂。描述主人公的降生、青年时期和最初的经历是为了给听众描绘其情节中最主要、最重要的部分，并为后续主人公与绝代佳人举行婚礼的部分做准备。神奇、超自然力量的介入或详细勾勒的主线情节和附加主题有时会让事件变得更加复杂。尽管有这样的复杂性，卫拉特英雄史诗的严谨性、和谐的结构却依然能给人留下深刻的印象。它们总是以这样一种方式构成，即史诗的主要情节是逐渐且引人入胜地为观众展开事件过程，而那些最重要的方面则以单独的情节和主题被清晰地描述和勾勒。同时，在大多数卫拉特英雄史诗的结构中，我们必然会看到一些略显乏味的公式化现象，这在所有史诗中都不断地、一成不变地出现。毫不夸张地说，目前在蒙古高原西北所能听到的所有卫拉特英雄史诗，几乎都是根据同一个框架、同一个方案创作。虽然细节大相径庭,对英雄生活片段的一些描述也各不相同,每部史诗的英雄本身也各有差异,但史诗的框架却始终如一,很少有别具一格的史诗能够向我们展示出相反的例子。因此,卫拉特英雄史诗很多时候会让我们觉得似乎是由同一个人创作出来,看上去似乎也并不是"民间"作品。更何况,蒙古高原西北的所有卫拉特史诗似乎都出自同一个流派,出自同一个诗人群体的个别创作者,但作品的创作手法却又是统一的。

正如上文所言,蒙古高原西北的卫拉特英雄史诗说唱艺人可以是来自社会各个阶层、各种身份的人。事实上,称他们为"职业"说唱艺人并不恰当,因为他们中很少有人以表演英雄史诗为生,他们有各自的职业。尽管如此,图兀勒奇仍然是"职业"说唱艺人,因为他们专门学习过这门艺术,通过特定的训练后才开始公开表演,从而获得公众对自己的认可和图兀勒奇这个称号,作为一个尊称或头衔,这个称号充分显示了他们在社会中的地位。在蒙古高原西北的卫拉特人中,什么样的表演者才能被称为英雄史诗的说唱艺人图兀勒奇呢?答案是他要获得其他杰出的老说唱艺人和熟知本民族传统的行家们的认可才行,他们的表演必须遵循几百年来的传统。可以说史诗说唱艺人是一个自愿的代表,是整个阶级、同一流派说唱艺人的负责人,他们的命运是相互捆绑在一起的。

蒙古高原西北的卫拉特人通常从小就开始学习英雄史诗。最常见的情况是,一个人如果对这些民族创作作品产生兴趣或感到喜爱,都会以玩乐的形式表演史诗中的某些段落,从模仿自己经常听且熟悉的说唱艺人的表演开始。如果一个年轻的卫拉特人发现自己有成为英雄史诗说唱艺人的天赋、能力和对这项事业的热爱,他就会向某个著名说唱艺人求助,并向他拜师学艺。通常来说,史诗说唱艺人本身也会寻找接班人,他们会观察年轻人,看他们中是否有可塑之才。开始学业后,年轻人首先要努力掌握他喜欢的某个史诗的情节和事件发展的过程。他们先实践,后理论,熟悉史诗的框架和纲要,并进一步熟悉整个史诗。他们要学会将史诗分成不同的组成部分——序章、主要体分和附带情节,学会区分不同的描述,例如对某些地形、马匹和对某个公主美貌的描写。掌握了这点并牢记史诗的情节及过程后,年轻的学生便开始学习"共用段落"和

"修饰"这样的比喻性表达。要想成为一名卫拉特英雄史诗的说唱艺人,就必须掌握史诗中某些不断重复的部分(这些部分在其他史诗中也会出现),与此同时,学生还须注意到,一名经验丰富的优秀说唱艺人能够为这些经常重复的部分引入某些色调,以各种可能的方式使其变得多样和生动。初学者需要学习、掌握各种反复出现的"共用段落",例如"序章"、对主人公故乡的描述、描绘他的骏马、两个英雄搏斗的场面等等。之后他需要掌握一系列诗意的表达方式、形象和修饰语,并学会将所学的这一切调和成熟悉的情节。年轻的说唱艺人学徒通常会独自找一个僻静的地方,如草原或山坡上,手持陶布秀尔琴,尝试以真正史诗说唱艺人的样子演唱所学的史诗。也就是说他要不遗漏任何内容、不丢弃任何情节、用喜爱的称谓和其他形象,采用不同的方式对"共用段落"进行修饰并将其描绘出来。一个年轻人只要有良好的记忆力、对史诗的热爱和灵感(这一点在这项事业中尤为宝贵),就能在老师的指导下很快学会演唱,而且还能将一部四五千诗节的大型英雄史诗演唱得不错。但这仅仅只是个开始,这样一个学唱史诗的年轻说唱艺人,距离成为真正的说唱艺人、获得图兀勒奇的普遍认可还有很长的一段路要走。

　　一个真正的卫拉特英雄史诗说唱艺人必然需要掌握若干部史诗,他可能会忘记曲目中的一两首史诗,但也很容易掌握新的作品。真正的说唱艺人,他们的脑海中有各种各样大量的"共用段落"的积累和储备,对不同地方的描述、赞颂、对战斗和竞赛的描述也相当丰富,这也是诗歌创作方法技巧为他提供的丰富内容,他还需在必要的地方慷慨地挥洒自己的"修饰"。一个真正的史诗说唱艺人,无论通过灵感还是有意识地通过娴熟的计算,都能在表演史诗时展现自己的能力和积累储备。他所有的技艺都体现在娴熟地使用"共用段落"和"修饰"吸引听众的能力上。史诗说唱艺人可以将内容以线串珠,将各类诗段伸展拉长,还可以使用直白或隐晦的叙事手段缩短无聊的内容。同样一部史诗,在一位经验丰富的史诗说唱艺人那里,可以仅用一夜就可唱完,也可以用三四夜,且同样能够保留详细的情节。卫拉特史诗说唱艺人从不允许自己以任何方式缩短或改变史诗情节,不允许删掉这个或那个情节,这样做被认为是不成体统的甚至是一种罪过。史诗的情节是永恒不变且不可被改变的，但其他一切都取决于史诗说唱艺人本人，取决于他的灵感和他运用创作手法的能力。

为了让大家更好地了解卫拉特史诗说唱艺人的面貌，我想讲述一位来自巴亦特部的著名说唱艺人帕尔沁（Парчен）的生平，我与他比较熟悉，还从他那里记录了他所唱过的所有英雄史诗。他不止一次向我讲述过自己的人生经历，详细描述了自己如何成为一名史诗说唱艺人。最终，我本人也有幸观察了帕尔沁几年[1]。

英雄史诗说唱艺人帕尔沁台吉出生于1855年，在整个蒙古高原西北的科布多地区都很有名气。他是巴亦特部人，来自绰罗斯贵族氏族。帕尔沁是图门巴伊尔诺颜的叔父，作为家里的小儿子，他注定成为僧人，并被送去巴亦特寺院长达十年之久，在那之前他在家里放羊。

九岁的时候，他就记住了一部英雄史诗《额尔格勒图尔格勒》（Ергиль-Тюргюль），这是他在诺颜大营里有幸听到的。这部史诗的表演给小男孩留下了深刻的印象，随后他努力记住整部英雄史诗，并模仿真正的说唱艺人那样将其通唱。随后，年轻的帕尔沁又学会一部小型史诗，他也试着模仿图兀勒奇那样演唱这部史诗。

当帕尔沁进入佛教寺院并成为沙弥时，发生了一件给他的整个人生留下鲜明印记的事情。有一天，来自纳林河（нарин）的当时极为著名的巴亦特说唱艺人布鲁尔赛斯林（Бурул-Сесрин）来到巴亦特寺院演唱英雄史诗。年轻的帕尔沁第一次听到这位优秀说唱艺人演唱的大型英雄史诗《宝玛额尔德尼》，他听得激动不已，立刻背了下来，在家里、在其他僧人的院子里边走边唱。当布鲁尔赛斯林得知当时只有十三四岁的帕尔沁正在尝试演唱英雄史诗时，便把帕尔沁叫到跟前让他表演一番。然后，帕尔沁在他面前尽情地演唱了刚刚学会的史诗《宝玛额尔德尼》，老说唱艺人听后非常惊讶，感动得热泪盈眶，在史诗表演结束时，他向帕尔沁赠送了一条哈达，并称他是自己的继承人，还表达了他所热

---

1 蒙古高原西北研究员布尔都科夫（А. В. Бурдуков）慷慨地向我提供了大量关于帕尔沁传记的资料。

爱的史诗不会随自己而消逝的喜悦之情。就这样，年仅 14 岁的帕尔沁获得了图兀勒奇——英雄史诗说唱艺人的称号。

不久之后，帕尔沁作为一名真正的说唱艺人，被巴亦特诺颜大贝子（Да-бейс）邀请到宫帐演唱英雄史诗，帕尔沁就这样成为公认的史诗说唱艺人。帕尔沁在诺颜那里住了几乎一整个冬天，他一边唱着英雄史诗，一边与大贝子保持着联系。毫无疑问，那段时期对作为英雄史诗说唱艺人的帕尔沁来说意义重大。大贝子诺颜是一位颇有名望的封建主，他的家族自古以来就特别崇尚并珍视古代文学，他们热爱自己的民族文学，包括书面文学和民间口头文学。在这个贵族家庭中，他们自己也从事文学创作、收集手抄本，也特别钟情于本民族的英雄史诗。大贝子本人也颇为认同家族的传统，他尤其喜欢卫拉特人的历史故事、传说和英雄史诗。诺颜注意到了一位压抑着希望、渴望成为优秀英雄史诗说唱艺人的年轻僧人，此人聪明伶俐、思维敏捷、学习能力强且出身高贵。帕尔沁从大贝子那里得知了许多关于卫拉特古籍的信息，获取了许多关于卫拉特英雄史诗、英雄史诗结构和诗歌创作方法的珍贵资料。但最重要的是，在这位诺颜这里，年轻的史诗说唱艺人可以近距离了解到卫拉特贵族的古老精神和理想。在大贝子那里生活时，帕尔沁曾通过手稿学习了另一首英雄史诗《汗哈冉贵》。大贝子与帕尔沁告别时，赏了他各种各样的礼物，还送了哈达并叮嘱道："要成为图兀勒奇并演唱我们的英雄史诗！"

帕尔沁随后回到了自己的寺院，但他并不安心于寺院里的生活，也没能学好必修的祷文和每个发愿的佛教徒都必须掌握的全部知识。帕尔沁经常以各种借口离开寺院，在草原上一住就是几个月。在一次旅行中，他成功学习了另一部宏大的英雄史诗，即蒙古高原西北卫拉特人当中最杰出的作品之一《达尼库日勒》。一位名叫谢日布（Шериб）的人知道这部史诗，他也是一位僧人，但住在草原上，他与帕尔沁是同一个地区的巴亦特人。谢日布同意把这部史诗教给帕尔沁，条件是帕尔沁要在整个学习期间为他拾柴火。帕尔沁欣然同意，于是他们开始一起生活。白天，我们年轻的说唱艺人拾好柴火并小憩，晚上他聆听谢日布演绎《达尼库日勒》，边思考、边问、边背。就这样过了七天七夜，帕尔沁发现自己已经掌握了这部著名的大型史诗。

就这样，他终于成为整个地区最著名的图兀勒奇。巴亦特和杜尔伯特的王公们开始邀请他到宫帐中演唱英雄史诗，尤其是在冬天，那是游牧民最闲的时期。作为一名真正的说唱艺人，帕尔沁总是心甘情愿地去王公们那里演唱，也许是王公们的丰厚馈赠吸引了他，他不止一次牵着赏赐的几匹马，带着做长袍的丝绸和其他礼品回到家里。然而，这些礼物没能改善他的经济状况：帕尔沁行事轻浮，是个败家子，他通常很快就能花光所有积蓄。在此期间他又学习了三部英雄史诗，其中一部是从一位著名的卫拉特英雄史诗专家那里学来的，这位专家是当时重要的巴亦特诺颜的父亲。

此时的帕尔沁已经完全脱离了寺庙，他一生都在不停地奔波，开始更多地融入世俗生活中。随和且有趣的性格让他更容易融入社会，渐渐地，在人们开始自家酿酒的夏季，他开始酗酒。后来，帕尔沁的亲戚们认为他不应该成为喇嘛，俗人的生活更适合他。帕尔沁本人也十分赞同这一点，并利用一个机会彻底离开了寺院，蓄发成了一个俗人，即蒙古人口中的"黑人"。不久之后，帕尔沁结婚了，过上了自由自在的草原生活，他的歌唱天赋也为他增了不少光。贵族出身和广泛的人际关系使他成为当地社会生活的重要人物，他对当地的社会生活情有独钟，经常参与审判、赶牲畜、执行权力部门的各项事务、抓小偷等活动。他还经历了一段对蒙古人来说有些不寻常的恋情。

1912年，帕尔沁随卫拉特民兵行军至科布多附近，他的军职较高，因此还参与了攻打科布多要塞的战斗。据说有一次，在持续了很长时间的围困中，一些杜尔伯特人开始在营地里演唱英雄史诗《宝玛额尔德尼》，他们唱得很糟糕且没有任何修饰，还唱错了很多地方。帕尔沁听到他最喜欢的英雄史诗被表演成这样，情绪非常激动，从说唱艺人手中夺过陶布秀尔琴，调好音，唱起了《宝玛额尔德尼》。许多聚集在那里的蒙古战士立刻意识到眼前的这位是谁。帕尔沁不仅展示了他的技艺、展现了蒙古史诗之美，还鼓舞了听众，提高了他们的战斗激情。这段故事不禁让人想起在黑斯廷斯战役前，说唱艺人如何通过演唱《罗兰之歌》激起诺曼人战斗热情的传说。

在进军成功回到故乡后，帕尔沁的生活又回归正常，1913 年，他应我的请求创编了一部蒙古人攻占科布多的史诗。他向很多人演唱了这部新史诗，其中许多人都曾参加过那场战争，这引起了人们普遍的喜悦和惊喜。

四

我与来自蒙古高原西北不同地区的不同卫拉特歌手见面，他们彼此各不相同，生活方面也有差异，但每个说唱艺人的传记中总是重复着他们学艺的故事，其中总以这样或那样的方式浸透着古老史诗的精神和贵族精神。灵感对卫拉特图兀勒奇史诗说唱艺人来说必然起着重要作用，如果一个人无法受到灵感的启发、无法歌唱，如果没有灵感的加持，史诗画面则无法引起生动的情感共鸣，那么他就不可能成为一个优秀的、真正的史诗说唱艺人。除了上述的灵感，真正的史诗说唱艺人还需熟知史诗、了解史诗，还要将其传达给听众，为此需要有驾驭创编诗歌之各种方法的能力。

卫拉特英雄史诗的发展经历了不同阶段，就像按照某种诗歌创作方法所创作的那样，现已拥有了固定严谨的诗歌形式。因此，现代卫拉特英雄史诗不能被归类为所谓"无艺术性"的民间创作。相反，蒙古西部的现代卫拉特英雄史诗恰恰是精美的艺术作品，表演者必须将其视为真正的文学作品来研究学习。卫拉特英雄史诗是未被记录下来的真正的文学作品，只不过没有被保存在纸张上，但它被记录在职业史诗说唱艺人的记忆中口耳相传。卫拉特英雄史诗说唱艺人不是来自游牧贵族阶层，就是与游牧贵族有着紧密的联系，为游牧贵族服务且深受游牧贵族理想的熏陶。最重要的是，他们过着与游牧贵族完全一样的生活。

我们知道，卫拉特人是一个较早登上历史舞台的民族。口传卫拉特英雄史诗当然也是卫拉特人创作、生活和发展的产物，他们受到过某种文学的影响，他们的社会具有深厚的文化气息。对卫拉特史诗影响较大的是来自藏族和藏传佛教的外部影响。这种影响可能直接来自藏传佛教的文学作品，其中相当多的作品被翻译成蒙古语和卫拉特语，还有藏文故事作品，例如上文已经提到过的关于格萨尔王的故事。佛教故事、传说和神话、诗歌和颂赞对包括卫拉特人在内的所有蒙古部落的民间文学产生了巨大影响。蒙古民间文学中有大量来自遥远印度的作品，它们悄悄进入到卫拉特人的英雄史诗中，带来了许多印度诗歌创作方法。

36

此外，印度诗歌创作方法还以另一种更加直接的方式影响了卫拉特史诗的创作。事实上，印度诗歌创作方法作为一种理论，在西藏和蒙古的佛教寺院中得以传授和研究，并对西藏和蒙古的藏文创作产生了影响。印度诗歌创作方法通过佛教寺院对卫拉特史诗产生了一定的影响，这是因为卫拉特喇嘛与其他蒙古部落的喇嘛不同，他们庇护了民族史诗，因为从他们中涌现出了许多卫拉特英雄史诗的鉴赏家和说唱艺人。印度诗歌创作方法的影响主要体现在转喻、艺术以及各种艺术化的表达方式上。总之，卫拉特英雄史诗说唱艺人将其称为"修饰"（чимек），将自己的史诗命名为 apparatus poeticus，诗歌创作方法的梵文名称"庄严修辞"（аламкара），其字面意思也是"修饰"。在卫拉特史诗中有时也会直接出现从印度语和梵语翻译过来的修饰语和其他形象表达。

值得注意的还有蒙古高原西北卫拉特英雄史诗的语言。事实上，在蒙古高原西北的所有地区，只要是卫拉特英雄史诗，就能够发现这些英雄史诗都不是用日常口语，而是用一种特殊的方言演绎的。聆听说唱艺人演唱卫拉特英雄史诗时，熟悉西蒙古卫拉特方言的人很容易注意到，说唱艺人没有用自己的或其他任何卫拉特方言或蒙古语演唱，他们使用的是一种不同于日常言语的方言，但同时又异于各卫拉特方言和蒙古语的文学语言。这种史诗语言究竟是什么呢？蒙古高原西北的卫拉特人除了日常言语和口语之外还有一种特殊的语言，这种语言的语法和词汇都比较特殊，他们在严肃的场合，在情感激动的时候，在一个人想把话说得优美、崇高或感人的时候，在某人只想用自己的言语给人留下深刻印象的时候都会被使用。这种特殊的语言会被专门用在文学作品、歌曲、神话故事、谚语和俗语中，在英雄史诗中更是被优先使用。因此，这种特殊的语言可以理所当然地被称为文学语言。其特点是古老的成分多,当今的蒙古卫拉特口语或文学语言及其方言变体与其既不相似也不相同。我们重申:这是一种绝对特殊的语言,是通过民间口头文学作品保留下来的语言。尽管卫拉特各方言之间存在千差万别,但在使用这种民间文学语言上却达成了高度统一。更准确地说,它们的特点是相同的。随传统保留下来的这种口头文学活态语言非常模糊且不稳定,其使用也非常随意,在民间文学作品中的应用也都截然不同。一切都取决于表演者的技艺和天赋,取决于表演者在多大程度上熟知且掌握这种特殊口头文学活态语言的短语和词汇。标准口语在卫拉特民间艺术中最为重要、最受人喜爱和尊敬、最富有感情的作品——英雄史诗中得到了特别的应用。但绝不能认为蒙古高原西北所有的卫拉特史诗都完全由这种特殊语言创作,这种标准口语时而在这里,时而在那里出现,或是按照说唱艺人的意愿在他希望强调的一些史诗情节中出现,又或者是在说唱艺人无意识的情况下偶然、习惯性地在灵感或情感的影响下出现。也就是说,卫拉特英雄史诗是用一种混合语言演唱的,这个混合语言由一些卫拉特方言和标准口语的元素组成。

卫拉特史诗职业说唱艺人无论在英雄史诗的结构还是在诗歌风格方面,都必须坚持一个原则:尽可能地掌握好史诗的主要部分。然而,我们不能把卫拉特英雄史诗说唱艺人单纯视为重复其所学内容的背诵者。他们背后的支撑是创造力,教学和培养也只是为了更好地创作。真正的说唱艺人图兀勒奇应该具备不同的"共用段落"、形象刻画的方式和押韵技巧的储备,需要拥有在每次演唱时以不同方式组合并挑选各种描述和主题的方案、架构等。他们需要根据听众的情绪和听众本身来"创编"史诗,给故事增添不同色彩,这主要依赖于说唱艺人的创编能力。当史诗的词句精确地自成一体,当韵律严谨地相互衔接,当一个个画面相继迭代且把熟悉的文学人物轻而易举地传送给听众时,为了能够进入这种激动人心的灵感状态,史诗说唱艺人往往需要一个合适的环境。说唱艺人图兀勒奇必须感受到自己是众人瞩目的焦点,他需要一圈听众,这些听众得饶有兴致地聆听他的表演,有时还需大声叫好表达他们的喜悦之情。在这种有利的条件下,卫拉特史诗说唱艺人会变得全神贯注,忘记周围的一切,全身心地投入到创作当中。蒙古高原西北的卫拉特人也正是如此看待他们的说唱艺人——人们承认，各种超自然的力量和神灵在说唱艺人陶醉时给他提示这些形象、图景和铿锵有力的诗句，给他们力量以克服紧张的情绪。例如，帕尔沁台吉曾多次提到过一位著名的英雄史诗说唱艺人——来自巴亦特部的艾泰·贡奇克（Этэн-Гончик）。

艾泰·贡奇克小时候经常在草原上放羊。某个夏日，他看到一个巨人骑着一条龙向他走来。小男孩后来也无法确认自己看到这个景象究竟是在现实中还是在梦中。巨人骑着龙走到茫然的艾泰·贡奇克面前，问他是否想成为史诗说唱艺人，是否想学唱英雄史诗。男孩回答说他一直有学会唱英雄史诗的强烈愿望。巨人说，如果男孩能送给他一只"献给"龙王的大山羊，他就教男孩唱各种各样的史诗。男孩高兴地答应了，巨人拍了拍艾泰·贡奇克的肩膀然后消失了。过了一会儿男孩回过神来环顾四周，发现周围没有人，更没有什么巨人，但不远处一匹狼正在捕食一只大山羊。从那时起，艾泰·贡奇克就感受到了吟唱英雄史诗的能力，后来成为最著名的说唱艺人，他承认这种天赋是化身巨人来到他身边的龙王亲自赐予的。

一位父亲和祖父也是职业史诗说唱艺人的英雄史诗演唱者——南部乌梁海人吉利科尔告诉我，当他学习一部史诗时，在听完表演后首先试图重复史诗的内容，记住固有的名字，并将自己一直准备好的"共用段落"适配于新的故事和情节。想到某个史诗及其情节，他通常闭眼看到那情景，然后将其牢牢记住。吉利科尔从中看到了神灵和史诗英雄的帮助。

我所见过的所有英雄史诗说唱艺人都非常重视陶布秀尔琴，他们说没有陶布秀尔就会很难，几乎不可能获得灵感，也不可能热血沸腾。有一次，一位巴亦特说唱艺人向我口述一部史诗时提到，这部史诗的特殊性在于只有一个事件，没有各种细节、重复和赞美。但是说唱艺人补充说，如果他用陶布秀尔来演唱这部史诗，很可能会插入许多在灵感影响下出现的其他要素，也就是说通常的"共用段落"会再次出现且被调整到史诗里对某个时刻、马匹、英雄的故乡和战斗的描述当中。说唱艺人们习惯在陶布秀尔的伴奏下表演史诗，以至于他们

"纯讲述"史诗时都非常困难，更不用说口述了。我曾多次目睹这样的场景：一位对史诗了如指掌的说唱艺人向我口述英雄史诗，他口述得非常好，然后因为一时忘词，突然停顿一下，故事的线索就这样中断了。然后他拿起陶布秀尔，唱出需要向我口述的最后几句，其余的诗句立即浮现在他的脑海中，他就又可以继续口述史诗几个小时，直到类似的停顿再一次打断讲述。对于卫拉特史诗说唱艺人来说，英雄史诗与伴奏、与陶布秀尔是密不可分的，伴奏与诗句是一体的，是合二为一且不可分割的。

事实上，旋律在卫拉特史诗中发挥着巨大作用，比诗句长短和节奏更重要。因此，排除旋律谈卫拉特史诗是件难事。只有在乐器的伴奏下，真正的史诗诗句才会显现出来。其他的一切都起着次要作用，比如节奏（即唱出并列诗句所需的相同时间）和诗句长短（6、7、8个音节或更多音节的诗句）。韵律经常缺失是蒙古诗歌的特点，即押头韵而不押尾韵，在卫拉特史诗中，两个押头韵的诗句形成一个整体，成为一节。

综上所述，西蒙古卫拉特英雄史诗存续至今要归功于贵族阶级、贵族传统和说唱艺人流派的保留。史诗本身是特殊条件下真正的文学作品。一方面，它们已经被创造出来，获得了固定的框架，并有了固定的形式，另一方面，不仅在每一代人、每一位新的说唱艺人那里，而且在同一说唱艺人的每一次演唱中都在发生变化，都会被重新创造，就像新的图案被叠加在旧的画布上，新的色彩被涂抹在旧的画面上，有时甚至难以辨认出其原有的基础。因此，英雄史诗的生命与语言的生命类似，在语言的生命中，每一代人在努力学习长辈的语言时都会增添自己的新内容，随着时间的推移，这些新事物会变得越来越明显。在不同语言的生命周期里，有时在不同环境（主要是社会变革）的影响下，语言开始快速"变化"，创新在短短几年内大量出现。当然，语言的生命周期中也会出现相反的现象。史诗的生命也是如此，在环境（主要是社会和历史环境）的影响下，职业说唱艺人的阶层发生变化，他们的生活条件、状况和理想发生变化时，他们所传唱的英雄史诗也会迅速发生相应的变化。当然，并不是所有旧事物都会消失得无影无踪，哪怕是与新的东西截然相反，或者新事物所不理解的东西。就像语言的生命一样，它们被顽强地保留下来，有时是以明显的方式，有时则是以隐蔽的方式。

蒙古高原西北的卫拉特英雄史诗说唱艺人竭尽全力记住英雄史诗，他们按照从老一辈那里学来的样板，按照老一辈人的观念，以最古老的形式展现民族史诗。正如我们所看到的，史诗"保存"的所有条件都已具备：父权制的生活方式、传统贵族、说唱艺人的专业训练、他们的社会地位。尽管如此，卫拉特说唱艺人也无法将他们的古老史诗原封不动地保留下来。卫拉特人对英雄史诗所做的记录非常有趣。毫无疑问，这些记录正如古老的法兰西史诗的初始记录一样，是为了说唱艺人的需要而准备，这样有利于记忆而不会歪曲那些已经成为神圣神灵的光荣勇士和祖先们以及真正的王公和英雄们的遗训。当然，最常见的情况是被记录下来的史诗情节出于某种原因引起人们的恐惧，这种恐惧是人们生怕歪曲史诗后会发生什么不好的事情。一般来说，根据现代卫拉特人的观念，以任何方式篡改史诗都是极大的罪过，会受到守护神和史诗中被传唱英雄本人的惩罚。总的来说，史诗很少被记录下来，这是因为保存史诗的条件已经具备，所以没有记录的需求。这些蒙古史诗的记录几乎都是由王公贵族、古典名著和民族史诗爱好者所为，因为他们非常警惕史诗被歪曲的情况发生。目前还没听说在西蒙古的任何地方，哪个卫拉特人以个人的意愿记录英雄史诗的事情。

每一位有经验的史诗说唱艺人都能轻而易举地学会一部自己喜欢的新史诗，但没有人自己创作出一部新史诗，西蒙古卫拉特人的头脑中也从未产生过这样的想法。英雄史诗是千百年生活的结晶，是很古老的文学作品。然而，最近在我们所感兴趣的这个地区出现了一部全新的英雄史诗，尽管它是在非常特殊和极好的条件下被创编出来的，但人们所感兴趣的点在它对于解决和说明与蒙古高原西北的卫拉特英雄史诗有关的各种问题上。

1913年秋天，我找到上文提到的巴亦特史诗说唱艺人帕尔沁，请求他描述1912年围攻并攻占科布多的整个过程。帕尔沁本人不仅是这些事件的见证者，也是参与者，他同意了我的上述请求。那时他酗酒的情况比以往更加严重了。

经过一段时间的准备,帕尔沁带着一部即兴创作的史诗找到了我。他先是在一个大集会上演唱了一遍自己创编的作品,第二天又将它口述给我听,但在两三个月后,他却宣称自己完全忘记了那部作品。

帕尔沁创作的作品篇幅不大,虽然是最多只有800行的诗歌,但结构非常严谨。帕尔沁大胆地放弃了卫拉特英雄史诗常有的结构,因为作品的情节也不允许他按照以往的方式进行创作。因此,他巧妙地运用"赞词",描写了科布多战役的参与者,随后又赞扬了科布多战役、攻城战以及王公勇士们满载战利品返回故乡的情形。作品中,与敌人的战斗以土匪突袭的形式呈现,虽然他歌颂了彪悍和掠夺的行为,但同时又试图让这种行为具有一种为恢复"四卫拉特"的荣耀国度而斗争的性质,史诗的主人公就是上述理想的承载者。帕尔沁创作的英雄史诗听起来就像一部普通卫拉特英雄史诗中的独立情节,但就其技巧而言,它与蒙古高原西北卫拉特史诗说唱艺人演唱的其他任何史诗没有什么区别。同样的语言,同样的特殊口头文学活态语言、同样的词汇、同样的"共用段落"和修饰语,简而言之就是选择了同样的诗歌创作方法。帕尔沁必须对这一切进行改编(他以高超的技艺做到了这一点)使之适应现代战争(虽然"规模小",但仍然是现代战争)的背景,适应当前的事件和人物。

从这个例子中我们可以看到,在蒙古高原西北卫拉特地区,技艺高超的英雄史诗说唱艺人所掌握的技巧、英雄史诗的"诗歌创编套路"赋予了他们何等的力量、灵活性和自由发挥的空间。

蒙古高原西北卫拉特英雄史诗歌颂英雄本人、英雄的事迹、战士们的悲欢,也歌颂伟大英雄们的光荣世界。这些史诗的内容多种多样,英雄和他们的战马、冒险经历和背景也各不相同。然而,在我们研究的这个地区几乎所有的英雄史诗中可以发现一些共性。史诗几乎总是从描述主人公的幼年开始,随后便描述他的第一次英勇旅程,这是后续事件的一个关键点。总的来说,就内容、情节和人物而言,蒙古高原西北的卫拉特史诗可被分为三类。

我们可以将如下史诗归为第一类:即使不是史诗的主要英雄,天神的势力和神灵也在其中扮演一些重要的角色。英雄们遵从天神的吩咐而战斗,这些英雄或是天神之子、天神，或是转世到人间的神灵。显然，这类史诗仍然保留着古老卫拉特萨满神歌甚至蒙古神话的影子。不过，这类史诗被保存下来的数量极少，而且保存得并不完整。更确切地说，对天神斗争这一古老元素的描述保存得并不尽如人意。随着萨满教的衰落、喇嘛教的兴起和传播，这类英雄史诗开始被人们遗忘且被歪曲。萨满精神开始随着萨满教万神殿中的人物一同消失，对人们来说更亲近、更容易理解和更受欢迎的喇嘛教神灵和圣人逐渐取而代之。有些时候，这种替代纯粹是机械且粗糙的，佛教圣人被强加上一个不同寻常的角色。有时，这些变化向我们揭示了一个游牧民族的天真灵魂，他刚刚抛弃了萨满的"黑教"，激动地信奉佛陀。有时，卫拉特英雄史诗又展现了释迦牟尼本人，但他与大多数传说中人们熟知的佛陀形象大相径庭，这是特殊的卫拉特的"佛"，是西蒙古草原和山区游牧民的"佛"，就像他第一次出现在游牧民面前那样，这个"佛"的形象震撼了游牧民的想象力。随后，尽管关于佛陀的概念及其传记在卫拉特人中传播开来，即使史诗说唱艺人们本身就是佛教僧人，也将其视为珍贵且拥护的古代遗训，史诗中第一个"佛陀"的形象依然留存在了史诗说唱艺人的口中。在英雄史诗中，萨满教和佛教万神殿中的人物经常被混淆，一个形象的特征经常会被移植到另一个形象身上，因此很难准确地辨认出他们究竟是谁。总的来说，第一种类型的卫拉特英雄史诗愈发向仅颂扬英雄世界的史诗靠拢，当然，在这个世界里也会不断遇到超自然的力量，有时也会出现神灵，但这类史诗失去了"神话"的特征。有时很难区分这两类史诗，很难将其归类。然而毫无疑问的是，这种差异在过去曾较为明显，甚至现今蒙古高原西北的优秀英雄史诗说唱艺人和鉴赏家都认为可以将颂扬天神势力参与的史诗划分成一个特定的类别。

　　蒙古高原西北卫拉特英雄史诗的第二个类型是数量最多、分布最广、存在于科布多地区所有地方的英雄史诗，是卫拉特现代英雄史诗最典型的代表。这类史诗歌颂了光荣的英雄和贵族，为我们描绘了他们的生活、功业和冒险经历，这些功业和冒险有时是奇妙、离奇的，史诗还描绘他们与各种对手和敌人间神奇的、令人惊叹的战斗。神灵和圣人经常帮助他们并给予建议，但这些史诗所描绘的世界仍然是人类的世界，是这些光荣、强大战士的后人所生活的世界。这类史诗的主要事件和情节是战斗，英雄战斗是为了获得光荣称号，为了得到美丽动人的妻子，为了夺取肥沃牧场、畜群和臣民，为了打败并消灭仇敌，为了建立和平与繁荣。这类史诗的结尾总是描写和平、宁静和自由的生活，这是英雄主人公努力奋斗的结果。当主人公可以给自己的战马卸下马鞍并放归自由时，就意味着他不需再去征战了：美丽的妻子和他在一起，白色的宫帐高高地矗立在那里，他的臣民、牲畜数不胜数，附近没有邪恶的敌人，他和人民可以享受和平、盛宴和娱乐，一个游牧封建主宁静而轻松的生活——这就是他现在的命运。

蒙古高原西北卫拉特史诗的第三类，也是最后一类——婚姻史诗（生活史诗）。这类史诗的数量不多，也不那么受人喜爱，在表演过程中也不会像"真正的"英雄史诗那样能够激起听众们强烈的情感。但它们通常也具有严谨的结构、优美的诗句等特点。这些英雄史诗也属于上述第二类史诗，有着同样的英雄、同样的描写、同样的精神和同样的情绪，缺少的只是对战斗、战役以及与对手和各种怪物搏斗的描写。这类史诗专门描述和平生活的图景，也向听众介绍英雄和男士，但并不在听众面前强调他们所拥有的可怕力量。听众可从对主人公的美德、财富和地位的描述性话语中得出结论：在他们面前的不是一个普通人，甚至不是一个草原贵族，而是一个真正的英雄。这类婚姻史诗通常记述英雄的出生，赞美英雄本人和他的家乡，之后再描写他前往遥远国度的旅行，故事最终以他迎娶美女而告终。在这些婚姻史诗中，卫拉特婚礼和婚礼过程的所有细节被富有诗意的描述性语言详细描绘了出来。但是，由于婚礼的不同时刻都带有"英雄"功业的印记，且许多仪式都标志且象征着新郎的斗争和胜利，因此婚姻史诗不得不对英雄的"搏斗"进行描绘。但这种"搏斗"通常只是完成这样或那样的任务、猜测新娘父母的各种举动、解决一些为了为难主人公而设计的巧妙问题等等。即使出现对手，通常也会败给主人公，主人公仅凭外表就能压制住对手，或者在一对一的格斗中轻而易举地击败对手，但故事绝不会以失败者的死亡而告终。这并不是一场战斗，而是一场"争斗"，是一场较量。

前言

蒙古高原西北卫拉特英雄史诗中的主要英雄，无论他们属于哪个群体，都被视作英雄，没有他们这些人物，就不会有英雄史诗的存在。所有这些英雄，所有这些卫拉特史诗中的英雄形象彼此都非常相似。无论史诗向我们描绘的是拥有超自然力量、与不同的敌人和神灵战斗的英雄达尼库日勒，还是与可怕的女萨满搏斗的英雄宝玛额尔德尼，或是向天神之子挑战的汗哈冉贵，出现在我们面前的始终是同一张面孔，只不过他们的名字不同而已。即使是灰屯呼和哲勃，他的故事在卫拉特史诗中也是异常具有诗意的，但在总体上他与普通英雄史诗中的英雄并没有什么区别。

卫拉特英雄史诗中的英雄们只在力量、权力和能力、状态、冒险经历等方面有所不同，但他们的精神品质和性格特征却没有任何区别。如果连续阅读不同的史诗，就会觉得故事其实都是关于同一个人、同一个英雄的。在这个方面，卫拉特英雄史诗与《伊利亚特》和《奥德赛》的经典类型截然不同，有些方面则接近法兰西古老英雄史诗所展现的画面。但同时，也不能因为上述原因就认为卫拉特史诗对英雄人物和英雄类型的勾勒薄弱模糊、不够鲜明。相反，蒙古高原西北卫拉特英雄史诗中的英雄们被清晰、明确地展现出来，他们是活生生的人，虽然强大、坚强、非凡，但他们依然是人，尽管有很多优点，外加超自然力量的协助，他们仍然会有些弱点。这就是卫拉特英雄史诗的特殊魅力也是其强大生命力所在：它所代表的英雄不是模糊且离奇的一种虚幻形象，而是活生生、真实的人，虽然他们现在并不存在，但他们曾经存在过，"可能"仍然会存在。这些人很容易被想象出来，只要人们勾勒出一个现代人的形象，抛开他的小气量和软弱，就可以想象出那些英雄形象。但是这种强大、鲜活、有生命力的人物类型，在卫拉特英雄史诗中随处可见，他们在所有的卫拉特史诗中都是一致的。

蒙古高原西北卫拉特英雄史诗中的英雄（"勇士""男儿"）是民族理想中男子汉的化身，"最优秀的男儿"是卫拉特史诗中常见的勇士称号。"最优秀的男儿"必须出身高贵，是草原可汗或王公之子，是草原贵族的代表。他拥有神奇、可怕的力量和权力，他富有且享受着草原上的一切奢华，他拥有一匹和自己一样强大的战马,英雄之名在他幼年时期就已经响彻阿尔泰和杭爱地区。但是要成为真正的英雄,光是强壮、有力、高贵和富有还不够。真正的英雄应该是这样的一个人:他已经意识到且感受到了自己是英雄,理解了自己的英雄使命,是公开走上"英雄"道路的人。因此,英雄不仅要强壮,还要勇敢,有坚持不懈实现目标的决心,还不能有丝毫的犹豫。坚定、忠实于计划和承诺,这是英雄的首要美德,也是史诗中英雄的显著特征。史诗中的英雄为自己设定目标,且通过创造这样一种生活来让自己名扬四海:在这种生活中,和平的幸福、真正的美好、宁静的生活随处可见,游牧民可以在任何地方看到他们所珍视的梦想得以实现。为了实现摆在眼前的目标,英雄的行事风格是直来直去的,行动坚决而不受约束。即使他不得不狡猾行事,那也只是暂时的,这都是为了后续让自己以更大的热情冲向既定目标。然而,并非所有的英雄都会诉诸狡诈,从这一点上或许可以看出他们性格上的不同。但是卫拉特史诗中的所有英雄都谴责狡诈,认为靠狡诈取胜是不光彩的,自己不会这样做,他们会光明正大地与对手战斗,光明正大地行动。

史诗里的英雄单纯且直率,他不懂得细腻的感情。虽然他明辨是非,但在他眼中,事物非黑即白,他不懂得世间的其他色调。他知道邪恶的蟒古思是一个可怕且富有的怪物,便认为必须消灭他且夺取他的牲畜;他听说在某个地方住着一位绝世美女,就认为必须娶她为妻,如果遇到情敌就得除掉他;当看到自己的战马变得瘦弱时,他会悲伤,甚至会哭泣;参加宴会时,他也会欣喜万分,喝得酩酊大醉;他发誓要杀死自己的敌人,说出"饮他的血,吃他的肉"这句话后,会不顾一切准备完成自己的计划,不会顾及他的敌人是否已经屈服,不会顾及对手请求做他的兄弟,也不会顾及自己战马的说情。想到即做到,说到也即做到。另一方面,卫拉特史诗中的英雄以同样的热情和直率的性格冲入各种危险之中,拯救或帮助自己的朋友和兄弟,他保护弱者,宽恕顺从者。他骄傲、暴躁,会肆无忌惮地发怒,但永远忠诚。卫拉特史诗里的英雄在拥有这种特质的同时,还是履行职责、珍视荣誉的典范。然而,在卫拉特英雄史诗中,英雄们最利己的特征、对生活完全功利的看法得到了持续且鲜明的强调。卫拉特史诗最关心的是英雄如何娶到能带来丰厚嫁妆的美丽妻子、如何得到臣民和牲畜，以及如何维护自己的财富和成就。

在卫拉特史诗中，英雄主人公的身旁往往会出现另一个英雄的形象，那就是主人公的朋友。在一些史诗中，这位二号人物经常能得到出色且突出的描述，他的性格在史诗中得到了很好的勾勒，史诗也会向我们讲述这个二号英雄的许多不同细节。这种特殊的史诗类型，即主人公的英雄朋友的出现，正是为了突出主人公的刚毅，强调他坚不可摧的意志。这位二号人物通常在一场决斗中经过顽强而惨烈的搏斗被主人公打败后成为其挚友。二号人物同样威武、强壮、勇敢，他也是"最优秀的男儿"，也拥有一匹有预见能力的战马。最后，他也是一个游牧王公之子，也同样是草原贵族。我们可以把这位二号人物看作是同一个人，因为他的形象在其出现的史诗中都相差无几，就像史诗的主人公一样，处处都以同一个人或同一类人的形象出现。同样，我们可以从英雄史诗中确定他们不同的特点：一个更强壮，另一个则更聪明，一个有这样的战马，另一个则有那样的功绩。但总的来说，我们面前的又是同一类型的人物，即卫拉特史诗中"二号"英雄、主人公的英雄朋友这一类型，例如，史诗《达尼库日勒》中的扎恩布亦东（Замбулин）和史诗《宝玛额尔德尼》中的哈吉尔哈尔（Хадир-Хара）。这种类型的英雄尤其令人好奇，因为蒙古高原西北卫拉特的英雄史诗为这些二号人物罩上了一层特殊的光环。这些"二号"英雄虽然与"一号"英雄一样是史诗中的人物，但他们拥有更柔软的情怀和更细腻的性格，更容易受到爱与怜悯等情感的支配，不那么过分的贪婪和自私，史诗有时会为我们描绘他们动人的内心冲动，可以说他们天生情感丰富。但是，史诗说唱艺人和人民的同情心依然站在"一号"英雄这一边，因为"一号"英雄具有坚定的意志，虽然他们的胜利使他们自己的生活更加富裕，但同时也赋予人民以幸福的生活和福祉。

有一种情况让我们需要特别仔细地审视这些卫拉特史诗中的"二号"英雄，在这种情况下，我们无法看到将这些"二号"人物搬上舞台的艺术，同样无法看到一种已成为模板的文学手段：通过对比来强调主人公个性的基本特征。这

47种情况即在最古老的蒙古史诗（记录于1240年）《蒙古秘史》中（如上所述）的那样，与主人公成吉思汗一起出现的还有他的朋友兼对手扎木合，他的形象被某种特殊的光环所环绕。他和蒙古高原西北卫拉特英雄史诗中的"二号"英雄一样，与坚定不移地创建游牧帝国的成吉思汗形成鲜明对比，因为扎木合诗意的友情可能伤害到他自己，甚至会破坏他的事业。未来的研究者们必须解决这样一个问题：《蒙古秘史》中的扎木合在多大程度上对应于成吉思汗的历史对手？又是什么样的历史特征和条件造就了西蒙古卫拉特史诗中"二号"英雄的类型呢？

至于史诗中的其他人物，他们在史诗中的形象通常不是那么鲜明，也并不那么清晰。但是在所有的卫拉特史诗中，他们都是同一类型的人物，彼此之间的区别仅在于一些细节或是他们行动的外部环境当中。就像棋子一样，他们总是有着相同的外表，朝着规定的方向行动。例如主人公的父亲或祖父，以及在几乎所有的蒙古高原西北卫拉特史诗中都拥有同一个突厥语名字阿克萨哈勒（Ак-сахал，意为白胡子）的牧马人，当然还有主人公必然会遇到的王公和大汗们，他们都是史诗中的次要角色。例如，不同民族的各种史诗中，英雄的"父亲"总是以众所周知的形象出现在我们面前，最典型的例子就是伊朗《鲁斯塔姆》（《列王纪》中的主要英雄）中的国王凯考斯，或者是俄罗斯壮士歌中的红太阳弗拉基米尔。主人公的"父亲"也被称为英雄，但他并不显露自己的英雄身份，人们只是会谈到他。与主人公相反，他软弱且胆小、内心脆弱、贪婪、嫉妒心强。尽管如此，他也有一些善行或光荣事迹，他仍然是一位父亲、一位可汗。在卫拉特史诗中经常出现的主人公岳父的形象，与这一类型也很接近。

相反，卫拉特英雄史诗中对"牧马人中的佼佼者"白胡子老头情有独钟，他非常热心地照看英雄主人公的主要财产——牧群，也帮主人公找到一匹称心如意的战马。有时这位牧马人直接将主人公的父亲推到幕后并取代其位置，他向主人公提出建议，主人公则把他当作父亲一样看待。这样一来，贵族式的史诗就会变得不对劲了，因此史诗将白胡子提升到贵族的地位，让他成为主人公的亲戚，例如成为主人公的叔父。这是一个明显的创新，"牧马人"的形象对我们来说是清晰的，我们可以明确指出是什么历史条件造就了这个形象，因为史诗本身就为我们提供了这些材料。

除了他的异族名字之外，牧马人有时还有一个绰号"浩屯"（хотон），即操突厥语的人或来自中亚地区的人。在一些史诗中（尽管为数不多），这个"牧马人"会突然背叛主人公，出卖自己的英雄。显然，在卫拉特史诗中的这一"牧马人"形象里，我们看到了历史条件下的一种映像，当时卫拉特人占领中亚地区后，在那里获得了一些俘虏和附庸，由于这些人更加文明，在当时必然会在游牧民族的经济生活中发挥更大的作用。

蒙古高原西北卫拉特史诗中的女性形象则比较单调，对她们的刻画也不够鲜明，她们在史诗中的作用很小，且大多都是消极的形象。即使是女主人公，这些神奇的美女（"仙女"）在史诗中的作用也很小，她们根本不是"英雄"，不像布里亚特史诗中的女战士。为了得到这些美女，主人公要动身前往遥远的国家。但是，卫拉特史诗中描述了她们惊人的美貌、魅力和神奇的特性，以及富可敌国的财富。值得注意的是，她们的形象总是被塑造成佛教圣地的狂热崇拜者，她们带着金色的佛教典籍《甘珠尔》和《丹珠尔》来到英雄主人公的故乡。卫拉特史诗中很少描述感情、描绘浪漫的画面、歌颂爱情。例如，在卫拉特英雄史诗《达尼库日勒》中出现的英雄主人公与美丽的陶丽高娃（Толи-Го）相识相恋的场面，美丽的女子在其中扮演的并不是被动的角色，这在卫拉特史诗中是罕见且不同寻常的。次要女性形象通常没有任何的特征。

卫拉特英雄史诗描绘的并不是一个梦幻般模糊的世界，而是一个真实的、完全明确的、色彩斑斓的世界。蒙古高原西北的卫拉特史诗并不是要把观众从平凡的生活引向遥远的梦幻世界，而是把我们熟悉的真实生活场景展现在人们面前，为人们呈现出最生动鲜明、最鲜活的日常生活景象。英雄史诗所描绘的生活就是游牧生活，是人们最喜爱最熟悉的生活，其中有欢乐也有艰辛。它被一种特殊的快乐、满足之光照亮，被鲜活的力量和实力强化，只不过是以一种理想的方式呈现出来的游牧生活，在史诗中，它被悲壮且热情地讲述着。在卫拉特英雄史诗对各种游牧生活图景的描绘中，蒙古民间关于"真正"美好生活的理想、愿望和民间观念得到了比其他任何方面都更好且更生动的表达。史诗中以特别的爱、特别的艺术和特别的想象力描述了英雄主人公的畜群,这是游牧民族繁荣发达的源泉。随后是关于迁徙的多彩描绘,所有的细节都被描述得异常详细,甚至会细致入微描写骆驼如何嗥叫、如何甩尾巴等细节。所有这些描述都选择了合理恰当的表达方式和精准的称谓,对小细节的描述也并没有破坏整体的画面。史诗也描绘了游牧民族可怕记忆中其他熟悉的场景,但这一次,这些场景和画面都被改编得颇具戏剧性。每个草原儿女都知道,当他们的马开始突然"黏着"主人且在荒凉的戈壁逐渐消瘦究竟意味着什么。因此,人们在史诗中欣喜地发现了对类似情况的诗意性描绘,并屏住呼吸倾听伟大的英雄主人公如何摆脱困境。另一幅在卫拉特史诗中经常出现的画面,同时也是今日游牧民所熟悉并深有体会的是:当英雄回到故乡,满心期待看到令他欣喜的高大白色宫帐和周边环绕的毡包,还有拴马桩和远处的畜群时,这一切竟突然消失了,取而代之的是一片荒漠,从前支起宫帐的地方长满了草,牲畜的粪便早已干透,所有人都搬走了。也不知道他们去了哪里,为什么搬走。

在蒙古高原西北的卫拉特史诗中,一幅又一幅游牧生活的画卷,真实且鲜活的生活场景会被展现出来:这里是追逐盗马贼的场景,那里是迅猛的赛马,然后是对盛宴和婚礼的多彩描述,还有套马……史诗捕捉到了草原人民生活的全部,生动、全面地再现了草原人民的生活,展现了其中所有的细节。与此同时,史诗还赞美和颂扬这种生活,激励人们,给予人们承受苦难的力量。事实上,这种简单的游牧生活可以变得像英雄史诗所描绘的那般充实且美好。英雄史诗描绘的正是这种鲜活的生活,只不过我们要补充的是,史诗是以一种理想的方式来描绘这种生活的。卫拉特英雄史诗以同样的生动性和完整性描绘了日常生活,并以同样的方式描绘了所有的社会关系。根据卫拉特英雄史诗,我们可以判断出史诗中社会生活的细节,这不亚于从《伊利亚特》和《奥德赛》中了解阿卡亚人的生活,如果说人们能够从古代法兰西史诗中了解中世纪的封建制度,那么从卫拉特英雄史诗中可获取的信息则更多。

卫拉特英雄史诗从不交代英雄来自哪个国家或部落,甚至出自哪个氏族,也从不道明他们故乡的名称,只说事件发生在阿尔泰和杭爱地区。但可以注意到,在一个来自西蒙古的现代卫拉特人看来,这些地名都是虚构的。但史诗说唱艺人和人民相信且明白,这些史诗里唱的是他们的祖先,唱的是卫拉特王公和卫拉特人民,所有人都明白这一点,因此所有人都喜欢这些史诗。

根据卫拉特人的英雄史诗,世界似乎是一个巨大的游牧王国,这个王国被分为不同的汗国和草原贵族的独立领地。这里或那里生活着可怕的食人怪物——多头的蟒古思。但即使是这些有着奇特本性的怪物,也同样是游牧贵族,有自己的领地("故乡")、自己的畜群、自己的臣民,他们也都是普通人。一个草原贵族,无论是强大的可汗还是普通的勇士,总是或多或少拥有足量的畜群,因此总有仆从为他们效力且为他们放牧。一个贵族越是强大,越是勇敢和成功,他拥有的臣民和附庸就越多,因此也谈论自己的子民。这样一个草原封建主,一个大汗,总会有协助其管理人民的助手,这个助手是一种官员,大汗的仆从是有组织的,其中有近卫军、内廷御膳官和女仆。

草原贵族,无论是大汗或只是一个拥有少数附庸的好汉,都不服从也不承认任何凌驾于自己之上的人,除非邻近的草原封建主将他征服并把他变成自己的臣子甚至奴隶,这种情况才会结束。有时,一个草原贵族为了防御或迅猛突袭而不得不与近邻或远邻结盟,这种结盟通常表现为两个贵族家庭联合的形式,为了利益他们开始一起游牧,他们的附庸和臣民也随他们一起行动。如果两个贵族家庭之间联姻,则能形成更强大的家族,拥有更多的畜群和臣民。这样就出现了附庸贵族,这是因为一些不太成功的贵族有时会投靠更强大的贵族而成为其附庸。这种贵族氏族的统治者不是最年长的,而是最强壮的,即最勇敢、最聪明、为家族的联合付出最多努力的人,他们通过继承将权力传给自己的儿子。

草原贵族对待自己的臣民时就像对待自己的财产和牲畜一样。臣民必须无条件服从领主的意志,只要领主一句话,他们就得无条件离开家园,迁徙到遥远的地方。封建主可以把臣民送给自己的朋友,把他们作为女儿的陪嫁送走。臣民也有义务供养自己的领主,为领主的宴会运送物资,在宫帐服务,在游牧迁徙期间必须为领主提供最好的武器，为领主缝制衣服、准备各种物资。但即使在这种情况下，即在臣民绝对服从封建主意志的状态下，我们仍然可以看到草原领主与其臣民和附庸之间往来的各种准则。草原贵族承认自己对臣民的一些义务。草原封建主有义务保护其臣民不受外敌侵扰，有义务保证游牧民的安全，他们必须努力确保其臣民拥有最好的牧场和狩猎场。因此，战争和军事荣耀是游牧贵族的主要关注点。普通百姓在战斗和袭击中的角色则十分被动，会被轻易地在贵族领主们之间来回交易。有时他们也会组建民兵，但这些民兵在英雄的战斗中几乎不起任何作用，很容易就会被一个贵族英雄赶跑。而英雄的武器更好，一个真正勇敢的战士对荣誉和战利品的渴望更为强烈。

蒙古高原西北的卫拉特史诗清楚且全面地反映了蒙古人生活中的几个时期，当时的蒙古人生活在诞生不久、以草原贵族为首的独立部落中，而草原贵族近来则在不断强大。例如，成吉思汗在这些游牧民族中诞生时，蒙古人的生活状态就是如此。《蒙古秘史》为我们描绘了一幅异常生动的社会生活景象，这与当代蒙古西部的卫拉特英雄史诗中所展现的社会生活极为相似，拥有着同样的生活方式和行为规范，同样的理想和愿望。因此，卫拉特史诗是这股"文学"洪流的直接继承者和延续者，这股洪流在蒙古历史的曙光中被展现得淋漓尽致。一条直接的线索将十三世纪的蒙古史诗与蒙古高原西北卫拉特的英雄史诗联系在了一起。

该地区的史诗还有另一个非常奇特的特点，它也反映了人们昔日的生活状况，而这种生活现已经完全消失。卫拉特史诗经常详细描写狩猎活动，由此可以猜测，在史诗描述的社会中，狩猎是主要经济活动之一。在西蒙古的史诗中可以经常听到这样的表述：一些英雄的宫帐是用野兽的角和骨头搭建，且用兽皮包裹而成。几乎可以肯定的是，在这种情况下，在这种描述中，我们眼前所呈现的是遥远的过去，是蒙古部落远古时期的回音。事实上，我们知道蒙古人，尤其是卫拉特人在成为游牧民族之前，在很长一段时间里也是狩猎者。

在蒙古高原西北卫拉特的一些史诗中，也会描述英雄与萨满之间的斗争。虽然卫拉特英雄史诗中很少有这样的描述，但在《宝玛额尔德尼》中，这样的主题却得到了相当广泛的发展。不过值得注意的是，像其他史诗中的英雄一样，宝玛额尔德尼与萨满的战斗完全不是以佛教的名义，不是为了捍卫佛教信仰，也完全不是出于宗教动机而进行的。一些卫拉特史诗中的萨满同样是草原贵族，他们要么是蟒古思怪物，要么是人类。他们也生活在游牧地区，拥有自己的臣民，也照顾自己的臣民和畜群。很难说卫拉特史诗中的这些故事是在何种关系、何种历史事件和偶然事件的影响下形成的。但无论如何，我们不应忘记这样一个事实，蒙古部落中的萨满有时具有政治性的含义，并且还扮演着领导者的角色。根据各种历史记载和《蒙古秘史》的记录，我们知道成吉思汗曾与这样一个试图成为领袖的萨满交过手。

蒙古卫拉特英雄史诗所描绘的那个由贵族氏族首领与各种类似草原贵族的怪物搏斗的世界，那个作为游牧生活理想的世界，早已消失，成为回忆、成为"往昔"。但是，对于蒙古高原西北的现代卫拉特人来说，它仍然是极为亲切和熟悉，也是极为珍贵的，因为在许多方面，现代卫拉特人今日的生活条件并没有与英雄史诗中所描绘的那种条件相差太多。卫拉特史诗展现了一个人们坚信为现实的世界，这符合他们的理想和幻想。

尽管有这些条件，但还是不得不注意到这样一个事实：蒙古高原西北卫拉特的英雄史诗正趋于衰落。光荣的老一辈说唱艺人逐渐去世，没有将他们所知的史诗传授给继承者，年轻人也不愿意学习，年轻一辈的职业说唱艺人越来越少，人们对英雄史诗的兴趣也逐渐消失。卫拉特古老精神的守护者——王公们逐渐离开了历史舞台，继任的年轻王公们很少邀请英雄史诗说唱艺人到自己的宫帐里表演，他们对史诗不再感兴趣。在蒙古高原西北的所有卫拉特部落中，人们逐渐变得对史诗漠不关心。很可能再过十几年，在阿尔泰和杭爱地区，在汗呼赫山上，在特斯河畔，在乌兰固木，在那些庄严的氛围中与激动的听众欣赏英雄史诗表演的地方，英雄史诗将被遗忘，职业说唱艺人也会消失。只有在某些地方，就像现在的喀尔喀或漠南蒙古地区，人们可能还记得这样或那样的史诗故事，严谨、雄伟的史诗中的一些片段可能会被保留下来。蒙古高原西北的卫拉特人、史诗说唱艺人、古典爱好者和普通人都清楚地认识到一点："世界上没有什么是永恒的。"

因此，在所有蒙古部落的史诗中，西蒙古的卫拉特英雄史诗是最有趣的一部分。对其进行更详细的研究将有助于解决蒙古民间文学、历史、民族学和语言学等方面的各种问题。此外，对存在已久且活态留存至今的卫拉特英雄史诗展开研究，也会对探讨各个时期、各个民族的那些与史诗相关的共同问题产生重大影响。

本书提供的译文是首次用俄语，也是第一次用欧洲语言翻译的卫拉特英雄史诗，译文尽可能接近原文。但需要提醒读者的是，这些自由的草原之子所创作的英雄史诗，其魅力在翻译的过程中有所失色。综上所述，史诗文本在翻译成俄语时所遇到的困难可想而知，而且这些困难往往是无法克服的。译者深知自己的工作只是初次尝试，但还是决定将译文公之于众，因为译者对当下会出现更优（俄文）译本这件事并不抱有太大的信心。

卫拉特英雄史诗的文本是译者于1911年和1913—1915年在西蒙古旅行时从不同的史诗说唱艺人口中记录下来的，这些文本将被编入俄罗斯科学院出版的《蒙古各部民间文学样本》丛书中。

Б.符拉基米尔佐夫

宝玛额尔德尼

宝玛额尔德尼

勇士中的佼佼者，布尔罕汗与布拉姆哈屯¹之子。

在过去悠久、真正美丽的万纪末和未来美丽的千纪初之际，在那不可动摇、真正平静的美好时代，在数十万年平安顺遂的生活后，在那数万完整的美德天赋未曾耗尽的时代，在那充满宁静和欢乐的时代，在那荣耀的英雄勇士居多的时代……据说在一个美好的时刻，当阳光重新照耀，当八万年的生活重新开始，当八万四千种教义再次被宣扬的时候，国家的统治和信仰被建立起来。

五十座隐秘的杭爱山高耸入云，陡峭的山岗出现在眼前；阿尔泰山峦拔地而起，没有山口的高山呈现出来；七十个荒凉的白色悬崖拔地而起，五十片茂密的黑色灌木丛暗淡起来；欢乐的密林大饱眼福；五十座山脊上白雪皑皑；八十座峭壁上布满冰峰。这就是欢乐美丽的故土！

十片治愈的大海波光粼粼，万面清澈的湖泊圈圈泛白，百条著名的大河奔流蜿蜒，十万泉眼喷涌吐泡，各色的花朵争艳摇曳，治愈百病的泉水潺潺细流。这是多么神圣的水啊，竟有八种不同的味道。

芦荟和柏树生长在一起，叫不出名的美丽树木多得数不清。草原上的蒿茅长在一起，茂密美丽的草丛据说没有一丝间隙。力大无穷的野兽咆哮着觅食；

---

1 哈屯：夫人，可汗的妻子。——译者注

56 声音响亮的鸟儿鸣叫；六十种百灵啾啾地嬉戏；七十色的羚羊追逐啃青。这就是充满欢乐的美丽故土，人们正是如此赞美她！

据说在那个国度，在阿尔泰和杭爱的北麓，生活着一群杂色马和枣红马，它们有阿兰扎尔马[1]的特征，尾巴像流星；它们有库都尔扎尔（Кудурзала）的特征，有跑马的外表；有纳林扎尔（Наринзала）、纳布奇库都尔（Набчи-Кюдюр）的特征；数上八次也数不清它们的数量。

红黄色的骆驼遍布白色杭爱的北麓；它们高大如山岭，油梣的鼻板，纯金的鼻勒，丝绸的缰绳；它们是九十九峰灰黑白鼻公驼的同伴，有着大象般狂野的力量。骟驼和母驼数十万只分群行走；三岁公驼和母驼则每群五千共一万；十来万只一两岁的驼羔嗥叫着；它们在一些地方吃野蒜长膘；在另一些地方独自休息，四仰八叉地躺着；它们在盐碱地聚集并蹦跳，嗥叫着四散跑开，之后又胆怯地聚到一起。据说这些红黄色的骆驼占据了那片区域。

如果谈及那不安分地奔跑的红色母牛，数量多到数五次都数不清，它们是无角红公牛的同伴；它们遍布整个草原与河涧。黑色和灰白色的公牛接连不断地哞哞叫，在狭隘的沟壑相遇时相互顶架；而大多数犍牛戴着笼头，一些则没有，它们哞哞叫或相互顶架；四岁的公牛和四岁的母牛沿着山阶奔跑；三岁的公牛和三岁的母牛在河床凹地蹦跳；而两岁或更小的牛犊们则在潮湿的草地上蹦跳撒欢。据说这些红牛逐渐长大，占领了那片区域。

洁白的绵羊长大了，它们遍布阿尔泰的十三个山口；整个省的人都在看守它们；羯羊单独走；母山羊和母绵羊咩咩叫[2]；不知过了多少年，它们已多到数
57 不清；不知从何时起已经变得数不清；不知从何时起已经无可计数。这里的家畜不知究竟有多少头！

在葱郁黯淡的山南坡，在茂密黯淡的山北坡，在金色广阔的平原上，在治愈的预言之海岸边耸立着一座巨大的白色寺庙；寺庙的金银顶闪闪发光。寺庙

---

[1] 阿兰扎尔马：黑尾黑鬃的枣红马，神驹。——译者注
[2] 此处的羊包括山羊和绵羊，俄语和蒙古语都有相应的词汇。——译者注

宝玛额尔德尼

陡峭美丽的水晶顶在闪耀,新甘贡其布(Шинкам-гунчиб)熏香弥漫开来;香檀寺庙陡峭美丽的屋顶闪闪发光,扎姆林贡其布(Замлин-гунчиб)熏香弥漫开来。干净的人如果理智地看,展现在他面前的是弥勒佛的坛城;普通人假如随便看,展现在他面前的是花费无数心血也无法完成的艺术品,它们是无法被想象、无法被赞美的奇迹,它们坚固,永不陈旧坍塌,它们牢固,永不被摧毁倒下。

这座寺院每天做这些事:敲响威武的铜鼓,发出信号,召集七洲的僧侣;吹响雪白的号角,定时召集大会。这时所有僧侣进入庄严的白色庙宇,在十四排座位上从头到尾依次就座。严厉的执事喇嘛穿着黄袍,坐在右列的中间位置,他有三张沉重的黄色软垫,发出三十三声龙吟般的低吼后开启法会。七万僧侣随他念起祷文;他们的膝盖如流苏般成排,红唇像宾巴果般排齐。而严厉的黄衣执事口中不断念着六字箴言,心中冥想,左手抬着一百八十六颗珠串,右手拿着香木权杖。他理了理自己带黄鬃的帽子,掩上自己的外套衣襟,不放过任何地方,从头到尾绕着十四排座位走了一圈;观察着,确保不遗漏任何一节诗,不放过任何半节赋。

光荣的喇嘛长老们的住处耸立着,僧侣们的住处也矗立着,多得已数不清。

在美丽的王国里,主庙的北侧,据说建有可汗的宫殿,它那七十层带有八十八级台阶的金黄的塔楼,天上的白云环绕着楼顶。

若说是谁生而为美丽王国的诺颜[1],谁生而为美丽故土杭爱的领主,谁生而为无数臣民的诺颜,谁生而为高大富饶的阿尔泰故土的领主,那就是勇士中的佼佼者,三岁的宝玛额尔德尼(Бум-Ердени,十万珠宝);他的父亲是布尔罕汗(Бурхан-хан,佛祖汗),母亲是布拉姆哈屯(Бурум-ханша,蜜糖王后)。据说他出生时有这样的誓言:"如果我被一个肩膀强壮的男儿撞倒,我会待在那里,撞断我的臂膀;如果我被拇指强壮的男儿[2]射中,我会待在那里,砍断我的

---

[1] 诺颜:蒙古语,意为领主。——译者注
[2] 指神箭手,史诗中常用如此表达指神箭手。——译者注

拇指和食指！"

他的头顶显现金刚总持，颅顶有宗喀巴，前额上有玛哈嘎拉，喉咙上有观世音菩萨，双肩有二十一度母；双手有大鹏金翅鸟和老虎的力量，手骨有三十三条龙之力，肩胛有大鹏金翅鸟之力。在幼小的时候，他自娱自乐地长大；在小小的年岁里，他任性地成长，他是勇士中的佼佼者，三岁的宝玛额尔德尼。

自从来到这个世上，直到三岁，宝玛额尔德尼从未缺席过一天的庆典，从未错过一夜的欢乐。他的百姓臣民都酩酊大醉，贵族平民、老人小孩，所有在场的人都沉浸在喜悦和欢乐之中。

宝玛额尔德尼哈哈大笑，他窗口般大的牙齿白得闪亮；甩去额头上的辫子，露出红彤彤的脸颊；甩掉耳朵上的辫子，露出通红的脸颊。他像褪去鹰帽放飞的黑鹰般喧闹；像取下绳索放飞的鹰隼一样摇摆。他说道："我的各位长辈、贵族和臣民！请仔细听我说，我毫不犹疑地告诉你们：我的荣耀之名响彻世界十国，我伟大不竭的功德遍及阿尔泰和杭爱。但我还未在任何地方展示过我强大的力量。现在我要去寻找那呼喊奔袭的光荣勇士、铮铮作响的武器、奔腾而来的战马。现在快快召集人马，赐予我良驹、备马的笼头、鞍鞯和武器。如果我是名荣耀的勇士，我将带着战利品归来，我将赶来成群的家畜，一省省的人；我将占有众多臣民，一座座毡包的人都会在我这游牧！如果还有什么，那就请告知：我命中注定的美丽未婚妻在哪里？"

他说完，没有一人吭声，没有一人抬眼。于是牧马人中的佼佼者——三百七十七岁的白胡子（阿克萨哈勒）叔父说道："我亲爱的宝玛额尔德尼！你那熏香般的黑肉[1]还没完全长成，八根粗壮的胫骨还没有变硬，你暗红的血液还没有变稠。你今年且慢，明年再出发！"于是宝玛额尔德尼内心的愤怒像七彩铸铁般沸腾起来，他说道："你这吃了自己父亲的老东西！牙齿像筛子，唾沫横飞！勇士一旦出生，就有完美的骨血和肉。出生后谁还能得到更多的骨血和肉？你在

---

[1] 在史诗中出现的"黑"并非字面意思，而是一种惯用的口语形式，其含义包含但不限于强壮、健壮等。——译者注

胡说八道，老头！坐下闭嘴吧！"牧马人中的佼佼者阿克萨哈勒老人把他那乌黑可爱的胡须捋了三捋，理了三理并说道："啊，我的宝玛额尔德尼！这些话对我来说是好的，但对你来说一定逆耳。现在为了对你好，我要送你一句话！"他继续说道，"适合你骑的良驹是一匹高大如山的无畏白鼻灰马；它是杭爱般大的灰豹花公马和灰斑骒马所生，在你出生的那一天，它也降生于世。它出生时，蹄子一刨，地上就起火；它出生后，一打滚，水柱就沸腾；它在出生的地方嘶鸣，熊熊大火就地燃起。这就是你命中注定的荣耀骏马。至于你命中注定的妻子，命中注定属于你的美人，她在东南方向，在一个九十九年路程之外的国度，在一个大鸟都会飞到精疲力竭的地方，在一个好勇士到达都会崩溃的地方，在一个弱勇士根本无法到达的地方，在那里住着一位美女，她叫图克图门索隆戈（Тюк-тюмен Солонго，万虹），是特布吉尔嘎拉（Тэб-Джиргал，正福）汗的女儿。她的脸颊红得像小花苞，脸上的光芒能透过毡包；她有牛犊般黑亮的眼睛，穿透着光芒。据说她能让逝去之人复活，让倒下之人站起，能让枯树开叶，能让枯水复流，就是这么神奇的美人；据说她是你的未婚妻！"他的话音刚落，宝玛额尔德尼虎啸般大笑起来，笑声震天响，像野马般嘶鸣；他从怀里掏出那块擦汗用的八尺长南吉班丹（Намджи-Бандан）哈达，献给老叔父说道："谁要是不服从我年迈的叔父，我就割掉他的舌头，砍下他的耳朵。我要让叔父成为我王国的领主，让他成为所有人的首领。我的叔父，请赐予我所有的武器，火硫般的黑盔甲、头盔，备马的马鞍、缰绳！"

阿克萨哈勒老人转过身去，伴随声响打开了十年未动的狮白箱子。他抛开白红的丝绸盖布，拿出了两岁骆驼都无法抬起的镜面银笼头，黑玄铁的嚼子，硬钢的环，镶着镜面银盘，装饰着薄薄的小铜垫片。他随后轰隆隆取出了坚如铁砧、宛如峡谷般的大黑马鞍；象骨的鞯，弯曲的檀木鞍桥；上面刻着大鹏鸟，鞯上雕刻着两条缠绕的龙。随后，他拿出一根黑色的蟒古特鞭，三张犍牛内层皮密实编织而成，用金子钉着，挂在后鞦之上；鞭子系着银纽扣，抽打起来能让骨肉分离。随后他拿出一条宽如草原的柔软白鞍垫。宝玛额尔德尼像敏捷的金雕一样用右手拾起便奔了出去。他在一棵树根粗壮、枝干茂盛的香檀树下停了下来,摇晃着美丽的银笼头,叮叮作响三下,铮铮作响三下。

于是无畏的白鼻灰马,在遍布阿尔泰的杂色和枣红马群中长大的它,立刻明白了一切:"啊,我慈悲的大人,一定准备奔赴遥远的异国!是时候伸展我那黑白的筋骨了!"无畏的灰马这么想;在大盐沼上翻了一次又一次身,啃了一次又一次青;抖了三抖身,打了三个哈欠便飞奔而去,像花斑鹿般摇摆,像阿尔泰和杭爱的山巅般耸立;它从金黄大道的歧路走出来,竖起金刚铃杵般美丽的耳朵,张开峡谷般的大嘴,露出落叶松般的切齿,迈着优美的绵羊小步,狐狸般飞奔,狼一样猛跑,迈着整齐的对侧步,到达了那个地方。

宝玛额尔德尼揪住无畏白鼻灰马的美丽长鬃,举起黑银笼头,给它发黑的嘴唇套上乌黑的嚼子,碧玉般的牙齿啃咬着嚼子,峡谷般的大嘴衔住嚼子;他让马露出四颗像松柏般大的切牙,压住它蛇一样的红舌,碰到黄色的后牙;将笼头举到它铁砧般强壮的颅顶,把它漂亮灵活的耳朵固定在脖颈上,就这样戴上嚼子。蛇纹的下颌链扣在美丽的黑下巴下。他把柔软的丝绸缰绳甩到马儿的头上,用额鬃的八股辫打了吉祥结;他走了一圈,停下来开始端详:"啊,它的鼻子弯曲得像贝壳,眼睛能看千里远,耳朵像金刚杵铃,能听到遥远国家的声音,后脑上的肉很饱满,小腿腱已长好,它的肋骨间生来没有缝隙,黑色的心脏没有弱点;它的身体像野山羊,胸膛像盘羊,在无人的远方它不会蹒跚;到遥远的光明国度不会疲惫;到遥远敌人的国度不会跨踏;它黑色的蹄子像铁砧一样结实;它的鬃毛茂盛而顺滑,尾巴美丽而蓬松;这山一般大的无畏白鼻灰马很睿智!"

说着,他举起像草原般宽广的柔软白色鞍垫,把它放在马背正中间,沿着宽大的背脊调整一番。放上铁砧般结实的黑色杭爱马鞍时,他用马鞍压了肩胛的肉,压了极好的肋骨顶端。他把马鞍往后拉,挂上薄薄的银鞯,鞯上六十四个纽扣在起风天作响,宝玛额尔德尼把鞯放在蓬松的尾巴下,系上所有的扣子,系紧瓷白的鞯。他把马鞍向前拉,把攀胸拉到宽阔岩石般白的胸正中,系上马头般大的红缨,系紧扣子并调好攀胸。随后他拉起后肚带,拉起前肚带,将宽大的腹勒紧挤压。他解开柔软的丝绸缰绳,挂上黑蟒古特鞭,把缰绳放在黑鞍桥后，固定在八条结实鞍带的一条上。光荣的勇士拿起五尺长的黑色偏缰，用活结捆绑在一棵枝繁叶茂的檀树上。宝玛额尔德尼绑好后，退后一步，看见无畏的白鼻灰马正用它那美丽蓬松的额鬃拍打着天空中的淡淡白云。宝玛额尔德尼见此心想："这马驮我到荒凉遥远的国度不会消瘦，将是我这孤独男儿的朋友；它将驮我到遥远的异国他乡，这匹山一般高大睿智的无畏白鼻灰马将是我的挚友！"

想毕，他便跑进父汗的金黄宫殿，一声巨响之后坐在神圣的八脚金宝座上。他吩咐仆人把二次蒸馏的酒倒进七十人都无法抬起的精致彩色瓷碗里，一饮而尽。于是牧马人中的佼佼者阿克萨哈勒老人打开了十年未动的狮白箱，拿出如冰雪杭爱山顶般的青银盔。银盔两侧镶嵌着数万颗星，顶上刻画着吉祥的日月，钉牢铆钉，镂空圆环，戴上护面，放下护颈。接过叔父所赐，宝玛额尔德尼拿起那顶盔，摇晃了七下火光闪耀，戴在了自己的黑脑袋上，头盔滑到右眉上。阿克萨哈勒随后又赐予了火硫般的黑甲。领上有扭打的狮与象，腹部有盘旋的大鹏雄鸟；领口处有观世音菩萨像，双肩上有二十一度母，背上有低头的可怕黑蟒古思，下摆上有低头的恶鬼。铠甲有四十四个扣环，四千个坠子和四千个纽扣。宝玛额尔德尼接过来，抖出闪耀的七彩火苗，直接盖住他宽阔肩膀的光亮，随后穿上了铠甲。然后他接过三十支白箭，主箭是一支白色的快箭。箭上有成千的羽毛，金色的箭叉如山口；青钢的箭头，轻木的箭杆。宝玛额尔德尼把它们放进马奶酒囊般大的囊鞬里。叔父阿克萨哈勒随后拿出了一把花黄强弓，赐给了宝玛额尔德尼。弓翼上雕着顶架的羯羊，底座雕着黑黄的猪，弓把上雕刻着龙虎搏斗的图案，接口处雕刻着振翅的乌鸦和大雁。为了使它更威武，护套由凶恶骏马和英雄的筋制作；为了使它更易用，内侧镶上了五百零九只犏牛的角；为了使它更结实，放了一根哈屯河的芦苇秆。宝玛额尔德尼拿着它，别在了背后那大如酸奶桶的漂亮囊鞬上。

叔父阿克萨哈勒随后拿出黑剑，一剑下去就能砍下一千五百个魔鬼的头颅。杜尔伯特铁匠在铁砧上锤了它四十年，中国铁匠锤出了它的花纹和线条，俄罗斯铁匠娴熟地打造了剑身，尼泊尔铁匠锤出了小花纹，额鲁特铁匠进行了修饰，喀尔喀铁匠锤出了圆圈。黑钢的利刃,硬钢的剑背,猩红的银雕,碧玉的柄,利刃上燃烧着火焰。为了使它坚固,铁匠在哈屯河中间淬火炼制,为了使它笔直,铁匠在图格留克湖(Тэгрюк,圆湖)中淬火炼制。阿克萨哈勒老人把铮铮作响的剑插进了金剑鞘,扣上金扣,赐给了宝玛额尔德尼。宝玛额尔德尼接过它,挂在背后,像侧柏树梢。

叔父阿克萨哈勒随后拿出了一把笔直的红矛,暗红的檀木矛杆有一百多丈长,硬铁的矛尖有六十多丈长,上面的红缨有小马驹的头般大;矛上的颜色是人血染的,矛章是黄鼬皮的。

宝玛额尔德尼拿着它跑出去,插入地下八十八丈,又跑了回来。他坐在八腿的神圣金座上,吩咐给自己倒上七十八碗瞥见即醉的黑葡萄美酒,一饮而尽。之后,宝玛额尔德尼对他的臣民说:"好了,你们都要安稳无惧地生活着,好好享受,不要错过任何事情!在我回来之前,不要以任何方式打断这场盛宴!"于是牧马人中的佼佼者、三百七十七岁的阿克萨哈勒说道:"好吧,我亲爱的孩子宝玛额尔德尼!异乡艰苦,人民傲慢。在遥远的异国他乡,照顾好你亲爱的战马!如遇强敌,坚定地与之战斗!在遥远的沙漠之国,照顾好你睿智的战马!遇到强敌,要将其击溃!什么时候回来?出发前给我们一个期限!"宝玛额尔德尼说道:"最短八个昼夜,也可能是七个昼夜后。"说完,宝玛额尔德尼祝愿汗叔父、所有喇嘛、所有平民繁荣昌盛;他像细柳一样摇曳着走了出去,像鲜花一样灿烂,像天上的太阳一样闪耀,像钻石黑岩一样熠熠生辉。

宝玛额尔德尼看到山那般高大的无畏白鼻灰马正甩着脑袋,扭着屁股,跳跃着。他心想:"生在风中的马儿竟如此暴怒,而我这生在快乐中的人,又在做什么呢?"他立刻拉起鹿皮黑偏缰,把马头调转过来,把他那带着熏香味的羊皮靴尖对准铜银马镫,像跳鼠,像离弦的箭,跨上了鞍。无畏的白鼻灰马把缰绳往右拉,往左扯,跳跃着小跑,开始飞奔。宝玛额尔德尼使劲向左拉嚼子到左膝,向右拉嚼子至右膝,拿起直红矛夹在腋下。就这样,他瞬间跃过了大片土地。撼动了蔚蓝的长空,颤抖着金色的大地。沉重的黑尘在他身后翻腾,前方可听到数十万战士的脚步声;红尘在他身后扬起,前方传来成千上万战士的嘈杂声。宝玛额尔德尼一路驰骋，拉起缰绳，马儿美丽的嘴角弯起，光滑洁白的牙齿闪闪发亮；拉起缰绳，马儿峡谷般的嘴张开，四颗落叶松般的切牙闪闪发光；山上的石头被弹起来，大小石头被分开；宝玛额尔德尼一路跑啊跑。在坚硬结实的地面，马腿陷到踝；在松软的地面，马腿陷到膝。马儿飞奔致缝合的皮革撕裂开来，带环的钉子松动开来。在平原上，宝玛额尔德尼让无畏的白鼻灰马飞奔，夏天，让它在山坡上啜饮，在自由的草原上驰骋，在山口上小跑。三个昼夜，他日夜兼程，一路狂奔。

此时，对面一座暗青色山如云雾般出现在他面前。在清晨的黄日下，他像大鹏金翅鸟般，像鹰一般飞向那山的北坡。宝玛额尔德尼沿着山北坡驰骋，看到山北坡枝叶繁茂的树木随风摆动，他边走边听到各色的鸟儿喧闹鸣叫。美丽的青檀葱郁摇曳，杜鹃和谐欢快地鸣叫，七十色的羚羊奔跑嬉戏，高处的积雪嘶嘶融化；细声的杜鹃咕咕叫——周围可以听到它们四散飞去的响声，四岁的黑色金雕哀鸣着，在山间的空地上等待猎物，茂密的青草喧闹地摇摆。宝玛额尔德尼看见并听到这些，心想："美丽的地方，男儿应该在这里游牧，旅行者应该赞叹。"迎着正午的黄日，他来到山巅。他拉起缰绳，弯起无畏的白鼻灰马美丽的嘴角，他拉起缰绳，使它整齐洁白的牙齿露出来；他踏了马镫，使银色的绳套弯了起来；他伸开双腿，使四条皮带双双伸直，并开始用那碗口大的眼睛瞭望这中层阳光普照之世界的国土。他看到在东南方向有一座深色檀香林密布的黑色山峰，那山峰直指太阳，有八个山谷——那山的右侧下着永恒之雨，左侧落着永恒之雪。在前方的山脊上，隐约看到湖泊水域，听到鸭子松鸡的鸣叫，鹅鹤等九十九种鸟类的鸣叫。在北面有一座巨大的白色寺庙高耸，成千座寺庙拔地而起。在右侧，在跃入云霄的金黄宫殿附近，世界十国勇士们的战马正在龇牙咧嘴。这些战马中有一匹鹰一般的黑马，它身长五十丈，尾巴五丈，甩着头，扭着屁股，跳跃不止。宝玛额尔德尼看到这些，继续向前看：毡包里飘出袅袅青烟，弥漫着整个宇宙；牛群扬起的尘土如雾气般升腾旋转着，直冲云霄。当他这样站着看去时，无畏的白鼻灰马问宝玛额尔德尼："我的宝玛额尔德尼，你的眼睛看到了什么，你的耳朵听到了什么？"宝玛额尔德尼回答："在布

66 满深色檀香林的黑山支脉上可见国家已建立，信仰已传播；至于聚在那里的生灵，有件事须说一说。""那里有什么？""五十丈大的鹰一般的黑马，带着鞍子一起旋转，随着缰绳在打转！这意味着什么，这会是什么？"于是无畏的白鼻灰马说："啊，那可能是名为修长白鼻黑鹰的马，它在中层阳光普照之世界的国度乱窜，把那里带入悲伤，带入忧愁。至于它的主人，很可能是勇士中的佼佼者哈吉尔哈尔（Хаджир-Хара，秃黑）。他杀那些有血的人长大，从有缰绳的人那里夺马，他殴打所有男人来满足自己，他掳走别人的妻子来满足自己的欲望。他已经七岁了，他让所有人都战战兢兢。我的宝玛额尔德尼。"无畏的白鼻灰马继续说，"你想怎样到达那个汗那里，你想怎样骑在我身上？你要绕到哪一边，从哪里进去？你要把我拴在哪里？你怎么想？"宝玛额尔德尼回答说："我想以万千骏马的脚步骑上你，我想用万千英雄的脚步声进入，我将穿过禁地，踩着安全的地方进入。我想把你拴在那匹白鼻黑鹰的右嚼子上。"于是无畏的白鼻灰马接着说："当我走近那匹黑马时会变大一些。把我的肚带、鞴和攀胸松开一些！"宝玛额尔德尼解开了鞴、攀胸和肚带；放长了半丈，放高了半丈。随后从马嘴中吹出了永恒的风暴，九千道彩虹从鼻中飘出，每根毛发的末端都燃起火焰，吹起旋风。宝玛额尔德尼随即亮出他那压倒十万人威严的面容，亮出他那压倒众人光彩和威严的生肉般的红脸，像从陡峭的洞穴滚落下来的石头那样，朝那长着黑檀林的青山南侧飞驰而去。厚厚的黑尘在他身后翻滚，前方则是无数战士的喧闹声。特布吉尔嘎拉汗的王国在颤抖，毡包在颤抖，锅和篝火架叮当作响。人们吓破了胆，脸色大变："不可能的事情发生了，"他们说，"不出现的东西出现了！恐怖降临到我们头上了，白狮的诅咒降临到我们头上了！"十方的十个勇士，二十方的二十个勇士，他们是来和美丽的图克图门索隆戈说亲、比武、摔跤、比赛的。他们听到宝玛额尔德尼的铁骑声响，失魂落魄，变了脸色："男儿的身体最好活着，马鞍笼头最好结实，回家吧！"他们说罢上了马，

67 四散逃窜，逃向了十方二十方，据说他们因为害怕而逃回了家。勇士中的佼佼者哈吉尔哈尔坐在那里说："未出生的男儿出生了，会掌管国家和信仰！对已经出生的哈吉尔哈尔会做什么？"他叫来美丽的图克图门索隆戈，和她一起玩羊

拐，随后把胳膊肘靠在黑丝垫上，铺上红毛绒地毯，开始抚摸他那黑黑的胡子，亲吻美丽的图克图门索隆戈。

这时宝玛额尔德尼经过禁地，停了下来，下了马，踏在安全的地方，把无畏的白鼻灰马绑在了黑鹰的右嚼子上，然后把所有的盔甲都套在了特布吉尔嘎拉汗的金黄大营的右翼上。据说四十根橡子被折弯，四根橡子被压断。宝玛额尔德尼跑进宫殿，假装不认识特布吉尔嘎拉汗："你好，老头！"假装认不出图布新格日勒（Тюбшин-Герел，安宁的光）哈屯："你好，老太婆！"假装完全没看到哈吉尔哈尔。宝玛额尔德尼坐下后，特布吉尔嘎拉汗说："亲爱的光荣小伙，你伟大的故乡在哪里？你光荣的名字叫什么？你需要什么，你为谁而来？请说吧！"于是宝玛额尔德尼发出金雕般的声音说道："我出生在遥远的北国。我的父亲是布尔罕汗，母亲是布拉姆哈屯。我是勇士中的佼佼者，三岁的宝玛额尔德尼。我的马是无畏的白鼻灰马，它跑起来不蹒跚，不绊倒。我的祖国是隐约巍峨的五十座杭爱，它在风中耸立；我的祖国是七十座巍峨的阿尔泰，它的悬崖耸立。我的愿望如下：听说有一位美丽的图克图门索隆戈，她是东南强大的统治者特布吉尔嘎拉大汗的女儿，我到来的目的是打败这位大汗的强大国家，用武力夺取美丽的图克图门索隆戈。现在遇到了你们，德高望重的老人，我就在你的住处停下来歇歇，让自己睡一觉休整一下。您叫什么名字，老人家？""我就是那特布吉尔嘎拉汗。但是我没有每个男儿都能娶走当作哨食的干粮、使用的手套的女儿。如果真的想娶她，只有打败平原上的五个黑蟒古思的人可以；蟒古思住在东北边，每年恐吓我，从这里带走三千个三岁男孩吃。如果不打败他们，我这儿没有随便谁都能绑在鞍带上娶走的女儿！"宝玛额尔德尼听后，"喜上加喜，"他感叹道，"乐上加乐！如果有要打败的敌人，我就打败他！如果有需要寻找的黑蟒古思，我就灭他全家，将他挫骨扬灰！然后带着绝妙的美人回家！"

哈吉尔哈尔说："你连说'拿去，给你'的怜悯心都没有，你发生了什么，连'安康'都不说？""吃了父亲肉的傻瓜，"宝玛额尔德尼叫道，"如果你向我寻求说'拿去，给你'的施舍，我就用黑宝剑刺你脖子！如果你想从我这里得到'你好'这个词,我会用红矛直刺你肋上的白筋!我要吃你熏香般的黑肉,我要喝你暗红的血!"于是特布吉尔嘎拉汗下令道:"你们不得互相吞食,别吃肉,别饮血!这哈吉尔哈尔曾三次与平原上的五个黑蟒古思交战,三次都无功而返。带着他做你的战友,出发打仗吧!"宝玛额尔德尼回答:"如果有勇士愿意跟随我,我不会跟他顶嘴。如果没有人愿意追随我,我也不会说什么。"

随后,特布吉尔嘎拉汗的众多女仆向宝玛额尔德尼献上了浆果食物和茶水饮品。

宝玛额尔德尼随后说:"让我们去打黑蟒古思吧!"然后飞快地跑了出去,哈吉尔哈尔也跟着跑了出去。宝玛额尔德尼穿上自己的战甲,跳上了睿智无畏的白鼻灰马;哈吉尔哈尔也穿上自己的战甲,跳上了睿智的黑鹰马,两位英雄向五个平原黑蟒古思的国度出发了。

哈吉尔哈尔说道:"宝玛额尔德尼,让我们比试马的力量和速度吧。"他们甩动鞭子,留下深崖般的疤痕,一块块马驹般的血渗透流出,他们飞奔着追逐。两匹马齐头并进,齐排奔跑,驰骋了三天,旗鼓相当。两位勇士说:"马的力量和速度原来都一样,那现在让我们比试一下臂膀和手指的力量吧!"于是他们握住自己的黑蟒古特鞭,用分离骨肉那般大的劲儿抽打,互相抽打对方那七十大鹏金翅鸟力量的臂膀,留下了七八十道车辙般的沟壑。但他们连对方虱子般大的皮都剥不下来,连一勺血都抠不出来。于是哈吉尔哈尔说:"我们的良驹同样敏捷,天命赐予我们的身体同样强壮!现在我要告诉你关于平原五个黑蟒古思的一切!"宝玛额尔德尼回答道:"想做什么就做什么吧,为什么不呢?"于是哈吉尔哈尔开始说:

"平原上的五个黑蟒古思中,一个红得像生肉一样的蟒古思有很多头颅,在一个月的距离就够得着苍蝇的唾沫,在一年的距离就够得着一丁点儿小东西,在一天的距离就能啃噬和吸食;当他出征时,打出自己红得像生肉一样的旗帜,骑一匹血腥的棕马,带领身后的数万蟒古思战士,他非常难缠,很麻烦。九十九颗头的强壮黑蟒古思骑一匹健壮的黄花马,挥舞着一面扁平的黄黑旗,带领数千蟒古思战士,非常强壮。而四十五颗头的四岁黑蟒古思骑一匹四岁的白鼻黑马,带着四万黑蟒古思战士。这个实力平平。三十五颗头的三岁黑蟒古思,骑一匹盘羊式的白鼻黑马,带领三万黑暗蟒古思战士。他也不重要。二十五颗头的佝偻黑蟒古思,骑带鞍的白鼻黑马,率领两万疯狂的战士和两万醉酒战士出征。这个蟒古思非常邪恶,非常难缠。还有这些蟒古思的母亲,萨满凯琳凯赞丹(Керинкей-Зандан),手举一面斑驳的黄旗;她在所有人中脱颖而出,最难对付!"

当他们边走边聊天时,美丽的午夜来临了,一万颗头的红蟒古思突然打了个寒战,从死气沉沉的黑梦中醒了过来。"我亲爱的兄弟们,"他喊道,"快起来!不可能的事情发生了,从未有过的事情来了!史无前例的恐怖降临了!白狮的诅咒降临到我们头上了!"蟒古思的弟弟们起身跑了过来:"我们的可汗哥哥,发生了什么事?"他们问道。红蟒古思对他们说:"我梦见头顶刺痛,心肺都要跳出来了。我的黑旗歪斜,好像我所有的畜群和臣民都被占领了。我看到我的骆驼受折磨,一个个毡包的人们被迫迁徙。我们去找老母亲,让她解这个梦!"蟒古思们给五匹战马备上马鞍,一起出发了。他们来到萨满凯琳凯赞丹身边,她住在众多河流之源,翁贡(Онгон)山的山脚下。蟒古思们揭开天窗的毡盖,打开门,进去并生了火。这时他们的萨满母亲醒了过来说:"我的五个儿子,你们白天没有来,为什么晚上来了?"一万颗头的红蟒古思回答说:"我做了一个梦,所以我们来让您解梦。""好吧,我的孩子,告诉我你们有什么好的想法!"于是红蟒古思开始说:"我的头顶刺痛,我的心肺要炸了;我的黑旗歪了,我所有的人民都被俘虏了;我驮运的骆驼们很痛苦,我的人民和他们的毡包成了战利品。这意味着什么?"

于是萨满凯琳凯赞丹拿起她那歪扭的手鼓,穿上一身平常很少穿的服装,点燃了树脂熏香。她戴上预言痛苦的冠,开始召唤凶猛的黄神灵,七十方的原始神灵。当所有神灵进入她身体后,她说:"他们不仅没有想到我死后会与我亲爱的儿子们分离,而且谁能想到我在中午之前睡着时也会与他们分离。该死去和分离的时候就是这样!"说完这些,她就去跳神了,跳跃着,她悲伤地哀嚎着:"布尔罕汗和布拉姆哈屯的儿子,生而为遥远北方的领主,最优秀的勇士宝玛额尔德尼将要到来。我不是告诉过你们要去叩拜他无畏的白鼻灰马,为他的道路祈福吗?他们现在更近了。哈吉尔哈尔也在靠近,你逃不出他的手掌心。去面对他们,不要让他们进入游牧地;我将竭力为你们提供保护和帮助,我将成为你们的脚蹬和肋骨!"说完这些话,她走到屋外,又蹦又跳地爬到翁贡山上唯一的一棵位于众河流源头的树上。

    与此同时,平原上的五个蟒古思也回到了自己的领地,召集了所有的蟒古思战士。像生肉一样的红蟒古思骑上血红的马,展开生肉般的赤色大旗,率领身后的数万蟒古思战士,红着脸率先走了出去。紧随其后的是九十九颗头的黑蟒古思,他骑上强壮的黑马,展开黑旗,带领着身后的数万蟒古思勇士,黑着脸走了出去。四十五颗头的四岁黑蟒古思紧随其后,骑上他四岁的白鼻黑马,率领四万蟒古思勇士走了出去。在他之后是三十五颗头的三岁黑蟒古思,他骑上盘羊式的白鼻黑马,带着三万蟒古思战士,骑马出发了。二十五颗头的驼背黑蟒古思骑上他带鞍的白鼻黑马,领着两万疯狂战士和两万醉酒战士出发了。当泛白太阳升起的黎明之时,宝玛额尔德尼和哈吉尔哈尔看到天空和大地都失去了颜色,五颜六色的雾气弥漫开来。哈吉尔哈尔说:"一定是平原的五个黑蟒古思骑马朝我们来了。"他接着说:"一万颗头的红蟒古思极其难缠;宝玛额尔德尼,你拦住他去与他交战吧。九十九颗头的粗壮黑蟒古思也非常难缠,我拦住他与他交战吧!"哈吉尔哈尔这样说,宝玛额尔德尼同意了他的意见。就在他们边走边聊的时候,宝玛额尔德尼发现第一个红蟒古思正红着脸向他们靠近,众多的头伸出来,根本数不清,宝玛额尔德尼说:"红的是我的,是不是?黑的是你的?"说完这些话,抽打着无畏的白鼻灰马,大喊着吹着口哨冲上去战斗。红得像生肉一样的蟒古思便开始把宝玛额尔德尼和他的马吸向自己。无畏的白鼻灰马说:"这是个灵活的蟒古思,不是吗?"它开始像石头老妇一样坚定地踏步,开始像青色的峭壁一样横向移动。那个蟒古思无法吸住他们,木头和石头滚落到了蟒古思嘴里。这时宝玛额尔德尼从金剑鞘中拔出自己的黑刃剑,搭在右肩上,俯冲而下,一下子劈中了红蟒古思和他的马。随后蓝色的火焰燃了起来,但蟒古思竟然毫发无损,他挥剑向宝玛额尔德尼和马劈去,但黑刃剑的剑刃几乎断裂，红色的火焰从宝玛额尔德尼身上燃起，他也毫发无损。于是他们开始把剑砍得铮铮作响，就像闪电击中了白色岩石；他们打得轰隆作响，就像天王的闪电击中了黑岩石，他们就这样一刻不停地打了七天七夜。谁也奈何不了谁，完全势均力敌。于是睿智无畏的白鼻灰马苦思冥想，开始思考，仔细研究。它最终明白了红蟒古思最珍爱的灵魂就在一颗拇指大的珊瑚色痣里，它长在红蟒古思四岁公牛那么大的脑袋正中间。白鼻灰马意识到了这一点，嘶鸣起来，用马驹的声音告诉宝玛额尔德尼。宝玛额尔德尼没有错过任何细节，全都明白了，因为他懂得六十种生物的语言。他开始倾听，马对他说："这蟒古思珍爱的灵魂，就在一颗拇指大的珊瑚色痣里，它在蟒古思四岁牛头般的黑脑袋上，是黑脑袋最中间的一颗；一剑砍下这颗痣！如果你不这样做，要知道我们会葬身于这蟒古思之手。"宝玛额尔德尼咬着后牙，猛抽壮马，让它飞奔回去砍那蟒古思的头。于是蟒古思摔了下来，砸碎了岩石，扭断了落叶松，压垮了山峦，阻断了水流。就像天王的雷电击中了黑色岩石，他倒下了。

四十五颗头的四岁黑蟒古思骑着四岁的白鼻黑马随后窜了出来："啊，你杀了我哥哥，你这个卑劣的傻瓜！"宝玛额尔德尼大喝一声冲向他："你这四岁的旱獭，你这三岁的小牛犊，你这愚蠢的黑傻瓜！"将他和白鼻黑马一起砍死了。紧接着三十五颗头的三岁黑蟒古思骑着三岁白鼻黑马跳出来："我亲爱的兄弟们都被你杀死了，你这卑劣的傻瓜！"他大叫着冲向宝玛额尔德尼。而宝玛额尔德尼喊道："那我就把你这愚蠢的傻瓜，扑向羊群尾的青灰狼崽杀了！"随后便杀了他，把他和他三岁的白鼻黑马砍成了三块。

这时，骑着白鼻黑马、二十五颗头的驼背黑蟒古思开始吸他们，吸得成双成对的山峰连成一片，吸得八面海水波动起来。"啊，你杀了我三个兄弟，你这无赖傻瓜！"他喊道，但他吞不掉勇士。宝玛额尔德尼心想："这看来是个不好对付的蟒古思。"这时无畏的白鼻灰马仍然坚定地迈着步子，飞奔了起来。宝玛额尔德尼顺势一剑劈向了驼背黑蟒古思和他的马，可黑刃剑的剑刃差点崩裂，蟒古思却毫发无损，只是身上燃起了蓝色火苗。蟒古思也挥剑砍向宝玛额尔德尼和他的白鼻灰马，但黑刃剑并没能伤到他们；宝玛额尔德尼身上冒出了红色的火光，他也毫发无损。于是他们开始厮杀，发出噼里啪啦的响声，仿佛天王的闪电击中了黑岩石；他们就这样打了五天五夜。后来黑蟒古思的力量增加了一些，宝玛额尔德尼的力量减少了一些。无畏的白鼻灰马立刻发现了这一点并开始观察思索。它意识到黑蟒古思珍爱的灵魂藏在一个完全封闭无法进入的地方。战马意识到了这一点，它装作受惊的样子，向自家牧场的方向狂奔。于是宝玛额尔德尼想调转马头，问"这灰畜生是怎么了？"但他却无能为力。马丢下了迷失在浓浓黑尘中的蟒古思，跳到了一片荒无人烟的白色辽阔大草原上，在那里它变得十分憔悴。它变得如此消瘦，以至于一个优秀的勇士可以把囊鞭挂在它的大腿上。

宝玛额尔德尼下了马，开始哭泣，他思索着，自言自语道："在这荒无人烟的地方，我该怎么办？遇到骁勇的敌人该怎么办？我在遥远的异国他乡该怎么办？遇到强大的敌人该怎么办？"就在他这样悲伤的时候，无畏的白鼻灰马用马驹的声音说道："宝玛额尔德尼，虽然你是光荣的骑士，然而事实证明，你没有理智；虽然你是光荣的男儿，然而事实证明，你没有眼睛。如果我们找不到那只驼背黑蟒古思所珍爱的灵魂，那么我们都将落入那黑蟒古思之手。""我无畏的白鼻灰马，"宝玛额尔德尼说道，"我还没有找到蟒古思最珍爱的灵魂。如果你知道灵魂在哪里，就告诉我！"白鼻灰马愤怒了："难道你父亲征战时问战马的想法吗？你母亲上战场后一直问战马吗？"马这样感叹着，接着又说道："那个蟒古思的灵魂就在他那匹白鼻黑马鼻孔里伸出的两条斑纹蛇的脑袋里。如果你再去和他搏斗，装作受惊逃跑，他很可能就会驱使他的马儿使出浑身的劲从后面扑向你。如果你跑一会儿再回头看，可能会看到两条蛇从那匹白鼻黑马的鼻孔里伸出半尺长。那时就该砍马的脖子。否则你无法打败蟒古思。""我无畏的白鼻灰马，"宝玛额尔德尼对马说，"你是真的瘦了，还是故意的？你是想折磨你自己，还是折磨我这个主人？"此话一出，无畏的白鼻灰马笑了起来。它摇晃三下身子，打了三个哈欠，就开始长胖，变得和以前一样了。宝玛额尔德尼感叹道："你是载我来遥远异乡的马儿，你是我的朋友，我唯一的朋友，你是我亲爱的战马！"

他再次跳上马鞍,让无畏的白鼻灰马使出浑身的劲飞奔。他找到黑蟒古思,随后便开始战斗。他们打了两天;后来宝玛额尔德尼踹了无畏的白鼻灰马一脚,冲向了自己游牧地的方向。驼背黑蟒古思驱使他的良驹全速追赶。宝玛额尔德尼疾驰了三天,回头一看:只见从驼背黑蟒古思的马的右鼻孔里,垂出半尺长的金黄斑纹蛇;从左鼻孔里,垂出来半尺长的银黑斑纹蛇。于是天生灵巧的宝玛额尔德尼调转轻盈无畏的白鼻灰马,没有失手一下就砍断了蟒古思的马脖子。蟒古思随之倒下,压垮了高山,涸干了河水。

宝玛额尔德尼得手之后匆忙跑出去,来到一座灰色的山岗上开始眺望,心想:"哈吉尔哈尔和强壮的黑蟒古思怎么样了?"他望见哈吉尔哈尔杀死了黑蟒古思,又去砍杀剩下的蟒古思大军。

而在众河之源,在翁贡山顶上,正在跳神的萨满凯琳凯赞丹坐在歪歪扭扭的手鼓上,她把乳房甩到肩上,带来了高山丘陵火山的萨满。这时宝玛额尔德尼下了马,掀起黑色长袍的下摆别到黑色大腿上,迎面去跟那萨满打了起来。他们开始互相扔来扔去,开始把对方摔到这边丢到那边;金色的大地在颤抖,所有的生物都感到恐惧。这时无畏的白鼻灰马说:"我的宝玛额尔德尼,把萨满的两个乳房从她的肩膀上弄下来!"宝玛额尔德尼把两个乳房从萨满的肩膀上甩到了前面。这时萨满被自己的乳房绊住,一步也走不动了。宝玛额尔德尼抓起黑刃宝剑,刺进了老妇的两乳之间。随即,一只铜嘴铜臀铁翅乌鸦从萨满的胸口里飞了出来,飞向了天空。这时宝玛额尔德尼显出七十种神通,变成一只敏捷的黑色金雕,急忙飞起追赶乌鸦。他们在穹顶飞了八十八圈,但乌鸦冲进了地下龙王的地域,变成了一条湖鱼;宝玛额尔德尼变成了一条大黑鱼。当他追上那条鱼,逼着它在水里游了八十八圈后,那条鱼跳到了陆地上,变成了一只瓦灰色的旱獭,开始刨地往里钻。于是宝玛额尔德尼在他身后变成了一只身长三丈、尾巴三丈、身体修长的黄斑黄鼠狼,继续追赶着那旱獭。当他们到达地面时,黄鼠狼抓住了旱獭并杀死了它。宝玛额尔德尼把旱獭带到外面,拖到萨满凯琳凯赞丹的尸体旁。他点燃了山一般的大火,烧毁了两具尸体。他烧毁了种子,撒下了灰烬,让一切化为乌有,牛啃不到一根骨头,狐狸闻不到一点腥臭。

随后，宝玛额尔德尼看到哈吉尔哈尔正向他一步步靠近；他的战马黑鹰变得血红，他的黑铠甲也变得火红。"怎么样？哈吉尔哈尔，"宝玛额尔德尼说，"我们已经战胜了这平原的五个黑蟒古思。现在我们两人中谁更强壮，就让强者杀死那没力气的一个，以牺牲来纪念蟒古思们的游牧地，然后归乡！""是的，我正好也边走边想，想着走近就告诉你。你这么说就太好了。我们是用工匠锻造的武器战斗呢，还是用上天所赐予的臂膀之力来较量呢？"宝玛额尔德尼回答他："如果我们用武器战斗，人们会说我们是靠武器的优势取得胜利。让我们肉搏吧，让我们比拼一下臂膀的力量！"哈吉尔哈尔同意了。

他们分别站在一个月距离的远处。宝玛额尔德尼亮出他威武的身躯，绷起他粗壮的大腿，穿上那生肉般的、用数万只公牛背皮做成的红裤子；他把裤子铺开，再大的蚊子也无处可叮。他挽起用彩色生丝做成的带银扣的裤腰带，灵巧地打上一个至死都不会解开，一辈子都不会松散的结。他把自己可爱的黄辫子像燕子翅膀一样撩起，别在耳朵上方。哈吉尔哈尔也露出身体，在粗大的大白腿上穿上用数万鹿背皮做成的红长裤，把裤子摊平，再大的蚊子也无处可叮。他用银扣挽起盘羊般的二岁公牛脖子粗的生丝腰带，灵巧地打上结，这个结至死都不会解开，而且终生都不会松散。他取下两岁骆驼般大的镜面珍珠耳饰；他把七十八根辫子连同驮运的骆驼般粗的玛瑙黑辫子一起用松脆的黑绑带绑住，那绑带大得懒人无法解开，路过的人都会惊叹不已。

宝玛额尔德尼和哈吉尔哈尔随后开始像摔跤手一样行进，像鹰一样盘旋，像鹤一样跳跃，像鸨一样展翅；像细树一样摇摆，像斑斓的花朵一样摇曳；他们像公牛一样弯腰，像骆驼一样探出头来。在不到半天的距离，他们冲到一起，抓住了对方的手；他们撞击出声，像两头公牛般碰撞，开始互相摔来摔去、扔来扔去。金色的大地开始颤抖，所有的生物都感到了恐惧。他们打了十五个昼夜，一刻也没有停歇，谁也没能打败谁。这时哈吉尔哈尔还没有变热的身体变得温暖起来，还没有变软的身体开始变得柔软，浑身充盈着大地之力。他大喝一声，抱起宝玛额尔德尼，本可以把他背朝地摔下，但那位天生敏捷的人却像个被扔出去的羊拐站立着安然落地;哈吉尔哈尔又大喝一声,抱起他向前摔去,那位却像一棵生长在山南坡上的孤独樱桃树般站了起来。然后哈吉尔哈尔举起宝玛额尔德尼说:"宝玛额尔德尼,我可怕的力量,我狮子般的力量可能更胜一筹。你还想活着回家?带着完整的马鞍和笼头?"宝玛额尔德尼内心怒火中烧,燃起七彩的火光。"啊,愚蠢的老人,"他喊道,"难道我把你吓唬一下就跑了不成。如果必须杀你,我就杀了你!如果你还有力气,就杀了我!"宝玛额尔德尼大喝一声,抓住哈吉尔哈尔,将他举起,开始猛打,打得天地震动。但对方一扭身,又转过来,两人又打了起来,不间断地打了三天三夜。这时,宝玛额尔德尼没有热起来的身体热起来了,没有软下来的身体柔软起来;他的肉胀得像座密不透风的黑山,他的乳头胀得像两座灰色的小山;他脊背两边的肉胀得像巨大的褡裢。三岁绵羊般大的黑冷汗从他光洁美丽的额头上一滴滴地滚落下来;汗水从他的脊背上淌下,像羊都游不过去的二十条黄色小溪。他紧紧抓住哈吉尔哈尔,把他砸在岩石边缘上,砸到落叶松上。然后,他从后面抓住哈吉尔哈尔的腰带,用力一提,把他提到自己腿上猛砸,仿佛数万匹骆驼在盐碱地的尘土上跳跃。他随后把哈吉尔哈尔扑倒在地,堵住八十个峡谷的口子,用力捶击,哈吉尔哈尔就这样被打进了地下八十肘的地方。宝玛额尔德尼用灰色的膝盖抵住勇士那青色小山般的胸膛说道:"男儿有三个委屈,马有三个停靠的地方。说说你的委屈吧,你在悔恨什么?"他就这样跪着,残忍地压下膝盖,淡黄的血液从哈吉尔哈尔的口鼻中流出,堵住了他的口鼻。他忍受不了折磨并说道:"我有三个委屈,我说!""好吧,说来听听!""我最主要的委屈,也是我最后悔的事,即我失去了生命,我再也见不到黑龙王的女儿,美丽的哈日努敦(Хара-Нюдюн 黑眼睛)了,我早年曾与她交好,一起长大。你带走我亲爱的黑鹰,骑上它,像照顾你无畏的白鼻灰马一样照顾它。我有一条敏捷的猎犬,黑中带白,名叫汗哈尔嘎什(Хан-харгаш),是黑心肠的化身;我有一只凶猛的黄色金雕,是白心肠的化身。你别杀死它们,把它们带着做伴吧!现在我再也没有委屈和遗憾了。"

正当他说这些,宝玛额尔德尼的无畏白鼻灰马挣脱了黑鹿皮缰绳,飞奔到了这里。它横卧在哈吉尔哈尔的脖子上说道:"宝玛额尔德尼,如果你打算杀死哈吉尔哈尔,我就跑回我众多同伴身边,不再做你的良驹了!当你出发与黑暗搏斗时,哈吉尔哈尔跟在你后面;为了你,他的双手被鲜血染红了,鞍带上也沾满了鲜血。怎么,难道你要为此而杀了他作为报复吗?你什么都不懂,宝玛额尔德尼,你这愚蠢的傻瓜!"宝玛额尔德尼回答说:"我要吃黑得像熏香的哈吉尔哈尔的肉,饮他暗红色的血!这是我说的。我要尝尝他的肉,再放他走,我要尝尝他的血,然后让他离开!"他说完后舔了三次,尝到了哈吉尔哈尔的血。然后宝玛额尔德尼用手掌拭去哈吉尔哈尔嘴上的泥土,用舌头舔了舔他眼睛上的灰尘说道:"我们要做一辈子的兄弟!"就把他扶了起来。他们互相立誓,交换了快如霹雳的白箭作为礼物,吃了同一块美味的食物;然后他们交换了额头上的玛哈嘎拉像,交换了头顶上的金刚总持像;他们成了几世轮回的兄弟;他们交换了额头上的宗喀巴像,成了几百轮回的兄弟。他们一起匍匐在黑色强弓的弓弦下,一起舔了黑钢宝剑的剑刃。他们彼此立下誓言:"只要我们的血还在流,我们就不会缺少丰盛的宴会!"他们就这样结为终生的兄弟。

在这之后,他们登上了一座灰色山岗,在那里上了十三炷香,净化了自己和马匹;他们降下了一场神奇的甘露雨,洗净了自己和马匹。做完这些事后,兄弟俩坐在一起。

哈吉尔哈尔对宝玛额尔德尼说:"我亲爱的宝玛额尔德尼,你现在去找特布吉尔嘎拉汗,告诉他这个喜讯,我去把这些黑蟒古思的民众和畜群赶走。"于是哈吉尔哈尔去了黑蟒古思的游牧地,而宝玛额尔德尼去了特布吉尔嘎拉汗的领地。

宝玛额尔德尼来到特布吉尔嘎拉汗面前,坐下来讲述他们如何打败敌人,他如何与哈吉尔哈尔成为兄弟,讲述了所发生的一切。特布吉尔嘎拉汗说道:"对打猎的人说'神箭手',对出征的人说'好运'。请从战利品中给我一些,我的孩子!"于是宝玛额尔德尼说,要赠送整个省的人和整群的牛给汗作为礼物。大汗接受了礼物说道:"这是我孩子们的恩惠!"人们给宝玛额尔德尼敬献了吃食茶饮、美酒、二三次蒸馏的酒,宴会开始了。

宝玛额尔德尼

哈吉尔哈尔则进入了黑蟒古思的游牧地，杀死了那里所有的蟒古思，杀死了所有人，洒下了毒食，拿走了好的食物。然后他聚集了驮运的骆驼和骟马，聚集了所有民众，包裹了所有的财物、金银和各类物品。带领驮运的队伍上了金黄色的大路，并开始不断迁徙，不分昼夜地走了十五天。当他们靠近时，宝玛额尔德尼出来迎接他们，并和他的兄长哈吉尔哈尔一起分配了准备献给大汗特布吉尔嘎拉的人畜。剩下的战利品，他们决定分两部分带回家，并下令在那儿留下了哨兵。

哈吉尔哈尔随后向大汗讲述了他经历的所有，并受到盛情款待。

哈吉尔哈尔随后带着礼物来到特布吉尔嘎拉汗这里，开始为宝玛额尔德尼迎娶美丽的图门索隆戈做准备。他们选好了婚礼的日期和月份，确定在夏季中月的第四天；据说那是幸福的好日子，据说那天的星宿是温和幸福的。所有人都开始庆祝，等待这一天的到来。

于是特布吉尔嘎拉汗召集了八十精锐勇士和八百疯狂战士，下令道："到盐碱地戈壁上的红黄骆驼群那里，牵来一千五百峰白鼻黄驼，所有骆驼都要毛色种类相同，年龄相同；牵来一千五百峰白鼻白驼，毛色种类年龄也要相同。"战士们手里拿着银鼻勒，腰间塞着彩色丝绸缰绳；手里拿着油梣木鼻勒，插上纯金的鼻板，把丝绸缰绳别在腰带后。他们来到遍布盐碱地戈壁的红黄骆驼旁，给一千五百峰白驼戴上了银鼻勒，拴上彩色丝绸缰绳。随后又给一千五百峰同色同品种的白鼻黄驼戴上油梣木鼻勒，戴上金鼻板，套上彩色丝绸缰绳。他们把骆驼牵来，拴在碎冰碎石上，好让驼掌上的血迹干透。他们安顿好骆驼并坐下来庆祝。

在选定的日子里，在柔和星宿的那一天，在确定的时间，在幸福的日子里，宝玛额尔德尼和图克图门索隆戈在新的宫帐向黄色的太阳鞠躬，手里拿着带羊拐的胫骨，结成了夫妻。人们让他们坐在一起，开启了宝玛额尔德尼和图门索隆戈的婚宴。众多美丽的仆人拿着金银碗，斟满美酒和马奶酒；随后开始唱甜美的歌曲，巧妙地伴随着宴会音乐端来斟满酒的碗。宴席上，宝玛额尔德尼在特布吉尔嘎拉汗面前摆上了最尊贵的食物——全羊，敬给他一坛酒，献给他南吉班丹哈达,并请求允许他回家。"啊,我的孩子,你想回家吗?你要从父亲这里带走什么?想拿什么就拿吧!"特布吉尔嘎拉汗说。"可汗,我的父亲,"宝玛额尔德尼回答说,"牲畜臣民、金银财宝,这些我都有。如果想赐给我些什么,就给我黄金《甘珠尔》和《丹珠尔》吧。"无论情愿与否,特布吉尔嘎拉汗也只能答应他。

这之后,他们需要拴好骆驼[1],那群骆驼开始吧嗒自己的大嘴,抖动身上擀毡的毛,背上强壮的肉变硬了,鬃上的毛稀少了,它们开始互相挠痒,甩动尾巴。众人随后把特布吉尔嘎拉汗赐予的黄金《甘珠尔》和《丹珠尔》装成包裹;拆卸并收起了图克图门索隆戈那黑貂皮的、带有贵重丝绸帷帐的宫帐。然后众人收起包裹,将丝绸包裹载在一千五百峰白驼上,用哈达拴住支架两端,裹住金色的《甘珠尔》和《丹珠尔》。然后在一千五百峰白鼻黄驼上套上丝织的包裹,用哈达绑住支架的两端,装上了貂皮宫帐。他们给每峰骆驼都铺上了斑斓的地毯[2],每个驮包都安置了一位勇士保护行进。驼队踏上了金黄色的道路。

于是众人备好马,娴熟地调整好一切,给图克图门索隆戈的走马白鼻淡栗色的纳日汗赞丹(Нарьхан-Зандан,细檀)戴上珍贵的珠宝马具,它的胫骨上没有缝隙,是美人命中注定的马;人们用六十磅的绳子系好穗子,让它在清风中摇曳,让它轻抚地上的青草。随后,他们又娴熟地为命中注定追随图克图门索隆戈的八位女仆备好八匹良驹。

于是图克图门索隆戈走到大汗父亲面前,祝他平安吉祥。大汗父亲和哈屯母亲赐给图克图门索隆戈马头般大的白水晶宝石、马头般大的黄冰糖和一条金锦缎哈达。父母说:"无论你在哪里,祝愿你内心平静安宁;愿你心想事成。"他们亲吻她的两颊,爱抚她,抚摸她。美丽的女仆们跟着图克图门索隆戈,扶她上马;美丽的女人带着她的八位美丽女仆出发了;她们开始叽叽喳喳地聊天,

---

1 这里可能指吊驼。——译者注
2 俄文为阿克(白)人民的地毯 [ковер народа Ак (Белый)],但蒙古文为 ag bulas hevis,意为斑斓的地毯,疑因发音相似导致作者误解。此处根据行文意思按蒙古文译出。后文中相同问题不再标注。——译者注

时而传来嬉笑声，忽而传来哭泣声。图克图门索隆戈和她的女仆朋友们一起哭泣，并感慨："我们这些天生短命的人，命运是多么的艰难啊！我们离开了父母亲，要去遥远的异国他乡！"她们跟在驼队的后面，坐骑踏着优美的步伐继续前进。

这时宝玛额尔德尼和哈吉尔哈尔去找大汗父亲，祝他吉祥如意。大汗父亲和哈屯母亲分别赐给他们水晶宝石、马头大的黄冰糖、金色的锦缎哈达。"我唯一的女儿，"特布吉尔嘎拉汗对宝玛额尔德尼说，"不要用坏话骂她，不要用棍子打她；不要用糟糕的话骂她，不要用肮脏的棍子打她。我年事已高。将来的事已近在眼前，过去的事已远在天边。既然现在你带走了我唯一的女儿，那么，我不要求一个月，但是一年要来看我三次；如果我打盹了，你要管理事务；如果我死了，你要埋葬我的尸骨！要横穿宽阔的地方，要在高处眺望！"宝玛额尔德尼回答说："我亲爱的汗父，您美丽的汗国越发强大，就像碧玉磐石那般。您的民众开始享受无上的幸福！我将每年拜访您三次。"他们祝愿吉祥如意，祝愿繁荣昌盛，像一棵棵细树一样摇曳着，像一朵朵斑斓的花朵摇曳着，走了出去。

两位英雄骑上马，召集民众，加入驼队的后方。与此同时，特布吉尔嘎拉汗的大部民众开始跟随图克图门索隆戈一起迁徙。图布新格日勒哈屯知道后告诉了特布吉尔嘎拉汗："特布吉尔嘎拉汗！当我们都老了要死去的时候，难道就要这样身边都没有一个人吗？我们一半的臣民都跟着图克图门索隆戈走了！难道没有办法让他们回来吗？"于是特布吉尔嘎拉汗拿出了幸福的黑罐子，用淡黄的帐篷擦了三遍，又放了回去；大部分的臣民都回来了，他们在自己的营地停留下来，在自己的定居点安顿下来；少部分臣民则离开了。

当宝玛额尔德尼和哈吉尔哈尔驱使他们的民众、驼队、所有的营帐迁徙时，他们喧闹地发出鸟儿飞来的声音，轰隆地发出鸟儿飞走的声音。驮队的骆驼长嘶长鸣，人民举家欢歌；人声鼎沸，战马蹄声阵阵作响。勇士们驱赶着民众走，不顾阴天，不理艳阳，不让民众在白天休息，不让他们在烈日下乘荫休憩。驮队的骆驼鼓起了黑眼睛，挺起了优美秀气的鼻子，它们转动着忽闪的黑眼睛，亮出它们各式锃亮的黑脚掌；它们像铁蜥蜴般把尾巴拍打着甩在光滑的黑腿上。它们脊背上的肉疼了，鬃上的毛缠在一起；它们吧嗒着大嘴，抖动着缠在一起的毛，偶尔啃着长在宽阔黄土路两旁高高的针茅草尖。

　　哈吉尔哈尔拿出白色的烟斗，用黄钢火镰打火，迅速点燃桦树皮。他吸着青叶烟草，吹出一缕细细的青烟，并把烟斗递给宝玛额尔德尼，说道："我亲爱的宝玛额尔德尼！你哥哥我离家已经太久，憨厚的孩子可能已经忘记了他的家，愚蠢的马驹可能已经忘记了伙伴。我现在就回家，去看看自己的游牧地，再回来找你。你去开启宴席吧。"这时宝玛额尔德尼感叹道："如果我们要在驼队前分开，那就让我们中的强者杀死弱者，以这样的方式分开！"哈吉尔哈尔大惊，问道："你为什么要这样，我的弟弟？"宝玛额尔德尼回答："我想过，是你迁徙到我这里，还是我迁徙到你那里？既然现在这已不可能，那就让我们在决出胜负杀死一人后分开吧！"哈吉尔哈尔对他说："由于汗赞巴拉（Хан-Замбал）山的恩典，我出生时脖子比别人长，肩膀比别人高；因为哈布赛哈日（Хабшай-хара）河的恩典，我的黑鹰马出生时，颈比所有的马高，脸比所有的马长。我爱自己和我的马！"于是宝玛额尔德尼问："你黑色的生命被终结，你会爱什么？你的黑鹰马被占有，你会爱什么呢？"哈吉尔哈尔心想："真的，如果我的黑鹰马被人占有，我会爱谁呢？"想到这里，他对宝玛额尔德尼说："我的宝玛额尔德尼！我回家去然后再回到你身边，命令我的人迁徙到你那里。你的话是对的！你去开启宴席，而我带着臣民回到你那里，我们到时候举办双倍的宴席，并一起享受这双宴！"于是宝玛额尔德尼笑了，笑声如虎啸，像野马般大声。"好了，我的兄长，"他说，"快带着你的臣民回来吧！"于是哈吉尔哈尔抽着自己的黑鹰马，朝着他伟大故乡游牧地的方向飞奔而去。他在轰隆作响的天空下，冈峦起伏的大地上飞奔；在多云的天空下，绿草丛生的大地上驰骋。

　　他飞驰到故乡的边界，看到牛棚已经长满了草，牛粪已干透；看到鸟儿和羚羊已经占据了他的故乡和汗赞巴拉山。他紧接着跃上了汗赞巴拉山巅，得知他的所有臣民、所有生灵都沿着道路向西走，形成了九十九条黑溪流。"这究竟是什么黑狗？"他惊叹道，"是哪个吞食自己父亲的肉，对自己主人没有情谊，对自己朋友没有爱的家伙占领了我的国家？"他站在原地惊叹不已，然后环顾汗赞巴拉山，看到北方有一个尖尖的黑点露出了头。"究竟是怎样一个灵活强大的勇士摧毁了我的故土，占有了我的牲畜和人民？"哈吉尔哈尔这样想着，飞奔到那座雄伟的白色宫帐矗立的地方，下了马。当他在支锅石旁边挖地的时候，找到了放在那里的熟羊腿；当他在支锅的汗石旁边挖地的时候，找到了一个装满烈酒的黑色皮囊；当他在支锅巨石旁边挖地的时候，找到了一封装在袋子里的黄色信件。哈吉尔哈尔拿起黄色的信，打开念道："哈吉尔哈尔，当你不在的时候，当你的帐顶收起的时候，出现了两个强人，哈里孟克代音（Харь-Мэнкэ-Дайн，异地永恒的敌人）的儿子哈达（Хада，岩石）和哈尔盖（Харгай，落叶松），他们生而为东北国的领主。他们等了七个昼夜，就是为了杀你。他们是可怕的勇士，谁也奈何不了他们；他们手里玩弄着汗赞巴拉山，嘴里含着哈布赛哈日河。想想我们的爱情吧，不要为了我，黑龙王的女儿，美丽的哈日努敦，毁了你宝贵的性命！给自己找个石缝或树洞活下去吧！"哈吉尔哈尔读完后说："啊，哈日努敦写的这是什么乱七八糟的东西。"他喝了烈酒，吃了羊肉，走上那黑色的道路，越过八十八个山口，走到了被杀死并遗弃在那的黑狗汗哈尔嘎什身边。哈吉尔哈尔下了马，抱住狗强壮美丽的脖子，开始查看。原来，六十支矛的碎片插进了它的心脏；他拔出扔掉了这些碎片。后脊梁上插着七十支箭的箭尖，他拔出扔掉了这些箭尖。他急忙打开斑斓的虎包，拿出雪白的药。当药涂抹在所有伤口上，伤口立即愈合，毒液全部流出。美丽敏捷的黑狗立刻活了过来，它跳了起来，认出了哈吉尔哈尔。它一认出勇士，立刻趴下，没有了呼吸，躺在地上昏了过去。勇士摇了它三下，吹了三口气；敏捷的狗又恢复了知觉，变得和以前一样了。它对主人说："我的哈吉尔哈尔！你刚离开，宫帐刚收起来，哈里孟克代音的儿子哈达和哈尔盖两位勇士就出现了；一个骑着像山一样的有七个乳房的黑马，另一个骑着像浪一样有七个翅膀的黑马。两个勇士非常可怕，任何生灵都无法与之匹敌。他们摇动了汗赞巴拉山，又把它放了回去；他们把哈布赛哈日河含在嘴里，又吐了回去。他们等了七天七夜，想要杀掉你。你在这里给自己找个地缝或树洞住下来，我去猎杀盘羊来养活你，直到我的八颗白牙变钝为止。""如果注定杀死我,那就让他们杀吧!我的宝玛额尔德尼是杀不死的!"哈吉尔哈尔说。于是他跳上自己的黑鹰马,叫上他敏捷的狗儿汗哈尔嘎什,他们上路快步走。他翻过了八十个山口,越过了八个山口;突然一阵轻风从前方吹来,下起了轰鸣温热的雨。"以前我那凶猛的黄金雕出现时也是这样。但现在为什么会刮这样的风,下这样的雨?"哈吉尔哈尔想着,这时凶猛的黄金雕飞了出来,它干瘪得像只鸢,瘦得像只乌鸦,在汗主人哈吉尔哈尔的胸前晕了过去。哈吉尔哈尔从凶猛金雕的心脏里掏出了六十根矛的碎片,又从雕的脊柱里掏出了七十支箭的箭尖。他拿出了能在半天治愈创伤的白药,涂抹在所有的伤口上。于是所有的伤口都愈合了,毒也流了出来,凶猛的金雕恢复了健康,又像以前一样站了起来。它对哈吉尔哈尔说:"我的哈吉尔哈尔!你刚离开,宫帐刚收起,哈里孟克代音的两个儿子哈达和哈尔盖两位勇士就从北边出现了。他们等了七天七夜,要杀掉你。他们是可怕的勇士,任何生物都无法与之匹敌。他们摇动了汗赞巴拉山,又把它放回原处;他们把哈布赛哈日河含在嘴里,又把它吐了出来。你在这里找一个岩缝或树洞安顿下来,我捕猎盘羊养活你,直到我的爪子变钝为止。""如果他们能杀了我,就让他们杀了找吧!我有宝玛额尔德尼,他是杀不死的!如果他们能埋了我,就让他们埋了我吧!我有宝玛额尔德尼,他是不可能被埋葬的!"哈吉尔哈尔说着,骑上马,在狗和金雕的陪伴下,出发追赶他的臣民。他疾驰起来,身形愈发高耸,黑鹰马奔跑着,日夜不停歇。它就这样跑,完全憔悴并停了下来;它变得如此憔悴,以至于乌鸦都能在它的胸骨上筑巢。哈吉尔哈尔下了马,取下马鞍和缰绳,对黑鹰马说:"我的黑鹰,你变瘦了,你累坏了。"然后他放走了马,说道:"喝清澈的水,吃肥美的草药,早日长胖,早日康复吧!"黑鹰马从哈吉尔哈尔的眼前消失了,它啃着青,去了一个目不能及的地方;敏捷的狗去了阿尔泰山北坡的森林里狩猎,凶猛的金雕飞去了阿尔泰山南坡的森林里狩猎。

敏捷的狗跑回来了,一只獠牙上衔着一百五十只鹿,另一只獠牙上衔着一百五十只麋。凶猛的金雕飞回来了,一只爪子抓住了一百五十只鹿,另一只爪子抓住了一百五十只麋。哈吉尔哈尔用落叶松做了六个烤肉架。他生了山一般大的火堆,把三百头鹿放在三个落叶松架子上,又把三百头麋放在另外三个落叶松架子上。他把马鞍放在头下,铺上鞍垫,像皮绳一样伸展身体,像合叶子那样红着脸睡着了。

而黑鹰马跑回了故乡,爬上汗赞巴拉山的山巅,向宝玛额尔德尼那匹远在六十年路程外国度中的无畏白鼻灰马咆哮道:"无畏的白鼻灰马,听着!告诉你的宝玛额尔德尼,你兄长的伟大故土被哈里孟克代音的儿子哈达和哈尔盖夺去了。你的兄长去追赶他们了,因为他的马瘦了,变得消瘦极了,便停在了一个荒无人烟的地方;他一个人在一片僻静的大戈壁里。难道你不去看看你哥哥的遗体吗?就这样对宝玛额尔德尼说吧。"说罢,它怒吼一声,暗红的胸膛顿时软了下来。无畏的白鼻灰马在六十年路程之外的国度,一字不漏地听到了这一切。此时的宝玛额尔德尼已把图克图门索隆戈带回了家,过上了幸福美满的生活,无畏的白鼻灰马听到后大声喊宝玛额尔德尼出来。宝玛额尔德尼听后跑了出来;无畏的白鼻灰马对他说:"你兄长哈吉尔哈尔的伟大故土和他的臣民们被哈里孟克代音的儿子哈达和哈尔盖两勇士夺走了。哈吉尔哈尔追踪他们,因体力不支死在一个荒无人烟的僻静戈壁上,孤零零地被所有人都遗弃了。你难道不去看看自己兄长的遗体吗?这是黑鹰马在六十年路程外对我说的话,它说这一切必须让你听到。"宝玛额尔德尼随即感叹地说:"喜上加喜,乐上加乐!"然后跑了回去。

当他把发生的一切告诉他的牧马人叔父时,阿克萨哈勒老人回答说:"喜上加喜,乐上加乐!杀了哈里孟克代音的孩子哈达和哈尔盖,带着你可汗兄长的臣民、牲畜和伟大的游牧地回来吧!传说曾预言你将占领七十个国家。"宝玛额尔德尼穿戴好自己的战甲,美丽的图克图门索隆戈对他说:"宝玛额尔德尼,你要去哪里?""啊,我要去阿尔泰杭爱山那边转一阵子,捕猎些盘羊。"说罢便走了出去,像细柳一样摇曳,像花叶一样熠熠生辉;他解开无畏的白鼻灰马,跳上去出发了。

无畏的白鼻灰马径直奔向黑鹰马向他嘶鸣的地方。它在轰鸣的天下,凹凸的大地上飞奔。它驰骋了整整一天,又飞奔了半夜,最终在第二天的金色太阳照耀大地时，黑鹰马跑出来迎接了他们。宝玛额尔德尼对它说："哦，你这个该被割掉耳朵、打断骨头的黑坏蛋！你在哪里杀死并抛弃了我的兄弟？而你自己却逃掉了！"宝玛额尔德尼用黑蟒古特鞭抽打了黑鹰马。"我没杀害你的兄长，"黑鹰马喊道，"他还活着！他一个人无法打赢勇士哈达和哈尔盖，于是我用了计：让自己变瘦，把消息告诉你。""好吧，如果我的汗兄还活着，就不是不幸！"宝玛额尔德尼说完便抽打着无畏的白鼻灰马，快步跑开了，黑鹰马则跟在他们身边。他们快步奔跑，跑得蔚蓝的长生天都在颤抖，跑得金色的大地都在荡漾，他们来到了哈吉尔哈尔沉睡的地方。哈吉尔哈尔颤抖着醒来，开始倾听观察；他听到好似成百上千的战士正喧哗着逼近，他看到厚厚的黑尘扬起。"在这荒无人烟的地方，我该怎么办？"哈吉尔哈尔心想：我的战马已经憔悴不堪，我该怎么办？我又该如何对付正在朝这边赶来的大敌呢？他惊叹疑惑了，他的理智沉睡了，他的思绪乱了。突然他听着听着，似乎听到了自己黑鹰马的蹄声；听到了宝玛额尔德尼的无畏白鼻灰马的蹄声。他心想："我的宝玛额尔德尼怎么会出现在这里？我怎么能听到我黑鹰马的蹄声呢？肯定是我的思绪混乱，才会出现这样的事情！"他起身环顾。看到了宝玛额尔德尼那顶杭爱山巅般淡青的银盔；银盔正向他游牧地的方向走来，与天上的青云交融在了一起。"是他！"哈吉尔哈尔惊呼道，又仔细看了看，确认正是自己的宝玛额尔德尼在赶来，他的右肩遮住了太阳，左肩遮住了月亮。他高兴得大叫起来，幸福得号啕大哭，痛哭流涕。宝玛额尔德尼冲上去，黑鹰马紧随其后；哈吉尔哈尔接过他的缰绳，扶他下马。哈吉尔哈尔激动地说道："我亲爱的孩子！你是直飞而下的敏捷金鹰，你是所有人的欢乐！你是黑色山巅咆哮遨游的黑斑豹！你是所有人的心肝，我亲爱的弟弟！你是青山之巅呼啸遨游的孤独蓝鸢！你是所有人的心肝，我亲爱的弟弟，宝玛额尔德尼！你来了！"说着这些话，他亲吻了宝玛额尔德尼的两颊，爱抚他。

宝玛额尔德尼随后看到凶猛的金雕和猎狗在一旁嬉戏跳跃，说道："我的可汗兄长，你这狗和金雕真是了不起的神兽啊！"然后开始和它们玩耍逗乐。这时哈吉尔哈尔对宝玛额尔德尼说："我亲爱的弟弟宝玛额尔德尼，带着这狗和金雕去打猎吧，带着它们去征战吧，它们会成为你的伙伴。"说完，他把这条狗和金雕送给了宝玛额尔德尼。

随后宝玛额尔德尼转向哈吉尔哈尔说道："汗兄，现在让我们吃掉这些鹿和麋吧！"宝玛额尔德尼吃了三个架子上的肉，哈吉尔哈尔吃了三个架子上的肉，他们用嘴吐掉了粗骨头，用鼻子剔掉了细骨头，他们吃光了所有的肉。然后宝玛额尔德尼接过兄长的马鞍和笼头，给黑鹰马备好了鞍。他喊道："兄长，我们走吧！让我们杀死哈里孟克代音的后裔，将哈达和哈尔盖挫骨扬灰。"他们穿上战甲，骑上自己的神骏，带上狗和金雕一起，踏上了哈吉尔哈尔的臣民被赶走的那条道。他们大步跑着，他们疾驰飞奔着。凶猛的金雕呼啸着飞快地绕过他们，落在大石头上；敏捷的猎狗绕过他们，在前面回头等待着主人。他们驰骋了一整天，又飞奔了半夜，在第二天黎明的昏暗中爬上了一座香檀林密布的黑色山巅上，那是哈达和哈尔盖游牧地的边界。当他们停下来眺望这中层阳光普照之世界的土地时，他们看到哈吉尔哈尔的臣民和牲畜已经驻扎下来，他们被赶到了西北侧哈希勒甘哈日（Хашилган-Хара）河的上游。他们还看到在离他们较近的地方，在两位壮士威严的白色宫帐外，有两匹拴在六十丈铁杆上的骏马正驮着马鞍转圈，摇晃着缰绳，那是有七个乳房、如山一般的黑马，以及有七个翅膀、像浪 般的白鼻黑马。"这是多么的邪恶呀！"勇士们就像从陡峭的山峰上滚落下来的石头，呐喊着冲向了敌人的房子。他们在六十丈高的铁杆那里下马，把马拴在了黑马旁边。他们走了一步又一步，回头看了看，只见无畏的白鼻灰马、山般的黑马和浪般的黑马三匹马竟一模一样，而黑鹰马则比那些马高出半丈长出半丈。然后宝玛额尔德尼把盔甲扔在哈达勇士的白色毡包上，四十根椽子歪了，四根椽子断了。哈吉尔哈尔也把盔甲扔了上去，三十根椽子歪了，三根椽子断了。当英雄们跑进毡包时，门帘被甩开，所以那门帘没碰到他们肩膀上的光，那门帘的纱洁白得像一面祈祷用的旗子，上面有四千道鹿纹，有四千个扣环。宝玛额尔德尼扯下所有的扣子，踹开四根门闩，走进了毡包；哈吉尔哈尔也进了门，俏皮地把白色的小门一甩，甩出了八个月的距离。壮士哈达当时正坐在那里，抚摸着他那可爱的黑胡子，把他驮运骆驼般大的黑辫子放在肩胛之间;他坐在毡包右侧尊位上的灰色宝座上。左侧尊位的笔直宝座上,坐着一位穿着雪白衣衫、脸颊比煤火还红的黄毛勇士。宝玛额尔德尼对他们说:"啊,你们这些吃了自己父亲的蠢货!你们的父亲教你们在丈夫不在时夺取妻子,在主人不在时抢夺游牧地吗?你们的母亲这样盼咐你们了吗?现在我们两个勇士来了,主人来了!现在让我们去那杂草丛生的白山北坡,在宽阔的黄色山谷里较量一下吧!让我们在太阳升起之前,趁我们还年轻的时候较量一番吧!"说完他就走了出去,哈吉尔哈尔紧随其后,哈达和哈尔盖也跟在后面跑了出去。

宝玛额尔德尼和哈吉尔哈尔拿好武器,跳上自己的战马出发了。哈达和哈尔盖也穿上盔甲,跳上自己的战马紧随其后。当他们来到一座杂草丛生的山边宽阔的黄色山谷时,哈吉尔哈尔对两位勇士说:"让我们看看你俩的实力,让我们看看两个优秀男儿的本领!"勇士哈尔盖答应了,穿上了摔跤裤,哈吉尔哈尔帮宝玛额尔德尼穿上了摔跤裤。两个摔跤手走出来,炫耀着,跳跃着,嬉戏着,开始搏斗。他们开始把对方扔到这儿又扔到那儿,开始把对方甩到这儿又甩到那儿,他们不停地摔了三天。宝玛额尔德尼心想:"我为什么要让这个傻瓜跟我玩三天呢?"他气得怒火中烧。他大喝一声拎起对手,举过头顶狠狠地抛了出去,抛得大地颤抖,天旋地转。他用膝盖顶住哈盖的胸膛,扯掉了他的头颅,然后站了起来,把头踢给壮士哈达并喊道:"这是壮士哈尔盖的头,他拥抱了黑龙可汗的女儿,哈吉尔哈尔幼年时一起长大的朋友——美丽的哈日努敦。"壮士哈达几乎咬碎了自己的后槽牙,身体四散般坐下来,穿上用上万牛脊皮缝制的生肉般的红裤子,将它弄平整,胖蚊子的鼻子都无法伸进去。他拉起带银扣和盘羊花纹的丝绸腰带,那腰带像三岁公牛脖子粗,在中间打了个至死都解不开、一辈子都不会松的结。这时哈吉尔哈尔说:"停下,我的宝玛额尔德尼!看两个健壮的男儿搏斗!"宝玛额尔德尼回答:"你在说多余的话,兄弟,一边是两个骑士,一边是两个马夫。如果人们说两个英雄的手和鞍带上都沾满了血,那会坏了我们的名声的。假如要杀,我就杀;假如要刺,我就刺!"宝玛额尔德尼说着就走到壮士哈达面前,一脚把哈尔盖的头踢给了他。而壮士哈达则踏着摔跤手的步子迎面走来，威武跳跃着。他们走到一起打了起来。像天神的闪电一样撞击在一起，他们开始把对方扔到这儿又扔到那儿，开始把对方甩到这儿又甩到那儿；他们开始搏斗，连金色的大地都震动了，所有的生灵都被惊扰了。他们不停地搏斗了七天七夜后，壮士哈达还没有变暖的身体变暖了，还没有变软的身体变得柔软了，他的身体里充满了大地宇宙的力量。他抱起宝玛额尔德尼，将他背朝地摔了下去，但宝玛额尔德尼却依然站着，因为他生来就是一个灵巧的人。壮士哈达大喝一声，把他拎了起来，往前一扔，但宝玛额尔德尼仍然站着，就像南坡上生长的孤独樱桃树。哈达转而击打宝玛额尔德尼，把他甩到岩石的边缘。他摔了宝玛额尔德尼七天七夜，把他抛到地表所有坚硬的东西上，又把他摔到地表所有坚硬的物品上。这时宝玛额尔德尼还没有变暖的身体变暖了，没有变软的身体变软了，他身体里充满了大地宇宙的力量。雄狮般的力量充满了他的身体，他不得不屈服于自己的身体和筋骨；不得不屈服于自己旺盛的力量。于是他大喊一声，举起了壮士哈达，将他举过自己的头顶，把他扔了出去，将他抛向岩石、落叶松，抛到了地表一切坚硬的东西上。然后他把壮士哈达摔在地上，把他摔进八十肘深处，踩在他的胸脯上，扯下了他的头颅。壮士哈达和哈尔盖的两匹马立刻向东北蟒古思魔鬼的方向跑去。但无畏的白鼻灰马和黑鹰马在后面急追，追上并咬断了它们强壮的脖子，杀死了它们。宝玛额尔德尼说：“我的可汗兄长，你把壮士哈达的头拴在黑鹰马的尾巴上当铃杖，然后去哈达的毡包；我把壮士哈尔盖的头绑在自己的马尾上当铃杖，然后去他的家！"于是他们把壮士的头像铃杖一样绑在马尾上；宝玛额尔德尼随后把自己的衣服、饰物清洁了一番；他们骑上战马，向那两个壮士的毡包飞奔而去。

当他们赶到时，凯尔森（Керсен-Хан）汗的女儿——二十五岁的美丽的凯赞丹高娃（Кэй-Зандан-Го，美丽—装饰的檀木）出现在他们面前，壮士哈达在襁褓中与她结识，二人一起长大；她看到壮士哈达的头被绑在黑鹰马的马尾上时，顿时昏了过去。

宝玛额尔德尼来到他兄长的所爱——美丽的哈日努敦的毡包前，哈日努敦出来迎接他，她看到壮士哈尔盖的头颅，扶住宝玛额尔德尼的黑鹿皮缰绳，扶他下马并问道："你是谁？我的孩子，你是一位天生睿智、荣耀的勇士，是菩萨完美的转世！你让我的黑眼睛重见光明，你让我恢复了理智！我亲爱的孩子，你叫什么名字？你的故乡在哪里？你的父亲在哪里？你荣耀的名字叫什么？"说着，她闻了闻他的两颊，抚摸他，爱抚他。当宝玛额尔德尼说出他的故土、他的水域、他父母亲的名字、自己的名字和他战马的名字时，美丽的哈日努敦把宝玛额尔德尼请上了八条腿的神圣金宝座上，给他献上苹果、浆果、酸马奶、美酒、酸奶、葡萄酒和各种东西。

此时哈吉尔哈尔怎样也无法叫醒凯尔森汗的女儿——美丽的凯赞丹高娃。凶猛的金雕和黑狗聚齐了壮士哈达的所有牲畜和臣民。哈吉尔哈尔从骆驼中挑选了个头像山一样大、驼峰像人一样大的白骆驼，把美丽的凯赞丹高娃放在篮子里，挂在前驼峰上系好。随后哈吉尔哈尔跳上了黑鹰马，飞奔到美丽的哈日努敦所在的毡包。美丽的哈日努敦飞快地跑出来迎接他，她跑得太快，红绸衣袖都敞开了，她接过哈吉尔哈尔的鹿皮黑缰绳，扶他下了马。她搂住哈吉尔哈尔美丽结实的脖子晕了过去。哈吉尔哈尔吹了吹哈日努敦的胸口，让她清醒过来。他们走进毡包，哈吉尔哈尔讲述了他所有的快乐和艰辛，然后他喝酒吃肉、喝葡萄酒、喝酸马奶、喝酸奶，把所有喜欢的东西都吃喝了个遍。之后，他所有的臣民、僧侣和平民都来向他们的汗主勇士哈吉尔哈尔献礼，他们的献礼七天七夜之后才宣告结束。

在这之后，哈达和哈尔盖的臣民们聚集并准备了宴会所需的一切，安排了盛宴，庆祝了五天。然后，当驮运的马匹和骆驼准备就绪时，两位勇士命令哈达和哈尔盖的所有臣民带上所有东西立刻迁徙。他们把驮运队伍带到金色的大路上，向着宝玛额尔德尼伟大故乡的方向出发。

这时，东北方向扬起了浓浓的黑尘，数十万勇士的脚步声不绝于耳。宝玛额尔德尼说道："好吧，我的狗和金雕，驱赶这些臣民，不管是自己的还是别人的，不要让他们停留，不要让他们逗留，催他们直奔我的故乡！我和汗兄去看看，是哪个不友好的敌人在靠近。"说完"我们走！"，两位英雄调转马头，奔向那片黑尘。走近一看,原来是两个身穿白衣、牙齿歪斜、辫子散乱的黄毛少年,他们骑着两匹山一般大的白马。宝玛额尔德尼对他们喊道:"喂,黄毛小孩!正面一把鼻涕一把泪,背后被太阳烤焦的小黄毛!你们叫什么蠢名字?你们的故乡在哪里?你们要干什么?你们找谁有什么事情?"两个男孩回答他说:"我们是肯泽(Кензе,小)和克勒(Келе,袖珍),是东北领主奥隆多乌嘎汗(Орондо-уга)的孩子;我们的白马是克勒布(Келеб)和吉力布(Джилиб)。我们听说宝玛额尔德尼和哈吉尔哈尔夺取了壮士哈达和哈尔盖的臣民、牲畜和货物,正准备返回家乡,于是前来抢夺战利品,打破他们的傲慢。怎么称呼你们这俩询问别人姓名的傻瓜?"这时宝玛额尔德尼喊道:"愚蠢的吃了父亲肉的黄毛傻瓜!我的名字,我的故乡,不是我这英雄可以告诉你们的,也不是你们两个傻瓜可以问的!"两位勇士抽出黑刃剑,架在右肩上,大喊着冲向那两个少年。那两个黄毛男孩喊道:"我们的精锐军队站起来吧!我们的四个绿松石人如石头般站起来!起来,集合,我们的托哈尔军队!我们的四个绿松石人如石头般站起来!"[1]他们喊着喊着就不见了。

瞬间,数十万布哈尔战士站了起来,四名绿松石人石头般站了起来;数万托哈尔战士聚集起来,四名绿松石人石头般站了起来。模糊的黑雾给一切蒙了七十层,数十万敌人战士移动过来。宝玛额尔德尼和哈吉尔哈尔冲了进去,一边砍着开路,另一边又被包围住。他们砍杀的战士像捆绑的骆驼一样堆在一起;他们砍杀的战士像砍倒的树木一样堆在一起;他们砍,敌人像脱粒的谷物一样散落一地。他们夜以继日地战斗了三天三夜,战胜了敌人,杀死了所有敌军。

他们刚解决完这些,那两个黄毛男孩又出现了,像以前一样喊道:"为什么我们的布哈尔军队不站起来?为什么我们的四个绿松石人不似横石般站立?为什么我们的托哈尔军队不站起来?为什么我们的四个绿松石人不似横岩般站立?"他们喊叫着走了,七倍的敌人站了起来。宝玛额尔德尼对他的兄弟哈吉

---

[1] 此处俄文译文需与蒙古文原文校准,俄文译文所表达意思如文中所示。文中布哈尔军队 бухарское войско 与托哈尔军队 тохарское войско 在蒙古文中意为勇猛的精锐军。后文所出现处均按俄文音译处理。——译者注

93 尔哈尔说:"你跟他们打吧,和这些勇士们打!他们好像是无形的魔鬼,无法被消灭。"他拍了拍无畏白鼻灰马的大腿,飞奔而去。他日夜兼程,骑到了浓雾的边缘,开始眺望。宝玛额尔德尼看见一只黑得像乌鸦一样的黑雕在浓雾上面飞,当它收起翅膀时,像顶针那么大,当它展开翅膀时,像盖在毡包顶上的毡子那么大。"原来祸害在这里呀!"宝玛额尔德尼惊呼道。他拉开九十九力的弓,搭上闪电般的白色快箭,他拉开弓,将其弯曲到可以把头和下巴放进去,一箭把那只让人厌恶的黑雕射穿,射穿了它的头、胸和背。黑雕倒在地上,从它的羽毛、翅膀和绒毛中,站起了数不清的战士;从它的骨头中站起了骷髅勇士,从它的汁液中站起了干瘦的勇士,从它的血液中站起了带缰绳的马匹。宝玛额尔德尼和哈吉尔哈尔冲上去砍杀他们,在中午之前把他们打成了灰烬,在一个昼夜之间把他们打成了尸骨,那片平原上堆满了人的遗骸,干枯的尸骨。

在这之后,哈吉尔哈尔和宝玛额尔德尼每人连根拔起十棵落叶松,堆在一起,放上干枯的尸骨,生起山般大火,烧得什么也不剩。宝玛额尔德尼对兄弟哈吉尔哈尔说:"你看,我们遇到了无形的魔鬼,从他们那里什么也得不到,根本没有任何战利品!"于是英雄们骑上战马,爬上长满杜松的杭爱山巅,在那里点了十三炷香,净化了自己和战马;他们降下了甘露奇雨,洗净了自己和战马。在这之后,勇士们骑着马向宝玛额尔德尼雄伟的游牧地奔去。

这时,凶猛的金雕和黑狗赶着臣民和牧群,把他们赶到了宝玛额尔德尼故乡的边界,这时两个勇士追上了他们。牧马人中的佼佼者阿克萨哈勒老叔父骑着敏捷的浅黄豹花骏马出来迎接他们,旁边跟着几匹不生育的骒马。宝玛额尔德尼看到他走过来,就对哥哥说:"让我们把凯尔森汗的女儿,二十五岁的凯赞丹高娃给最优秀的牧马人,三百七十岁的老叔父阿克萨哈勒当妻子吧。他们将成为我们的父亲和母亲。我的父亲和母亲在我幼年时就去世了,去了天堂。"哈
94 吉尔哈尔表示同意,正当英雄们这样议论的时候,阿克萨哈勒老人来了。宝玛额尔德尼和哈吉尔哈尔下了马,向汗叔父问了安,并向他讲述了所发生的一切。老叔父阿克萨哈勒对他们说:"好吧,对去打猎的人说'铁叉',对出征的人说'战利品、胜利'。孩子们,把你们的战利品分给我一些吧!"于是宝玛额尔德

尼和哈吉尔哈尔从自己的战利品中拿出两省人、两群牛献给自己的叔父,而最主要的是二十五岁的美女凯赞丹高娃。老叔父摊开衣摆,低下头说:"孩子们的恩惠!我很荣幸!"接着阿克萨哈勒说:"你们,我的孩子们,向前走吧,我将与这金雕和狗一起去安排游牧民和畜群!"于是宝玛额尔德尼和哈吉尔哈尔一瞬间就飞奔到了挂着昂贵丝绸帷幔的黑貂宫帐前。他们坐在宫廷檀木制成的宝座上,开始享用饮品美食、美味水果、酒和马奶酒。

当哈达和哈尔盖的臣民来到这里时,哈吉尔哈尔在南边支起了壮士哈达雄伟的白色宫帐,支在高高的美丽山坡中间,将宽阔美丽的草地分开。他把所有好的东西都放进里面,清理了所有坏的、有害的东西;往里放了金色的器皿,做了不同的装饰,清洁干净。让凯尔森汗的女儿,美丽的凯赞丹高娃和阿克萨哈勒老人住在了那里。而已经三百七十岁的阿克萨哈勒老人在娶二十五岁的美女凯赞丹高娃为妻时,获得了二十五岁的力量。

哈吉尔哈尔下令在其叔父可汗的西北方建立他雄伟的白色宫帐。臣民百姓则在驻地里安营扎寨,按照居住地安排好了住处,分配好了牲畜。

于是宝玛额尔德尼安排了一场欢乐的盛宴,在他兄长可汗来他这边游牧之际欢欣鼓舞,并庆祝他们得到了哈达和哈尔盖的游牧地。在那场盛宴中,大家都喝醉了,每个人都陶醉其中时,阿克萨哈勒老叔父向宝玛额尔德尼下达了父令:"当我们头顶上有敌人时,我们不能享乐;当我们身边出现恶意的障碍时,我们不能享乐!据说在西北方住着十个荒漠黑蟒古思;据说他们牛羊成群,家什丰富,但面目可憎。你去杀了他们,夺取他们的牲畜和臣民!古老的传说预言,你将占领七十个国家。必须一个不少!"宝玛额尔德尼和哈吉尔哈尔同时感叹道:"喜上加喜,乐上加乐!"两位英雄穿好盔甲,骑上战马,带上金雕和狗,向荒漠中十个黑蟒古思的方向出发了。他们日夜兼程,飞越了两片有害的霍龙(三次蒸馏的酒)黄海和霍尔扎(两次蒸馏的酒)黄海;如果在不到一天的距离接近这两片海就会中毒,如果在不到半天的距离接近这两片海就会死亡。他们爬上了十个荒漠蟒古思游牧地边界一座长满杜松的白山顶,开始眺望世界的边缘。宝玛额尔德尼和哈吉尔哈尔看到十个黑蟒古思的毡包附近,有十匹杂色枣红马正在跳跃，抖动着马鞍笼头和绊绳。于是宝玛额尔德尼喊道："你们为什么要躺在家里死去？不友好的敌人来结果你们的性命，你们这十个荒漠的蟒古思！"十个蟒古思一字不落地听见了，十人装好自己的兵器，骑上十匹杂色的枣红马，并向宝玛额尔德尼喊声传过来的方向飞奔而去。他们出发后，宝玛额尔德尼对哈吉尔哈尔说："这是十个蟒古思！我们每人拿下五个！谁能首先杀死五个蟒古思？比试一下我们的勇猛力量吧！"他们兵分两路，把蟒古思们五五分成两拨。宝玛额尔德尼大喝一声扑了上去。那些蟒古思又惊又怕，心惊胆寒。于是宝玛额尔德尼把他们一个接着一个地砍成了三块。与此同时，哈吉尔哈尔杀死了四个蟒古思，但还有一个没能杀死。宝玛额尔德尼飞奔到他们面前，一下子就把那蟒古思砍成了五块。"啊，兄弟，"他惊呼道，"原来我的速度和勇猛要胜于你！"哈吉尔哈尔答道："我亲爱的宝玛额尔德尼，你一向都敏捷，现在你更加敏捷了！"他们把那十个蟒古思的尸体堆起来烧掉，牛啃不到一根骨头，狐狸闻不到一点腥臭；他们烧掉了种子，撒下了灰烬。与此同时，宝玛额尔德尼的狗和金雕聚集了十个荒漠蟒古思的臣民牲畜和金银财宝，驱赶人们迁徙。这时哈吉尔哈尔对宝玛额尔德尼说："你对付霍龙黄海，我对付霍尔扎黄海吧！现在让我们看看自己的力量和能力吧！"宝玛额尔德尼同意了，哈吉尔哈尔动身前往霍尔扎黄海。当宝玛额尔德尼赶着十个蟒古思的人和牲畜，带着狗和金雕出现时，哈吉尔哈尔念起了黑咒，诅咒了霍尔扎黄海；霍尔扎黄海结冰了，变成了一块冰石。他们把牲畜和人赶过了霍尔扎黄海。然后宝玛额尔德尼说："霍龙黄海是我的，对吗？"他走到海边念着炙热的咒语，诅咒了霍龙黄海，海干涸了，变成了一片干地。两个英雄把臣民和牲畜赶过了那个地方，随后宝玛额尔德尼说："我的兄弟！你净化了有害的东西，使它再无危害，这很好！常言道：如果留下口角，也就会留下毒害。这可不好！原来你的本领更强。"

当他们带着臣民和牲畜回到家时，阿克萨哈勒叔父又一次迎接了他们，并向他的孩子们索要战利品。他们给了他一群牲畜和一省属民。然后老叔父说："你们回家去吧，我带着狗和金雕去把牲畜和人赶走。"然后宝玛额尔德尼和哈吉尔哈尔走了，回到家里开始尽情享受，享受着美味的酒，品尝着葡萄酒的滋味。牧马人中的佼佼者阿克萨哈勒老叔父赶着驮运队伍和畜群，把它们带到自己的游牧地，并在狗和金雕的帮助下把人们安置在了营地里，把牲畜安排在了游牧地里。

他们都开始举行宴会，在俘获十个荒漠黑蟒古思臣民的畜群之际开启了一场盛大的宴会。按照宴会的规矩，他们庆祝了八十个昼夜，按照娱乐的习俗，欢喜热闹了六十天。然后牧马人中的佼佼者、老叔父向宝玛额尔德尼下达了父令："当我们头顶上有敌人时，我们不能享乐；当我们身边有恶意的障碍时，我们不能享乐！我的宝玛额尔德尼！你一个人去吧！在遥远的西方，在凯凯布尔（Кий-Кийвер，空气箭）青山脊上，在灰屯哈日（Кийтен-Хара，冷黑）河的平原上，住着一位光荣的英雄，名叫黑根灰屯呼和铁木尔哲勃（Кийгийн-Кийтен-Кэкэ-Тэмюр-Зеве，空气的冷青铁矛），他的瓦灰色骏马名叫凯凯布尔（Кий-Кийвер，空气箭）。如果你们俩都过去，很可能会互相帮助，会杀死那个勇士。而如果宝玛额尔德尼独自前去，并且行事灵活，就会成为那位英雄一辈子的兄弟。"宝玛额尔德尼高兴极了，心满意足地坐着，哈吉尔哈尔却坐在一旁担忧。老叔父又说："我的宝玛额尔德尼，虽然你要去敌人那里，但不要带上狗和金雕，你不能带任何旅伴过去。"于是宝玛额尔德尼把狗和金雕留在了家里，收拾好自己的盔甲，骑上他那匹睿智的白鼻灰马，向遥远的西方飞驰而去。他飞奔了整整一天，又驰骋了半夜，在第二天黎明的昏暗中到达了灰屯呼和哲勃伟大游牧地的东部边境。灰屯呼和哲勃听到了他到来的声音，于是收拾好自己所有的盔甲，骑上他那匹珍贵的瓦灰骏马凯凯布尔向东飞奔而去。他看到从东边卷起的黑尘直冲云霄，他听到成百上千名战士的脚步声，他看到一个红勇士正在靠近，他的右肩遮住了太阳的光芒，他的左肩遮住了月亮的光辉，他的淡青色头盔直指天空，他骑着一匹山一样大的灰色战马。而宝玛额尔德尼所看到的是在遥远的西边卷起了厚厚的黑尘，他听到了成百上千名战士的脚步声，他看到一个骑着山一般大的灰色战马的红英雄正在靠近；他用左肩遮住了太阳的光芒，他用右肩遮住了月亮的光辉，他的盔顶直冲天空。"这一定是位力气足的光荣骑士,我要和他一决高下!"宝玛额尔德尼心想。两位英雄都如此评价对方。他们用大腿猛夹战马,大声呐喊冲向了对方,呐喊声盖过了一千五百条龙的声音。顿时山石崩塌,树木被连根拔起,所有生灵都在颤抖。两位英雄撞在一起,二话不说便开始厮杀。他们打得轰隆作响,就像天神的闪电击中了黑岩石;他们打得噼啪作响,就像闪电击中了白岩石,谁也奈何不了谁。他们黑蓝相间的尖剑刃被折断,一直断到了刀背。于是他们对彼此说:"剑已无法承受你我之力,我们试试用矛刺吧!"他们把剑插进剑鞘,从腋下拿出各自的直矛,站在距彼此一个月的距离,再次大叫着扑向对方。他们猛刺对方,寻找胸骨的白色软骨、斑驳的心脉、黑色的瞳孔、红色的腋窝,他们寻找对方身上任何一个柔软的地方刺去,但他们的长矛都被刺钝了,矛尖都消失了。于是他们对彼此说:"矛拿不下我们俩,现在我们就用弓箭射吧!"他们走到一个月远的地方。宝玛额尔德尼拉开九十九力的花黄强弓,搭上闪电力量的迅捷白箭,他拉开弓,弓两端弯得可以把头和下巴都放进去,弓内侧两端弯得可以让雕刻在那里的盘羊的头相撞;这样,雕刻在上面的绵羊和山羊的头都要撞在一起,雕刻在弓两端的乌鸦和大雁的翅膀都要撞在一起,雕刻在那里的老虎和龙都要互相叼住对方的头。这时箭叉上烟雾缭绕,箭头上的铁沸腾,箭杆上彩虹绵延。这时宝玛额尔德尼低声说:"让它射中灰屯呼和哲勃胸前的白色软骨,射中他那斑驳心脏的血管,射中主骨,射中那强壮的心脏!"并放了箭。当这白色快箭飞出,迸发出黑羊般大的火焰时,灰屯呼和哲勃解开了铠甲上的七十八颗纽扣,露出了洁白的胸膛。宝玛额尔德尼的白箭射中了它,发出响声,箭就像从天上落下的闪电一样落在了地上,摔得粉碎,变成了二十头牛驮的木柴。"现在轮到我了!"灰屯呼和哲勃喊道,他把一支青冷箭搭在青色的弓上,像宝玛额尔德尼之前那样拉开弓,放了箭。接着,宝玛额尔德尼解开了硫黑铠甲的纽扣,露出了暗红的胸膛。灰屯呼和哲勃的箭就像射中了一块青黑色岩石,发出一声脆响,摔落在了地上,碎成了二十头牛驮的木柴。然后,宝玛额尔德尼和灰屯呼和哲勃系好纽扣,骑上自己的战马,走到一起,互相问候,互相询问了彼此的兄弟、对方大名和年龄。宝玛额尔德尼和灰屯呼和哲勃就此相识,他们知道了彼此年龄相仿；当他们问起彼此的生辰时，他们得知二人是同日同时生。"我们是同年同月同日同时出生的；如果我们那工匠制造的武器没有把我们拿下，那么造物主赋予我们的力量也是一样的。毕竟，常言道：同一个父亲的孩子个头相当，同一匹马所生的马驹声音一样。就是这样！让我们成为兄弟吧！"英雄们互相说道。他们交换了头顶上的金刚总持像，成为几世的兄弟；他们交换了额头上的宗喀巴像，成为数百次转世的兄弟。他们从黑色强弓的弓弦下钻出，舐了像黑香一样的钢剑刃，立下誓言："愿我们在一起，不缺席血腥的战争，不缺乏欢乐的盛宴！"就这样他们结为终身的兄弟。宝玛额尔德尼问灰屯呼和哲勃他们谁是兄、谁是弟，灰屯呼和哲勃说："人们说你是布尔罕汗之子，所以你是哥哥，我是弟弟，因为我是空气神灵所生。"宝玛额尔德尼说："好吧，那就这样。现在去我那里吧，弟弟！"灰屯呼和哲勃说道："兄长！请先去一趟我那里，认一下我的房子，接受我妻子的崇拜，享用一下尊贵的食物和饮品。如果愿意跟我一起走一趟，那将是荣幸。"宝玛额尔德尼同意了。

两位勇士骑上自己的战马出发了。他们大声地交谈着，唱着嘹亮的歌，吹着响亮口哨，踏着优美的步伐，到达了灰屯呼和哲勃雄伟的白色宫帐前。这时，灰屯呼和哲勃的妻子、纳仁达赖汗（Наран-Далай，太阳海）的女儿，美丽的纳布奇高娃（Набчи-Го，叫子美丽）听说兄长来了，立即准备好宝座，打扫了宫帐，披上五彩锦缎斗篷，戴上金色高冠。她向兄长的守护神致敬，把宝玛额尔德尼迎进了宫帐。宝玛额尔德尼赐给弟妹一条黄金锦缎制成的哈达，一颗马头大的水晶宝石和一块马头大的冰糖。"拿两个省的人、两群牛吧！"宝玛额尔德尼补充道。美丽的纳布奇高娃又鞠了一躬。随后他们不忘规矩，吃了食物浆果，喝了美酒，两个英雄喝高，脸颊发红，像枣红马的毛色。[1]于是宝玛额尔德尼从怀里掏出一个八十八丈长的南吉班丹哈达，在瓷碗里倒了马奶酒端给灰屯呼和哲勃说："我的灰屯呼和哲勃！我，你的兄长，要向你求一样东西。你愿意

---

[1] 此处符氏对史诗原文理解有误。俄文原文为直译，即"发现自己在会说话的枣红马上。"卫拉特方言中通常用这种表达来形容醉酒之人。——译者注

给我吗？给不给？"灰屯呼和哲勃接过哈达和马奶酒说："我没有什么不可以给兄长的。如果你让我将大动脉里的冷血给你，我无法为你做到。如果你让我把眼睛挖出来给你，我也无法为你做到。其他的一切都可以给你！"说完这些话，他喝了马奶酒，接受了哈达。宝玛额尔德尼对他说："我的孩子，我的兄弟！我为什么要你为我吸干自己冰冷的鲜血？我为什么要你为我挖出自己的眼睛？我对你的请求是，让我们去我的家乡，一起享受吧！"灰屯呼和哲勃回答他说："因凯凯布尔青山的恩典，我的颈生来就比所有的勇士都强壮，我的肩膀比所有战士的都强壮。因灰屯哈日河的恩典，我的马生下来就比所有的马都高，比所有的马都长。然而没什么做不了的，既然我对兄长说过会满足你的请求。俗话说：无法阻挡诺言，无法抓住丢失的套杆。我决定去你的故乡。"说罢，他吹响凶猛的黑色号角，向七方的臣民发出信号；吹响黄色号角，向所有的僧侣发出信号。他召集臣民，下达命令："我决定前往宝玛额尔德尼的故乡，在那里享乐。你们，都是我的人，收集所有的东西，不留一个孤儿，不留一条母狗；带上所有的东西，不留一只羊羔，不留一匹马驹；拿起所有的东西，不留刀具的碎片，不留火镰的残片！夏季末月的初三，我们离开这里！请把马匹和骆驼安排妥当！我们要日夜兼程！"他下了这样的命令；所有集合的人都将命令传达，恭恭敬敬地听从，组长和长官们把命令传遍各处，收集了所有东西。

　　灰屯呼和哲勃在凯凯布尔青山之巅堆了一座淡黄的敖包，并用七十丈长车的丝绸作为祭品。他在灰屯哈日河的源头献祭，带来了五车珠宝。在一千五百峰白鼻骆驼上装满了丝绸包裹，用哈达绑住双脚架的两端，拆卸了藏有金色《甘珠尔》和《丹珠尔》的寺庙和佛塔。然后，他们拆卸了雄伟的白色宫帐，将其堆叠并装载到一千五百峰白鼻骆驼上，在每峰骆驼身上都铺上了阿克人的地毯。他们娴熟地将各种东西装在一千五百峰敏捷的单峰驼上。夏季末月的第三天，在约定的日子里，所有的畜群、人和生物都聚集，整个驮运队伍一起出发了。他们汇聚成一条无数支流汇聚的黑色河流，队伍分叉绵延在路上。驮运队伍像飞来的鸟儿一样喧闹，像飞去的鸟儿一样作响。驮运的骆驼发出冗长的嗥叫声，老百姓发出尖锐的叫喊；男人们的声音不绝于耳，金色的宇宙完全被畜群和人脚下掀起的尘土笼罩。纳仁达赖汗的女儿，美丽的纳布奇高娃把九十九年的路程缩短到五天五夜，五个昼夜。他们白天不休息地走，不分昼夜地走；他们在阴天不寻找阳光，在烈日底下不寻找阴凉地。他们就这样走了五个昼夜，来到了宝玛额尔德尼的游牧地。

哈吉尔哈尔和可汗老叔父带着金雕和宝玛额尔德尼的狗出来迎接他们。于是宝玛额尔德尼和灰屯呼和哲勃下了马，向汗父问了安。纳仁达赖汗的女儿，美丽的纳布奇高娃披上了金银的斗篷，戴上了金色的高冠，向汗父的守护神鞠躬行礼。灰屯呼和哲勃很喜欢宝玛额尔德尼的狗和金雕。"多好的狗和金雕啊，勇士可以带着它们去打猎，还可以像伙伴一样带着它们去作战！"他说。宝玛额尔德尼立刻把狗和金雕送给了他，说道："带着它们去打猎吧，带着它们当战友出征！"在这之后，老叔父阿克萨哈勒和他的汗兄哈吉尔哈尔说："你们俩都回家吧！我们去引导臣民。"宝玛额尔德尼和灰屯呼和哲勃同意了，向前奔向黑貂宫帐。他们下了马，把缰绳勒得像石头一样紧，像箱子一样结实，把马拴在了枝繁叶茂的檀香树的树荫下。来到宝玛额尔德尼家里，灰屯呼和哲勃向嫂子问了好。然后他们坐下来品尝美味的浆果和食品，喝美味的酒和葡萄酒，尽情享受。

就在这时，驮运队伍到来了。他们建起了寺庙佛塔，在那里放置了金色的《甘珠尔》《丹珠尔》。然后，他们又搭起了雄伟的白色宫帐，找空地安置了无数的臣民，找空地安置了四畜。

之后他们变得非常富有，马、骆驼和牛多到不认得彼此的同伴；他们的子民众多，父亲和母亲都认不出他们的儿孙。

宝玛额尔德尼、哈吉尔哈尔和灰屯呼和哲勃收集了欢宴所需的一切，召集所有的人，所有的生灵到大白宫帐里。他们开始了宴席，像杜鹃一样欢快地谈论着，所有的人，所有的生灵都开始欢庆。勇士们从自己的良驹上取下马鞍和笼头，抚摸马背，整理马鬃并放走了它们。马儿们躺在厚厚的鲜草上，啃起一两株草，飞奔向杂色和乌黑枣红的同伴，它们已经长大，遍布了阿尔泰和杭爱山。它们开始吃新鲜的嫩草，开始喝清澈的水。宝玛额尔德尼、哈吉尔哈尔、灰屯呼和哲勃开始享受他们所梦想的幸福；在他们之上没有需要战斗的敌人，在他们身边没有祸害的障碍；没有冬天，只有夏天；没有死亡，万古长青；没有春天，尽是丰秋；没有枯草，满是鲜草；他们的内心平静，他们的盆钵丰盈。

愿幸福圣洁与快乐成倍！愿他们永享欢乐！

达尼库日勒

达尼库日勒

在过去悠久、真正美丽的万纪末与现在宁静美丽的千纪初之际，在一个美好稳定、真正宁静的时代，当和平与繁荣的时代，当数十万年的和平顺遂降临，那是充满了万千幸福和美满馈赠、宁静欢乐的时代，是荣耀英雄勇士豪放的时代；当阳光重新照耀，当数万年的生活重启，当八万四千种学问重新著书立说，在那美好的时代，国家和信仰得以确立。

据说，最雄伟的山库克贵杜勒杭爱（Кок-Гюйдюль-Хангай 杭爱蓝跑）[1]是那故乡；八片查干（Цаган，白色）琼浆海是那最壮阔的水。白檀杭爱山巍峨耸立，一双双杭爱山峰峦叠起，十三片密林暗淡起来。阿尔泰山故乡七十座双峰拔地而起，共同生长，彼此相依，不见山口通道。杭爱故乡那五十座隐秘的山峰拔地而起，共同生长，不见隘口和道路。七十座延绵不断的白色悬崖拔地而起，五十棵黑色灌木暗淡起来。十八片欢乐的树林令人满心欢喜，五十座高耸的雪脊洁白无瑕，八十座悬崖冰冠闪闪发光。七十双红沙山麓平缓升起，荣耀的良驹无从穿过；三十三片宽大戈壁铺展开来，天生的勇士也无从绕行。风中四向延展的美丽黑色长丘，整月都无法穿越；八片雾气缭绕的黄色草原，整年都走不尽。这是多么美丽、多么幸福的国度。

十片治愈的汪洋波澜不惊；数万池塘湖泊圈圈泛白。百条名流大河流淌不息；数十万泉眼冲破大地，怒涌流淌。

---

[1] 此处符氏所译与其他版本之间有出入，蒙古文有记录作库克灰屯杭爱（蓝冷杭爱）。——译者注

各色的花朵绽放着；治愈百病的泉水流淌着。凶猛的野兽咆哮着，嗓音嘹亮的鸟儿唱着歌，六十种云雀欢快地鸣叫，七十色羚羊排队啃青。治愈浆汁的花朵相互倚靠摇曳着；千百种风味的浆果一齐成熟。

简言之，据说这就是广阔富饶、充满恩惠的杭爱和阿尔泰山故土。

在库克贵杜勒杭爱山的阴坡，在八片治愈之海岸边，青铜淡栗色马群生长繁衍，遍布黄色山谷。马儿们长大，甩动鬃毛；在金色大地上自由放牧；用锋利的牙齿啃青。公马和骒马肩并肩地走在一起，一两岁的马驹与同伴一起嘶鸣徘徊。马嘶声响彻云霄，像天鹅的叫声欢快悦耳；嘶鸣声此起彼伏，像野马声彼此呼应。

继续沿着白色杭爱山的阴坡，在八十二座白色悬崖处，数不清的红黄色骆驼在那一方长大，同伴是秃鹫般的九十九峰白鼻黑公驼。它们高大如隐蔽杭爱山，有着油木的鼻勒、纯金的鼻板、丝绸的缰绳。

就在那同一侧，躁动不安的红牛遍布平坦宽阔的大草原，数上五次也数不清它们数量，同伴是无角的瓦灰公牛。黑色和瓦灰的公牛在峡间嗥叫，发出阵阵沉吟，相互顶架。戴着笼嘴和不戴笼嘴的短尾犍牛嗥叫着，相互顶架，四岁的公牛和母牛在山谷间哞哞叫，三岁的公牛和母牛在洼地跳跃徘徊着，两岁的小牛在潮湿的河湾处跳跃奔跑着。那些红牛啃着鲜嫩的绿草，或轻轻搔搔河柳，或从哈尔扎沐仁（Хардза-Мэрэн）湖喝水，或顶撞着坑洼的道路，在青黑的湿地上快步跑着。

洁白的羊群在十三个阿尔泰山口下长大，整省的人守护着它们。羯羊各自行走，母羊咩咩叫。不过数年，它们已不计其数；多年之前，它们已无边无际；不知过了多少年，它们已无法计数。

这就是数不尽的四畜！

再往下，在治愈的梅尔根（Мерген，智慧的）海湾处，在库克贵杜勒杭爱的半山坡上，在广阔的黄色平原中央，巨大的白色寺庙拔地而起，万千寺庙拔地而起。在寺庙西北方，八十八道阶梯的金黄塔在阳光下闪烁着耀眼的光芒。这就是大汗的宫殿。

据说，生而为这美丽汗国的统治者，美丽杭爱山家园天生的统治者，是三百七十七岁的神奇长老达赖汗。据说他有一匹马，名叫纳尔汗呼拉（Нарьхан-хула，修长的灰马），在中层阳光普照之世界的国度游荡。达赖汗自出生以来就没失去过自己的国家，自来到这世上就没失去过自己的水土；他生来就让他的强敌颤抖。他无拘无束地统治着天上的人、水下的蛟龙和这天下。据说他是一位光荣的勇士。

他出发去阿尔泰杭爱山狩猎；打到七十种野兽，满满堆成两排。他挑出黑灰貂、栗色白胸的松鼠、赤红的狐狸，并把它们绑在了鞍带上。他用黑牛皮绊绳拴住三百头鹿，想把这些抬到纳尔汗呼拉身上，却无法轻易举起这重量。"这就是所谓的力气、年岁都在远去呀！这就是所谓的力量、体力在减弱呀！"他说着，解开扔掉了一百五十头鹿，而把另外一百五十头鹿拴在了鞍带上。他跳上纳尔汗呼拉，疾驰回到家里，对美丽的妻子木森格日勒（Мэсн-Герель，冰光）说："之前我能单手提着三百头鹿的肉骑上纳尔汗呼拉疾驰。现在用双手都无法将三百头鹿的肉举起放在纳尔汗呼拉上。这些美好的财产要成为某位光荣勇士鞍带上啃食的干粮和使用的手套了！如果我们没有儿子继承这一切，该如何是好？"他这样说着，悲伤地坐了下来。木森格日勒哈屯说："也许在某时，我们会生下一个注定主宰国家的儿子！也许在适当的时候，我们注定拥有这土地的儿子将降生！达赖汗！当你必须去某个地方时，请你爬上长满桧树的隐蔽杭爱山巅，在那里建造金银塔！屈下你笨拙且苍白的双膝，叩下圆圆的白头，祈求救世三宝和世界十国守护神赐予你一儿！这样你才能得偿所愿。"达赖汗，收集备好金银财宝，集齐捆好工具，将物品载在自己的纳尔汗呼拉上。他跨上马出发了，爬上了桧木丛生的杭爱山巅。在清晨的黄日光下，他开始建造金塔，在中午的黄日光下把塔建完；顶着中午的黄日光，他开始建造银塔，在傍晚的黄昏中把塔建完。他摆起十三座金银祭坛，点燃十三支祭祀用香。"救世三宝以及世界十国的守护神！请赐予我可以继承汗国的儿吧！"说着，达赖汗屈下自己那笨拙且苍白的双膝，将头叩得花白的脑袋上出现裂纹。

于是，沿着上空的白缝（银河）走来了一位黑红英雄；他的黑胡子完全遮住了脸颊，骑在大象般的淡黄哈萨格推罕马[1]上，踩在金银塔的顶说道："我是三十三位白天神派来见你们的大营统治者扎斯修库尔（Дзас-Шюкюр），前来告诉你，救世三宝和尊贵的十方守护神决定赐给你一子。"说完，英雄向后退去。年迈的达赖汗跳上纳尔汗呼拉马，匆忙回到家中对妻子说："救世三宝和尊贵的十方守护神派大营统治者扎斯修库尔来告诉我说要赐给我一子。他向我宣布了这件事。你听到了什么？"木森格日勒哈屯说道："他也出现在我面前宣布了此事。""那么现在让我们安排宴席吧！"达赖汗说，他下令吹响黑号角，召集所有百姓；他下令吹响黄号角，召集所有僧侣。他给八十精英勇士和八百疯狂战士下令："请你们准备一百个扎嘎尔玛（дзагалма）土炉，为欢乐的盛宴煮肉！"人们照例接受了命令并出发了。达赖汗又吩咐八十名精英勇士和八百名敏捷的战士："请为盛宴准备海量酸马奶和酒！"他们照例接受了命令并出发了。大汗又命令八十名精英勇士和八百名仆人为盛宴准备果实，他们也照例接受了命令。

所有东西都被照常收集，长者、贵族和臣民们来到达赖汗金黄色的宫殿；他们连续来了七天七夜，七八排地坐下；他们之间的空隙非常大，大到可以躺下一只三四岁的绵羊。六千端庄仆人用金银碗斟满美酒和阿尔扎、霍尔扎，他们唱着十三首甜美的歌曲，斟满美酒，不错过任何顺序，献给长者和贵族。他们醉心于享受，欢庆到年岁更替时；他们醉心于盛宴，庆祝到岁月更替时。

这时木森格日勒哈屯已无法掀起门帘，说句话都变得困难。木森格日勒哈屯于是说道："极好的喇嘛和无数的僧侣们，尊贵的巴尔哈日（Барс-Хара，虎黑）和所有百姓，现在请暂停你们的宴会，之后再重新庆祝！"当宴席暂停时，木森格日勒哈屯生下了一个金胸、银躯、铜肚脐和水晶额头的儿子。

达赖汗想割断脐带，但任何一把快刀都无法将其割断。于是那黄毛小男孩摇摇晃晃地自己开口说道："在这三界中，没有任何东西能割断我的脐带；如果有，那也只有我祖父那把在我们火炉右边三寸地下的黑钻钢剑。"当达赖汗在火

---

[1] 俄文译文中为柯尔克孜马，中文译文参考蒙古文版。——译者注

炉右边挖开三寸深的土，发现了一把生锈的带剑鞘的黑钢细剑。他拔出剑来，接受祝福并像割断头发一样割断了黄毛小孩的脐带，在这之后将男孩用一百张白羊羔皮包裹住。一天之后，男孩开始像一岁的孩子；两天之后像两岁的孩子；三天之后像三岁的孩子。他开始踩踏地面，走到外面用芦苇给自己做了一张弓，又用针茅做了箭；他开始奔跑，摇摇晃晃地，放箭射向头顶飞翔的乌鸦、喜鹊和地上奔跑的老鼠。于是所有臣民、长者、贵族、僧侣和喇嘛，所有人都喜悦起来，又开始设宴庆祝。

当儿子满三岁时，达赖汗将十万两黄金和南吉班丹哈达揣在怀里，骑上纳尔汗呼拉马，驰骋向远在八千年路程之外的佛祖上师。他在清晨的金色阳光下出发，瞬间越过八千年路程的距离，在傍晚黄昏时到达了佛祖身边。他下了马，跑了进去，跪了九九八十一次，叩了九九八十一个头，承赐祝福并得到护佑。喇嘛佛祖上师赐给他金器盛着的甘露。达赖汗气喘吁吁，接过器皿，开始狼吞虎咽，放下时将其斟满，一如既往。在佛祖的恩典下，达赖汗阴沉的前额变得明亮起来，发暗的胸膛也变得清澈起来。他拿出十万两黄金，连同南吉班丹哈达献给了佛祖上师。他说："我生了儿子，请给我的儿子起名，请告诉我在哪天剃下他的胎发！""给儿子起名叫达尼库日勒（Дайни-Кюрюль，战铜），"佛祖上师回答说，"在夏季首月初三请来所有天上统治者和地下龙主宰，剃胎发并进行盛宴。夏季首月十五让儿子骑枣红马，让他朝东南出行！"说完，佛祖上师赐下金色水晶神像，并说道："让他终生佩戴！"

于是达赖汗上了路；当第一颗星开始出现时，当最后一颗星开始明亮时，达赖汗出发朝自己的故土奔去。他的纳尔汗呼拉马生来健壮，速度极快，能够一夜之间跑完八千年路程。当黎明泛白时，达赖汗来到了库克贵杜勒杭爱山坡上那金塔旁。他下了马走进家，对着儿子的右耳说了三次达尼库日勒这个名字。给了达尼库日勒这个名字后，他把金色水晶神像戴在儿子的脖子上，说："这是生命必不可少的！"然后达赖汗坐了下来，焦急地说："佛祖上师的旨意如下，往天界的国度、下界七十七龙国、中层阳光普照之世界的这所国度，往三个国度派去使者；今夏首月的初三为达尼库日勒举行剃胎发仪式，要好好安排场盛宴。他如此吩咐，但我的使者该如何到达这三个国度呢？"达尼库日勒摇摇晃晃地说："父亲，别被这些想法折磨了！我来派使者！"说完这些他跑到外面，叫来了所有国度和土地上的鸟儿。他抓住黑花羽的皇家大鹏金翅鸟，在它上面放了一只灵巧的鹦鹉，派它去说这些话："到了下界七十七龙王的国度，就说你是达尼库日勒派来的使者，请国王王后、权贵和所有臣民赴宴；夏季首月的初三，将为达尼库日勒举行剃胎发仪式。传达之后就回来吧！"达尼库日勒抓住灰花的大鹏金翅鸟，在它上面放了一只灵巧的鹦鹉，派去说这样的话："到了天界之国，把夏季首月初三要举行达尼库日勒剃胎发仪式的消息带给那里的人，让所有人都来参加这场仪式盛宴！"达尼库日勒又抓住一只灰花羽毛的皇家大鹏金翅鸟，又在它上面放了一只灵巧的鹦鹉，派去并嘱咐它说这样的话："中层阳光普照之世界所有国王、王子和达官显贵们，都来吧！"然后达尼库日勒跑到自己家里说道："父汗，我已经派了使者到三界去，现在你们就好好设宴吧！"

于是大汗召集了所有臣民，吩咐他们将肉堆成山，收集海量的酒、酸马奶、阿尔扎和霍尔扎。一切都已就绪。

当春季末月过去时，所有的汗王、诺颜们都如约而至，夏季首月初一时，喇嘛来了，上师佛祖喇嘛在八千弟子的陪同下前来，来自极乐世界的七位白衣上师带领七千弟子前来。每个人都被盛情接待。佛祖上师在初三将金剪刀伸入达尼库日勒可爱的黄头发中，并说了预言祝愿，赐予了恩惠，指定了继承的份额。随后，极乐世界的七位白衣上师、三十三位神圣的白衣天人、下界七十七位龙王、以达赖汗为首的中层阳光普照之世界的大汗和王公们都用剪刀剪了达尼库日勒的头发，并说了预言祝愿，指定了继承的份额。

他们开始庆祝，不分昼夜。几个昼夜后，宴会即将结束时，达赖汗对人们说："以喇嘛佛祖上师为首的所有臣民和僧侣们，既然你们是来参加达尼库日勒剃胎发仪式的，那么每人就从我青铜淡栗色的马群中牵走一匹马吧。""好的！"大家说着，高兴地走了出去。达尼库日勒则跑过去，从马群中分出一群骒马并赶了过来。但是人们只能从中抓住几匹小马驹，大部分人都空着手。"不可以对人们食言！"达尼库日勒感叹道，把六十丈的铁马杆放下，走了十多二十趟，一次次向马群伸出马杆，为所有人都抓来了马匹，前面的人得到了成年马，后面的人得到了两岁的马驹；而那群马中还是剩下了很多。

宴会结束之际，达赖汗骑上纳尔汗呼拉，出发为自己的达尼库日勒寻找并捕捉一匹合适的枣红马。他爬上库克贵杜勒杭爱的山巅，开始查看他青铜淡栗色的马群，但并没看到一匹枣红马。"我的青铜淡栗色马群中没有一匹枣红马。该怎么办？怎样才能得到一匹枣红马呢？"而正当他坐着思考时，在他面前那雷鸣杭爱的山坡上，一股浓浓的黑尘升起且消散了。"那黑尘是什么？"达赖汗看到并心想。他骑上纳尔汗呼拉出发了，刚到察干赞达泰（Цаган-Дзандатай，有白檀的）的山顶就看见在库克贵杜勒杭爱山、达巴哈尔杭爱山（Дабхар-Хангай）、察干赞达泰杭爱山和十三片树林之间，一匹云雾缭绕的、杭爱山般大的暗枣红马正在跳跃。达赖汗心想："啊，这个小马驹是一匹象白豹花公马和一匹白色骒马所生。我有纳尔汗呼拉（Нарьхан-хула，淡灰的）、图布辛呼拉（Тубшин-хула，光滑灰的）、索利吉尔呼拉（Сольджир-хула，不成对的灰色）、库德尔洪格尔嘎拉赞（Кюдюр-Хонгор-Галдзан，强壮的、淡栗色的、白鼻的）、色特尔泰巴德玛沙尔嘎拉（Сетертей-Бадма-Шархал，神圣的、莲花淡黄色的）这样五匹马，还有八千匹毛色不变的白灰马；这匹体型如云雾缭绕的杭爱山般大的马，是它们的兄弟；这就是火焰枣红马（Пламенный рыжко）！它不被套马杆套住，它不被温柔欺骗；我要试着骑纳尔汗呼拉赶上它！"达赖汗套上了六十丈的铁马杆，用黑色的蟒古特鞭狠狠抽打在纳尔汗呼拉的大腿上，鞭子扎进大腿，马儿向前冲去。枣红马注意到他，并从他身边疾驰而过，只见尘土飞扬，遮蔽了一切。枣红马沿着银河奔向了天上；达赖汗在天上的国度绕了八十一圈，却只远远地看到了枣红马，这是因为他的纳尔汗呼拉生而就迅速。枣红马从远处一瞥见他，就奔去了地下七十七位龙王的国度。达赖汗在后面追赶，绕了七十七位龙王的国度跑了八十八圈，才远远地看到了枣红马，只因为他的纳尔汗呼拉生来就飞快无比。但枣红马立刻飞奔到中层阳光普照之世界去了，达赖汗跟着它跑了八十八圈，但纳尔汗呼拉的身体和胸膛都软了下来，耳根处冒出了汗水,它怎么也追不上枣红马。达赖汗成了老人,他老了,无法抛出马杆套住它。"这是不可能的!"达赖汗感叹道。"我现在怎么才能抓住这匹马?"当达赖汗用尽了一切办法时,达尼库日勒迎面出来对他说:"勇士自己抓住并骑上马!难道不是这样吗?父亲,请您让我骑一下纳尔汗呼拉。"于是达赖汗下了马,让出了自己的纳尔汗呼拉。

达尼库日勒纵身上马,向前冲去,用鞭子抽打,在马身上留下小丘一般的疤痕,渗出马驹般大的鲜血。由于纳尔汗呼拉生来跑得最快,它超过了云雾缭绕的杭爱山般大的暗枣红马。达尼库日勒不慌不忙地把六十丈长的贵重青色马杆套在了枣红马脖子上,又把马杆压到马镫下,枣红马扯开了四双皮带,向四座杭爱山的方向飞奔而去,达尼库日勒却把马杆按在强壮的大腿上使劲拉住。枣红马发狂踢了达巴哈尔杭爱山,发狂踢了察干杭爱山,但达尼库日勒天生力大无比,他把枣红马转晕了圈,抓住并给它套上了杭爱笼头。他把枣红马带回到金塔旁,把它拴在了柏树枝上。

这时父汗赐给他两岁骆驼都驮不动的镜银笼头;那笼头上有黑钢的嚼子,淬炼的钢环,上面还镶满了铜饰品。达尼库日勒接过笼头来举起,让枣红马用黑银色的嘴唇咬住黑钢笼头的嚼子,用嚼子推了那碧玉宝牙,压住蛇一样的红舌,压住晶莹洁白的尖牙,碰到黄色的后牙。他把笼头举过马宽阔结实、铁砧般的前额,拉过灵活漂亮的耳朵,把笼头套在了脖子上。他在马美丽的稠李下巴下系上蛇形斑驳的结;把黑丝缰绳甩到马儿珍贵的脑袋后,在最后的八股鬃上打了一个吉祥结。

达尼库日勒随后拿起汗父赐予的白鞍垫,紧贴着马柔软美丽的鬃毛,沿着强壮的脊梁,紧贴着高高的马背放下。把鞍垫放在高高的脊背上,达尼库日勒拿起铁砧般结实、峡谷般大的黑杭爱马鞍。放上马鞍,他用马鞍压了压马黑色的肉,压了压八十八根白色肋骨头。他把马鞍向后拉,把带有六十颗纽扣的薄银鞴拉到美丽发亮的臀部,这鞴在微风的日子里发出清脆响声,在欢乐的日子里发出声响;他把鞴放在马美丽的尾巴下,铺在美丽的脊柱两侧,把它铺在马的臀骨上,在马背脊中间系上白色的纽扣,在美丽的长臀上平整放好并固定住这叮当作响的瓷白辔。

达尼库日勒把马鞍往前一拉，在马宽阔美丽的胸膛戴上岩石般洁白的攀胸；让胸膛间的五十二个铃铛同声鸣响。然后挂上了马头般大的红缨。他将攀胸对准马的肾和心，套在肩骨上，压住肋骨头，扣住套上了攀胸。

他把马鞍往后拉，系上七十八条鞍带的扣子，牢牢扣紧把它们勒得吱吱作响。随后他在珍贵的丝绸缰绳上挂了一条黑蟒古特鞭，抽打这鞭子可将骨肉分离，把缰绳钩在铁砧般结实的黑鞍桥上，并绑在四根粗壮鞍带中的一根上。他把灵活的五尺长黑鹿皮缰绳打了复杂的结，光荣的勇士可以在奔跑中立即将其解开，系在一棵大檀树的树枝后，走了两步，回头一看：他的火焰枣红马正摇摆着脑袋，扭动着臀部，跳跃着，不愿安稳站在原地。达尼库日勒看到这一幕，说道："面对强大的敌人，它可以是上等良驹；对于我孤独的身躯，它能够成为帮手；在遥远的他国，它将是我的坐骑；对于我孤独的身躯，它能够成为伙伴！像云雾缭绕的杭爱山般大的火焰枣红马！"

于是达尼库日勒来到汗父跟前，像细枝般摇曳，像花叶般闪亮，像天上的太阳般耀眼，像黑钻石般闪烁。他伴着声响坐在神圣的金宝座上，向可汗父亲报告说："我抓到了在荒无人烟的地方奔跑的骏马并备了鞍。请赐予我可穿戴迎接强敌的各种盔甲，红黑的铠甲和头盔。"

他父亲转身打开了十年未碰的狮纹白箱。随后他拿出了一顶冰雪覆盖的杭爱山巅般的青银头盔；盔面镶满了繁星，护额刻有日月纹，处处发光。达尼库日勒戴上护面，加固了铆钉，扣上环扣，放下帽瓦，把头盔戴在铁砧般结实的黑脑袋上，把头盔盖在右眉上，加固了铆钉，拴上了护面。

汗父随后拿出并赐予了火灰的黑铜铠甲，上面有四千纽扣和四千流苏；领上钉着缠绕的象与狮，腹部覆盖着威武的大鹏金翅鸟，双袖上有腾空而起的大鹏金翅鸟，背上有巨大黑蟒古思向下翻转的头，下摆上固定头朝下的带来万恶的祸害者。达尼库日勒抖了抖铠甲，七十色的火焰闪闪发光，在阳光下将铠甲披在了他高大漂亮的肩上。

不得不说那九十九力的花黄强弓，汗父拿出并赐予了这把斑斓的弓，弓面刻着顶架的公羊，弓翼刻着振翅碰撞的乌鸦大雁，弓把刻着虎龙碰撞的头，弓背刻着振翅欲飞的勇猛大鹏金翅鸟。为了让弓坚固，弓上绑了光荣的马和英雄的筋脊骨；为了让弓稳，弓背上放了五百头水牛的角，汗父将强壮勇士皮做成的三重红色弓弦套上弓说道："让它结实！"达尼库日勒别上了宽大豪华的鞬橐，接过弓来，把它放了进去。

随后汗父赐予了三十支白箭和一支敏捷又灵活的白箭；槭木的箭杆，有很多羽毛，蓝钢的箭尖带有金权。达尼库日勒接过这些，把它们别在了自己的身后。

汗父将铮铮作响的锋利黑钢剑放入珍贵的金剑鞘中，将宝剑别在金架上赐给了他。一位铁匠花了三十年在这把剑上锤出了小槽，另一位铁匠在铁砧上花了四十年锤出凹槽，中国铁匠锤出了花纹，尼泊尔铁匠锤出了花样，俄罗斯铁匠加工了它，喀尔喀铁匠给它镶了边，额鲁特铁匠给它上了色。这把剑的剑刃是黑钢的，剑背是硬钢的，侧面是粗钢的，剑柄横截面上有号牌，剑刃上带着火。达尼库日勒拿着它，将它挂在腿后，看上去就像山上松柏的顶。

之后，汗父拿出百丈长的红棕檀木的锋利红矛，六十丈蓝钢的矛尖，带有山头般大的血红色红缨，矛上带有麝香鹿皮带和艾鼬皮徽章。达尼库日勒接过它，直插入地八十丈深。

随后汗父下令道："我的达尼库日勒，早上去我马群的人，通常中午才回来，中午去的人傍晚才回来。你到最好的马群去，迎着正午的太阳回家吧。"他这样吩咐完，就把达尼库日勒送走了。

当火焰枣红马跳跃奔跑时，达尼库日勒握住缰绳，向右拉缰绳，把马嘴拉到右膝；向左拉缰绳，把马嘴拉到左膝；马儿跳跃奔跑，登上了最高的库克贵杜勒杭爱山巅。他向铜头马群的方向吹了三声口哨，又向它们大吼三声，所有马都奔向了八片白甘露海饮水。然后它们来到广阔的平原上开始吃草。

厚厚的黑尘这时从西南扬起，千万战士的脚步声传来。达尼库日勒看到黑尘冲天而起，几百战士的脚步声逼近，他迎面走去说道："是什么东西走来了？"这时四位高大的勇士齐刷刷地走来，下了马，向达尼库日勒问好问安。

达尼库日勒对他们说:"你们四个!你们的故乡在哪里?你们叫什么名字?你们需要什么?快点说!"骑着黑马的黑红勇士回答说:"我们四人来自不同的地方。我叫希勒芒乃(Шиль-Мангнай,水晶额头),是英雄中的佼佼者,有匹杭爱山般大的黑马。这是希勒纳布奇(Шиль-Набчи,水晶叶),勇士中的佼佼者,有匹山一般大的白马;这是浩芒库(Хо-Мангху,白黄笨人),勇士中的佼佼者,有匹山一般大的枣红马;而这是库日勒陶利(Кюрюль-Толи,铜镜),有匹大象一般大的淡栗色马。我们听说达尼库日勒今天要去放牧,于是我们四人出发来此,听说他是真正的好英雄,会给我们每人一匹马。我们可成为他的助手仆人和马镫鞍骨。请赐给我们每人一匹好马!"

达尼库日勒回答说:"今天已晚。我的父亲非常严厉!你们自己从我们的马群中抓小骒马烤了吃吧。你们在这里过夜,我明天就来给你们送马。"于是希勒芒乃、希勒纳布奇、库日勒陶利、浩芒库四人开始求他:"今天给我们每人一匹马吧,我们今天就回家!"达尼库日勒把自己的那些马拉回来,开始从毛色未变的象白公马和灰骒马的后代,这八千匹白野马中挑选。他抓了四匹白野马交给了勇士们。于是他们说:"我们得到了四匹好马,我们将从自己的马群中找出四匹马作为回礼。""我的父亲是个难缠的人,"达尼库日勒对他们说,"我不要回礼。你们回家吧,把你们的四匹马也带走!你们的家乡离这里有多少年路程?"希勒芒乃回答他:"六十年的路程,但我只要走六个昼夜。""我父亲曾说过,"达尼库日勒说,"在我们马群里出生的马,一天就能跑完七十个月的路程。现在你们可以在日落后就到家。"英雄们说:"好!"他们骑上白野马,牵着自己的四匹马随行。但他们牵着的马却扯断了缰绳,再也无法跟上。四位英雄也顾不上缰绳,纵马狂奔。

达尼库日勒奔回家去,回到家时,太阳已落山。他下了马,刚要走进宫帐,就听到达赖汗怒气冲冲地说:"达尼库日勒可是听见了,早上去放牧的人中午就回来了,中午去的人傍晚就回来了,可他却走了一天,看看吧,他不听我的话!在他七岁之前,我不会让他结婚!"木森格日勒哈屯回答他说:"我们生了真儿子还是假儿子?你这个老达赖汗,把你的儿子派到牧场去,你对他说了些什么？我的儿子可能跑去玩耍，追逐野马和野鹿。""我的达尼库日勒，"她叫道，"过来，吸你母亲的乳汁！"于是达尼库日勒跑进屋里，躺在母亲木森格日勒哈屯的怀里，尽情满足地吮吸着她嫩白的乳房。然后他躺下，像皮带一样伸展，脸红得像柽柳，快睡着了。

然而就在这美丽的夜色中，一只悦耳的夜莺鸣叫着。骆驼被夜莺的歌声感动了，嗥叫起来，马也被感动了，嘶鸣起来，所有的生物都被感动了。达尼库日勒虽然听见了，却装作没听见，虽然听懂了，却装作没听懂，继续躺着。木森格日勒哈屯和达赖汗问他："达尼库日勒，这夜莺在说什么？听一下告诉我们。""我不跟鸟说话，"达尼库日勒回答道，"你们自己跟它聊吧！"然后就睡着了。

木森格日勒哈屯按捺不住，便走了出去。她来到枝繁叶茂的大檀树下说："你到底是个什么夜莺，为什么这样鸣叫歌唱？说吧！"然后夜莺变成有一百零八根辫子、发髻整齐的金色美女，走下树来说道："我是阿比达地方两千五百度母女神派来的。她们说——请派你们的达尼库日勒到我们这里来，我们好好看看他再让他回去。"木森格日勒哈屯在那位天仙美女的陪伴下回来并告诉了达赖汗。达赖汗说："我的儿子不能抛头露面去参加那神圣的聚会。让他以后再介绍自己。"但木森格日勒哈屯却说："诸位大人想看看我们从三界求来的孩子。"于是达赖汗同意并叫醒了达尼库日勒："我的达尼库日勒，阿比达地方的两千五百度母在召唤你。你什么时候出发？去和这位天仙美女说一声吧。""如果是这样，"达尼库日勒回答说，"我明天在正午阳光照耀的时候就会到达，把这事儿告诉度母们吧。"但那位天仙说："我用五天五夜走了八千年路程。现在我无法在明天正午之前到达。""别担心，"达尼库日勒对她说，"我有办法送你。"他说完这话就走了出去，从自己火焰枣红马的马尾上拔下一根毛，又从鬃上拔下一根毛，把它举到马鼻孔冒出的气上。这时，马毛在呼气中化成一匹神奇枣红马带着鞍旋转，笼头吧嗒响，就此现形。

"好了，美人，骑着这匹马回家吧，到了家就放走它。"那匹红棕骏马驮起天仙美女，在轰鸣的天空下，隆起的大地上，开始飞奔。那美女差点没有坐稳；

她害怕向后摔倒，抓住了马臀部；害怕向前摔倒，抓住了马高高的脊梁；害怕侧身摔倒，抓住马强壮的白肋骨。

达赖汗叮嘱达尼库日勒："你去那里不能超过三天。"达尼库日勒穿上盔甲，在黎明泛白的时候骑上自己的火焰枣红马，向着阿比达地方两千五百度母的方向奔去。他轻抚着蔚蓝永恒的天空，撼动着金色的大地，在轰鸣的天空下，在丘陵的土地上，他一路驰骋一路上升。八千年的路程他用了半天就走完，来到了阿比达地方两千五百度母的领地。当他靠近时，正好遇到那匹由火焰枣红马的毛发化成的马。

众度母出来迎接他。被达尼库日勒的辉煌和威严所震慑，无法抬眼打量他的身躯。龙王的女儿，美丽的都仁格日勒（Дюренг-Герель，满光）从头顶到脚底，再从脚底到头顶，仔细地打量着达尼库日勒。在达尼库日勒眼中，只有众度母之中美丽的都仁格日勒，在他眼中，她的喉咙中升起太阳，她的腰臀上挂着月亮，鼻子、脸颊和牙齿上都映出彩虹。达尼库日勒拴好他的火焰枣红马，对阿比达地方的两千五百度母说："我那无数像孔雀羽毛一样的姐妹们，你们好吗？"那些度母惊诧不已，因不能看着达尼库日勒而惋惜，并惊叹道："这世上还没有能与达尼库日勒相提并论的勇士；在这个世界上，哪里还有能与达尼库日勒的马相提并论的马？"他们为达尼库日勒举行了盛宴，安排了欢乐的游戏，举行了持续三天三夜的盛宴。在盛宴中，美丽的都仁格日勒说："达尼库日勒，你的故乡牧地很远，你的父母亲也都年迈。你回家吧！我也要回家。"说完，她骑上自己那匹八根胫骨没有缝隙的星斑走马，在八个侍女的陪伴下踏上了回家的路。

她离开后，扬苏克乌里克钦（Янсук-Улйкчин）女神说："亲爱的达尼库日勒，你的火焰枣红马已扯断缰绳想要离开。快拦住马！"达尼库日勒立即跑了出去。火焰枣红马嘶鸣着奔去追都仁格日勒，黑鹿皮缰绳变得像针眼一样细细地飘动着。达尼库日勒抓住马，跳了起来，拾起自己的盔甲喊道："我那无数比孔雀羽毛还纯洁的姐妹们，愿你们吉祥如意，好好生活！"达尼库日勒跟在都仁格日勒美女后面出发了。

美丽的都仁格日勒穿过察干（Цаган，白色）山口时，解开了她浅黄斑驳的发带，发带上有二十四个分叉，嵌着虫子般的珊瑚和珍珠，她扔下发带说道："如果达尼库日勒是一个真正的好勇士，就让他从这里通过；如果他是一个不好的坏勇士，就让他从呼布亥莫多图（Хубкай-Модоту，干树）山口通过。"

当达尼库日勒在漆黑的暮色中翻越察干山口时，发现路上有个发光的东西。他捡起来一看，认出是一条发带："哦，原来是淘气的都仁格日勒把发带弄丢了。"他说着把发带揣进怀里，继续向前走。

都仁格日勒出现在八龙王游牧地边上的十三片小树林旁，她正等着达尼库日勒的到来，准备了十峰骆驼和酒肉。达尼库日勒到来后说道："淘气的都仁格日勒，我把你丢失的发带给找来了。"他说着就把发带拿出来给她，都仁格日勒说："我故意丢下它，是为了测试你是好人还是坏人。你我的想法和感受真是一样的。"于是他们举行宴会，开始纵情欢乐。在欢宴中，达尼库日勒说："都仁格日勒，你回家吧！我要去拜访一下你们家，然后也回家去。""你不能到我们那里，"都仁格日勒回答说，"我的父亲严厉且严肃，你就此归去吧！""不，我一定要去你那里，然后再回家。"达尼库日勒说道。

午夜时分，当所有人都进入梦乡安静下来后，达尼库日勒和都仁格日勒来到了都仁格日勒雄伟的白色宫帐旁，拴好马，走了进去。八龙之王得知都仁格日勒到了，叫来两个壮士奥日古扎恩（Ору-Зан）和克布图扎恩（Кебтю-Зан），命令他们说："如果宇宙的国王们来追我的都仁格日勒，就将他们祭黑旗。你们把白鼻黑马纳布奇高娃（Набчи-Го，叶子美人）拴好，让都仁格日勒休息后再回来！"奥日古扎恩和克布图扎恩没有骑马，徒步跑了过去。当他们跑了两个月的路程时，惊奇地看到，在都仁格日勒的营帐外站着一个说马不是马、说人不是人、说山不是山的东西。但当他们悄悄走近时，发现那是一匹暗红色的骏马，它在转圈，摇晃着缰绳，甩着脑袋，肋边时而抽搐一下。"这是哪位勇士的马呢？"两位壮士相互说道。这时他们注意到了放在都仁格日勒宫帐上勇士的盔甲。他们说道："如果八龙之王的力量能压制住这个勇士，那么我们就能拉开这张弓；如果不能，我们就拉不开。"他们拿起那张强弓，每人都试着拉开这张弓，但都拉不开；于是其中一个人抓住弓弦，两人同时拉，也都拉不动这张弓。"现在我们该如何与这位伟大的英雄见面呢？"他们小声地问对方。

都仁格日勒听到他们在窃窃私语，于是叫道："奥日古扎恩，克布图扎恩，快进来！"他们俩都进来了，像被老鹰惊吓的麻雀一样站在墙边，不敢抬眼看达尼库日勒的身躯。"好了，奥日古扎恩，克布图扎恩，你们去找我父亲，告诉他我这里没有谁，什么都没发生，告诉他我正和保姆红度母坐在一起下棋玩呢。"奥日古扎恩和克布图扎恩跑回去，来到八龙之王面前向他报告说："那里没有什么人，什么也没有发生。都仁格日勒的保姆红度母来了，她们正坐着下棋呢。"

这时都仁格日勒拿出一把八十八根弦、薄薄的、浅色斑驳的陶布秀尔琴[1]，弹了一下又一下。于是达尼库日勒对她说："把它给我，自出生以来我还从未听过也未见到过声音如此美妙的东西。"他拿起那个浅色斑驳的陶布秀尔琴，调好八十八根琴弦，开始洪亮地唱了八十二首曲调欢快的宴会歌曲；他还学着唱起六百六十首曲调的欢快歌曲。骆驼听到这歌声，感动得低声叫起来，马儿听到这些歌声也感动得嘶鸣起来，住在毡包和村庄里的人们听后，也受不了哭了起来。这时，八龙之王和他的妻子明白了一切。八龙之王对奥日古扎恩和克布图扎恩说："弹奏陶布秀尔琴的不是都仁格日勒，也不是度母，不是女神，这可能是终将成为菩萨的人。现在，你们去看看他究竟是哪位光荣的勇士，是哪位光荣英雄的儿子。"

奥日古扎恩和克布图扎恩又跑去对都仁格日勒说："他说，弹奏你陶布秀尔琴的不是度母，不是女神，应该是个注定成为菩萨的人，派我们来打听他究竟是哪位光荣勇士，是怎样一位光荣英雄的儿子。现在我们该如何向国王报告？"达尼库日勒随即说道："弹奏陶布秀尔琴的是达尼库日勒，是独自统治三界——上天界、下界龙域和中层阳光普照之世界的三百七十七岁的神奇老人达赖汗之子。"奥日古扎恩和克布图扎恩跑回去向八龙之王报告说："是生来独自统治三

---

[1] 俄文原文为古斯里琴，实际为陶布秀尔琴。——译者注

界——上天界、下界龙域和中层阳光普照之世界的三百七十七岁的神奇老人达赖汗之子达尼库日勒在弹琴。"于是八龙之王被激怒了，他说："啊，吞噬自己父亲的达赖汗，他还统治什么伟大的世界？很久以前天上的喇嘛，佛祖上师在诵经祈祷时捻着念珠，却没能向他索要一匹马驹！如此贪婪的达赖汗！极乐世界的七位白衣上师一边念经，一边捻着自己的白檀念珠，也没能向他求得一匹马驹！多么贪婪的达赖汗！你去告诉我的女儿，如果你给自己穿上九色衣服，就不应该偷走富贵可汗独子的心，撩拨他的热情。快点放了那大汗的独子！告诉那个达尼库日勒：你的父亲是贪婪、残忍、任性的达赖汗。你，他唯一的儿子，如果你热爱自己的生命，就离开这里，如果你不惜命就来这里！我们来战斗，用鞍垫来分割世上的草地！"

接到命令后，奥日古扎恩和克布图扎恩又跑去向达尼库日勒报告："你的达赖汗太贪婪了，喇嘛佛祖上师在诵经祈祷时，捻着他的念珠却没能向他讨到一匹马驹。极乐世界的七位白衣上师念着经，捻着自己的白檀念珠也没能向他求得一匹马驹！——如此贪婪的达赖汗！你，达赖汗唯一的狗，如果你惜命，就滚出去；如果不惜命，就过来！我们来战斗，用鞍垫来分割世上的草地！国王是这么说的。而对你，都仁格日勒，要对你说的是：不要偷走富有可汗独子的心，不要挑起他的激情。快把那大汗的儿子送走！"

达尼库日勒很生气，他的怒火像七彩的铁水一样在体内沸腾。他说道："世界为我惊奇，阿比达的两千五百度母都为我惊叹。现在又怎么了？难道我要听这国王骂我是猪狗吗？如果你们的国王要用鞍垫来分割世上的草地，那我就要用我的肺来分割地上的草地！"达尼库日勒喊道，并把淡色斑驳的陶布秀尔琴扔了出去，摔得粉碎，之后他也冲了出去。"等等，别动，站住！"都仁格日勒喊道，并把八种味道的糖和南吉班丹哈达一起递给了达尼库日勒。

达尼库日勒接过这些东西，放进了口袋，跑到外面穿上自己的盔甲。然后骑上自己亲爱的火焰枣红马扬长而去。当来到八龙之王的宫帐前时，他拉起门帘大喊："八龙之王，如果你要决斗，用鞍垫来分割世上的草地，那么我就用肺来分割宇宙的草地！七个昼夜之后我过来给你喷一口浓烟！"他朝着故乡游牧地的方向疾驰而去。

因为他被巨大的愤怒冲昏了头,骑得太过快,三次撼动了库克贵杜勒杭爱这座最大的山。达赖汗说道:"我的达尼库日勒遇到了什么人?他这是对谁发怒并如此跑来?"这时达尼库日勒下了马,走进来说道:"大汗父亲,哈屯母亲,还有你们所有人,你们都好吗?"当他坐下后,达赖汗问他:"我的孩子,你为什么迟迟不归?你在生谁的气,和谁吵架了?"达尼库日勒回答说:"我没有和任何人争吵,也没有和任何人生气。"他说:"因为迟到了,所以我急着回来。""那你为什么耽搁了?""因为要给天上的佛祖喇嘛叩八千次头,所以我一直叩到最后。众所周知,要给极乐世界的七位白衣上师拜七千次,我拜到最后所以迟到了。"然后所有人都对他说:"如果你的叩拜换来了祝福,那就赐给我们吧!""看吧!"达尼库日勒说道,并献上了都仁格日勒给他的糖和哈达。大汗和哈屯各掰下一块,恭恭敬敬地接过来,放在了尊位上。

在达尼库日勒旅行的七天里,木森格日勒哈屯的乳房胀满了奶水。她挤了金银两桶满满的奶,那桶大如草原,但还是无法忍受。于是所有的寺院、所有的臣民都开始吸奶,但都吸不完。但达尼库日勒吸完了两个乳房的奶,喝完了两个桶里的奶,像皮带一样伸展,脸像柽柳一样红,然后睡着了,大汗父亲也睡了,哈屯母亲也睡了。

就在这美丽的夜里,达尼库日勒从父母亲身边悄悄起身,穿戴整齐,骑上火焰枣红马出发了。他出发前往希勒芒乃、希勒纳布奇、库日勒陶利和浩芒库的游牧地。在离父母亲不远的时候,他悄悄地离开了;但刚一走远,他就猛拉缰绳,拉到火焰枣红马的嘴都扭曲了,四十二颗牙都龇开了。他狂奔着离开,骑着马踩踏着高原上的石头,他骑着马分开了大大小小的石头;在结实坚硬的地面上,他的马将地面踏穿到蹄腕骨处;在泥泞松软的地面上,他的马将地面踏穿到膝盖处。当晚他就到达了希勒芒乃的领地。

希勒芒乃和他的兄弟们听说达尼库日勒要来了,就去抓他们放出来的马。他们走后,达尼库日勒就来了。当他走近希勒芒乃的营地时,拥有八道光芒的希勒芒乃的妻子纳布奇查干(Набчи-Цаган,叶白)走了进来,接过达尼库日勒的缰绳,把他从马上扶了下来。她说:"哪里还有能和达尼库日勒相提并论的英雄呢?哪里会有能和火焰枣红马相提并论的马呢?"她抚摸了达尼库日勒,亲吻了他的脸颊,爱抚了他,把他带进了宫帐里。她点燃了梭梭和檀香,香发出了噼啪声,煮了肉豆蔻的红茶,茶散发出麝香的味道。她把茶倒进桧木根盘的柏木容器里,然后倒在一个七十人都抬不起来、带花纹的斑斓瓷碗中,端给了达尼库日勒。

之后,希勒芒乃和他的兄弟们从马群中抓来八匹小骒马,宰了煮熟,来款待达尼库日勒。兄弟五人开始吃,他们用嘴吐出粗骨头,用鼻子剔出小骨头。他们谈论着发生的一切,谈论着所有的情况,四位英雄带着达尼库日勒出发了。他们五个人驰向了达赖汗的游牧地。

达赖汗听到了他们掀起的喧闹,惊呼道:"是什么敌人来了?他们在那里闹哄哄的,好像是一大群勇士?起来吧,我的达尼库日勒!"但没人回答他。"我淘气的孩子达尼库日勒去哪儿了?"他想了想,拿起笼头,去逮自己的纳尔汗呼拉。他爬上库克贵杜勒杭爱山的南坡,下了马开始倾听。他听到了达尼库日勒的声音,他骑着马,笑着——伴随着喧嚣声。"原来我淘气的孩子达尼库日勒正在赶来,领着世界的大汗们!"于是他想了想,回去生了火,坐了下来。

那五位英雄来了。达尼库日勒害怕汗父亲,没有进去,而四兄弟进去向达赖汗问了好,然后依次提出了以下问题:"达赖汗,您有三百七十七岁。您知道您现在已经三百七十七岁了吗?据说,您不想达尼库日勒在七岁之前成婚?总之,事情是这样的:当达尼库日勒去找八龙之王的女儿,天仙美女都仁格日勒求亲时,八龙之王把他赶走了,说:达赖汗这吝啬鬼的狗,赶快离开这里!达尼库日勒约定七天之后再跟他见面,然后就回来了。咱们必须得和八龙之王开战,阻止他的部落,撒掉他骨灰,用武力夺走美丽的都仁格日勒,把她送给亲爱的达尼库日勒!"达赖汗回答他们说:"你们说得对!我们去和八龙之王交战吧!我的达尼库日勒,过来!"达尼库日勒跑了进来,达赖汗这样说道:

"好吧,我的达尼库日勒,你和八龙之王谈了些什么?你约定了什么时候会面?"达尼库日勒回答道:"我约定的期限是七天,还差一个昼夜。"达赖汗便下达了如下命令:"我的达尼库日勒,你给希勒芒乃、希勒纳布奇、库日勒陶利、浩芒库这四位英雄带来这几匹马:图布新呼拉、索利吉尔呼拉、库德尔洪格尔嘎拉赞和色特尔泰巴德玛沙尔嘎拉,给我带来我的纳尔汗呼拉!"

达尼库日勒放走了兄弟们的四匹白野马,骑上自己的火焰枣红马。他来到淡栗色马群前,牵走了父亲的纳尔汗呼拉,还有图布新呼拉、索利吉尔呼拉、库德尔洪格尔嘎拉赞和色特尔泰巴德玛沙尔嘎拉,然后带着五匹马返回。他给他兄弟和父亲的马装上鞍,备好了马匹,给他的兄弟们赠送了锋利的宝剑、强大的弓箭和所有最好的装备。六位英雄吃了饭,不再挨饿,喝了饮品,不再渴,他们拿起盔甲,不剩下任何东西,跳上自己的战马,踏上了前往八龙之王游牧地的道路。

他们爬上灰色的山岗,下了马说道:"现在七天过去了。"他们取下马鞍,拴好马匹,铺好鞍垫,把马鞍放在头下,六位英雄就这样睡下了。达尼库日勒没有睡,只是躺着戒备。就这样过了四个昼夜,最终他看到从八龙之王的方向飞来一只乌鸦般黑的金雕:它张开翅膀时,就像毡包的屋顶那么大,它收起翅膀时,就变成顶针那么大。那只金雕从头顶飞过,在空中盘旋了三圈,向左转了弯,盘旋了三圈,向右转了弯,飞回了它的游牧地。达尼库日勒注意到了它,把一支快如闪电、迅捷疯狂的白色箭矢搭在他那张千力的象白强弓上,他拉开弓,当那像针眼一样大的金雕出现在他的视野中时,向金雕射出了箭。金雕被达尼库日勒的箭射穿,从粗壮的尾巴一直射穿到脖子,它掉进了八龙之王宫帐的烟洞里。

于是八龙之王的勇士们:七十五颗脑袋的达尔汗哈日蟒古思(Дархан-Хара-Мангус,铁匠黑蟒古思)、十五颗脑袋的阿特哈尔哈日蟒古思(Атхар-Хара-Мангус,佝偻的黑蟒古思)、奥日古扎恩、克布图扎恩,在那只金雕掉进熬好的热茶里时接住了它,并给它涂上八龙之王雪白的药,这药一小时就能将病治好。金雕痊愈后,大家问它:"好了,乌黑的金雕,告诉我你都看到听到了什么?"金雕回答说:"来了六个英雄,他们睡在一座灰色小山上。他们中带头的是达尼库日勒;他看起来好像要战斗到摇篮里的孩子变老,战斗到他的铁马镫都被磨破；他想战斗，用肺把世界的草分开。他一定是想打破八龙之王的王权，夺取他的人民，用武力夺走亲爱的都仁格日勒美女。其次是达赖汗，有预言说他将战斗九十九个昼夜，然后逃跑。最后的几个是——希勒芒乃、希勒纳布奇、库日勒陶利、浩芒库，这四个英雄身上有预兆，他们将战斗九十九个月，然后死去。"

于是左右两翼的勇士首领惊呼道："这六位勇士妄自尊大啊！"然后便出去集结军队。八龙之王派出了百万勇士，交由七个十五颗脑袋的达尔汗哈日蟒古思率领，并告诉他："去包围放哨的灰色山丘！"他又派出了百万勇士，交由十五颗脑袋的阿特哈尔哈日蟒古思率领并下令："去围住十三片森林。"他派出了八十个英雄率领的八十万精兵，命令道："去包围八片开满花朵的黄色平原。"

达尼库日勒得知由各部族组成的大军正在逼近，他大声喊道："父亲，我的兄长们，起来吧！凶残的敌军正在逼近！"他的父亲和兄弟们起身，给五匹战马备了鞍，于是达尼库日勒开始叮嘱道："我的兄弟们，你们四人攻击阿特哈尔哈日蟒古思率领的百万勇士，他们已经来到了这里，成了十三片森林的前哨。当你们精疲力竭无法战胜对方的时候，就转身逃跑！不要给你们的达尼库日勒留下坏名声！我的汗父亲，您的岁数还不小吗？您守块空地，攻击由八十精兵带领的八十万士兵吧，他们已经来到了这里，在八片长满鲜花的平原上充当前哨。如果您精疲力竭，就鞭打你的纳尔汗呼拉转身逃走。我要攻击七十五个头的达尔汗哈日蟒古思率领的百万勇士，他们已经包围了放哨的灰色山丘！"

达尼库日勒说完这句话，随后大显神威，他把七十多排漆黑的云雾引来，正好挡住了所有这些敌军。他把自己锋利的黑钢剑扛在右肩上，冲向了百万勇士，大喊着，将一千五百个雷鸣般的声音汇合在了自己的高喊声中。他奔跑着，把敌人的尸体堆得像被捆绑的骆驼；他驰骋着把被打倒的敌人堆得像被砍倒的大树；他飞奔着，敌人就像绵羊般白花花地躺倒在地上；他奔驰着把敌人像收割的谷物一样到处甩。他就像堆放草垛一样劈砍着，不停歇不迟疑地砍着。

当第九十九天到来时，战士战马的血都混在了一起，流淌着，血海从七座岩石岛流到了十五座沙岛。于是达尼库日勒心想："我的可汗父亲怎么样了？"

他匆匆赶回放哨的灰色山丘。当他爬上山顶时,看到他兄弟们的四匹马正拖着缰绳奔向各自的故乡。"我的可汗父亲怎么样了?"达尼库日勒心想并开始眺望。他看到达赖汗杀死了八百万勇士,但剩下了八十精兵;他看到达赖汗骑在马上,时而靠在纳尔汗呼拉的右侧,时而靠在左侧驰骋。于是达尼库日勒大声喊道:"我的可汗父亲,往纳尔汗呼拉的大腿上抽,快逃!"

达赖汗听到了达尼库日勒的声音,他的意识突然苏醒了过来,他稍稍松开了纳尔汗呼拉的缰绳,并鞭打在纳尔汗呼拉的大腿上。纳尔汗呼拉跑开了。那八十精兵开始在他身后放箭,但没有一支箭碰到纳尔汗呼拉尾巴上的一根毛。

达尼库日勒向剩下的精兵们猛冲了过去。"如果我不能摧毁八龙之王的山岗,如果我不能榨干他的水源,如果我不能摧毁他的国家,如果我不能夺取他所有的人民,如果我不能用武力夺走亲爱的都仁格日勒美女,那么就让我成为兽鼠的猎物,失去我生而为人的名字!"达尼库日勒这样喊道,把牙齿都快咬碎了,高声叫喊着冲进了战场。没有休息,没有停歇,他奋战了九十九个昼夜。生灵的鲜血早已汇聚成海。随后他战胜了敌人,清除了两层的黑雾。

但就在那时,展开翅膀就像毡包屋顶那般大,收起翅膀就像顶针那般大的黑色金雕,大叫了三声,然后消失了。随即,之前的敌人们又像以前那样站了起来,血泊中出现了带缰绳的战马,白骨中又站起了骷髅战士,腐血脓水中又出现了强壮的勇士;出现的敌人比之前多了七十倍。达尼库日勒引出了七十排黑色的浓雾,大喝一声冲向了敌人。他把敌人像捆绑的骆驼一样放倒,像砍倒的树木一样堆积起来。他不间断地战斗,毫不停歇。那些战士和勇士们在达尼库日勒的黑雾中看不清彼此,开始互相殴打。达尼库日勒毫不停歇地战斗了九十九个昼夜,最终打败了敌人。

当达尼库日勒驱散那两层黑雾时,他又看到黑色的金雕正像以前一样,一会儿张开翅膀,一会儿收起翅膀,发出声响向他逼近。达尼库日勒惊呼道:"真是邪恶!"他把一支迅猛疯狂的白色箭矢搭在他千力的象白弓上,对着神奇的白箭念咒,射向了万般邪恶的黑色金雕。他射穿了金雕宽大的喙,射穿了金雕的胸膛和后背。但金雕的羽毛羽翼全都变成了战士,他们的数量是之前的三倍,来势汹汹。

达尼库日勒咬紧牙关，他振作了起来，面对迅猛的强敌，他拿出了勇士的耐力，他的心中产生了一种永不屈服的念头，决定不放过任何一个敌人，开始奋力砍杀。他在一排人的围攻下战斗，没有放过任何一个人。当第七十八天到来时，敌人被打败，两层黑雾也散去了。达尼库日勒的力量和敏捷都比之前增加了一些，他战胜了八龙之王的全部战士。

当奥日古扎恩和克布图扎恩两位英雄指挥着三十万勇士出现在十三片森林的前哨时，达尼库日勒的盔甲变得破烂不堪，武器也完全砍钝了。于是，他拔出七十棵落叶松，呐喊着冲向了敌人。他开始劈砍，砍得树枝都粉碎了，砍得果实都滚落了，他砍死了那三十万勇士。他抓住了奥日古扎恩和克布图扎恩两位壮汉，打断了其中一人的胳膊，打折了另一人的腿；奥日古扎恩被他从门外扔向了八龙之王，克布图扎恩被他从烟洞扔给了八龙之王，他大声喊道："嘿，八龙之王，现在如果你还有军队，就派来吧！如果没有，就自己出来！"八龙之王钻到了家具底下弄脏了自己，又钻到桌子底下尿了裤子。于是达尼库日勒说："八龙之王！这就是——我要粉碎你的山岗，这就是——我要夺走你的人民，我要粉碎你的国家，我要夺走你所有的人民，我要用武力夺走亲爱的都仁格日勒美女，就是这样！从今往后如果你对我有任何恶念，哪怕是虱子那么点，我都会杀了你，把你磨得像纸一样薄，把你打得像燧石一样碎。"

说完，达尼库日勒掉转马头，来到都仁格日勒庄严的白色宫帐前，掀开门帘，大声喊道："都仁格日勒，如果你在这里的话，快出来！"都仁格日勒飞快地跑了出来，红绸斗篷的袖子都飘了起来。达尼库日勒抱起她，把她放在腿上，向他家乡的伟大游牧地奔去。当他到家后大声喊道："可汗父亲，哈屯母亲，如果你们在的话就出来吧！"但没有人回应达尼库日勒的呼喊。"唉！都仁格日勒，快跑，快进来！他们这是死了吗？"都仁格日勒进屋一看，只见达赖汗和木森格日勒哈屯正围着火堆，爬着用手指戳马粪玩。"据说，人因思虑和心理变老，这就是！他们就是因思虑而变老！"都仁格日勒这样想着，拿出了她一直留给自己的三颗金药丸，放进了大汗和哈屯的嘴里。他们恢复了理智和意识，变得和以前一样了。他们对都仁格日勒说:"你是哪位神灵？你从哪里来帮助我们？"都仁格日勒详细地讲了所发生的一切，把所有的情况告诉了他们。

这时达尼库日勒从火焰枣红马身上取下了马鞍和缰绳；他在马肚带的位置看到马的肚子泛白，骨头露了出来，在攀胸的位置，肺和心脏凸了出来。"我奋战的日日夜夜，从来没有松开过任何东西，收紧了一切。现在，火焰枣红马的肺、心脏和内脏都出来了！所有的骨头都出来了！我的英雄马呀！哪有能与火焰枣红马匹敌的马呢？"达尼库日勒感叹着把马放了。这时，火焰枣红马发出一声嘶鸣，强壮美丽的胸膛发出了隆隆的响声。这时它的母亲，灵巧的灰骠马，越过库克贵杜勒杭爱山，伸出了像草原般大的乳房。火焰枣红马在距离母亲一天路程的地方停了下来，开始吮吸。

达尼库日勒匆忙进屋，向父母亲问了安并坐了下来。他的父母亲惊呼道:"天下哪有能与达尼库日勒提并论的勇士？"木森格日勒哈屯和达赖汗亲吻爱抚了达尼库日勒和都仁格日勒，使自己的心情得以慰藉。

此后，达赖汗下令吹响黑号角，召集了所有的臣民；下令吹响黄号角，召集了所有的僧侣。下令准备盛大的宴席。最尊贵的喇嘛被请来道出日期。他低声说道:"对达尼库日勒和都仁格日勒来说，正确的日子和匹配的星宿将是夏季首月的初二。"所有的钦匠大师被召集来，为他们定制了四十四面檀木围墙、四千根檀木椽子、洁白无瑕的银墙毡、金屋顶的雄伟白色宫帐。他们将宫帐支在了美丽的高地中间，在宽阔美丽的草地交叉处，在美丽的雪面冰层中间，在平坦蔚蓝的树荫底下。将所有美丽的东西都放了进去，所有不祥之物都被清洗干净，金色的器皿和物品都被放进了宫帐中，宫帐被塞得满满当当。

随后，在选定的吉祥之日，他们让达尼库日勒和都仁格日勒向黄色的太阳鞠躬，将胫骨与羊拐骨紧紧握在手中，让他们结为夫妻并坐在了一起。他们开始了欢乐的盛宴，所有平民和僧侣都坐在了一起，开始尽情享乐。按照宴会的规则，他们欢乐了六十个昼夜；按照盛宴的规则，他们庆祝了八十个昼夜。于是达尼库日勒说道:

"我活着已尽享欢乐。哪里还有办法让我死去的兄弟们复活？"于是达赖汗说："达尼库日勒，你牵来我的纳尔汗呼拉和你的火焰枣红马，再牵八千匹白野马来！我们去找八龙之王，让你四个兄弟重新复活！"达尼库日勒说了"好的"，拿上黑鹿皮的套马杆，拿上笼头，把黑绸坎肩的下摆塞到腰带里，就往库克贵杜勒杭爱山巅走去。他跨过宽沟，越过窄沟，爬上了山顶。他三次朝着马群高喊，三次吹响口哨，把它们都召唤回来，混在了一起。然后他抓住了父亲的纳尔汗呼拉、自己的火焰枣红马，还抓住了八千匹白野马。他用马鬃和尾巴把它们成对拴住，自己骑在火焰枣红马上，把马群赶回了家。他给父亲的纳尔汗呼拉备上马鞍，给自己的火焰红马备上马鞍，进入了营帐。

这时他的父亲带上了八十万两黄金和南吉班丹哈达，带上了十年的阿尔扎、二十年的霍尔扎。达赖汗和达尼库日勒一起上路了，他们给八龙之王带来了八千匹白野马。八龙之王身边的人一得知达尼库日勒和达赖汗要前来，便惊呼道："这是怎么回事？他们是要把我们剩下的人全部杀死，还是要赦免我们？接受他们的马吧，扶他们下马！"奥日古扎恩和克布图扎恩出去迎接了他们，但当他们想牵达赖汗和达尼库日勒的马时，却无法承受他们缰绳的重量。于是达尼库日勒拉住了自己的马，把马拴了起来。然后他们匆匆走进了营帐里，向八龙之王请了安，坐了下来。随后，达赖汗说道：

"哎！八龙之王！你该怎么办？我该怎么做？孩子如何成为大丈夫？小马驹如何变成骏马？你惹怒了我的达尼库日勒，所以就发生了不幸，不是吗？"八龙之王回答道："是的，俗话说，在犍牛的头上撒土。一开始是我惹怒了达尼库日勒，于是就有了不幸，这是真的。"于是，达赖汗从怀里掏出南吉班丹哈达和八十万两黄金献给了八龙之王，并说道："这是我给你都仁格日勒订婚的聘礼和彩礼，我们强行把她娶了去。"然后他将阿尔扎与霍尔扎混合，倒了酒，献给八龙之王，并说道："我的达尼库日勒伤心了，总说着，我的四个兄弟！请快快复活他的那些兄弟吧！"

八龙之王同意了，他发出响声，转动箱子的锁，带出了一位白发老妇。"快把达尼库日勒的四兄弟复活并带到这里来！"他吩咐她说。"好的。"白发老妇人说完便飞走了。她开始寻找希勒芒乃、希勒纳布奇、库日勒陶利、浩芒库的头发、毛发、肢体、关节，把它们摆放整齐，让它们苏醒过来。她带着四兄弟来到八龙之王面前，便把他们交给了达尼库日勒。

达赖汗给八龙之王和他的达官贵人们敬了掺有阿尔扎和霍尔扎的酒，并说道："把我那份都喝了。"所有人都喝醉睡着了。这时达赖汗对达尼库日勒说："从八千匹白野马中，给你的兄弟们牵出来四匹，把其余的留下！"达尼库日勒带走了四匹马，赶走并放走了其余的马。白野马们各奔东西，沿着小路飞奔回了故乡。达赖汗、达尼库日勒、希勒芒乃、希勒纳布奇、库日勒陶利、浩芒库这六位英雄跳上了战马，朝伟大的游牧地出发了。他们唱着欢快的行军曲，谈论着古今，回到了家乡。

在亲爱的四兄弟复活之际，他们举行了一场欢乐的盛宴。宴会结束时，达尼库日勒说道："从我来到这世上到现在，当我满七岁时，就一直在奔忙，没有一天是感到幸福的，没有一夜是安眠的。我不知道现在八龙之王的亲信们还会做出什么事来！我要睡十五个昼夜，日日夜夜，睡顿饱觉。我的兄弟们，你们四个，还有都仁格日勒、达赖汗、木森格日勒哈屯，这十五个昼夜，你们七个为我看守马匹！"说完，他把纳尔汗呼拉、火焰枣红马、图布辛呼拉、索利吉尔呼拉、色特尔泰巴德玛沙尔嘎拉、库德尔洪格尔嘎拉赞六匹马交到了他们手里，把缰绳系在他们腰带上，嘱咐他们看管好这六匹马。他走进自己宏伟的宫帐中，钻进了深红色毛绒被子里，头下枕着黑丝枕头，像皮带一样伸展，脸红得像怪柳，睡着了。

他就这样躺着安睡，在美丽的夜晚，突然被一阵响声惊醒了，这响声是火焰枣红马踩断库克贵杜勒杭爱山阴面的一棵暗红色檀树发出的。他跑到外面一看，才知道六匹马被小偷赶走了。"马呢？"他问道。汗父亲和哈屯母亲，还有他的四兄弟这时说道："刚才就在这里，刚就在这里！"达尼库日勒喊道："你们是不是打瞌睡了？你们就是这样看护我的马的吗？"他抓起自己的黑强弓，把威力巨大的白箭插在腰带后面，一手握住蟒古特黑鞭。他把衣摆卷到黑粗的大腿处，跑上了库克贵杜勒杭爱山的阳坡，越过了宽阔的洼地，跨过了硕大的谷地。

他爬上山顶，开始眺望四方，结果什么也没听到，也没看到。只有在很远很远的地方，在十一个月的路程外，隐约听到马群发出的脚步声。达尼库日勒惊呼道："啊，你们这些吞噬了自己父亲的人，带印记的傻瓜，就这样偷走我的马群吗？常言道：勇士对勇士是仁慈的，而对傻瓜却无法仁慈！我怎样才能追上被偷走的马群呢？我怎么可以离开我的火焰枣红马，我唯一的坐骑呢？"他徒步追赶马群，跨过狭窄的洼地，越过宽大的谷地。他跑了整整一天，在漆黑的黄昏时刻，追上了自己的马群。

他心生一计，像甲壳一样用淡黄红的尘土覆盖自己，绕着马群奔跑。他向前跑了七个昼夜的路，把箭搭在黑强弓上，躲在五棵灌木丛后面躺下。等骑在纳尔汗呼拉上的黑红英雄在月光下赶着一群马刚靠近，达尼库日勒就向他射了一箭，差半丈没有射到。但那英雄发现情况不妙，挥舞着鞭子逃跑了；纳尔汗呼拉没有让达尼库日勒的箭碰到它尾巴上的一根汗毛。当那英雄离去后，达尼库日勒又把箭搭在弓上，躺下等待着。当黑红英雄骑在图布辛呼拉上赶着一群马靠近时，达尼库日勒从正面直接射穿了他的肩膀，把他射倒在地。图布辛呼拉听到了熟悉的声音，回头不抵抗了。达尼库日勒跳上马背扬长而去。

骑索利吉尔呼拉赶着一群马的黑红英雄，达尼库日勒用蟒古特黑鞭抽打他的躯干和胸，把他抽成两半打死了。骑色特尔泰巴德玛沙尔嘎的黑红勇士又被他用鞭子抽打身躯和胸部，倒地身亡。之后他抽打骑在库德尔洪格尔嘎拉赞上赶着一群马的黑红勇士，击碎他的胸膛和躯干，把他打倒在地。把英雄打倒在地后，他把前面的马调转过来，开始四处张望。他看到一个牙齿歪斜、头发凌乱的黄毛英雄骑在他亲爱的火焰枣红马上，他刚一看见，那勇士就急忙跑掉了。

把四匹马牵走后，达尼库日勒赶着马群往回走，他到了家乡，把马群放到草场上，留下来看守了七天七夜，他日夜坚守着马群。他发觉自己需要睡眠，需要食物；于是他把黑马们赶回了家，在家附近下了马，酒足饭饱之后说道："我需要睡觉，我需要食物，我已经没睡觉没吃饭很久了，请为我看守这四匹马十五天吧！"说罢，他把马交到汗父亲、哈屯母亲、四兄弟和都仁格日勒的手中，把缰绳系在他们腰带后，交给他们看守。而自己像皮带一样伸展，脸红得像柽柳，睡着了。

就在这美丽的夜晚，达尼库日勒被火焰枣红马踩坏白檀山阴面的白檀树发出的声音惊醒了。达尼库日勒跳出来一看，四匹马已经被贼偷走了。"唉！马呢？"他惊呼道。"它们刚才还在，刚才还在！"他的亲人们说道。"多么不幸的事儿啊！这是何等的不幸啊！你们就是这样看守的吗？"达尼库日勒说道。他又一次拿起他那张黑强弓和箭，拿起他的黑蟒古特鞭，把黑绸长袍的下摆塞在腰带下，别在结实的腿上，向库克贵杜勒杭爱山顶跑去。爬上山顶后，他停下来眺望四面八方并倾听。什么声音也听不见。他继续站着倾听，他听到了一阵马群的蹄声从十二个月路程之外传来，就在东边。"我该如何带走自己的这些马群呢，我怎么可以离开我可爱的火焰枣红马呢？我该如何追赶自己这些马群呢，我怎么可以离开我唯一的火焰枣红马呢？"达尼库日勒感叹道，急匆匆地跑开了，他跑过了宽阔的谷地，越过了巨大的山谷。他跑了整整一天，午夜时分，他追上了自己的马群。他像躲在甲壳下那般藏在尘土和马匹扬起的灰里，他绕过马群，不让别人看见他。他转了一圈，向前走了五个昼夜的路。他把白色的快箭搭在黑强弓上，拉开弓，把弓拉得足以让宽大的头钻进去，躲在了五棵灌木丛后面开始等待。

黑红英雄骑着纳尔汗呼拉，赶着一群铜淡栗色的马。"真是让人难以忍受的败类垃圾！"达尼库日勒心想，于是向他射了一箭，差一尺半没射中。但那英雄发现情况不妙，急忙跑开；纳尔汗呼拉飞奔而去，没让箭碰到它尾巴上的一根毛。达尼库日勒再次把箭搭在弓上，准备就绪，开始等待。就这样，当骑着色特尔泰巴德玛沙尔嘎（达赖汗曾骑着这匹马作战）的虎黑英雄走近时，达尼库日勒射中了他的胸部和肩膀，把他打倒在地。他抓住色特尔泰巴德玛沙尔嘎，跳上去调转马头回去了。他一个接一个杀死了骑着库德尔洪格尔嘎拉赞、图布新呼拉和索利吉尔呼拉三匹马的英雄。达尼库日勒夺下并抓住了这三匹马，向四周眺望。他看到，他亲爱的火焰枣红马被黄毛勇士骑着跑远了。达尼库日勒把他的铜淡栗色马群赶了回去。他把马赶到牧场，看守了八十个昼夜。当很多天没有睡觉、饥饿难耐时，他牵起四匹马，交给父母亲和兄长，把缰绳别在他们的腰带后，让他们看守，并说道："别把这四匹马交给盗贼！我只睡一晚上！"他吃完食物，像皮带一样伸展，脸红得像柽柳一样，睡着了。

就在半夜时分，达尼库日勒被一阵喧闹声惊醒，原来是纳尔汗呼拉踩坏了四个月路程外十三片丛林中的一棵宝石臭李子树。达尼库日勒急忙跑出去，看到四匹马被小偷掳走了。"我的父亲、母亲和兄弟们，我的马怎么了？"他惊呼道。"它们刚才就在这里，刚才就在这里。"他们说。"我的可汗父亲，您老了，"达尼库日勒接着说，"您一直对我很仁慈；我的哈屯母亲，您老了，你们一直对我很仁慈。我的兄长们，你们太不慈悲了！你们怎么能不为我看守四匹马，让我连一夜都睡不了呢？我的尸骨已经被放在八龙之王的游牧地上，你们，我的兄弟们，你们知道就在那里——想不想去寻，随你们！"说完这句话，达尼库日勒什么都没留下，穿上自己的全副铠甲，拿起黑色的蟒古特鞭，爬上库克贵杜勒杭爱的山顶，开始倾听自己马群的喧闹声，他在十三个月路程的地方听到了远处被盗马群的蹄声。他心想："前两次我曾在近处追上他们，但现在他们已经走远了，我的筋骨衰弱了，现在追不上了。"他将牙咬得快碎掉，继续大步流星地飞奔，一直到他英雄的身体都快散架。"我该如何追赶上我的马群呢？我怎么能够离开我的火焰枣红马，我唯一的坐骑呢？我该如何追赶上自己的马群呢？我怎么能够离开我唯一的火焰枣红马呢？"他重复着这句话，继续奔跑着，大步跨过巨大的洼地，踏过狭窄的谷地。

他跑了一整天，又跑了半夜，就在黎明时分的黑暗暮色中，追上了自己的马群。他听到某个英雄的声音说道："这世间绝对没有人能与达尼库日勒相提并论。现在我们已经让他三次追赶他的马群，他的筋骨衰弱了，他累坏了。我们已经走了很远，马驹会受苦，现在慢点赶马群吧！"达尼库日勒听了这些话，抓起三岁公牛般大的黑斑石头扔了过去，石头碎成了粉末、他咬紧牙，在马群中的七十层灰里躲藏了起来。达尼库日勒把箭搭在千力的象白弓上开始拉弓。当他看到一个黑红英雄骑着父汗的纳尔汗呼拉走在最前面时，他拉开弓，把箭一直拉到耳边，趁那英雄向前看时，走到他身后射穿了他的躯干和胸膛，纳尔汗呼拉在箭声中回头，被达尼库日勒捉住。于是达尼库日勒跳上马，随后他看到黄毛英雄骑着火焰枣红马从不远处走来，正拉着自己的铁弓。"啊！这把歹毒的弓和箭，难道不是吗？"达尼库日勒心想，于是他潜伏在一棵杉树后，向那黄毛英雄射了一箭，但达尼库日勒的箭射到他的胸口上，像是撞在了一块青黑色的石头上四分五裂。达尼库日勒注意到黄毛英雄被箭矢的声音震得晕头转向，他跑上前去想夺下弓箭，却怎么也夺不下。他拿出自己锋利的黑钢剑。"如果砍断了弓弦，人们会说那是勇士珍贵的灵魂；如果折断了箭，人们会说那是伟大勇士的生命力！"达尼库日勒感叹着，劈开了他的箭矢。他开始把黄毛英雄从马上往下拉，但怎么也拉不下来。达尼库日勒把他带到一块险峻的红岩上，带到一座白头鹰都无法飞过的山峰上，解开他所有的鞍带，解开鞴和攀胸，开始推他。随后，勇士伴随轰隆声倒下，仿佛闪电击中了青白的岩石。达尼库日勒取下绊绳将黄毛英雄宽大的双膝绑在一起，随后他拴上自己的火焰枣红马和纳尔汗呼拉，坐了下来。

突然，黄毛勇士恢复了知觉，他踢了踢腿，跳了起来，绊绳被扯成六十段扔了出去。他跑到达尼库日勒面前，站在他身边大声喊道："流浪狗，逃亡的旱獭！你这愚蠢的黄毛傻瓜！趁我们还年轻，让我们早点在阳光下一决高下吧！"达尼库日勒回答说："你这狗，你这狼，你这旱獭崽子，你这红牛！你这愚蠢的黄杂种！你为什么二次偷走我的马群？"那勇士回答道："我一岁大的时候，当我长出胎发的时候，我就被八龙之王收留，为的是我在七岁的时候能够战胜达尼库日勒。但是，当我长到两岁时，我的内脏开始跳动，再也按捺不住。所以我去偷了你们的马群。让我们用工匠制造的武器战斗呢，还是用上天赐予的力量搏斗呢？"达尼库日勒随即感叹道："既然有上天赐予的英雄力量，为什么还要用大师制造的武器呢？"

他们站在相隔一个月路程的地方。达尼库日勒赤裸着结实的身体，穿上了众多精选牛背皮制成的、红得像生肉一样的裤子。他把裤子绷紧到胖蚊子的针鼻都钻不进去。他将五彩丝绸编织的腰带用银灰的铰链扣上，并在中间打了个一百年都不会被解开，到死也无法解开的结。他将骆驼般粗的辫子折成两半与七十条辫子一起，将辫子穿过去，用一条沙沙作响的浅黄绷带绑住，然后把辫子绑成包袱,这辫子就像供人祭祀的浅黄色敖包,路过的人对它惊叹不已,懒惰的人无法解开它。他随后摘下骆驼头般大的镜面珍珠耳环。

与此同时,黄毛勇士露出强壮的身体,在粗壮的大白腿上穿上铁青的裤子,把裤子拉紧到胖蚊子的针鼻都探不进去。他用带花纹的三岁公牛脖子般粗的银扣扣上铁青的腰带,还打了一个今生解不开且之后也解不开的结。他将自己浅黄的小辫子盘在耳朵上方,扎成燕子翅膀般的一捆。

然后他们开始像鸨一样跳跃,像鹤一样炫耀,像白杨树一样弯曲,像缤纷的花朵一样摇曳;他们从一个月的路程开始活动四肢,从一天的路程开始站定准备。他们相互靠近,像公牛一样碰撞,像公驼一样对峙。在半天路程的地方,他们抓住对方的手并开始搏斗。他们扭打在一起,发出沉吟声,就像闪电击中白岩;他们碰撞在一起,就像闪电击中黑岩。他们把对方摔倒在地,咬紧牙关,搏斗到英雄的身体都要分裂。他们彼此无计可施,不间断不停歇地打斗到第十五天。

黄毛勇士力大无穷,筋骨过硬,生来力大无穷。他大喊一声,举起达尼库日勒朝后扔了出去,又大喝一声,举起他向前摔了出去。达尼库日勒因力量强大且雄狮般强壮,大吼一声举起那黄毛勇士,把他往旁边一扔;又大喝一声举起他来向前摔去。他们又开始来来回回地打了起来,把对方摔来摔去。但达尼库日勒力大无穷,筋骨过硬,于是他举起那黄毛勇士,将他举过头顶;举着他奔跑,跑到整个宇宙、整个世界都在颤抖;他跳了出来,引起群驼的脚步声,把那勇士扔进地面八十肘深处,挡住八十山口,堵住八个山口;达尼库日勒将自己的灰膝抵在勇士两座小丘般的胸口说道:"男儿!勇士有三种烦恼,灵巧的骏马有三个短处。告诉我,你有什么遗憾?"黄毛勇士说:"我来告诉你!如果我有一位白发老父亲,我会说我的遗憾是在他临终时没能举起他的遗骨。如果我有一位白发老母亲,我会说我的遗憾是在她临终时没能举起她的遗骨。倘若我有一匹光荣的良驹,我也会为看不到它敏捷的魅力而感到遗憾。孤独者无言,徒步者无尘!你难道没听说过吗?快杀了我吧!"说罢,他伸出了六尺长的脖子。

达尼库日勒问他："勇士，你叫什么名字？你是谁人所生？"那黄毛勇士回答道："我是度母自己所生，我叫两岁的扎恩布亦东（Зан-Булинг）[1]。"当他说这些的时候，达尼库日勒用手掌扫去了那黄毛勇士身上的灰，用舌头拂去了他眼上的尘。"亲爱的孩子，你可以成为我在陌生土地上的朋友，你可以成为我的同伴！"达尼库日勒感叹道，并表示愿意与他结为终身的兄弟。他们彼此说了亲切的话语，共进了香甜的食物，大口大口咬着食物吃，互赠了礼物，互相赠送了快如闪电的白色箭矢，成了一辈子的兄弟。"愿我们永不缺席血腥的战争和丰盛的宴席！"说着，他们钻到强弓下，舐了熏香般黑的钢剑刃，如此交换了誓言。长兄达尼库日勒对弟弟扎恩布亦东说：

"既然你没有好马，就骑我的火焰枣红马吧，让它做你的坐骑。你要去找你度母母亲吗？你会去找你父亲八龙之王吗？"扎恩布亦东回答他说："我没什么事去找我度母母亲，也没什么事找我父亲八龙之王。如果要死，我就和兄长你一起死，如果要活，就和兄长你一起享乐！"于是扎恩布亦东和达尼库日勒给战马备上鞍，收拾好所有的盔甲，跳上马赶走了铜黄马群。回到自己的游牧地后，他们将马群放归牧场，在八片白海饮了马。当沿着库克贵杜勒杭爱山的南坡开始转向回家时，他们看到了四位英雄：希勒芒乃、希勒纳布奇、库日勒陶利、浩芒库。他们四人去寻找达尼库日勒的尸体，走了三个月的路，都消瘦了，还把自己皮袄前襟烤了吃。达尼库日勒看到他们后，对扎恩布亦东说："你带走这两个，我带走两个！我这都是些什么兄弟呀？"扎恩布亦东把其中两人放在自己腿上，达尼库日勒也把两人放在自己腿上。英雄们到达可汗父亲的宫帐前，下了马走了进去。

当他们向父母亲问好后，父母亲说道："我们亲爱的达尼库日勒找到了像自己一样光荣的兄弟！在宇宙三界中哪有年轻人能与我们达尼库日勒相提并论呢？"说着这些话，他们把两个孩子都放在自己的腿上，依次亲吻他们，并分

---

1 俄文译文中对该英雄名称亦存在不同记录，上文中以俄文版中首次出现俄文名记，而中文音译则根据蒙古文记。——译者注

别抚摸他们的左右脸颊。他们把各种水果和饮品分给饥肠辘辘的四兄弟，把美味的水果给了两个儿子，给了他们食物和饮品。两位勇士吃饱喝足了。于是他们借达尼库日勒回来并找到弟弟扎恩布亦东之际，开启了一场欢乐的盛宴。他们像之前一样大摆宴席，欢天喜地。

当扎恩布亦东三岁时，就在为达尼库日勒举行剃胎发仪式的夏季首月初三那一天，大家同样为扎恩布亦东举行了剃胎发仪式，并再次举办了盛大的宴会。之后，达尼库日勒给他的四个兄弟每人分了八千匹白野马作为财产，并让他们回到了自己的家乡。然后达尼库日勒说道："我的扎恩布亦东，你看守铜淡栗色马群，我要睡上十五个昼夜，睡个饱觉！"扎恩布亦东说道："好吧！"然后骑着火焰枣红马，拖着六十丈的青铁套马杆出发了。达尼库日勒走进他那庄严的白宫帐，钻进深红色毛绒被子里，头下垫着黑丝枕头，抱着亲爱的都仁格日勒，像皮带一样伸懒腰，脸红得像柽柳一样，睡了过去。

当他睡着了以后，在美丽的夜晚，他做了个梦。达尼库日勒被这个梦惊醒了，他跳起来便跑。他走进达赖汗那里，点燃了梭梭木和檀木，木头发出响声，叫醒了汗父。"我亲爱的达尼库日勒，你不是要睡十五个昼夜吗，为什么半夜就来了？"达赖汗问道。"我做了一个梦，"达尼库日勒回答说，"我因这个梦颤抖随后就醒了。现在我来，是为了让您给我解梦。"汗父走过来，坐下说道："好吧，我的孩子，从最好的开始说吧！"达尼库日勒开始说："我梦见，在吉祥的雨水还没降下的时候，库克贵杜勒杭爱山顶升起了一朵帽子般大的乌云，一连停留了七天。我还梦到我那黑强弓的弦断了，我梦见我黑钢剑的刃断了。这是什么意思？"于是汗父向他指出："在库克贵杜勒杭爱山顶升起了一朵帽子般大的乌云，吉祥的雨水还没降下，意味着所有的敌人、所有的坏事都应被洗刷并摧毁，这是个好梦。你黑强弓的弦断了，意味着你所有的敌人都以这样的方式被打断、被摧毁，这是个好梦。你黑钢剑的刃断了，意味着所有的魔鬼、所有的敌人障碍都将被摧毁，这是个好梦。回去睡觉吧！""借父汗吉言，让我所有的敌人都被消灭！"达尼库日勒喊道，但他并没回过神来。

他在父亲的帐中坐了十二个日夜，才回过神来。这期间扎恩布亦东匆匆赶来，说道："我的可汗兄长，这意味着什么？在吉祥的雨水还没降下的时候，库克贵杜勒杭爱山顶升起了一朵帽子般大的乌云，一连停留了七天。这是什么？"达尼库日勒回答说："父汗预言这是好事，这意味着我所有的敌人都会被消灭。你要好好看守马群！""好的。"说完，扎恩布亦东就拖着他六十丈的青铁套马杆，向马群奔去。达尼库日勒仍坐在父亲身边，不停地惊叹。

在第七天结束时，起了黑雾、阴霾、乌云，下了厚厚的雪，天空开始变得昏暗。像泡沫一样白的雪下了七天，然后像羊羔般大的铁冰雹又下了七个昼夜。扎恩布亦东忍受不了回到了家。达尼库日勒出去后也无法忍受。他抓了纳尔汗呼拉和图布辛呼拉两匹马，把它们从马群中牵了出来。他回来后，下了七天伴有雷鸣的暖雨，接着又下了七天的强暴风雨，蔓延了一千劫波（калп）的寒冷。于是一座冰山形成了，高达库克贵杜勒杭爱的一半。随后达赖汗的所有臣民、牲畜、人民都被冰山压死了。幸存下来的只有达赖汗、木森格日勒、都仁格日勒、达尼库日勒和扎恩布亦东五人。

达尼库日勒说道："神奇的木森格日勒哈屯，我的母亲！您能预知未来九十九年的事情，追溯过去九十九年的事情；据说人们这样评价您。这座冰山是如何形成的？如何融化它？请告诉我们！"木森格日勒哈屯说："你面对着九种向你发出的诅咒，几类白口舌。此外，阿达尔扎哈图汗（Атар-Затайхан）、乌布尔扎哈图汗（Эбер-Эатайхан）、阿尔斯兰库鲁克图汗（Арсаланг-Кэльгэтейхан）、嘎尔迪库鲁克图汗（Гарди-Кэльгэтей）、乌仁海齐（Урун-Хайчи）和乌仁梅特盖（Урун-Метгей）这六个国家联合了起来，高举魔法石——札达（дзат），并用雪压垮了我们，杀死了我们的臣民，摧毁了所有生灵，夺走了我们的马群和牲畜。如果有办法融化这雪山的话，那一定是在遥远西方的乌巴迪孙度母（Убадисун-Дара-еке）那里。如果她没有指引给你方法，那么任何地方你都找不到办法"。

达尼库日勒立即往怀里装了八十万两黄金和南吉班丹哈达，钻过雪地，来到他的火焰枣红马前跳了上去。他用黑蟒古特马鞭抽了它三下，又用手抓住它最外层的鬃毛缠了三圈。于是火焰枣红马就像射出的箭，一下子蹿到了雪山上。

达尼库日勒就在清晨黄色的阳光下朝西南方向奔去。途中他得知，在游牧地三个月路程的地方出现了一座冰山。达尼库日勒前往乌巴迪孙度母的国家，八千年的路程被他一天之内走完，进入了度母游牧地境内。而乌巴迪孙度母坐在那里想着："没有人会从什么地方来到我的土地上。住在遥远中层阳光普照之世界的达赖汗有时也独自前来。很可能是达赖汗那儿来人了！请把马牵住，把人扶下来！"她命令道。五百度母仆人迎面出来，但他们无法拉住达尼库日勒的马，开始对它惊叹不已。达尼库日勒拴好马匹，取出一支箭，把盔甲挂在箭杆上，匆匆走到了度母面前。他鞠了九九八十一躬，跪了九九八十一次，接受了祝福，获得了慈悲的庇护。乌巴迪孙度母用金器盛了甘露赐给他。他接过甘露，喝了三口将金器装满，放回了原处。

然后，达尼库日勒从怀里掏出八十八丈长的南吉班丹哈达，连同八十万两黄金献给了度母，并说道："在我的游牧地降了雪，下了冰雹，起了风，一座冰山拔地而起。请赐予我融化冰山的方法，让因冰山而丧生的人复活！这一切究竟是为何发生的？"度母接过哈达，对达尼库日勒说道："达尼库日勒，你受到了九种诅咒，还有黑口舌的诅咒和九种白口舌的诅咒。此外，阿达尔扎哈图、乌布尔扎哈图、阿尔斯兰库鲁克图、嘎尔迪库鲁克图、乌仁海齐、乌仁梅特盖六个国家联合了起来，高举魔法石札达，建了冰山。达尼库日勒，你到外面走九步，闭着眼，右手拿九块白石头，左手拿九块黑石头，然后再进来！同时带上一小撮沙子！"

达尼库日勒走出去，闭上眼睛走了九步，用无上智慧之眼看了看，右手拿了九块白石头，左手拿了九块黑石头，抓了一小撮沙子，送到了度母面前。乌巴迪孙度母念了九十九道咒语，并对达尼库日勒说道："好吧，我的兄长，爬到库克贵杜勒杭爱山顶，背对着太阳，把这九块黑石头扔出去三次。这样九个黑口角的诅咒就会破除！而这九块白石头要顺着太阳的方向扔出去三次。那么九个白口角的诅咒就会消失！这一小撮沙子，你要在洒下时说：让这冰山融化，流淌六十个月的路程！这装在金器里的琼浆，你要洒三次，顺着太阳的方向转并说：死去的人复活吧，让我破碎的东西复原，让所有的牧场恢复，让所有的住所恢复！然后，所有死去的都将复活，所有灭亡的都将恢复，所有毁灭的都将重生。然后要好好守护剩下的一切！你现在有任务在身。兄弟，你快走吧，以后过来好好庆祝。"说完，度母给了他洁白的哈达。达尼库日勒接过哈达，问候了吉祥如意就跑了出去。

他跳上自己的火焰枣红马，奔向自己伟大的游牧地。当他出发时，启明星冉冉升起，最后一颗星开始闪烁；八年的路程被他一夜之间走完。当黎明的曙光在他的游牧地上泛白时，他已登上库克贵杜勒杭爱山。下山的时候，他拿出九块黑石头，背对着太阳扔了三次，说着："让九个黑口舌的诅咒离开吧！"然后他拿出九块白石头顺着太阳的方向扔出去三次，说道："让九个白口舌的诅咒离开！"然后拿出一小撮沙子，顺着太阳的方向洒了三次，说道："让这冰山融化，流淌六十个月的路程！"

突然，雪山融化了，流淌了六十天的路程。然后达尼库日勒打开盛有甘露的金器，倒了三次，顺着太阳的方向转，并说："让死去的复活，让失去的恢复，让毁灭的重现！"于是所有死去的生灵都复活了，所有被毁坏的都焕然一新。所有人都开始围着牧场游牧，围绕村庄开始生活。

然后，达尼库日勒把所发生的一切都告诉了他的父亲、母亲、兄弟和都仁格日勒，告诉了所有人。他们在众生复苏之际开启了一场欢乐喜庆的盛宴。宴会结束后，达尼库日勒、达赖汗和扎恩布亦东骑上自己的战马去寻找他们的马群和牲畜。他们不放过任何东西，带走了自己所有的武器。汗父亲骑着色特尔泰巴德玛沙尔嘎，达尼库日勒骑着他父亲的纳尔汗呼拉，扎恩布亦东骑着火焰枣红马。他们顺着太阳的方向绕过库克贵杜勒杭爱这座最大的山脉，开始追踪自己马群的踪迹。他们发现了铜淡栗色马群被盗后留下的痕迹，然后就出发了。

他们就在这样行进的时候，看到一个苍蝇大的黑东西开始出现并靠近；他们看到一团团纽扣般大的淡黄色灰尘升起，越来越近。他们看见野兔般高的白黄小马驹正在靠近，把还没长到大腿的尾巴像鞭囊一样卷起到臀部，马背上有碗口大的胎记，正好对着心脏。达赖汗见它跑远便说道："这一定是刚出生的马驹，是公马扎恩查干阿尔斯兰（Зан-Цаган-арсаланг，象白狮）和骒马乌仁勃洛克奇（Урун-борокчи，灰女工长）之子。看来这刚出生的小马驹是我达尼库日勒命中注定的坐骑！骑上纳尔汗呼拉试着追上它！如果它完全不屈服于纳尔汗呼拉奔走了，那就回来，要知道它就是那匹马。如果它屈服于纳尔汗呼拉，那就放了它，要知道它不是那匹马。"当达赖汗的话说完，达尼库日勒抽打了纳尔汗呼拉的大腿，直奔那匹马驹而去，但那匹长着胎记的白黄马驹却跳了出来，完全不屈服，飞快地跑上了库克贵杜勒杭爱山顶。达尼库日勒看到后，明白了正是这马驹，随后就回去了。

达赖汗和他的儿子们沿着马群的足迹继续向前进。他们走一整天，遇到了一座岩石山，长满了直指苍穹的檀香林。"让我们爬上山顶，看看到底是怎么回事！"他们说着，摇晃地爬上了山顶。他们三人在那里下了马，拴好自己的马匹，开始眺望那座山的阴坡。他们看到黑峡谷河岸边竖立着四座雄伟的白色宫帐，众多臣民隐约可见，人和牲畜显然已完全占据了那片游牧地，占据了一切。他们又看到在白茫茫的长满檀香林的杭爱东坡上，成群的铜淡栗色马正被八千勇士像羊拐一样围护守卫着。达尼库日勒说道："这根本不是一件易事！让我们等到晚些时候，就知道该怎么做了！"

于是当美丽的黄昏来临时，达尼库日勒说道："我要到那些人那里去，偷偷探听一下，然后再回来。"他脱下自己的靴子，光脚跑去了。他顺着毡包北面的影子来到宫帐旁，他开始听各国勇士如何喧闹，各色美女怎样欢声笑语，听到了他们彼此的交谈。他听到其中一位美女说："你们四位英雄！照顾好你们的臣民和牲畜。达尼库日勒可能会出现！"其中一位英雄回答她说："世界上没有任何勇士能与达尼库日勒相提并论。但我们六国联合起来堆了一座冰山，封锁了他的游牧地。他无法融化那座冰山，无法唤醒抚慰生灵，即使他做到了，也会因为惧怕我们六国而不会出现在这里！让我们先欢庆吧！"

说完这些话，英雄们开始喝最美味的酒，以美酒狂欢庆祝。在美丽的午夜，这些英雄们开始赞美夸耀彼此："我以力大为荣，你以强壮为荣，你以智慧为荣！"当他们完全醉倒时，达尼库日勒跳了起来。他从马上取下绊绳、笼头、马鞍和缰绳，收起在日月光辉下挂起的武器，将它们全部捆好扛在肩上。然后在那长满檀林的石山阴坡堆起小山般的梭梭木和檀木堆，点了一把火，烧掉了所有那些武器、马鞍和缰绳等东西，烧得人什么也看不见，老鼠什么也吃不到。

于是达尼库日勒喊道："敌人来了！起来，火焰军队来了！敌人从那里来了！起来，火焰军队来了！"他跑到父亲和兄弟那里，并派扎恩布亦东去办一件事："去把山坡上围着马群的战士都杀了！""好嘞！"扎恩布亦东说着，骑上自己的火焰枣红马，把那些战士砍倒在地，把他们堆得像被捆的骆驼一样，堆得像被修剪过的树木一样。

当黎明泛白、太阳升起的时候，那边的阿达尔扎哈图英雄们骑在没有马鞍、没有被训过的淡黄马上，肩上扛着巨大的黑石；还有英雄骑在淡黄马上，肩上扛着木头。那些英雄们开始从四面八方聚集。这时扎恩布亦东杀死了所有那些勇士，转头去砍杀那些赶来的英雄。当他开始砍杀他们时，达尼库日勒对他喊道："我的扎恩布亦东！别把他们都杀光！留一个活口，我们要问他话！"当达尼库日勒过来时，扎恩布亦东开始向他留下活口的阿达尔扎哈图国的勇士库日勒哈日布克（Кюрюль-Харабэкэ，青铜黑勇士）问话："我们一半的铜淡栗色马呢？""我们什么都不知！什么马群？"库日勒哈日布克回答道，并不想多说什么。扎恩布亦东解开了黑鹿皮绊绳，用它捆住库日勒哈日布克，把他塞进身下，把绊绳放在他粗壮的人腿上。"谁夺走了我们的马群？说！"说着，他开始拧绊绳，于是英雄的皮破了；扎恩布亦东第二次拧绊绳，于是英雄的肉破了；当扎恩布亦东第三次拧绊绳，英雄的筋脉破了。这时库日勒哈日布克说："你们的马群被四个强国掳走了：阿达尔扎哈图、乌布尔扎哈图、乌仁海齐、乌仁梅特盖；阿尔斯兰库鲁克图、嘎尔迪库鲁克图汗掳走了你们另一半的马群。"当他说完这些，扎恩布亦东拔出他的黑刃钢剑，准备砍了库日勒哈日布克，但是达尼库日勒喊道："不要砍他！让他活着！让他做这边的哨兵！"随后放了他一条生路。

达赖汗拉过他的图布辛呼拉马，骑了上去，放走了巴德玛沙尔嘎；他赶着一半的马群回家了。达尼库日勒和扎恩布亦东去寻找嘎尔迪库鲁克图和阿尔斯兰库鲁克图；他们沿着马群的足迹向东北方向出发。这时他们遇到了一座高耸入云、长满了暗红檀香林的山。当他们匆忙爬上山顶时，看到山的东面坡前有成群的铜淡栗色马，周围有八千战士，像围着羊拐一样将马群围了起来。

扎恩布亦东像掉落的石头一样冲向那些勇士。达尼库日勒看到嘎尔迪库鲁克图汗绑住了自己的七只大鹏金翅鸟，对他喊道："你这吃了自己父亲的人，你这有胎记的傻瓜！趁太阳初起，趁你正值年少，我们耍玩耍玩！快出来！"当他喊话时，嘎尔迪库鲁克图汗坐在黑花的大鹏金翅鸟身上，身后领着六只灰花的大鹏金翅鸟，腾空而起，飞上天空。"这是怎么回事？他想在天空和我决斗？"达尼库日勒心想，随后停了下来。这时嘎尔迪库鲁克图汗毫不迟疑地从高空向达尼库日勒射了许多箭，它们像谷粒一样掉在达尼库日勒身上。于是达尼库日勒在自己千力的象白弓上搭上白色的强箭，拉弓放了箭。他射穿了嘎尔迪库鲁克图汗所骑大鹏金翅鸟的右翼。嘎尔迪库鲁克图汗随着失去翅膀的大鹏金翅鸟倒下，开始乞求走近的达尼库日勒："放手吧，请怜悯我这薄如丝线的性命吧！"他鞠躬乞求，于是达尼库日勒放了他一条生路，说道："如果你从今以后对我怀有非分之想，我就杀了你，把你像燧石一样碾，像纸一样削！做我这边的哨兵吧！"

之后达尼库日勒来到自己的马群旁，看到扎恩布亦东打败了八千勇士，他接下来开始砍所有看到的东西：看到石头，以为是敌人，砍它；看到木头，以为是敌人，砍它。于是达尼库日勒对他喊道："亲爱的扎恩布亦东，你的敌人都被打败了！不要砍石头和落叶松了！"这时扎恩布亦东才知道是怎么回事，于是奔到了兄长跟前。

两兄弟继续寻找阿尔斯兰库鲁克图汗，他们沿着马群的足迹走去，遇到了一座连白头鹰都无法攀上的险峻红山。他们摇晃着爬上那红山顶，眺望山的阴坡。他们在山的阴坡看到了自己的马群，周围驻扎着八千战士，就像围着羊拐一样守卫马群。他们还看到阿尔斯兰库鲁克图汗的宫帐外有七只白狮正在啃食咆哮。于是达尼库日勒喊道："你这吃了父亲的人，愚蠢的黄傻瓜！趁太阳初起，趁你正值年少，我们耍玩耍玩！快出来！"于是阿尔斯兰库鲁克图汗骑在大白狮身上，放出六只小白狮。看到这一幕，火焰枣红马开口说："狮子的力量就在它嘴里。它怎能不撕碎我们，吞食我们？骑上你的纳尔汗呼拉逃吧！当狮子一只接一只跑过来时,再把它们砍死!""好的!"达尼库日勒说道,并命令扎恩布亦东屠杀那些战士。之后达尼库日勒出发去迎战阿尔斯兰库鲁克图汗,扎恩布亦东则去迎战八千勇士。

遇到阿尔斯兰库鲁克图汗时,达尼库日勒急忙转头逃跑,当六只白狮开始追赶他,每只相距一个月距离远时,达尼库日勒转身将六只狮子一一砍死。当他走到大白狮跟前时,阿尔斯兰库鲁克图汗跪在地上,向达尼库日勒鞠躬说道:"从今以后,我不会再对您怀有任何恶意!我听说过光荣的英雄达尼库日勒,世上还未出生类似的英雄。现在不要杀我!"达尼库日勒饶了他一命。

扎恩布亦东杀死了八千勇士,并带来了两个马群。他们将这两支队伍与之前的两支队伍汇合,然后奔向了他们伟大的游牧地。回到自己的地方后,他们把马群放进了牧场,来到汗父亲面前,向他转述了旅途中发生的一切。他们品尝了美酒佳肴,随后在马群回归之际开始了一场欢乐的盛宴,庆祝了一个纪。

宴会结束时达尼库日勒说:"早先从阿达尔扎哈图国来的那匹带胎记的浅黄马驹现已长大。我要抓住并骑上它!"他骑上父亲的纳尔汗呼拉,带着扎恩布亦东,爬上了库克贵杜勒杭爱的山巅。他们开始眺望自己的马群,却不见白浅黄马驹。他们以为它去了某个更远的地方,于是开始四处眺望寻找。于是在阿尔查台木苏尔托布罕杭爱山(Арцата-Мусур-Тобхан-Хангай)、达巴哈尔杭爱山(Дабхар-Хангай)、察干赞达泰杭爱山和库克贵杜勒杭爱山之间,在四杭爱山之间扬起了浓浓的黑尘,又突然消失了。他们看到后心想:"那是什么黑尘?"他们走近一看,只见在那四杭爱山之间,有一匹杭爱山那般大的白黄马正在跳跃嬉戏。"这马无法用爱抚引诱,也无法用狡猾夺取。我要骑着父亲的纳尔汗呼拉追上它。"说完,达尼库日勒拿起六十丈的铁青马杆,给了纳尔汗呼拉一鞭,冲向了那匹马。于是那白黄马沿着银河飞奔而去。达尼库日勒追着它跑遍了天上的国家,逼着它绕了三圈,那马只要从远处看见纳尔汗呼拉的影子,就立刻跑去下界七十七龙的国度。他们绕着龙王的国度跑了八十八圈,白黄马又跳去了中层阳光普照之世界继续奔跑,又绕了八十八圈。这时纳尔汗呼拉的耳窝里流出了汗珠,再也无法赶上那匹马了。于是达尼库日勒把黑马杆扔到了白黄马的脖子上，割破了它的颈椎，然后将马杆压到了马镫下。带胎记的浅白黄马是一匹不经驯服的生驹，它开始又踢又跳，把马杆从中间折断并飞奔而去。达尼库日勒便派扎恩布亦东去追，吩咐道："骑上火焰枣红马追赶它，在它到达九条死路前，让那玩意儿转个弯！"扎恩布亦东狠狠地抽了火焰枣红马一下，向白黄马冲了过去。随着一声巨响，尘土开始飞扬，他不见了。

148　　而达尼库日勒爬上了库克贵杜勒杭爱的山巅，开始眺望。当他就这样不间断地坐了足足一个月时，白黄马拖着半截马杆全速飞奔而来，又开始在四杭爱山中间那块地方跳跃嬉戏。"这个坏东西在哪里杀死了我的兄弟？我现在该怎么抓住它？先前当父亲的纳尔汗呼拉又饱又壮的时候，虽已筋疲力尽但还是追上了它，但现在要追上它是绝对不可能的。"达尼库日勒心想。于是他使出了九个绝技：他把八片甘露海吸干，只留下一眼冰冷的黑泉，抬起一块魔法石——札达，从那里掀起一千劫的热风暴。然而白黄马并没有靠近。成群的铜淡栗色马日夜不停地涌向冰冷的黑泉。两个七天过去，白黄马渴了，来到冰冷的黑泉边，喝了一口泉水。于是达尼库日勒变成了一只苍鹰并抓住了那半截马杆；把它拉过来按在了自己强壮的腿上。那匹白黄马冲了出去，急忙跑掉，拖着达尼库日勒绕着库克贵杜勒杭爱山跑了几圈。马儿撞上察干赞达泰山的阴坡，撞在白色的岩石山上，又拖着达尼库日勒翻过了岩石山。在另一侧，它撞上达巴哈尔杭爱山的阴坡，又蹦出很远，转了回来又撞上库克贵杜勒杭爱山的阴坡。达尼库日勒被甩得腰身陷入了地下，库克贵杜勒杭爱山摇晃了三下。白黄马停在了那儿，转身说道："你为什么像金虱子一样紧紧跟在我身后？"达尼库日勒回答马说："我是一名必定会骑着你的光荣英雄，你是一匹必须服侍我的光荣战马！"马说道："既然如此，那就带走我吧！"

然后，达尼库日勒给马戴上哈扎克笼头，转身从父亲的纳尔汗呼拉身上取下了马鞍和笼头，给白黄马备了鞍。马鞍、笼头、鞴、攀胸、鞍带，所有的马具都小了，勉强才戴上。达尼库日勒心想："这马曾经就像野兔般大，但看来肯定会变得更大！"于是问那带胎记的白黄马："你在哪里杀死了我的兄弟扎恩布亦东，还有火焰枣红马？"那马回答他说："你的弟弟被施诅咒的黑老太婆希勒古鲁梅（Шиль-Гэльмэ，水晶阴影）用气咒诅咒了，她在火焰枣红马的四条腿上都拴上了铁架。她弄瞎了扎恩布亦东的眼睛并把他带走了。她把火焰枣红马关进了七十八层石屋里，把扎恩布亦东关进了七十八层的铁屋里。她拉出他的胳膊和腿用铁钩钉住，问三遍：你的家乡在哪里？你叫什么名字？你的兄弟是谁？"达尼库日勒随即喊道："我要到希勒古鲁梅的国家，把扎恩布亦东带回来！你可以摆脱这个老太婆的诅咒？"

说完，达尼库日勒跳上白黄马，到可汗父亲的门前说道："我的父亲，母亲，把我全部的盔甲给我吧"。"你要盔甲做什么呢？"父母问他。"我的扎恩布亦东，我的兄弟被施诅咒的黑老太婆希勒古鲁梅抓走了，正在用铁钩割他的肉。我去带回弟弟的尸骨！"达尼库日勒回答道。

他父亲和母亲都跑了出来，惊呼道："我们可怜的达尼库日勒！你在说什么？"然后他们抓住他的缰绳并开始恳求："要知道你说的那施诅咒的黑老太婆，一听到远处的声响就开始诅咒，从远处看去水就会干涸，岩石和树林就会碎裂！据说，这就是施诅咒的老太婆！三个国家——中层阳光普照之世界的国家、白信仰的天国和八龙之王的国家联合起来，在一年中举行了九十九个黑诅咒仪式来诅咒这个老太婆。就让扎恩布亦东死去吧，让他死去；让他干涸，让他枯萎！你别跟着他去，你不可以去死！"

"那既然她是如此不可战胜，我马上就回来，我去放一下马群！"达尼库日勒说道，放好马群后，他奔到一边喊道："我的可汗父亲和哈屯母亲，你们是多么无情，你们是多么黑心肠！我的兄弟朋友被蟒古思杀死了，我怎么能够独自活下来？你们现在怎么把我的剑给我？我去希勒古鲁梅的国家寻找白骨了！"说完，达尼库日勒狠狠地抽了白黄马的大腿，白黄马嘶鸣着奔向了希勒古鲁梅的国度。他的可汗父亲和哈屯母亲悲痛欲绝，惊呼道："我们亲手把自己唯一的儿子送进施诅咒的老太婆、黑蟒古思的嘴里，而且儿子手无寸铁地走了！"

达尼库日勒走得很快。途中白黄马对他说："如果我们这样拖延地走下去，会遇到九片无法穿越的黑食人海。在它之后，会有一片无法穿越的霍龙黄海和一片霍尔扎黄海。在它们之后有一座白色的悬崖，高耸入云，岩石上没有任何

150 裂缝。在它之后是六十丈深的坑洞,然后是刀剑长矛和铁钩林。要全部穿越它们是不可能的。如果你好好抽打我,我的身体发热,就不会受到那老太婆的诅咒。至于你能不能做到,你自己心里清楚!"于是达尼库日勒狠狠抽了自己的马,留下了小山般的伤疤,渗出马驹般大的血滴。带胎记的白黄马跳过了九片黑食人海,一下子越过了霍龙黄海和霍尔扎黄海,它灵巧地跳跃,连尾巴上一根汗毛都没被碰到。当他们紧接着飞奔时,白黄马踩着没有空隙、没有裂缝的岩石,迅速跃去。他们一下子跳过了六十丈深的可怕黑坑,并在刀枪铁钩林旁停了下来。

这时,达尼库日勒走到一位正拿着铁耙和铁篮拾粪的老妇人跟前。"老太婆,"达尼库日勒对她说,"给我指明穿过这灌木丛的道路吧!""你为什么要让我给你指路?不光是你,还有一个比你更好的勇士被那施诅咒的黑老太婆抓住,她用铁钩撕碎了他!你为什么跟着他去死?我曾是哈日达汗(Хараман-хан)的妻子,我中了那老妇的诅咒,现在我头上的头发变得像篮子一样,身体也消瘦得像燕子一样。现在我活得生不如死。"此时,扎恩布亦东的声音响彻天空,响彻大地;扎恩布亦东哭喊道:"我的可汗兄长,我等了你三个月,以为你是一位光荣的勇士。我只剩下一些骨头了,我红色的筋骨都已经断了,现在已经活不下去了!我以为白黄马跑得很快,但现在它已经迟了!"话音刚落,达尼库日勒就直接冲过了灌木丛。他的左马镫上挂着许多铁钩,众多公牛才能带得走;他的右马镫上挂着许多刀剑和长矛,众多公牛才能驮得走。他砍出了一条可以将整群牛赶走、让世代人在此游牧的大道。

151 达尼库日勒扔掉附着在马镫上的钩子,跳进了传出扎恩布亦东哭声的那个房子让白黄马撞破了房顶。在那房子里,三个黑蟒古思已经吃完了扎恩布亦东的肉,只剩下了一些骨头,试图了结他的性命。当达尼库日勒进屋后,三个黑蟒古思被勇士威武的外表所折服,被他的威严所折服,他们开始互相打量对方。然后达尼库日勒抓起扎恩布亦东的骨头开始往回走。于是白黄马对他说:"可怜的达尼库日勒!先试着摆脱黑妖婆的诅咒吧。用手抓住我的长鬃绕三圈,打我三下,然后对着我的双耳大喊!"

达尼库日勒抓住了鬃毛，用手绕了三圈，猛打了三下，又大喊了三声。白黄马冲上了屋顶。这时那施诅咒的黑妖婆骑着一匹胸前插着山一般大铁棍的棉白马，急匆匆地跑了过来。于是白黄马惊呼道："施诅咒的黑妖婆！如果我中了你的诅咒，让我的血肉被吸干，尾巴被割断！"说完这句话，它就冲了出去，扬起了厚厚的黑灰。施诅咒的黑妖婆惊呼道："在你到达九片黑食人海之前，看我不打断你的四根胫骨！"然后向它扑了过去。但达尼库日勒的白黄马完全没有屈服于那老妇的诅咒，奔向了自己的故乡。

清晨的时候，达尼库日勒踏上了回家的路，他很快到达了八千年路程之外的遥远国度，迎着傍晚黄色的晚霞，他带着扎恩布亦东的尸骨回到了父汗身边。"我的父母亲，"达尼库日勒喊道，"拿着扎恩布亦东的尸骨，不要让三个黑蟒古思来报复！"汗父亲走了出来，根本举不动勇士沉重的骨骸。达尼库日勒弯腰坐在马鞍上放下骨骸，下了马，举起骨骸，把它们搬进了宫帐里，放在了自己母亲的床上。他拿出了之前乌巴迪孙度母赐予的甘露，把它涂在了扎恩布亦东的骨头上，滴入扎恩布亦东的嘴里。于是皮、肉、血、血管、筋脉都恢复了，扎恩布亦东又活了过来。扎恩布亦东像受冷的骆驼一样踢了踢腿，一跃而起。

这时兄弟俩开始交谈，互相诉说着彼此的苦难和欢乐，感受到了幸福和安康。

当扎恩布亦东的骸骨被送来又复活之际，他们开始了一场欢乐的盛宴，他们欢乐了整整一纪。当他们如此欢乐时，扎恩布亦东说道："感谢可汗兄长的力量，我看到了最好的幸福。我怎能死去，怎能让我的火焰枣红马遭受各种折磨呢？"达尼库日勒回答他说："既然你兄长白黄马的四根胫骨完好无损，你兄长的腿和胳膊完好无损，就能把你的火焰枣红马带回来！你去给父亲的纳尔汗呼拉备鞍，骑上它！"说完这些，达尼库日勒收拾好自己的盔甲，骑上白黄马上了路。他领着兄弟爬上了最宏伟的库克贵杜勒杭爱的山巅，开始眺望，注视着一切，观察着中层阳光普照之世界的四州以及相邻的八州。他看到东北方升起了浓浓的黑尘，他听到了震耳欲聋的马蹄声。这时达尼库日勒心想："这尘土飞扬的原因是什么？是那施诅咒的黑老太婆正在靠近？是什么东西在靠近呢？"

这时扎恩布亦东说道:"真是不可思议!这黑尘不是敌人掀起的。它就像我的火焰枣红马曾经扬起的尘土!"说着,他骑上纳尔汗呼拉上路。这时,达尼库日勒骑在他那杭爱山般大的白黄马上,发出巨大响声,策马出发。

他们径直冲向那靠近的黑尘。那正是火焰枣红马朝他们飞奔过来,它的腿上缠绕着三十八对铁绊绳,心脏上刺着几百根枪尖,背上插着七十根箭镞。于是扎恩布亦东下了马,从火焰枣红马的腿上取下三十八对铁绊绳,从心脏里取出几百根枪尖。他从火焰枣红马的脊背上拔出七十根箭镞。他打开虎纹小袋,给马的伤口涂抹了雪白的灵药。于是马的疮口愈合了,伤口里的毒也流出了,美丽的火焰枣红马变得比以前更骏了。火焰枣红马开口说道:"可怜的达尼库日勒和扎恩布亦东!快点上路吧!那施诅咒的黑老太婆希勒古鲁梅带着她的三个蟒古思儿子,自离家以来已经迁徙了三次!我一想到没有你们的消息,万一发生些什么事,就扯断了八千勇士加在我身上的三十八对铁架,打倒了那些勇士,跳了出来,把七十八层的黑石屋砸得粉碎。""我亲爱的火焰枣红马!"扎恩布亦东感叹道,"既然你现在已经来了,那施诅咒的黑老妇希勒古鲁梅跟她的黑蟒古思孩子,就随他们去吧!"说罢,他骑上火焰枣红马,领着纳尔汗呼拉,和兄长一起回去了。在火焰枣红马回来之际,他们安排了一场欢乐的盛宴,所有人都欢庆了一番,欢欣鼓舞。

然后达尼库日勒说:"扎恩布亦东,你看着铜淡栗色马群!我去睡觉了,我要好好睡个饱觉!"他退到他那雄伟的白宫帐里,爬进深红毛绒被子里,拥抱着他亲爱的都仁格日勒,枕着黑绸枕头,像皮带一样伸展,脸红得像柽柳,睡着了。

而扎恩布亦东则骑上火焰枣红马,拖着叮当作响的、珍贵的六十丈铁青套马杆,朝着最宏伟的库克贵杜勒杭爱山出发了。

就在这美丽的夜色中,达尼库日勒在睡梦中被一阵喧闹声惊醒,他的铜淡栗色马群正在嘶鸣。他跳起来跑了出去,边跑边穿衣,跳上白黄马出发了。当他来到位于库克贵杜勒杭爱山阴坡的铜淡栗色马群时,只见一群身长五十丈、尾巴五十丈、鼻子五丈的青灰狼。这些狼抓走了七十匹两岁的马,杀死了十几匹骒马。马群被吓得嘶鸣起来，而正在打狼的扎恩布亦东也打坏了六十丈长的铁青套马杆。于是达尼库日勒大喊起来，喊声犹如三十三道雷汇成一道。狼群被达尼库日勒的声音吓到，纷纷远离了马群。

当黎明到来，天空泛白时，母狼号叫着开了口："我是不是应该用诅咒和咒语把你们两个，达尼库日勒和扎恩布亦东，还有你们的子孙后代都消灭掉？"她缓缓逼近。达尼库日勒对她喊道："难道我不应该在你逃到十片黑食人海之前，打断你这施诅咒的黑老妇的四根胫骨吗？"

他和扎恩布亦东一起冲了过去，将那些狼赶出了七十个月的路程。他们又分别打败了三只灰色的母狼，开始追赶灰母狼。当他们一起奔跑时，白黄马跑在了前面，而火焰枣红马则稍稍落后。于是达尼库日勒说道："我的扎恩布亦东，父亲常说白黄马的速度是所有马的七十倍，火焰枣红马的智慧是所有马的七十倍。你去追赶马群，我去追那头灰母狼！"

他抽了三次鞭子，打在白黄马的腿上，并冲向了母狼。没过一瞬间，他就追上了灰母狼。全力奔跑时，达尼库日勒用能分开骨肉的黑蟒古特鞭抽打了灰母狼，就这样从它的尾巴上把肉打了下来。灰母狼跳了起来，达尼库日勒的鞭子也打到了白黄马身上。"我可怜的白黄马，伤到了前腿！"达尼库日勒抚摸着马腿，感叹道。那灰母狼回头号叫着。白黄马的一条前腿上挂着碗口大的斑驳肉块，挂着喜鹊般大的黄色的皮。于是长着胎记的白黄马说："可怜的达尼库日勒，我们要先摆脱黑老妇的诅咒！我要用三条腿跃上前去，阻止她到达九片黑食人海！你从后面打死她！"

达尼库日勒骑在失去一条腿的白黄马上飞奔。白黄马收紧那条断腿，用三条腿向前奔去，挡住了灰母狼的去路。于是达尼库日勒从后面抽打灰母狼，把她粗壮的尾巴连骨头一起分开，将她打倒在地。她刚一倒下，三只金色的小鸟就从她的腹中飞了出来，飞向了天上的国度。

于是达尼库日勒显出了九十九种神奇本领：他拿走了天上的太阳，在鞍桥上竖起了膝盖骨大的黄色小太阳；他刮起了一千劫寒冷的黑风暴，三天三夜间，七十色的鸟儿都被冻僵了，它们来到那轮膝盖骨大的小太阳下取暖。然后黑羽

155 　　大鹏金翅鸟飞来了，它的右翼下伏着三只金色小鸟。达尼库日勒抓住它们，并将它们捏死。随后他把太阳归还给世界，停止了风暴，并让所有生灵都欢乐起来。他随后把那三只小鸟的尸体和灰母狼的尸体放在一起，生起山般大火，烧毁了一切。他铲除了受诅咒老妇的邪恶诅咒，洒下了灰烬，牛啃不到一根骨头，狐狸闻不到一点腥臭。

　　然后达尼库日勒奔回了家，到了家里，拿起锋利的黑长矛，将马鞍扔了下去，然后又来到能治愈皮肤、肉、血管、筋脉的八片甘露海，在中间的那片白甘露海旁，把长矛插进去，做成拴马柱，拴好自己的马，说道："治愈白黄马的前腿，让它痊愈！"

　　随后他跑回家，吃饱喝足，钻进那床深红色的毛绒被子里，拥抱着亲爱的都仁格日勒，枕着黑丝枕头，像皮带一样伸展，脸红得像柽柳，睡着了。就在那美丽的夜色中，他被百万神像、十省臣民和他父母亲发出的喧闹声震醒了。他环顾四周，发现雄伟的白宫帐不见了，他怀抱着的都仁格日勒也不见了。他跳起来跑了出去，想去找汗父，但他随即得知，有人掀起了七十多排的黑浓雾，带走了汗父，拽着哈屯母亲的右辫子，把她放在一峰白鼻黑公驼上掳走了。他得知亲爱的美女都仁格日勒被放在一峰缓慢的黑驼上，他得知所有盔甲和马鞍被装在了一峰健壮的黄驼上。

　　"难以忍受的不幸诅咒找到了我！这究竟是什么绝境？"达尼库日勒这样想着，并想去牵回他那匹白黄马。他开始寻找八片白甘露海，却在漆黑的浓雾中迷失了方向。一直到撞上了白黄马的臀，这才找到了它。他拿出长矛，夹在腋下，骑上自己的马，爬上了库克贵杜勒杭爱的山巅。他听到在库克贵杜勒杭爱山的西坡上，传来了剑的响声、弓和箭的声音，就像在收割谷物。他望过去，只见扎恩布亦东手无寸铁，正在八个黑蟒古思中间用棍子般大的钩子击打他们。

156 　　于是达尼库日勒喊道："我可怜的扎恩布亦东，快逃吧，保住你珍贵的性命！敌人来势凶猛！"但扎恩布亦东却什么也没听见，继续自顾自地打着。"我亲爱的兄弟，你可是没有武器啊！"达尼库日勒喊道，骑着那匹白黄马，就像落石一般，冲下了库克贵杜勒杭爱的山坡。他飞奔到那八个蟒古思的一侧，给自己劈开了一条道，用长矛挑起了八千蟒古思。然后他驰骋到布满石块的山坡上，把尸体丢在那里，回头再次攻击敌人，又用长矛挑起八千蟒古思，把它们扔在长满灌木丛的山坡上，自己则再次冲向敌人，用长矛挑起两排八千蟒古思和一百蟒古思。但这时长矛断成两截。"无法战胜的敌人出现了；前所未有的敌人向我走来了！"达尼库日勒心想，并向扎恩布亦东高呼让他回来。登上库克贵杜勒杭爱山巅后，达尼库日勒一看，只见扎恩布亦东洁白的胸膛之间，就在贴着胸膜的白色软骨处，戳着八千矛尖。扎恩布亦东手中没有了武器，他拔起七十根木头继续与蟒古思厮杀。正午时，扎恩布亦东的叫声中断了，他的眼睛闭上了，他的蛮力减弱了，他从火焰枣红马的背上滑了下来，摔倒在地，吃了一大口沙子，用手掌抓着地面。达尼库日勒看到这一幕，大吃一惊，他已穷尽了所有的办法和能力。

这时火焰枣红马拖着缰绳来到达尼库日勒的面前说道："可怜的达尼库日勒和白黄马！你们没得知消息。在此期间，莫尔根杜拉哈（Мерген-Дулхо，聪明的头盔）的八个黑蟒古思占领了我们。我们与死去的扎恩布亦东就要这样死去，我们与衰弱的扎恩布亦东就要这样衰弱！你们要想方设法在黑蟒古思们穿过九层铁桥之前，夺取那横跨九片黑食人海的九层铁桥。如果他们穿过九片黑食人海的九层铁桥，那就什么办法也没有了！"

于是达尼库日勒展示了他完美的九十九种神奇本领：他把自己变成了一只食指大的灰斑小鹰，把他的白黄马变成了燕子大的黑斑小鹰，把自己的长矛变成了多节的针茅。他从天上飞过，在莫尔根杜拉哈的八个黑蟒古思还没来得及靠近之前，就到达了九片黑食人海边。他占据了九层铁桥的入口，静静地等待着。这时驮运队伍靠近，为首的是灰毛、红得像生肉般、有着众多脑袋的蟒古思，他带着七十个脑袋的黑蟒古思铁匠，指挥驮运队伍的则是有十五个脑袋、面目狰狞的黑蟒古思。于是达尼库日勒用自己的矛杆把众多脑袋的灰毛蟒古思推下海，又把长着七十个脑袋的黑蟒古思铁匠推下海。他把长着十五个脑袋的的黑蟒古思扔进大海，用矛杆催赶了驮队。他把所有黑蟒古思都扔进了九片黑食人海，并对自己人发出命令："你们把驮运队伍带出来，召集臣民，把畜群安顿好！"然后达尼库日勒七天七夜不停地赶杀莫尔根杜拉哈的八个黑蟒古思，将他们淹死在九片黑食人海中。

当所有的驮运队伍和马车都聚过来时，达尼库日勒现出了原形，帮助父母亲下来。他用雪白的药膏涂抹父亲的伤口，父亲的伤口很快就痊愈了。随后他为父汗备好了纳尔汗呼拉，为哈屯母亲备好了色特尔泰巴德玛沙尔嘎，为亲爱的都仁格日勒备好了图布辛呼拉。然后他把自己所有的臣民全部召集起来，像过桥一样带领他们踏过黑蟒古思堆积如山的尸体，横渡了九片黑食人海。驮运队伍、臣民们日夜兼程，走了七天七夜，赶了回去。他们又回到了故乡的游牧地，各自安营扎寨，安顿了下来。所有人都开始欢呼雀跃，开始庆祝。

于是达尼库日勒说道："我那能预知未来九十九年之事、追溯过去九十九年之事的神奇母亲木森格日勒！哪里有灵丹妙药，哪里有能治好我扎恩布亦东的甘露？告诉我吧！我去寻找。"哈屯母亲木森格日勒对他说道："亲爱的达尼库日勒，你的扎恩布亦东死了三次。你可以让他免于两次死亡。现在他已无法摆脱命中注定的死亡，没有任何方法和良药可以救他。"于是，达尼库日勒说："好吧！你们好好生活，不要失去平静美好的国家，在光荣寺庙的环绕下好好生活！而我要去为扎恩布亦东寻找救活他的方法和药物！我将一直寻找，直到我的躯体在漂泊彷徨中死去，直到我的骏马在憔悴中死去！如果找到了，我就回来；如果我找不到，那么请知晓，我就会死在那里！"说完这些，达尼库日勒往怀里揣了八十万两黄金和南吉班丹哈达，祝愿父汗和哈屯母亲幸福安康，想即刻出发，但他母亲却说道："我亲爱的达尼库日勒！去乌巴迪孙度母那里寻找一种甘露，让你亲爱的弟弟苏醒过来！去找天上的喇嘛佛陀上师吧！他们可能会指点你！你就照做吧！""好吧！"达尼库日勒说着，收拾好自己的盔甲，跳上那巨大杭爱山般的白黄马，迎着清晨的太阳疾驰而去。

他启程前往乌巴迪孙度母那里，正午时分黄日当空时，他抵达了八千年路程之外的乌巴迪孙度母那里。乌巴迪孙度母预知了他的到来，并说道："达尼库日勒正在赶来，他还记得我，是有什么事发生了吗？"这时达尼库日勒跑了进来，向她鞠了九九八十一躬，跪了九九八十一下，接受了祝福，获得了慈悲的庇护。乌巴迪孙度母用金杯盛了甘露赐给他，他接过甘露，喝了三口，然后又把金杯恢复装满，放回了原处。

之后达尼库日勒说道："我的乌巴迪孙度母！我在与八龙之王的战斗中，给自己找了一位光荣的兄弟，他的名字叫扎恩布亦东。这个扎恩布亦东在我毫无他音讯的时候被杀了，是被来找我们的莫尔根杜拉哈的八个黑蟒古思给杀死的。如果有什么药能让我的扎恩布亦东复活，请赐给我吧！如果您这里没有，请告诉我在哪里可以找到。"乌巴迪孙度母对他说："你的扎恩布亦东是个已经死了三次的人！你可以救他两次；但现在却没有任何药或办法使他免于这次不可避免的死亡。如果当真有这样的解药，那也只能是住在天地交汇处另一端的库吉库日勒汗（Кюджи-Кюрюль-хан，芬芳香铜汗）的女儿奇布度母（Киб-Дара-еке）那里有这样的药。但如果她没有，那么其他人也不会有。你们白天、晚上都有战争的原因是：一开始，你骑着火焰枣红马开辟道路后，又骑着一匹白黄的马。然后你粉碎了龙王的山，干涸了他的水源，殴打了他的子民，用武力俘虏了美丽的都仁格日勒。正因为这些行径，你们才会不断遇到敌人。快把都仁格日勒送回去，和她离婚！"达尼库日勒回答并问道："我会把都仁格日勒送回到她父母身边，但我一定要做喇嘛、噶伦、沙弥吗？我该怎么办？"乌巴迪孙度母说道："你要和美人都仁格日勒离婚，在距离你们游牧地遥远的南方，住着十五岁的美丽姑娘阿丽雅明达顺（Аля-Миндасун，淘气的线），她是牧牛人的女儿，是希勒托戈斯汗（Шиль-Тогос-хан，水晶孔雀汗）的女儿孟德尔苏布顺（Мэндр-Субсун，珍珠冰雹）的仆人。如果你娶了阿丽雅明达顺为妻，你将与你的子孙后代永远幸福快乐，万古长青，富贵显荣，不知贫穷，达到无上的幸福极乐！"

"好吧，"达尼库日勒回答道，"我的乌巴迪孙度母！祝你吉祥如意！"他出门上路了。正午的太阳已经升上天空的时候，他飞奔去找八千年路程之外的喇嘛佛祖上师。当第一颗星出现时，达尼库日勒到达了佛祖上师那里，下了马。他跑到喇嘛面前，叩了九九八十一次头，跪了九九八十一次，接受了祝福，获得了慈悲的庇护。他接过喇嘛赐给他的金器甘露，喝了三口，又把金器装满，放回原处。然后达尼库日勒报告说:"我仁慈的喇嘛佛祖上师!我亲爱的扎恩布亦东,我的兄弟,被莫尔根杜拉哈的八个黑蟒古思杀死了。我这是来向您求助,希望您能赐予我一种药,让他苏醒过来。"这时佛祖对他说道:"你的扎恩布亦东已经死了三次。你可以救他两次。现在如果有一种药能使他免于这命中注定的死亡,那就应该在库吉库日勒汗的女儿,美丽的奇布那里找得到。但她的国家很远,据说路上有很多敌人。达尼库日勒!你没有一天看到快乐,没有一晚看到幸福,敌人白天来找你,晚上也来找你,这是因为:最初你骑了一匹不适合你的马,而且走了错误的方向。然后你粉碎了八龙之王的山,干涸了他的水源,殴打了他的子民,并用武力夺走了美丽的都仁格日勒。这就是为什么你树敌无数的原因!快把美丽的都仁格日勒还回去,和她离婚吧!"于是达尼库日勒问道:"如果我把美丽的都仁格日勒还回去,我要做喇嘛、噶伦、沙弥吗?我该怎么办?"佛祖上师告诉他:"在遥远的南方住着一位老牧牛人的女儿,十五岁的阿丽雅明达顺,是希勒托戈斯汗的女儿,美丽的孟德尔苏布顺的仆人。如果你和都仁格日勒离婚,与阿丽雅明达顺在一起,你就会和你的后代永远幸福快乐,万古长青,富贵显荣,不知贫穷。""好吧,佛祖上师,"达尼库日勒说道,"我将寻找治疗的方法和药物,让我的扎恩布亦东复活,直到我的骏马死去,直到我这身体死去!祝您吉祥如意!"说完这句,他便上了路,这时已繁星点点。

达尼库日勒朝着奇布度母的方向出发了,他驰骋着,计划好了去遥远南方的路。当他来到天地相接的地方时,却发现根本无法穿越此地。达尼库日勒下了马,点燃了十三炷香,鞠了躬,并堆起了金山和银山。然后他踩着这两座山,爬了上去穿过了交汇处,继续向前奔去。他必须经过两大群哨兵。午夜时分,这些哨兵听到了声音,走到他跟前盘问,并准备与达尼库日勒打斗。他们宣称:"根据命令,无论谁来,无论从哪里来到奇布度母的国度,我们都要与之战斗。我们要战斗到摇篮里的孩子老去为止,战斗到孩子的头发发白为止;我们要战斗到铁马镫的绳套磨损殆尽为止。无论如何我们都要打败你!"战士们像黑夜一样蜂拥而上,像蚂蚁一样一个接着一个。

达尼库日勒心想:"我一边走着,一边想着奇布度母,这样根本不可能打败她安置的哨兵。无法用狡猾手段绕过他们,也无法在与他们战斗时绕过!我要试着直接冲过去!"他这样想着,一鞭子抽在了白黄马的大腿上,留下了小山般的伤痕,打出了马驹般的血块,飞奔而去。在众多的哨兵战士中,八千战士倒在了白黄马的脚下,被踩踏而过。达尼库日勒飞奔了出去,继续赶路。

当黎明泛白时,香烛的气味弥漫开来。地上的草,珍贵的库沙草,生长在檀香和椿树间的草,随着宗喀巴上师赞的旋律荡漾开来。各色的鸟儿发出不同的鸣叫,金银的山峦闪闪发光,牛奶河和油河在西南方流淌。达尼库日勒看到这一切,变暗的额头明亮起来,阴暗的胸膛明晰起来,他觉得自己的力量和智慧比以前强大了十三倍。

奇布度母预知了他的到来并说道:"从来没有任何地方的任何生灵从八年路程之外的地方来到我们这里。这究竟是什么人在靠近?我们的库吉库日勒汗以前曾告诉过我们,只有达赖汗骑着纳尔汗呼拉从中层阳光普照之世界来到过这里。如果来的不是达赖汗,那么很可能是他的某个亲戚。"

这时达尼库日勒也赶到了,他下了马,拿出一支箭插在地上,然后把自己的盔甲和武器都挂在了箭上。随后他跑到了奇布度母面前,叩了九九八十一个头,跪了九九八十一次,接受了祝福,获得了慈悲的庇护。

他接过金器盛着的甘露,喝了三口,把金器装满放回原处。他变暗的胸膛变得明亮起来,力量和智慧也增加了十三倍。达尼库日勒随后从怀里掏出长八十八丈的南吉班丹哈达,掏出八十万两黄金,献给了奇布度母并向她说道:"奇布度母!我来找您的原因是:我有一个光荣的弟弟,他叫扎恩布亦东。在我毫无他音讯的时候,莫尔根杜拉哈的八个黑蟒古思杀死了我那没有武器和盔甲的弟弟。我向您求助,希望您能赐予我一种药,能够让他苏醒过来!"奇布度母回答他说:"来自遥远国度、遇到恶敌的可汗兄弟!我有办法让你弟弟苏醒过来。毕竟,你从小就没有享受过白天和黑夜的幸福,一直在与敌人交战。首先,你骑错了马,走错了方向,然后又用武力夺走了八龙之王的女儿都仁格日勒。这样你的敌人就无穷无尽。把都仁格日勒送回去吧。在距离你们游牧地遥远的南方，住着一位老牧牛人的女儿，十五岁的阿丽雅明达顺，她是希勒托戈斯汗的女儿美丽的孟德尔苏布顺的仆人。如果你与都仁格日勒离婚，娶阿丽雅明达顺为妻，你们将永远幸福快乐，万古长青，富贵显荣，不知贫穷！"

达尼库日勒按照规矩接受了指示并坐了下来。然后，奇布度母命令给他在七十人都抬不起来的斑纹碗里倒七十三次阿尔扎红酒。达尼库日勒饮了一碗又一碗。随后奇布度母将三粒药丸放入金器中，并用七十八道印封好。她把东西交给达尼库日勒，说道："回去吧，好好保管这个！把它滴在扎恩布亦东的伤口上，把药丸放进他的嘴里，他就会活过来。剩下的就给你的后代们留下吧！"达尼库日勒接过了度母赐予的金器，祝愿度母吉祥安康，正准备离开。这时奇布度母对他说："兄弟！现在太匆忙了，所以没能好好地招待你。以后再来找我们吧，我们会好好招待你。你来的时候，打伤了一些我们的哨兵。回去的时候，走金银山右坡三条路中间的那条路吧。你父亲的纳尔汗呼拉的蹄印据说就在那里。如果你骑马去那里，天地就不会很快相聚合！"

"好的！"达尼库日勒说着就跑了出去，跳上了自己那匹长着胎记、杭爱山般大的白黄马，沿着金银山西坡三条路中间的那条骑了下去。他沿着纳尔汗呼拉留下的蹄印飞奔了过去。他飞驰了一天，飞驰了整夜，白黄马的躯体和胸膛都变得滚烫，耳窝也冒出了汗水。

天上的曙光三度变红，地上的曙光三度变黄，蔚蓝的长生天摇晃，金色的地表颤抖。达尼库日勒来到自己伟大游牧地的边缘，来到了扎恩布亦东的尸体旁。火焰枣红马用尾巴扫着他的尸体，不让苍蝇飞来糟蹋，不让蚊子落脚，它挡着太阳的光给他乘凉，迎着清风站着为他挡风。达尼库日勒飞驰赶来，下了马，抬起扎恩布亦东那祭品般又黑又圆的头，把奇布度母赐予的盛有甘露的金器送到他嘴边，三次将药丸放进了他嘴里，用甘露涂抹了三次他的胸膛。然后扎恩布亦东踢了踢腿，就像一峰雄驼般纵身一跃，站了起来。他搂住兄长的脖子，三次失去知觉，又三次清醒过来。当扎恩布亦东恢复过来时说："我的兄长，让弟弟苏醒的兄长！不是这样吗？"他像豹子那般笑，像野马那般笑，然后放开了达尼库日勒的脖子。

他们谈论了战争发生和敌人来临时的情况，然后他们骑着光荣的战马出发，来到了达尼库日勒汗父的宫帐前，下了马走了进去。他们向汗父亲和哈屯母亲问了好，讲述了这次旅行的情况，讲述了所有好事和坏事，以及发生在他们身上的一切。他们拿起酒水和菜肴，在扎恩布亦东复活之际，开启了一场欢乐的盛宴，开始庆祝。

在那场盛宴中，达尼库日勒喝得酩酊大醉，被美酒迷昏了头，大声叫道："我的父亲，我的母亲，我亲爱的扎恩布亦东，你们都听好了！我郑重地告诉你们！从我来到这个世上到现在，到我满七岁，没有一天看到过快乐，也没有一夜看到过幸福。白天面对敌人，晚上还是敌人。这是因为一开始，我就骑着一匹不适合我的马，走了错误的方向。后来，我破坏了八龙之王的国家，殴打了他所有的人民，用武力掳走了美丽的都仁格日勒。就因为这样，这就是敌人出现的原因。如果把都仁格日勒送回去，迎娶住在遥远南方的老牧牛人的女儿，希勒托戈斯汗的女儿孟德尔苏布顺公主的仆人，十五岁的阿丽雅明达顺为妻，那么子孙后代就会永远幸福快乐，万古长青，富贵显荣，不知贫穷。乌巴迪孙度母、天上的喇嘛佛祖上师和库吉库日勒汗的女儿奇布度母都这么告诉过我。现在就送都仁格日勒回家吧！"这时汗父亲、哈屯母亲和他亲爱的弟弟扎恩布亦东都惊呼道："都仁格日勒有什么不好的吗？你觉得她的美貌不好吗，她的脾气不好吗？你怎么会有这样糊涂的想法？你怎么能把都仁格日勒送回去呢？"达尼库日勒于是说道："如果你们想把都仁格日勒送回去，那就把她送回去；如果你们想留住她，那就留下她。但我不会接受她！"

于是达尼库日勒开始白天待在汗父那里，到了晚上也在汗父那里休息，不再进入他那雄伟的白色宫帐。晚上他在大汗父亲那里睡了一觉，做了一个噩梦：七十九名库日勒洪霍（Кюрюль-Хонгхо，铜钟）的光荣勇士来了，占领了他的四个兄弟希勒芒乃、希勒纳布奇、库日勒陶利、浩芒库的游牧地。达尼库日勒向自己的父汗讲了这个梦。达赖汗说道："达尼库日勒的梦是睿智的预言之梦；这是真的——他们已经占领了那些领地！听说七十九位英雄中的第一位是最优秀的英雄库日勒洪霍，比你达尼库日勒和扎恩布亦东强大十倍，最后一位英雄比你强大三倍。就是这些英雄。他们第一的好马比你那巨大杭爱山般的白黄马和火焰枣红马强大九倍，你们不要因为自己的四个兄弟而失去珍贵的生命！"

达尼库日勒此时稍稍有些泄气，但扎恩布亦东接着说道："如果人们说库日勒洪霍的七十九位英雄吞占了达尼库日勒和扎恩布亦东的四兄弟，那他们就不会忘记我们俩。无论好坏，他们都是我们的兄长。让我们去找他们吧，打败七十九位库日勒洪霍的英雄，斩断他们的血脉，洒下他们的骨灰！让我们把剩下的东西当作战利品带回来吧！就应该这样吧？"达尼库日勒惊呼道："是的，该这样做！无论如何，黑夜之梦终究是不可靠的！让我们去看看吧！"他们拿上自己所有的盔甲，骑上骁勇善战的战马，向着希勒芒乃、希勒纳布奇、库日勒陶利和浩芒库的游牧地出发了。

当他们骑马下山时，看到所有的牧场都荒草丛生，粪便已经干透，所有的东西都被当作战利品运往了西北。勇士们站在那里仔细观察，只见檀香树的细枝上绑着一封黄色的信。扎恩布亦东拿下信开始阅读，发现是希勒芒乃和他的兄弟们写的。他们这样写道："七十九位库日勒洪霍的光荣英雄已经吞占了我们。你们，我们的弟弟，不要因为担心我们这些哥哥而来找我们！你们会丢掉性命的！"扎恩布亦东读完信后心想："如果一位勇士诞生，那他的脖颈得比普通人强壮多少？！如果光荣的勇士诞生，他的肩膀得比普通人宽阔多少？！"然后撕掉了信。随后达尼库日勒和扎恩布亦东循着七十九位库日勒洪霍光荣英雄的足迹出发了。

他们飞奔了一整天，然后达尼库日勒看到了马蹄印："我的扎恩布亦东！停一停，看呐！"达尼库日勒喊道。他让火焰枣红马踩在那个蹄印上，它的蹄子在那个蹄印中间就像一岁小马驹的蹄子般消失了；他让白黄马踩在那个蹄印上，它的蹄子在那个蹄印中间像两岁小马驹的蹄子般消失了。达尼库日勒惊呆了，扎恩布亦东却说道："这是生长在沙水之间荒无人烟之地的黑牛，看到它的蹄印时有什么可惊讶的呢？"他拉了拉火焰枣红马的缰绳，敲了敲血淋淋的黄牙，鞭打了它的大腿，敲了敲它黝黑的胫骨，飞奔而去。达尼库日勒心想："我亲爱的扎恩布亦东经历了三次死亡，现在他的内心更加坚强，勇气更加坚毅了"。他骑着白黄马,策马扬鞭飞驰而去。他们驰骋起来,两匹马齐头并进,驰骋得蔚蓝的长生天摇晃起来,金色的大地颤抖起来。他们驰骋着,撼动着山石,马匹小跑,踏开大小石头。此时此刻,他们到了库日勒洪霍七十九位光荣英雄游牧地的南端,登上了长满檀香林、连鸟儿都未曾尝试落脚的黑色山峰的山巅。

达尼库日勒和扎恩布亦东开始眺望,他们发现希勒芒乃和他的兄弟们被留在了游牧地的北端,在流经峡谷的黑河上游;他们看到库日勒洪霍七十九位光荣英雄的巨大象白淡黄马正带着马鞍和笼头旋转跳跃着。扎恩布亦东说:"可汗兄长,让我们从这群比头发还多、已经遍布这座黑山阴坡的淡栗色马群中牵出七百四十匹骒马,把它们烤熟了吃吧!然后我们再睡一会儿吧!"达尼库日勒同意了,他们到了山的阴坡,抓了三百七十匹又三百七十匹,共七百四十匹骒马。他们用落叶松树做了四个扦子,把肉放在上面生火开烤。他们从自己的马上卸下马鞍,把马拴起来,枕着马鞍,把鞍垫铺在身下,像皮带一样伸展,脸红得像柽柳并睡着了。

就在他们这样熟睡的时候,给库日勒洪霍放马的牧马人中最优秀的老人阿克萨哈勒(白胡子)看到了两位英雄。他走近一看,才知道两位英雄把七百四十匹骒马架在扦子上烤,自己却睡着了。于是走近他们,大声喊道:"愚蠢的傻瓜们,你们把那鸟都未曾敢落下的山阴坡上游荡的七百四十匹骒马抓走,烤了它们自己还睡着了!快点起来!"但两位英雄并没有醒来。然后阿克萨哈勒拿着珍贵的六十丈铁青马杆,用把子敲打两位英雄中年轻的那一个。马杆的把子都弯曲了,他就这样敲打,但英雄没有醒来。"我睡得这么香甜,饿了的跳蚤咬不咬我又有什么关系呢?"英雄嘟囔着,翻了个身继续睡。库日勒洪霍的牧马人听到后,脸色煞白,神色大变,心都在狂跳。他骑着敏捷的淡栗色骏马离开了,回到家后大声喊道:"库日勒洪霍的七十九位英雄!让你们的山倒下,让你们的水干涸的人来了!来了两位英雄;他们烤了七百四十匹骒马,现在正在睡觉。我用铁马杆的把子敲打他们的头,想把他们叫醒,但怎么也叫不醒。年轻的那位英雄在睡梦中说:我睡得这么香甜,饿了的跳蚤咬不咬我又有什么关系呢?他翻了个身,继续睡。不可能发生的事情发生了,从未有过的事发生了!"

库日勒洪霍的七十九位英雄说:"可恶的希勒芒乃、希勒纳布奇、库日勒陶利、浩芒库白天不停地念叨着,达尼库日勒、扎恩布亦东,晚上不停地念叨着,达尼库日勒、扎恩布亦东!可能那两人来到了这里。让我们在日光下与他们决一死战!"之后,七十九位英雄分别挑选了不同的战士,拿上了自己的盔甲。他们朝着檀香林密布的黑山阴坡出发,将达尼库日勒和扎恩布亦东围了足足七十九层,并大声喊道:"愚蠢的笨蛋,你们把在那鸟都未曾敢落下的山阴坡游荡的淡栗色马群中的骠马抓走,烤了它们的笨蛋!快点起来!趁太阳初起,趁你正值年少,让我们耍玩耍玩!"

众多英雄的声音叫醒了达尼库日勒和扎恩布亦东,他们缓缓起身,不慌不忙地穿好衣服,吃了七百四十匹骠马的肉,将自己的马备好,穿上所有的盔甲,拿上所有的武器,骑上了马。扎恩布亦东高声喊道:"库日勒洪霍七十九位光荣的英雄!你们是要像真正的英雄一样一个接着一个战斗,还是要像狗一样一起冲上来战斗?""如果要死,我们一起死;如果要活,我们一起活!"英雄们大喊着,全部冲向了达尼库日勒和扎恩布亦东。于是火焰枣红马说道:"达尼库日勒,扎恩布亦东,快逃!如果他们不仅用七十支刀枪,还用七十根棍棒打我们,就会要了我们的命!"

扎恩布亦东和达尼库日勒厮杀了一阵,逃向了自己的游牧地。七十九位英雄以为他们害怕了,便开始追赶他们。当他们走出七十九个月的距离后,达尼库日勒回头一看,库日勒洪霍的英雄们一个个地向他们追来。"我的扎恩布亦东,"达尼库日勒说,"你回去独自战斗吧!"扎恩布亦东同意了,把锋利的黑钢剑扛在肩上,大喝一声冲向了敌人。他将第一个勇士连人带马砍倒了,又连人带马接连砍倒了后面的勇士。他又砍倒了七十七个勇士,堵住了山口。他与最后一位英雄交战,打了七次都没能取胜,他们谁也战胜不了谁。而达尼库日勒坐在一旁看了又看。

就这样,扎恩布亦东和英雄在无法战胜对方的情况下战斗了十五天。到了最后,扎恩布亦东生气了:"为什么要和这个傻瓜浪费几天的时间呢?"他心想。他从马上跳了下来，把那英雄从马上拖下来摔在地上，紧紧地抱住他，然后抓住他两条腿，把他的头狠狠地砸在地上。最后扎恩布亦东踩着勇士的胸膛，扯下了他的头颅，敬献给了天界的八个国度。随后把他的心脏连同主脉一起扯了出来，献给下面龙界的七十七位龙王。然后他将勇士的尸体焚烧殆尽，牛啃不到一根骨头，狐狸闻不到一点腥臭。

希勒芒乃、希勒纳布奇、库日勒陶利、浩芒库跑来，他们搂住扎恩布亦东强壮美丽的脖子，亲吻他暗红的脸颊。"世界上的伟大英雄，哪里还有能与我们扎恩布亦东相提并论的人！世界上从未诞生过如此光荣的英雄！"就在他们谈论着自己的悲伤和委屈时，达尼库日勒来了，六位英雄聚在一起开始交谈。"好吧，"扎恩布亦东说，"我的兄长们，你们带着库日勒洪霍七十九位光荣勇士的众多财产，回到你们的故乡去吧！我们两个也会尽快返回！"于是四兄弟回答说："我们会带走财物，但不会返回故乡。拿了库日勒洪霍的财物后，我们会搬到两位小兄弟附近，我们将一起享乐。""好吧，就这么办！"扎恩布亦东和达尼库日勒赞叹道。

随后达尼库日勒和扎恩布亦东骑上了自己的骏马，前往自己伟大的游牧地，返回了家乡。希勒芒奈、希勒纳布奇、库日勒陶利、浩芒库收集了库日勒洪霍的财产，在骆驼上装满金银和各种珠宝，驱使他们的臣民赶着畜群迁徙。他们上路了，一路上喧闹骚动。他们白天不休息，晚上也不睡觉，一直走着；他们不顾阴天，不找掩蔽，匆匆赶路；他们不顾烈日，不找阴凉，匆匆赶路；他们不顾晴天，不辞劳苦，匆匆赶路，不顾烈日当空，不找阴凉，匆匆赶路。他们毫无拖延地行进了一个月，来到了达赖汗的领地，将自己的财产与库日勒洪霍的勇士们的财产合并在一起。他们把臣民和畜群安置在营地和牧场，开始了幸福的生活。在达赖汗那里，大家举办了一场欢乐的宴会，所有人都热烈庆祝。

在这盛宴中，达尼库日勒说："我的四个兄弟，你们还没有听说过这件事。当我什么也听不见什么也看不见的时候，莫尔根杜拉哈的八个黑蟒古思来了，占领了我们的游牧地，杀死了我的弟弟。之后我去寻找能让扎恩布亦东复活的药。乌巴迪孙度母、天上的喇嘛佛祖上师和库吉库日勒汗的女儿奇布度母都告诉我：你们赶快把你的都仁格日勒送回去！送回了都仁格日勒之后，如果你迎娶住在遥远南方的老牧牛人的女儿，希勒托戈斯汗的女儿孟德尔苏布顺公主的仆人，十五岁的美女阿丽雅明达顺为妻，那么你的子孙后代就会永远幸福快乐，万古长青，富贵显荣，不知贫穷。"希勒芒乃和他的兄弟们问道："达尼库日勒，你认为都仁格日勒的性情有什么不好，她的魅力有什么不好？哪里还有像都仁格日勒这样脾气性格和行为举止都稳重的美人？"达尼库日勒回答说："这不是我的想法、愿望和感觉！度母、佛祖上师就是这么告诉我的。如果你们要送她回去，那就送回去；如果你们想留下她，那就留下她吧！但我不会接受她！"

达尼库日勒不论白天晚上都留在父亲身边。白天，他就坐在父亲家，晚上，他就睡在父亲家。于是达赖汗、木森格日勒哈屯、扎恩布亦东、希勒芒乃、希勒纳布奇、库日勒陶利、浩芒库等人聚集在一起，做出了一个决定："既然达尼库日勒不愿意接受都仁格日勒，那现在就把她交还给她的父亲吧！"他们还决定了分给她的那份财产。然后把都仁格日勒请到达赖汗跟前，给她倒茶，对她说："都仁格日勒，乌巴迪孙度母、天上的喇嘛佛祖上师和库吉库日勒汗的女儿奇布度母都说了关于你的事，说有必要把你送回家。现在就投入你父母的怀抱吧，回去过上富足幸福的生活吧！骑上扎恩布亦东的坐骑火焰枣红马回去吧，骑上这匹马，带上八千匹白野马！去吧，命令十万僧侣给你洗脸洗手，把我们的一些子民作为你的臣民，带着雄伟的白宫帐和所有家什回家吧！"达赖汗和木森格日勒哈屯说完这些话，又将金毡哈达、金锦缎披肩、马头大的白水晶宝石和马头大的黄冰糖各准备了四件送给了她。他们亲吻她的左右脸颊，抚摸她，爱抚她。"好好地回去吧！"他们说。都仁格日勒温柔的黑眼睛里流下了四岁绵羊般大的黑眼泪，然后她走了出去。

于是他们给她分配了寺庙和臣民，挑选了营帐，分给了牲畜，把驮运骆驼都拴好。分配并安置好僧众、臣民、马匹并拴好骆驼后，达赖汗对扎恩布亦东说："你骑上你汗兄的白黄马，送走都仁格日勒，把马群放到牧场，安置好寺院、臣民，然后回来。""好的。"扎恩布亦东回答道，他拆下了雄伟的白宫帐，分好驮包，拆下了毡包和臣民们的物品，把驮包装上了骆驼。都仁格日勒雄伟的白宫帐被拆散装在了七十峰白鼻黑驼上,安置好驮运队伍后,人们就陆续出发了。骆驼嗥叫着,年轻人唱着歌,美丽的都仁格日勒骑在火焰枣红马上大声哭泣,走在驮运队伍的最后面。扎恩布亦东骑着白黄马出发了,当驮运队伍聚齐了,他出来指路。他带着驮运队伍,沿着最伟大的库克贵杜勒杭爱山的山坡,穿过宽广美丽的黄色大草原,带着他们沿着白色岩石山的山坡走去。他们走着,白天不休息,晚上不睡觉;他们走着,无视阴沉的白天,不找遮蔽;他们走着,不顾烈日当空,不找阴凉。于是都仁格日勒说道:"我的扎恩布亦东,据说回去的姑娘走在最前,到来的姑娘走在最后。我先回去吧。"扎恩布亦东同意了,并和都仁格日勒一起走了。他们来到八龙之王的游牧地,在都仁格日勒的父亲八龙之王的宫帐前下了马,走了进去。他们向都仁格日勒的父母问了好,献给他们洁白的哈达,并坐了下来。扎恩布亦东开口说道:"八龙之王!你一开始就惹怒了我的长兄,由于过去的邪恶和不幸,战争在我们这儿一天都没断过,我们也没有过一天和平与幸福。现在已经完全不可能了,我把他们决定休归给您的都仁格日勒给带回来了。你接受了都仁格日勒,是要让她坐在尊贵的位置,把她当作布尔汗一样尊敬,还是让她坐在门口,把她当作仆人?"八龙之王回答道:"之前我是这样想的,之后我也没有放弃过深思熟虑。你说,我们十月怀胎的孩子,家里还没有足够的地方容纳她吗?你说的都是傻话,孩子!"他理所当然地接受了都仁格日勒,提供了丰盛的食物,并谈论了所有的情况。而扎恩布亦东则去分配寺院和臣民。在距离八龙之王一个月路程远的地方,人们给都仁格日勒建造了宏伟的宫帐,设立了寺院,安置了所有臣民。扎恩布亦东把八千匹白野马安置在了牧场上,他在牧场上日夜值守,过了七天,驯服了八千匹白野马,使它们不再离开那个地方。当扎恩布亦东要回家时,都仁格日勒送给他十五丈长的金毡哈达、一块金锦缎帕子、一颗马头大的水晶宝石和一块马头大的冰糖。她说道:"如果我是个勇士,我愿意上阵杀敌,我愿意见识一下你火焰枣红马的速度!在汗父赐予我的八千匹白野马中,也许会有一匹适合我。把你的火焰枣红马牵回去吧,骑着它迎战敌人,享受它的迅捷吧!"扎恩布亦东大喜,高兴地从怀里拿出八十八丈长的南吉班丹哈达,献给了都仁格日勒,

171 并说道:"我接受这匹火焰枣红马!我的嫂子,祝您平安吉祥!"话音刚落,扎恩布亦东就骑着白黄马,领着他的火焰枣红马跑了出去。白黄马生得威武迅猛,因此它把最宏伟的库克贵杜勒杭爱山撼动了三次,三次将其摇动得倾斜。扎恩布亦东回到汗父亲那里。他拴好马,跑进屋里,向父母亲问好。他详细讲述了旅途中发生的一切,吃了美味佳肴。然后他对自己的可汗兄长说:"我出现并解决了人们无法解决的都仁格日勒,我出现并赶走了人们无法赶走的都仁格日勒,我出现并摆脱了他们无法摆脱的都仁格日勒!现在你打算娶美丽的天仙度母为妻吗?还是要娶一个女奴?让我们去找她吧!"他愤怒地说道。达尼库日勒回答他说:"我亲爱的孩子,我的兄弟,如果这是命运,那么不仅是一个女奴,即使只是一个普通的仆役,也是无可奈何的。"天色已晚,父亲、母亲和兄弟们都睡着了。午夜时分,当所有人都进入梦乡时,一只悦耳的夜莺开始鸣叫歌唱。达尼库日勒听到了,跑到外面一看,一只美丽的夜莺正在大檀树顶上唱歌。达尼库日勒对它说道:"你是什么夜莺,你有什么需要?告诉我你需要什么,不要让我的可汗父亲听到,不要让我的哈屯母亲看到!"这时,夜莺飞下来,化身为一位身材苗条的美人,她梳着一百零八条辫子,发髻整齐,镜面的珍珠耳环遮住了她红润的脸颊。她向达尼库日勒献上了八十八丈的南吉班丹哈达,并说道:"希勒托戈斯汗的女儿孟德尔苏布顺美女派我来找您:来了三个黑蟒古思,他们三兄弟想用武力把我带走。请您一定要过来,把我从那三个黑蟒古思手中解救出来。人们说您,我的兄长充满了魔力,充满了雄狮般的力量,您拥有可怕而强大的力量。"达尼库日勒回答她说:"现在已到午夜。回去吧,就说我明天正午时会到达"。美女反驳他说:"我已经飞了五天五夜,走了九十九年的距离。在明天正午之前我是没法回去的。"达尼库日勒回答说:"别担心,孩子,

172 我有办法送你!"说罢,他从白黄马的尾巴和鬃毛上各拔下一根毛,打了个结,拿到白黄马的鼻子上,让它吹了口气,随后一匹白黄马就立刻出现了,它摇动着缰绳,马鞍叮当作响。达尼库日勒让美女骑上这匹马并说道:"你回家后,把这匹马放走!然后说我明天正午的时候就到。"白马驮起她,把她送回了故乡,而她怎么也抓不住马,无法坐稳,她害怕向前向后、向这边向那边摔倒,她紧

紧抓住马,寻找着支撑。

达尼库日勒小心翼翼地走进宫帐,收拾好自己所有的盔甲,出门骑上白黄马就离开了。他一步步走到自己游牧地的边缘,又从那里向前飞驰而去。当清晨的黄太阳升起时,他看到自己正在进入希勒托戈斯汗的游牧地。他看到这位汗领地的北边,无数红公牛散落在长满青草的大草原上。在更远的北方,他看到长长的黑毡包直冲云霄。于是达尼库日勒把自己的骏马变成了一匹糟糕的浅黄色小马驹,而把自己变成了穿着长袍的瘦小男孩。他骑着马,拍打着小马驹的腿,一路噔噔噔小跑到那长长的黑毡包前,下了马走了进去。原来那是希勒托戈斯汗老牧牛人的毡包。这天小牛犊出生了,初乳刚挤好,装满了五个带把手的青铜大锅,正在火上煮。就在这时,一个瘦弱的男孩走了进来。他向老人和老妇人问了好、问了安并坐了下来。于是老牧牛人问他道:"你应该是从遥远的国度而来,你一定和邪恶的敌人战斗过,黄毛男孩!你伟大的游牧地在哪里,你伟大尊贵的名字叫什么?""我是腾格里汗的放驼人,"男孩回答道,"我丢失了三峰还未带鼻勒的黑公驼,还丢失了三百峰从未驮运过的三岁黄驼。所以我来是想问您,有听到过这样的骆驼吗?"老人回答道:"我们这里不清楚什么丢失或走失的牲畜。天界的骆驼不太可能下到这里来。不要再寻找你的骆驼了!"他补充道:"给这孩子倒一些初乳吧。"老妇人把初乳倒进喝酸奶的青桧木碗里,男孩喝了七十二次,他喝了初乳,睡着了。

于是老牧牛人开始端详他的特征,从额头开始到脚,又从脚到额头。他说:"奇怪!他的脊柱没有截痕,他的心思一定没有松懈;他的肋骨没有空隙,他的内心一定没有松动。他应该是菩萨的转世,是光荣而聪明的勇士所生!他是谁的儿子,是哪位光荣的勇士?"他和妻子谈起这事,沉默不语,这时那瘦弱的黄毛男孩站起来问老人:"如果我去你们大汗那里打听骆驼,在禁区会遇到守卫吗?"老人回答说:"没有禁区,也没有守卫。"于是那男孩再次拍打着小马驹的大腿,继续哒哒哒地向前奔去。当他开始靠近希勒托戈斯汗时,汗的两条后腿被抓伤的狗,哈萨尔和巴萨尔在半天的路程迎了上来,开始对那可怜的男孩撒娇,和他玩耍。大家看到这一幕都惊叹不已。"为什么大汗的狗,哈萨尔和巴萨尔会对这骑瘦马驹的男孩撒娇呢？"就在他们如此惊叹并议论纷纷的时候，那男孩靠近了，下了马，拴好自己的马驹并跑进了大汗的宫帐里。在大帐里正举行着盛宴，有三个黑蟒古思到来，想迎娶孟德尔苏布顺公主。就在宴会进行时，那瘦弱的黄毛男孩走了进来。他从高个人的腋下溜过，从矮个人的肩上跃过，正对着希勒托戈斯汗的篝火坐了下来。于是红得像生肉一样、最年长的、有众多脑袋的蟒古思，七十五颗脑袋的黑铁匠蟒古思，还有十五颗脑袋的瘪黑蟒古思，都回过头来问道："嘿，黄毛瘦小子！你从哪里来？我们大汗从来没有过这么糟糕的孩子！"那男孩摇摇晃晃地说道："我是腾格里汗的放驼人，我来追赶三峰没鼻勒的黑公驼和三百峰从未驮运过的三岁黄驼。我要杀了那三峰公驼，把三百峰小驼赶回去。"那十五颗脑袋的瘪黑蟒古思喊道："这样糟糕的孩子，不应该和我们的大汗坐在一起！出去，快出去！"希勒托戈斯汗则说道："别，让他留下来吧！这是个注定要在异国他乡折断肋骨和胫骨的孩子，也可能是给你们三个黑蟒古思献上一碗茶的男孩！"希勒托戈斯汗补充道："用我喝酸奶的青桧木碗，给这男孩倒酸奶喝！"男孩喝了十五碗并把碗放了回去。瘪黑蟒古思拿起火旁的檀木火钩，大叫道："这瘦弱的黄毛男孩很可能会成为美好事业的障碍、晴朗天空的污点，这糟糕讨厌的小男孩！"他感叹着，像是敲打铁砧般，用檀木火钩狠狠敲打了那男孩黑脑袋的中间。男孩回过头来，用拇指和食指抓住那瘪黑蟒古思的手并将其折断。"这不可能！我们出去！"黑蟒古思们叫喊着走了出去。他们走进孟德尔苏布顺庄严的宫帐，坐在那里，拔出自己锋利的黑剑，说道："如果那瘦弱的黄毛男孩进来，那就应该砍死他！要砍断他的脖子！"黑蟒古思们离开之后，希勒托戈斯汗身边的人都对那瘦小的男孩说道："你一定是个光荣的勇士，应该是转世的菩萨。这三个黑蟒古思吓坏了我们美丽的孟德尔苏布顺，还要把她带走。她应该嫁给天神之子铁木尔布斯（Тэмюр-Бюс，铁腰带）。虽然我们说过孟德尔苏布顺已经订婚且已拿了聘礼，但黑蟒古思们却根本不在乎，他们毫不理会，还是想把她据为己有！请把她从这些黑蟒古思的手中解救出来吧！"希勒托戈斯汗、天神之子铁木尔布斯和其他人都开始恳求。"别说像我这样瘦弱的黄毛男孩，整个大汗领地上的人都制服不了这些黑蟒古思。我怎么能够对付他们呢？无论如何，明天天亮时分，按照习俗把公主交给那三个黑蟒古思吧。当他们走到你们游牧地边境时，我也去那里！"天神之子铁木尔布斯问道："就没有不把公主交给他们并摆脱他们的办法吗？""有是有，但大汗的游牧地有点小，他们会祸害并破坏这片游牧地的！""唉，我们就按习俗把她送走吧！"希勒托戈斯汗当时就决定了。当晚他好好款待了那三个蟒古思，并安排他们睡下，第二天太阳升起的时候，把孟德尔苏布顺交了出去，并将他们都送走了。当太阳升起变暖时，达尼库日勒现出了真身，并把自己的白黄马变回了原来的样子。于是希勒托戈斯汗整个领地的所有臣民都开始惊叹："竟有如此美丽的勇士！竟有这么漂亮的马！"达尼库日勒则说道："现在黑蟒古思们一定走得够远了。"他跳上自己杭爱山般大的白黄马上了路，沿着那些黑蟒古思的脚印追赶他们。

当黑蟒古思走了三个月的路程后，美女孟德尔苏布顺回头看了一眼。"你在回头看什么？"红得像生肉一样的蟒古思问她。"说，你看到了什么！"他说着，用铁钩挖了她的眼睛，并开始用芦苇扎她的指甲缝，折磨她。这时达尼库日勒飞奔而来，就像千力之弓射出的箭一样，他从蟒古思手中将孟德尔苏布顺美女夺下，跳了一圈又转了回来。他把孟德尔苏布顺美女送回了家，把她留在了希勒托戈斯汗的宫帐门口，自己又一次冲回了三个蟒古思那里。那红得像生肉一样有众多脑袋的蟒古思朝他靠近。达尼库日勒直接扑了上去，把他和那血红马一起砍倒，了结了他。随后达尼库日勒攻击了七十颗脑袋的铁匠黑蟒古思，把他砍成七十块，了结了他。之后他追赶那仓皇逃向自己游牧地的十五颗脑袋的黑蟒古思。他在险峻的山口追上了他，把他砍成两半，扔在了地上。然后他把这三个黑蟒古思的尸体烧掉，牛啃不到一根骨头，狐狸闻不到一点腥臭，又灭了他们的族，把他们挫骨扬灰。达尼库日勒随后骑在杭爱山般大的白黄马上，爬上了长满侧柏、隐蔽的杭爱山顶，在那里燃起十三根香，净化了自己和马匹；接着他又降下了一场吉祥的雨，洗净了自己和马匹。他变得比以前更美，比以前更好。他跳上自己的马，来到了希勒托戈斯汗那里。在这里，天神之子铁木尔布斯接过达尼库日勒的黑鹿皮缰绳，把他从马上扶了下来。达尼库日勒跑进宫帐里，像钻石黑岩一样闪亮，像白碧玉一样闪着白光。大家开始忙乱起来，议论道："组织一场最盛大的节日吧，因为他打败了敌人，从邪恶中拯救了我们！"达尼库日勒知道后说："我得赶紧上路了，我必须完成一件事。我很快会再来找你们。到时候再庆祝！如果要把我自己的情况告诉你们，将我的经历和处境告诉你们，我会告诉你们当我没有消息的时候，莫尔根杜拉哈的众多黑蟒古思杀了我亲爱的兄弟扎恩布亦东。我去求药救活他，见了乌巴迪孙度母，见了天上的喇嘛佛祖上师，还见了库吉库日勒汗的女儿奇布度母。他们对我说，赶快和你娶来的八龙之王的女儿都仁格日勒离婚吧。如果你娶了牧牛人的女儿，希勒托戈斯汗的女儿孟德尔苏布顺美女的侍女，十五岁的阿丽雅明达顺为妻，你的子孙后代将永远幸福，万古长青，富贵显荣，不知贫穷。后来我的弟弟扎恩布亦东把我的天仙美女送回了家，但他很生气，不停地重复说：怎样，你现在会娶一个女仆吗？现在你们什么都知道了，我想回到自己的领地去。什么时候叫我，我很快就来。现在是我该回去的时候了。我悄悄离开了父母亲和兄弟。如果现在我必须来找你们，我不会再像以前那样来。"希勒托戈斯汗说道："那个老牧牛人是我最小的叔父。阿丽雅明达顺在聪明、机智、尊严、智慧和脾气等方面都超过了我的孟德尔苏布顺。我要把她当作亲生女儿一样备好嫁妆再嫁出去。现在当你再次来到我们这里时，首先来我这里！"说完，他赐给了达尼库日勒哈达和糖，并送走了他。于是达尼库日勒飞奔而去，他绕过八龙之王的游牧地，穿过阿达尔扎哈图的领地并到达了自己家乡的游牧地。他亲爱的兄弟出来迎接他，抓住了白黄马的缰绳，扶他下了马。"我的可汗兄弟，你去了哪里，从哪里来？"他问道。"当我躺下睡觉的时候，传来了一个古怪的声音。我出去一看，只见一只身长三丈、尾巴三丈的黄狐狸正在狂吠。当它开始跑时，我心想，都说狐狸叫是不祥之兆。于是我紧紧追赶它，我们绕着世界跑了三圈，我不让它跑到九泉之下，追上并杀了它，焚了尸扬了灰。这就是我的旅程。""啊！"扎恩布亦东惊呼道，"我的兄长回来了，打败了邪恶的敌人！"他们俩走进了大帐，坐在父亲身边，开始谈论起来。

"现在把希勒托戈斯汗老牧牛人的女儿，十五岁的阿丽雅明达顺带来吧。""好吧，"达尼库日勒回答道，"不过我要睡几天，睡个饱觉！"他吃饱喝足，像皮带一样伸展，像柽柳一样红了脸，睡着了。他睡了七个昼夜，扎恩布亦东终于把他叫醒："现在让我们去见希勒托戈斯汗吧！"然后又说道。"我们要不要带些聘娶的礼物？"达尼库日勒回答说："我们带一些。"于是扎恩布亦东把礼物收拾好，装起来。兄弟俩收拾好自己的盔甲并骑上战马出发了，一路直奔太阳升起的东方。他们一路疾驰，来到了希勒托戈斯汗的游牧地。希勒托戈斯汗的所有臣民都走出来，站在那里惊叹不已。而达尼库日勒和扎恩布亦东把白黄马和火焰枣红马拴在柏树枝上，跑进了希勒托戈斯汗的宫帐里。他们问了好后便坐了下来。于是希勒托戈斯汗对他们说："好吧，英雄们，生而睿智光荣的勇士们，菩萨的转世，你们伟大的故乡在哪里？你们光荣的名字是什么？你们的理想和愿望是什么？ 你们的梦想是什么？"扎恩布亦东像一只飞下来的猎鹰一般发出轰鸣高声说道："我们是勇士中的佼佼者，独自统治着遥远的北方国家，是三百七十七岁的达赖汗和木森格日勒哈屯的孩子达尼库日勒和扎恩布亦东。我们对希勒托戈斯汗的祈求是：我兄长达尼库日勒命中注定的未婚妻是您老牧牛人的女儿，十五岁的阿丽雅明达顺。我们来是为聘娶她。谁能决定这件事，请告诉我们！"希勒托戈斯汗回答道："目光炯炯、神采奕奕的好黄毛男儿！你说的对，我听到的也对。我有一个美丽的姑娘，名叫孟德尔苏布顺，我有一个美丽的姑娘，是老牧牛人的女儿，名叫阿丽雅明达顺，我可以为她们做主，她们两个我都可以做主。"于是扎恩布亦东从怀里掏出八十八丈长的南吉班丹哈达，连同八百两黄金一起，献给了希勒托戈斯汗，说道："如果您可以做主，这是交给您的聘礼。如果由老牧牛人来做主，这则是交给他的聘礼。对我的长兄达尼库日勒和阿丽雅明达顺来说，星宿温柔的好日子是夏季中月的十五。在那好日子里，我们要带走阿丽雅明达顺。""如果是正确的事情，那当然可以！"希勒托戈斯汗回答道，然后很快将杜松根做的柏树罐倒满了红茶，放在了达尼库日勒和扎恩布亦东的面前，并摆上了各种美味的水果。当他们喝完茶吃完水果后，仆人又迅速在他们面前放上十丈长的白托盘，上面精巧地摆放着桧树枝般切碎的各色的肉。英雄们吃完了两个盘子里的肉，开始庆祝享乐，唱起美妙的歌曲。与此同时，希勒托戈斯汗的亲信们为阿丽雅明达顺准备了一切必需品。他们建了一座四十四片檀木制墙壁和四千根细长檀木椽子的白色宫帐。那宫帐有弯曲的檀木烟囱、扁平的黑檀门。墙壁外罩由无杂质的白银制作；屋顶板由无杂质的水晶金制作；宫帐的带子用铜锻造，宫帐的花纹由金子锻造，还用装饰品点缀；大帐不需要带子向下拉，不需要支撑物向上托。这座巨大威严的白色宫帐就竖立在高高的美丽山台中间，所有的好东西都摆在那里，清除了一切的邪恶，配备了金银器皿，用了不同的装饰，按照规矩摆放整齐。于是希勒托戈斯汗下令："挑选八百疯狂勇士，给他们分发鼻板，给每个人腰间别五彩丝绸缰绳，让他们给一千五百峰同年所生、颜色种类相同的白鼻白骟驼戴上鼻勒，给它们套上缰绳；让他们给一千五百峰白鼻黄骟驼戴上鼻勒，套上丝绸缰绳。让他们把骆驼带到这里吊控起来！"那些人领命而去，来到骆驼旁，给一千五百峰白鼻白驼的鼻子戴上鼻勒套上丝绸缰绳；然后给一千五百峰白鼻黄驼的鼻子塞上鼻勒，套上丝绸缰绳。把骆驼牵来，让它们站在细碎的石头和砾石上，晾干脚上的血迹。然后在温柔星宿降临的好日子，好时辰，让达尼库日勒和阿丽雅明达顺握住羊拐和胫骨，低下黑色的头，向黄太阳鞠躬；他们结为夫妻，坐在了一起。欢乐的盛宴就此开始。他们像杜鹃般用歌声欢宴，像天鹅般欢快地享受。这时骆驼的腿冻僵了，额头上的毛发颤抖，它们开始互相摩擦肋骨，牙齿打颤，甩起尾巴。达尼库日勒回到伟大故乡游牧地的时候到了。

希勒托戈斯汗为阿丽雅明达顺备好了嫁妆：拥有十万僧侣的寺院，还有一代又一代臣民，他为阿丽雅明达顺备了一匹她注定要骑的、修长的淡黄色星斑溜蹄马。人们巧妙而娴熟地为阿丽雅明达顺放好带装饰的马鞍，系上了六十磅丝线编织的缨，调整好缨，使其像针茅头般在风中摇曳。阿丽雅明达顺得到了八个女仆，陪伴她度过所有欢乐的时光。希勒托戈斯汗把金色的《甘珠尔》和《丹珠尔》赐给阿丽雅明达顺并说道："要一生信仰它们！"敏捷灵巧的英雄们把《甘珠尔》和《丹珠尔》一捆捆装好。敏捷灵巧的英雄们将雄伟的白色宫帐捆绑在一千五百峰白鼻黄驼上，捆绑在一千五百峰白鼻白驼上，将阿克兀鲁斯人（白人）的银色地毯盖在白驼上，将阿克兀鲁斯人的金色地毯盖在驮包上。

将骆驼五十五十匹分配好,命令后面的勇士把驮子扶正,以免滑到一边,并将驮运队伍赶出来,把他们引向达尼库日勒游牧地的方向,把他们引向金黄色的大路。寺院里的僧侣以及所有的臣民也都赶着畜群,跟着一路前行。阿丽雅明达顺则在八个女仆的陪伴下,走在驮运队伍的最后。达尼库日勒则向父亲和母亲告了安并出发了。

达尼库日勒骑着杭爱山般大的白黄马出发了。他让马以狐狸的步伐跳跃,以狼的步伐奔跑,让它踏着坚实有力的步伐。骆驼嘷叫,年轻人嘹亮地歌唱,人声响彻,马蹄声响起。他们像飞走的鸟儿一样喧闹,他们像飞来的鸟儿一样噼啪作响。驮运队伍连续七天未曾停歇,日夜兼程。他们克服了遥远的距离,进入了达赖汗游牧地的南部边界。骆驼满载货物,粗壮的小腿像柳树一样弯曲,它们乌黑的眼睛闪闪发亮,它们蜿蜒美丽的鼻子鼓起。它们转动着灵动的黑眼睛,露出白白的脚,用铁蜥蜴般拍不到大腿的小短尾巴到处拍打着。它们吧嗒着宽大的嘴,晃晃腰,抖抖鬃。当骆驼一来,达尼库日勒就召集了他手下最敏捷的臣民,命令他们先卸下驮包。在宽阔美丽的山间平台中央,他们穿过一片宽阔美丽的草地,对着崭新美丽的营地,在一棵笔直的青树下,建起了一座雄伟的白色宫殿。所有好东西都被放在那里,所有不好的东西都被清理干净。他们建起宫殿,让它靠在红黄相间的云朵上。金色的《甘珠尔》和《丹珠尔》被恭恭敬敬地放在寺庙的佛塔里,众人举行了祝圣仪式,并接受了朝拜。接着,长老、贵族和臣民百姓带来了丰盛的美食美酒、肉食奶酒和水果。在达赖汗的寝宫里,所有长老、贵族、臣民都聚集在一起;他们不间断地进出了七个昼夜。这之后,十五岁的阿丽雅明达顺进入寝宫,向大汗叩拜,她的面前拉着金锦缎的帷幔。汗父亲和哈屯母亲祝福了阿丽雅明达顺,并赐给她金色哈达、金锦缎披肩、马头大的水晶宝石和马头大的黄冰糖。他们给了她两群牲畜和两代臣民。"这些都是你的了!"他们还补充道:"好好照顾父母亲。"他们的话音刚落,五百美丽的仆人就拿起金银碗,斟满各种美酒、葡萄酒和马奶酒,唱着十三种调式的歌,弹着乐器,献给了他们。他们在巨大的喜悦中快活了六十个昼夜,庆祝了八十个昼夜。他们像杜鹃一样,无论老幼都放声歌唱。当所有人都喝得酩酊大醉时,他的母亲木森格日勒,能预知未来九十九年之事、追溯过去九十九年之事的神奇哈屯对达尼库日勒说道:"我的达尼库日勒,现在必须让你的扎恩布亦东完婚。""能不能告诉我,"达尼库日勒说道,"扎恩布亦东的未婚妻到底在哪里?""扎恩布亦东的未婚妻是乌巴迪孙度母。如果她同意来到我们这儿,我们的命运就会很好。如果她不同意来我们这儿,你就回来吧,这是命运的安排。所以告诉扎恩布亦东,并把他留在她那儿"。

达尼库日勒把八十八丈长的南吉班丹哈达和八十万两黄金揣进怀里,和扎恩布亦东一起,带上自己的铠甲,骑上自己睿智的战马,迎着清晨黄色的太阳,朝着乌巴迪孙度母的领地出发。他们驰过十座黑色山坡,穿过十片黑草原,沿着深邃的大海奔跑;然后穿过一座蜿蜒的黑山坡,经过六十片光亮的黑草原,经过八十道绵延的黑深崖,迎着正午的黄色太阳,来到了八千年路程之外的乌巴迪孙度母这里。而乌巴迪孙度母提前预知了他们的到来,她说道:"一定是达尼库日勒和扎恩布亦东来了,他们撼动了最晴朗的天空,震撼了金色的大地。先知的预言现在应验了,我必须得去达赖汗的游牧地了。我没有父母,没有兄弟。我的臣民,我的信徒们,都跟我一起走吧。把骆驼拴起来吊控,把良驹拴起来吊控,命令所有人迁徙!"她刚嘱咐完毕,达尼库日勒和扎恩布亦东就下了马,拴好自己的马进了屋,向她问安,并接受了祝福。她把盛在金器里的甘露赐给了他们,兄弟俩每人喝了三次,他们晦暗的面容变得清澈,黝黑的胸部变得明亮,他们的智慧增加了十三倍。"五百美丽的仆人,"乌巴迪孙度母说,"唱起歌,给达尼库日勒和扎恩布亦东献上美酒和马奶酒!"仆人给他们倒了七十八次阿尔扎红酒,倒入可以盛下一千只公绵羊肉的花纹碗里;英雄们喝了七十八次;随后仆人又给他们倒了七十八次葡萄香的酒,这酒即使只看一眼也会陶醉其中。英雄们一杯接一杯地喝着酒。达尼库日勒喝醉了,脸颊发红像枣红马的毛色。于是他从怀里掏出八十八丈长的南吉班丹哈达,连同八十万两黄金献给度母,并对她说道:"我的可汗父亲和哈屯母亲告诉我,你是我的扎恩布亦东命中注定的未婚妻。大汗的使者不会无功而返,射出的箭不会从岩石上滑落。这就是我们要说的事。"乌巴迪孙度母回答他:"父汗的话是真的,哈屯母亲的话也是真的。我该去你们的家乡了！"达尼库日勒说道："也就是说，我们很荣幸！"然后铺开衣摆并叩了头。乌巴迪孙度母召集了她所有的臣民、信徒并办了丰盛的宴席。然后乌巴迪孙度母说道："我走后，将无人统治我的游牧民，我要带走自己的臣民、寺院和僧团！"扎恩布亦东感叹道："喜上加喜，满意之极！"他笑得犹如虎啸，于是达尼库日勒对所有长老和度母臣民中的首领说道："召集所有的牲畜和臣民，下令拴好驮运的骆驼，抬起驮子，带领驮运队伍，直奔达赖汗的游牧地，并让他们一直迁徙！"

紧接着，驮运队伍集结了七十天，又在七十天的时间里离开了乌巴迪孙度母的领地。乌巴迪孙度母骑了一匹温顺再温顺的淡黄马，带领五百美丽的侍女，走在驮运队伍的最后。于是乌巴迪孙度母心想："这八千年路程的距离，人和动物的力量是无法克服的。"想到这里，她把路程缩短为八天。按照度母的旨意，他们没有留下马驹在山口，没有留下马驹在谷地，没有挑出山羊，没有丢下额鬃飘逸的马驹，全体来到了达赖汗的游牧地。只有达赖汗和木森格日勒哈屯留在了家中，其余的人，所有的僧侣、所有的臣民都出门迎接乌巴迪孙度母，向她献上九色玩意儿，铺开五色的地毯，开始欢庆她的到来。所有众生都向她顶礼膜拜并围着转，大家都很满意。到第七十天的时候，终于可以把乌巴迪孙度母从马背上请下来了。人们首先修建了寺庙和佛塔，虔诚地供奉佛像和神龛，建立了寺院和居所，所有的臣民和牲畜都被分配到各个营地。这一切结束后，乌巴迪孙度母说道："按照世俗的规矩和习俗，我应向父亲和母亲的守护神行礼。"说罢，她换了妇女装，在前面拉着锦帘，走出门去见达赖汗。这时达尼库日勒的臣民们收集了能填满湖泊的美酒和酸马奶，收集了堆积如山的肉食；乌巴迪孙度母向父亲和母亲的守护神行了礼，父亲和母亲以及嫂子给她赠送了似毯的金哈达、金锦披肩、马头大的水晶宝石和马头大的黄冰糖。他们指着分给她的财产说道："拿两省的人和两群牲畜吧。"随后，众多仆人从四面八方涌来，在金银碗里斟满了阿尔扎、霍尔扎、葡萄酒、酸马奶，他们唱着甜美的歌给所有人敬酒。然后他们唱着盛宴之歌并再次端起酒碗敬献。他们在盛宴上尽情欢乐，直到岁月变迁，庆祝到岁月更迭。

这时，十五岁的阿丽雅明达顺感到一句话也说不出来，感到力气变小了，无法掀开门帘；于是达尼库日勒说道："让我们暂时中断这场宴会吧！之后我们再举行双倍大的宴会！"所有臣民所有生灵都中断了宴会，离开了。在这之后，在达尼库日勒雄伟的白色宫帐门前，黑雾缭绕，形成了一堵七十八道的盲墙，而透过烟洞升起一道十二色的彩虹。阿丽雅明达顺就这样生下了金胸银身，有铸铁般的肚脐和水晶额头的黄毛男孩。他的祖母木森格日勒哈屯试图剪断他的脐带时，弄坏了好几把剪刀，于是她又去找更多的剪刀。达赖汗对她说："当没有工具可以剪断达尼库日勒的脐带时，达尼库日勒自己说：这就是我祖父的黑钻刚剑。他当时指着说。"木森格日勒哈屯接过宝剑，用它祝福了三次，用它祝福了黄毛男孩三次，然后割断了他的脐带，宝剑就像割头发一样割断了脐带。他们用一百张白羊羔皮包裹了那个男孩。他只睡了一夜，就变得像一岁的男孩；两天后，他变得完全像两岁的男孩，两百张白羊羔皮都包裹不住他；三天后，三百张白羊羔皮也无法包裹住他了，他变得像三岁的男孩。他开始走、攀爬、爬行。五六天后，男孩开始进进出出，开始来回奔跑。于是达赖汗说："不要让这可爱的黄毛男孩出去，不要让他在地上走！不要让他在正午的阳光下暴晒，不要让他吹到早晨的大风！"之后，他们在男孩出生之际开始了欢乐的盛宴，比之前的宴会更大。他们不间断地欢庆了三年，于是到了该为这可爱的黄毛男孩宣布名字并为他举行剃胎发仪式的时候了。就在给达尼库日勒举行剃胎发仪式的同一天，夏季首月的初三，大家给那黄毛男孩剃了头发。举行剃发仪式之前，男孩的祖父达赖汗为他取了名：额尔德尼库日勒（Ердени-Кюрюль，珍贵的青铜），然后为他举行了剃发仪式，给他分了地和财产，并举行了宴会。就在这次宴会上，达赖汗说："达尼库日勒，扎恩布亦东，在我们的马群中有一匹象牙白的公马和一匹灰色的骒马，它们可能已经诞下了一匹可以让额尔德尼库日勒当作战马的马。这是匹什么马呢？抓住它并带回来！十五日内，让我们的孩子骑上那匹马！"达尼库日勒和扎恩布亦东拿着黑色的马杆，骑上自己的白黄马和火焰枣红马，爬上了库克贵杜勒杭爱山的山顶。他们喊了三声，吹了三声口哨。八个牧场的马群跑了过来，到八片海去饮水，然后又跑回了牧场。

英雄们查看了马匹,发现没有一匹马适合额尔德尼库日勒。于是达尼库日勒说:"一定有一匹马适合我的额尔德尼库日勒!怎么看不见它呢?"这时他们看到一匹浅黄白马跳跃的地方尘土飞扬。他们赶到那里,看到四座杭爱山之间有一匹巨大的白马正在跳跃嬉戏。达尼库日勒心想,"不能用爱抚来抓住这匹马,也不能用狡猾来抓住它。我要试着追上它。"他鞭打自己的白黄马并向前冲了出去,但那匹象白马却沿着银河跑走了。他们在天界区域绕了八十八圈,但那马一发现远处的白黄马,就立刻逃到了地下的区域。他们在七十七龙王的领地跑了七十八圈,白黄马开始追上那匹马。但它又逃到了中层阳光普照之世界,在那里跑了八十八圈。白黄马天生速度奇快无比,终于追上了那象牙白马。于是达尼库日勒把他的黑马杆套在了马脖子上,并抓着马杆压在左马镫下。象白马开始撕咬并跳跃,拖着达尼库日勒和他的白黄马跑了半天的路。然后它回头看了看,说道:"我身后拖着的是什么像金蝉虫一样的东西?"达尼库日勒对他说:"你这马,生下来就注定要驮着我的儿子额尔德尼库日勒!这就是我要抓你的原因!"那马这才回过头来,把那峡谷般的大嘴张了三次,打了三个哈欠,抖了三下身子并停了下来,站住了。达尼库日勒下了马,把象牙白的大马调转马头,牵着它匆忙往回走。到了自己的领地,把马拴在了大檀树的树枝上。

于是达赖汀把额尔德尼库日勒叫来,用雷鸣般的响声打开了十年未动过的象白箱,扔掉了白色和红色的丝绸盖子,拿出叮当作响的水晶银笼头,送给了额尔德尼库日勒。然后,他又赐给他一个杭爱黑鞍和一把蟒古特黑鞭。木森格日勒哈屯祖母送给他一条像草原般宽的蓬松白色棉鞍垫。额尔德尼库日勒用右手的拇指和食指,像金雕一样抓起所有东西就往外跑去。他解开了象白马,给它套上水晶银笼头,将精致的丝绸缰绳套在珍贵而美丽的马头上,并在前鬃上打了个吉祥结。他转过身来开始端详这匹马:"它有像贝壳般杂色的鼻子,生有一双圆润的眼睛,它有一双九寸的耳朵,能听到遥远国度的喧闹声!它有美丽修长的身体,像岩羊般美丽的胸膛。如果骑着它去明亮遥远的国度,它将不知疲倦地奔跑;在遥远的国度,它不会绊倒。巨大的象白马!在遥远的异国他乡,它将是我的坐骑,将是我唯一的朋友和战友。在荒凉的远方,他将是我的坐骑,将是我唯一的朋友和战友!"

额尔德尼库日勒这样感叹着,给马套上马鞍,又把它拴在了大檀树上。额尔德尼库日勒走了几步,回头看了看,只见巨大的象白马正玩弄着自己的脑袋,用那美丽的额鬃拍打着天边的白云。"它可以驮起勇士,它可以引来普通人的惊叹!漂亮的马!"额尔德尼库日勒这么想着,跑进了大帐,并轰隆一声坐在了神圣的八腿金座上。于是三百七十七岁的达赖汗打开了十年未动的象白箱,拿出了亮银盔、铠甲、黄斑弓和箭、金刚黑剑和锋利的长矛。额尔德尼库日勒得到了所有这些东西,接过盔甲,跑到了外面,将长矛插入地下八十丈。这时木森格日勒哈屯和乌巴迪孙度母说道:"我们额尔德尼库日勒命中注定的未婚妻是库吉库日勒汗的女儿奇布度母,这是命中注定不可破坏的善良祝福。如果奇布度母来到我们这里,我们的命运将是美好的!如果她不愿意来,就该把额尔德尼库日勒留在她那里!"于是达尼库日勒和扎恩布亦东收拾好自己所有的盔甲,带上南吉班丹哈达和八十万两黄金,带着额尔德尼库日勒出发了,这三位英雄出发,前往库吉库日勒汗的游牧地。

当额尔德尼库日勒跳上自己的巨大象白马时,那马开始踢了起来,踢得湛蓝的长生天震撼了,踢得金色的大地都颤抖了,库克贵杜勒杭爱山也被撼动了。马撞到了达赖汗的宫殿,把宫殿撞得嗡嗡响。于是额尔德尼库日勒用黑色的蟒古特鞭抽打了马,马开始小跑起来。小跑一会儿,它开始略微超越了白黄马和火焰枣红马。达尼库日勒注意到后说道:"如果它能在小跑中超过白黄马和火焰枣红马,那它一定也是光荣的马。"他们飞奔着,说着话,拉起缰绳,在平坦的地方小跑。拉起缰绳,在险峻的地方驰骋;在高地上,他们照常小跑;白天和夜里,他们走过两千年路程的距离,并来到了库吉库日勒汗的领地。而奇布度母事先说道:"如此强大的勇士,如此强壮的骏马,撼动了永恒的蓝天,撼动了金色的地表,除了来自达赖汗那里不可能来自其他任何地方。现在我也该到达赖汗的游牧地去了。"达尼库日勒、扎恩布亦东、额尔德尼库日勒三位英雄来到了这里,下了马,拴好马,奔向了奇布度母。奇布度母上前迎接他们,向达尼库日勒和扎恩布亦东问了好。而他们说着"慈悲的度母",叩了九九八十一个头，跪了九九八十一次，接受了祝福，获得了慈悲的庇护。于是奇布度母说道："我的弟兄们，你们从遥远的国度赶来，可好？"然后她用装得下一千只公绵羊肉的、像红丝线般的红碗盛了美味的红酒，给达尼库日勒和扎恩布亦东倒了七十八次酒敬献。两位勇士都喝得酩酊大醉。然后扎恩布亦东从怀里掏出八十八丈长的南吉班丹哈达和八十万两黄金，献给了奇布度母并向她说道："汗父亲、哈屯母亲以及乌巴迪孙度母说，你是我们额尔德尼库日勒的未婚妻，这是他昔日不可冒犯的命运所注定的。因此我们来找您。请您尽快启程回到我们的故乡？"奇布度母回答他说："汗父亲的话，哈屯母亲的话，乌巴迪孙度母的话都是真的，我该去你们的故乡了。但上面天界、下面龙域和中间阳光普照之世界在这里孕育了我，这三个地区孕育了我，是让我来净化并毁灭住在我们游牧地西北方恩克尔门（Енкельмен）的黑蟒古思。他因众生罪孽的惩罚而诞生；他有九十五颗脑袋，长着公驼的鬃毛、牛角和九十八颗獠牙。他令人无法忍受，是无法打败的。在打败这个黑蟒古思之前，我没办法去你们的故乡。"这时额尔德尼库日勒说道："我要打败这只肮脏的黑蟒古思，我要得到天赐的圣女！我要打败无敌的蟒古思，我要获得美丽的度母！"扎恩布亦东斥责他说："亲爱的额尔德尼库日勒！不要靠近可恶的黑蟒古思，我，你的大汗叔父会打败它！"达尼库日勒说道："亲爱的额尔德尼库日勒和你的大汗叔父，不需要你俩。我去打败他！"扎恩布亦东说："库吉库日勒汗的奇布度母，您派信使去给最高天神和地下的龙送信。请告诉他们，达尼库日勒将打败黑蟒古思。你们则去达尼库日勒的家乡，让他们知道您是新娘。"奇布度母说道："好的。"就给霍尔穆斯塔汗派了使者送信，给龙王派了使者送信。这时扎恩布亦东宣布："额尔德尼库日勒，你留在度母的侍从这里，我和达尼库日勒要去对付黑秃蟒古思！"达尼库日勒和扎恩布亦东跳上自己的马，一匹白黄马，一匹火焰枣红马，他们飞驰而去，奔向了恩克尔门的黑蟒古思的游牧地。

他们用半天时间走完了八千年的路程。这时，火焰枣红马说道："这个黑蟒古思拥有可怕的力量和惊人的速度。扎恩布亦东，留在这里！而达尼库日勒应该走七十个月的路程，把他那把迅捷的黑矛插在腰带后面，在脖子上挂上那把结实的黑弓。如果不这样做,那个黑蟒古思一定会吞人。"达尼库日勒离开扎恩布亦东,到了七十个月路程之外的地方,把黑弓挂在了自己脖子上,把迅捷的黑矛插在了腰带后,带着响声驰骋起来。黑秃蟒古思看到白黄马扬起的尘土,心想:"这是什么东西,是什么游牧民向我走来?"他靠在阿尔泰山的阴坡,张开嘴并开始吸。吸着吸着,他把达尼库日勒和他那匹白黄马一起吸了过来,并想把他们吸进嘴里。但黑弓的弓翼卡住了他的嘴角,他没法吞下他们。于是蟒古思又开始吸,达尼库日勒的上半躯干已经连同弓一起落入了他口中,但迅捷的黑矛干扰了他,蟒古思还是没法吞下他们。"这应该是,"蟒古思叫道,"我可以与之一起舒展筋骨、无上光荣的英雄!"蟒古思吐了一下,达尼库日勒飞出去好半天的距离。于是黑蟒古思说:"如果用大师制造的武器战斗,我的身体就不会发热!那就用命运赋予我们的力量来战斗吧!"达尼库日勒同意了,他们站在了相隔一个月远的路程。达尼库日勒光着身子穿上了裤子。他隔着大半天远的距离与蟒古思搏斗,发出了轰隆声,仿佛长生天的闪电击中了黑岩石。山崩了,变成了平原,草原被踏破,变成了湿地。这时白黄马说:"达尼库日勒,快点杀了蟒古思!他的身体正在变成坚硬的生铁。"于是达尼库日勒冲上去,把黑蟒古思举过自己的头顶,把他的黑头朝下摔在了地上,大地和宇宙都要裂开了。然后,他用黑钢剑砍在黑蟒古思粗壮的脖子上,砍掉他的头,把他杀死了。当他剖开黑蟒古思的肚子后,一代代的人民从这里出来,赶着畜群;满载货物的驮运队伍从这里出来,开始一村接一村地游牧。他们对达尼库日勒说着各种美好的祝愿。而达尼库日勒生起了山一样的大火,烧掉了蟒古思的尸体和九十八颗脑袋。他灭了他的族,撒下了灰烬。然后他登上阿尔泰杭爱山的山顶,插上十三炷香,清洁了自己和马匹;降下了吉祥的雨水,洗净了自己和马匹,洗净了自己的衣服。随后跳上自己的白黄马,掉转马头,开始小跑起来。他在隆隆作响的天空下驰骋,在布满丘陵的大地上飞奔。他遇到了扎恩布亦东,向他问了好,他们开始谈论打败黑蟒古思的幸福快乐,他们像老虎一样大笑,像野马那样大笑,雷鸣般大笑。当他们驰骋回来时,一位隐士喇嘛从天而降,用金器盛着甘露,清洁了达尼库日勒和他的马,说道:"可恶黑蟒古思的憎恨已经洗净了！"这时龙界的另一位隐士喇嘛用银器盛着甘露出来迎接他们，清洁了达尼库日勒和他的马，说道："可恶黑蟒古思的憎恨已经洗净了！"这时，来自奇布度母领地的天界美女用水晶容器盛着甘露来到他们身边，说道："可恶黑蟒古思的憎恨已经洗净了！"这之后，达尼库日勒和扎恩布亦东出发，来到了奇布度母那里，下了马，走进了宫帐里。奇布度母用金器盛着甘露赐给他们，英雄们每人喝了三次甘露，又倒满金器并放了回去。他们晦暗的面容变得明朗，心胸变得明亮。奇布度母的领地为纪念达尼库日勒、扎恩布亦东和额尔德尼库日勒，安排了一场盛大的宴会，人们都在宴会上欢乐庆祝，就这样欢度了七天七夜。宴会结束时，他们邀请奇布度母。奇布度母说道："我必须向我的游牧地和水域致敬！"她下令装了八十车丝绸和各色绸缎，在金山和银山顶上堆了敖包，圣化了它们，并举行了祭祀仪式："请怜悯我，保护我！"她恳求道。随后她在牛奶河和油河的上游撒了八十车丝绸，九种珍宝。"我的子民们，我的孩子学徒们，请保佑！"她恳求，表达着敬意。回来后，她对所有臣民们说道："你们向金银山祈祷吧！从牛奶河和油河中取甘露吧！活着，万古长青，富贵显荣，不知贫穷！"随后她骑上她的神驹阿兰扎尔，在五百侍女的陪伴下，飞奔向达尼库日勒的家乡。她驰骋了两天，用两个昼夜穿越了两千年的路途，来到了达尼库日勒的游牧地。达尼库日勒的臣民们一得知这个消息，都纷纷出来迎接她。除了达赖汗和木森格日勒哈屯，所有人都出来了。人们为她铺上了五色丝毯，献上了九色玩意儿；接受了祝福，获得了慈悲的庇护。在七天七夜之后，奇布度母才下了马。

奇布度母展示了自己的天赋：她在空中建造了金黄的宫殿，宫殿倚靠着苍穹，夺走了太阳的光辉。她走进那金色的宫殿，创造了世间的一切用具。然后她向乌巴迪孙度母说道："我遵从世俗的规则，将变为已婚妇女，我应该向父母亲和嫂子们的守护神致敬！"于是她穿上已婚妇女的裙子，在面前拉起金色的锦缎帷幔，走去向父母亲和嫂子们的守护神致敬。当她走进去后，汗父、哈屯母亲和嫂子们都赐给她似毯的金哈达、金锦披肩、马头大的水晶宝石和马头大的黄冰糖。他们每人给了她两省臣民和两群牲畜，并给了她封地作为财产。

而随后，人们收集肉和菜肴，堆成了山，收集酒和马奶酒，形成了海，并开启了盛大的宴会。于是达尼库日勒、扎恩布亦东和额尔德尼库日勒从自己的马上卸下了马鞍和缰绳，抚摸了它们的脊背，整理了马鬃，并把它们都放走了。马儿们站在蓬松美丽的草地上，在上好的盐碱地上翻了一两次身，啃了一两口鲜嫩的青草；在盐碱灰尘地上翻了一两个跟头，啃了一两口针茅。它们嘶鸣着，强壮的胸脯发出轰隆的响声，向着马群飞奔，奔向了它们的同伴，铜淡栗色的马群。

就这样，达尼库日勒和扎恩布亦东再也没有了敌人；他们战胜了敌人，消灭了邪恶。他们的内心平静了，他们的盆钵丰盈了，他们过上了梦寐以求、幸福吉祥的生活。

黑根灰屯呼和铁木尔哲勃

黑根灰屯呼和铁木尔哲勒

在很久以前,在燃灯佛辉煌时代的末期,在释迦牟尼佛辉煌时代的初期,据说国家和信仰被建立起来。据说国家和信仰、游牧地和水域的统治者,光荣的勇士降生。据说,作为光荣勇士的他生来注定是众多臣民的诺颜,生来就是高大富饶的阿尔泰杭爱山故乡的统治者。据说这英雄就是勇士中的佼佼者,三岁的黑根灰屯呼和铁木尔哲勒(空气、寒冷、蓝色、铁刀刃),是代奇布如勒汗(Дайчи-Бурул-Хан,灰白将军汗)和布如勒哈屯(Бурул-ханша,灰白哈屯)之子。从他来到这世上起直到三岁,没有错过一天的盛宴,没有少过一夜的欢乐;据说,他是在盛宴和欢乐中长大的。他在襁褓中的年纪里被疼爱成长;他在幼小的年纪里唱着歌长大。这就是黑根灰屯呼和哲勒,他在盛宴上命令往花纹斑驳的碗里倒七十八次阿尔扎红酒,一口口地吞下,喝得酩酊大醉,脸颊发红,就像枣红马的毛色。他摇摇晃晃,像只捕猎的鹰,他皱着眉头,像被擎在手中的金雕。他说:"如果我是生来威武光荣的勇士,我将带着满载货物的驼队归来,带着众多人民,赶着一群群牲畜,统治着一代代人民。这对父亲来说将是件乐事,我将报答母亲的哺育之恩!如果我生来是一个软弱无力的人,我就会结识更多的人,游历更多的国家再回来。俗话说:父亲在,多识人;骏马在,多出游。请赐予适合驮我的光荣战马,请赐予我不同的盔甲,火红焦黑的铠甲、头盔、马鞍、笼头;收集所有这些给我!"于是他的叔父,最优秀的牧马人,三百七十七岁的阿克萨哈勒(白胡子),右翼的尊者,稳坐白毡的主人开口说道:"我亲爱的孩子,灰屯呼和哲勒!你的年龄还小,你的血液还淡。你那香一般黑的肉还没有成型，你强壮的八根胫骨还未长实，你暗红的血液还未变浓。我的孩子，等过了今年，明年早点去吧！"呼和哲勃反驳道："您在说无用的话，老叔父，勇士生来就有完美的身体，肉、血、骨头都是完整的。出生后，谁还能再给自己找到骨头、血液和肉？"阿克萨哈勒对他说："我说是对的话，于你是不对的。为了这话是正确的，我要告诉你这些：在你出生的那天，与你一同出生的还有一匹马；它是一匹完美的像山一般大的枣骝马，是一匹斑驳的枣红骒马跟斑驳暗色马群的首领，一匹斑驳的象白枣红豹花马所生。据说它在出生的地方翻身，生铁在那里沸腾；它在出生的地方刨地，火在那里燃烧；据说它在出生的地方跳跃，那里燃起大火。这将是一匹光荣的马！它命中注定要驮着你！至于你命中注定的未婚妻，她因古老的愿望而注定不可侵犯，据说在九十九年路程之外的一个国家里，大鸟飞到那里会筋疲力尽，强大的勇士到那国家会惊慌，而弱小的勇士则根本到不了那里，会虚弱且迷路，那里有一位极好的孟梅耶汗（Менгмейе-хан）。那个大汗有七个儿子，长子叫多克辛青格勒（Докшин-Чингель，可怕的陡峭峡谷），他有一个比这些儿子更小的漂亮女儿，名叫额尔克哈日努敦（Ерке-Хара-Нюдюн，权力黑眼睛）。这就是你漂亮的未婚妻。据说她能让死者复活，让逝者回归；她能让干枯的树上长出叶子，让干涸的溪水再次流淌，她是一位神奇的美人！"呼和哲勃发出老虎般的笑声，像野马嘶鸣般响亮地笑着，并宣布道："我要把汗国托付给大汗叔父，我要让他统领所有人！"他对自己的臣民下达了这样的命令。

之后，父亲代奇布如勒汗转过身来，伴随着巨响打开了象白箱的锁，把白红丝绸套扔到一边。随后拿出了带有手掌般大嚼子的黑银笼头、杭爱黑鞍、鞍垫、马鞭等用具，把它们全都赐给了呼和哲勃。黑根灰屯呼和铁木尔哲勃像金雕般用大拇指和食指抓起这些东西跑了出去。他站在一棵枝繁叶茂的树下，把漂亮的银笼头摇了三摇，又响了三响。山一般大的枣骝马，在布满了杭爱山的斑驳暗色马群中，了解了一切。它像公牛般碎步跑着，像阿尔泰杭爱山的山峰一样挺立着，踏上了金黄色的道路。它踏着绵羊的步伐飞奔。呼和哲勃迎着它跑出来，抓住了它长长的额鬃，给它套上了笼头。随后他放上鞍垫、马鞍，调整好了鞘和攀胸，系紧了所有肚带。他在丝绸缰绳上挂上了黑色的蟒古特鞭，又把缰绳钩在铁砧般结实的黑鞍桥上；他把黑色的牛皮缰绳绑在了一棵大檀树的枝头上打了结。随后他跑回宫帐，坐在八条腿的金色宝座上，命令仆人往斑驳花纹的杯子里倒入光是看一眼就会醉倒的葡萄味美酒。他一口吞下杯子里的酒并坐了下来。这时他的可汗父亲转过身来，打开象白的长盒子，照例颂扬了一番，赐予了他硫黑的铠甲、头盔、弓箭、剑和矛。灰屯呼和哲勃照例穿上了所有装备，武装好自己，拿着自己的直红矛走到外面，把矛插入地下八十尺深，走了两步回来了。他再次吩咐仆人给自己倒上红阿尔扎酒，一口吞了下去。"汗父亲，哈屯母亲，汗叔父，你们都平安地生活！我所有的臣民们，要健康地生活！"于是三百七十七岁的代奇布如勒汗对儿子说道："我亲爱的灰屯呼和哲勃，你生活在边缘的游牧地，在开放的、不受保护的土地上。现在你要去很远的国家，什么时候才能回来？你想过几次夜？给我们一个期限吧！"呼和哲勃回答他说："如果最快，八个昼夜就能回来；如果最短，七个昼夜就能回来。在我回来之前，不要打断这欢乐的盛宴！"他像太阳般闪闪发光，像树叶般熠熠生辉，走了出去。他解下了马上的黑牛皮缰绳，骑上它上了路。他腋下夹着自己的红矛，向遥远的西方出发了。在轰鸣的天空下，在多山的大地上，他的马奔跑得蔚蓝的长生天都在颤抖，跳跃得金色的大地都在颤抖。七个月的距离瞬间被马儿的一跃缩短。他的身后留下了又黑又厚的尘土，他的前方传来无数战士的喧闹声；他的身后留下了又薄又淡的黄尘，他的前方传来众多战士的喧嚣声。呼和哲勃把缰绳拉到让枣骝马完美的嘴角歪斜，露出四颗洁白的獠牙；他把缰绳拉到让枣骝马的嘴张开。呼和哲勃飞驰着，将红矛的矛尖倾斜；飞驰着，踏开山上的石头；飞驰着，将巨石与碎石分离。他飞驰着，使马腿陷入坚硬的土地；他飞驰着，马的膝盖陷入松软的土地。他骑了三个昼夜，在清晨黄色的阳光下，他遇到了一座像云一般横亘在道路上的暗红黑山。呼和哲勃以大鹏金翅鸟的俯冲之势飞奔上了那座山的阴坡，他看到那山的阴坡上有一棵生姿摇曳的檀树。各色的鸟儿在那鸣叫，七十色的鹿在啃青，互相追逐嬉戏。他经过时看到这一切，爬上那座暗红黑山的山巅，停下来并开始瞭望。他看到遥远的西边，牛群扬起的尘土直冲云霄；他看到人们的身影充满了世间，远处发青。他还看到长满暗红檀林的黑山阳坡上，广阔美丽的草原中间有一座寺院；他看到了人民和牧场上的营地；他看到了金黄的宫殿在闪闪发光。呼和哲勃心想："这就是可汗的宫帐，这不是俗人，而是可汗，可汗有可以放哨的山岗。"这样想着，他骑着枣骝马，全速向大汗的宫帐奔去。蔚蓝的长生天在摇晃，宏伟的金色大地在颤抖。极好的孟梅耶汗的国家也在震动，他所有的人民都在跃动，大锅和铁架叮当作响。极好的孟梅耶汗对他的妻子说："这是哪位光荣的勇士，从世界的哪个方向朝我们走近？他怀着怎样的心思，因什么事情而来？你不是有一千五百种聪明才智吗？搞清楚这事吧。"他的妻子扬苏克乌拉克沁（Янсук-Улакчин）弄清了征兆，回答丈夫说："这是勇士中的佼佼者，出生在遥远东方的黑根灰屯呼和铁木尔哲勃，是神奇女士布如勒哈屯和代奇汗之子。他好像是要来杀你的七个儿子，并把你唯一美丽的女儿变成鞍带上的粮食和使用的手套。应该在什么里掺点剧毒给他，让他灵敏的头脑昏昏欲睡，让他清晰的思维变得紊乱，改变他的脸色！"听到这话，极好的孟梅耶汗拿起龙头拐杖，在他妻子的肩胛之间抽打了七十五下说道："既然你好好对待以多克辛青格勒为首的七个儿子，为什么对那代奇布如勒汗唯一的儿子不好呢？[1]你在说什么疯话，妻子！我有一个办法！给我挤一碗你的乳汁吧！"哈屯吓坏了，挤了满满一碗乳汁，给了极好的孟梅耶汗。

这时灰屯呼和哲勃也来到了这里，震撼着天地，威武神勇。他在大汗的宫帐附近下了马，拴好自己的枣骝马，挂好了自己的盔甲冲进宫帐。他向极好的孟梅耶汗问了好，向哈屯问了安，并坐了下来。于是极好的孟梅耶汗对他说道："你一定是从远方来的吧？你一定是想和敌人见面吧？黄毛英雄！你伟大的游牧地在哪里？你伟大光荣的名字叫什么！为什么事在找谁？遥远的思绪是为了谁？请说！"黄毛孩子对他说："我是勇士中的佼佼者，三岁的黑根灰屯呼和铁

---

[1] 蒙古文版本为："那个代奇布如勒汗会对自己唯一的儿子不好吗？"俄文译文在逻辑上似乎并不不顺，蒙古文版本更合理一些。——译者注

木尔哲勃，三百七十岁的遥远东方领主代奇布如勒汗和神奇女士布如勒哈屯之子。我来找极好的孟梅耶汗，我的思绪也在于极好的孟梅耶汗。我上路是为了杀他那以多克辛青格勒为首的七个儿子，用武力夺走他唯一的女儿哈日努敦！问别人名字的老人，您叫什么名字？""我就是你要找的极好的孟梅耶汗！但内心却不知区别[1]。先把这个喝了！"说罢，大汗把碗递给了他。呼和哲勃把这当成一碗酸马奶，一饮而尽。他尝出味道并说道："你们给我掺的是什么毒药？突然让我的意志和思想消沉？"极好的孟梅耶汗向他解释道："自从我的七个儿子，包括多克辛青格勒，去与生活在南边以七十五颗脑袋的多尤（Дою）黑蟒古思为首的七十五个黑蟒古思作战以来，已是第七个年头了。我的儿子们现在是生是死还不得而知。所以我们给最先到来的你喝了母亲的乳汁！"灰屯呼和哲勃接着说道："不能杀死喝过同一个母亲乳汁的人！你的七个儿子去哪儿了？我要去找他们！如果他们遇到困难，我将成为他们永远的拐杖！如果他们要逃亡，我就是他们的梯桥！"

这之后可汗和夫人给灰屯呼和哲勃送上了食物和饮品，对他说道："那七十五个黑蟒古思在最南边。"呼和哲勃对他们说："我要杀死必须除掉的蟒古思，我要打败必须铲除的蟒古思！我要获得神圣的天女！"他像细树般摇曳着，像鲜艳的花朵摇摆着，走了出去。他穿上自己的盔甲，跳上他那匹睿智的枣骝马并向南边飞奔而去。他把马儿鞭打得留下了宽沟般的伤疤，马驹般大的血一块块滴出掉落。他日夜不停地飞奔，在黑根灰屯呼和哲勃面前，天空和大地的颜色都已褪去，多彩的彩虹飘出来。"这一定是蟒古思鬼怪的毒物生出来的彩虹烟雾！"他心想着，拔出了锋利的黑剑，把剑搭在右肩上继续前进。他看到无数颗蟒古思的头颅攒动着，无数颗蟒古思的脑袋涌动着。于是灰屯呼和哲勃大声喊道："如果这七十五个黑蟒古思中有极好的孟梅耶汗的儿子们，多克辛青格勒和他的兄弟，你们就从我的路上走开！离我的马远点！"但是多克辛青格勒和他的兄弟们打了多年的仗，耳朵都被震聋了，因此没有听到呼和哲勃的呼

---

[1] 蒙古文版本为："孩子是没有区别的。"——译者注

喊。但多克辛青格勒骑的那匹象淡黄色的巨马听到了一切，它驮起主人，牢牢咬住嚼子，急匆匆跑向长满刺柏的隐秘杭爱的山巅。其他六个英雄也紧随其后跟了上去，他们觉得大哥知道该怎么做。以七十五颗脑袋的黑蟒古思多尤为首的七十五个黑蟒古思鞭打着自己的马，冲了上来。灰屯呼和哲勃看到这一幕，大声喊道："短尾灰狼似的愚蠢黄毛蠢货！"他抽打了自己的枣骝马，向他们猛冲过去。他把七十五颗脑袋的黑蟒古思多尤砍成七十块，砍死了它，然后砍死了一个又一个黑蟒古思。这些蟒古思劈散了山，涸干了水，压碎了岩石，拔掉了落叶松；它们的血流成了上游有七个岩石岛，下游有十三个沙岛的一片血海。当灰屯呼和哲勃日夜不停地杀死那些蟒古思，并将他们赶尽杀绝的时候，多克辛青格勒对他的兄弟们说道："我们打了七年都没打败那些蟒古思，现在这位英雄一天一夜就把他们杀死了。如果我们因为害怕而逃跑，他还是能杀死我们；如果我们采取狡猾的手段，他还是能杀死我们。如果人们说我们在逃亡中丧生，那对我们父亲的名声不利；如果人们说我们在战斗中丧生，那对我们父亲的名声是光荣的。"多克辛青格勒对他的兄弟们这样说，他穿上自己的盔甲并大喊一声，向灰屯呼和哲勃冲了过去，他所有的兄弟都跟在后面。这时灰屯呼和哲勃心想："我在一昼夜间消灭了七十五个他们未能杀死的蟒古思，可他们还像疯子一样冲向我。这些直爽的英雄们真勇敢！"他把自己的剑收回了剑鞘并站在那里。当多克辛青格勒和他的六个兄弟靠近时，黑根灰屯呼和哲勃上前迎去，并向他们问了好。他们几人摸不着头脑，大吃一惊。突然，多克辛青格勒的头脑清醒了，他对呼和哲勃说道："青山顶上喧闹飞翔的青鹰般的孩子！你伟大的祖国在哪里？你伟大光荣的名字叫什么？为什么事在找谁？遥远的思绪是为了谁？说吧，告诉我们吧，光荣的勇士，聪明光荣的英雄所生的菩萨转世的小孩子。""我是三岁的黑根灰屯呼和哲勃，勇士中的佼佼者，遥远东方的领主，三百七十七岁的代奇布如勒汗和神奇女士布如勒哈屯之子。我的愿望、我的思绪是这样的：据说在遥远的西方，在九十九年路程之外的地方，有一位极好的孟梅耶汗，他有七个儿子，最大的是多克辛青格勒；我听说了这事就来了，想用武力夺走极好的孟梅耶汗唯一的女儿，美丽的哈日努敦。虽然我有过这样的打算，但当我喝了多克辛青格勒的哈屯母亲的黄白乳汁，并与她的七个儿子，与七兄弟有了联系之后，我就再也没有想杀害他们中任何一个人的念头了。我听说多克辛青格勒带着六个兄弟前往南方和七十五个蟒古思打仗，从那时起已经过了七年，我过来就是为了成为他们的马镫、肋骨，想帮助他们。"于是七位英雄从马上跳下来，开始争先恐后地亲吻弟弟灰屯呼和哲勃。当他们都亲吻并抚摸了灰屯呼和哲勃之后，呼和哲勃对他们说道："我的七个兄弟，放下我吧！我现在就宴请你们！"他当即就展示了自己的能力：顷刻间从天上取下十峰骆驼才能搬动的酒和肉，端给了自己的兄弟们。他们在那里庆祝了五天五夜。之后，八位英雄说道："我们占领这七十五个黑蟒古思的伟大游牧地，再回到我们的故乡吧！"说罢，八位英雄骑着八匹战马，向那些蟒古思的游牧地出发了。八匹战马连着鞍带奔跑；疯狂的英雄们唱着嘹亮的歌驰骋；出生在风中的马儿狂奔着叮当作响；出生在幸福中的英雄们唱着响亮的歌飞奔。他们沿着黑蟒古思领地的黑河岸过了河。这时，灰屯呼和哲勃檀香色的枣骝马像马驹一样嘶鸣起来，用人的声音说："这是为什么，为什么这些蟒古思的河水会这么干净地流淌着，为什么草长得这么茂盛？"灰屯呼和哲勃回答说："我们不知道。如果你知道就说！"檀香色的枣骝马说："在前世，我是八十八条辫子的红英雄纳伽珠那（Нагарджуна）的一匹修长的瓦灰马。当时，这条黑河的尽头是一片黄色的毒海。如果在一天的距离靠近，你就会死去。黑怪物老妇会从泡沫中冒出来。据说她身上出生了七十五只青蛙。我的主人红英雄纳伽珠那没有杀死它们。这七十五只青蛙变成了七十五个黑蟒古思。除非它们的母亲黑怪物老妇死掉，否则这些黑蟒古思不可能被杀死，它们还会复活。"听了这番话，多克辛青格勒和灰屯呼和哲勃对其他六位英雄说道："你们去占领蟒古思们的游牧地、牲畜和臣民，我们俩去找那个黑怪物老妇并打败她！""好！"六位英雄说道，然后进入了蟒古思的游牧地。

　　两位英雄去寻找黑怪物老妇。多克辛青格勒搜寻了阿尔泰山阴坡的十三个岩洞，灰屯呼和哲勃搜寻了杭爱山阴坡的二十三个岩洞。多克辛青格勒在一个山洞里看到一位喇嘛坐下来参禅。他开始观察喇嘛，仔细分辨并明白了这不是菩萨转世的喇嘛，而是恶魔出身的邪恶生物。多克辛青格勒拿出自己锋利的黑钢剑说道："你，喇嘛，把七十五个蟒古思的母亲，黑怪物老妇交到我手里，让我看看。如果你不这样做，我就砍死你！"于是那喇嘛现出原形，变成了黑怪物老妇。她站起身来，和多克辛青格勒打了起来。他们开始把对方扔到这边甩到那边，开始抛掷对方，他们撼动了金色的大地，给众生带来了毁灭。灰屯呼和哲勃听到了他们的打斗声，急忙跑了过来。他走近并用锋利的黑钢剑砍向那个和他哥哥扭打在一起的黑老妇，把她的胸和腹砍断，把她砍成了两半。从那老妇的肚子里又钻出一个十五颗脑袋的小蟒古思，与多克辛青格勒搏斗了起来。灰屯呼和哲勃转过身来砍翻了那个男孩，把他的胸和腹砍断，砍成两半。这时那小蟒古思的一颗头说道："我还不足七个月！如果七个月之后出生，获得黑蟒古思达尔汗（铁匠）之名，我就会了结你的性命，灭了你的族。现在我要死了，因为我是个早产儿，我还不足七个月！"说完，小蟒古思就死了。灰屯呼和哲勃和多克辛青格勒点起了山一般大的火，从大山上扒下炭火，把黑妖怪老妇和她小蟒古思一起烧掉了。他们本想继续前进，但这时那匹檀香色的枣骝马说话了："我的灰屯呼和哲勃，你觉得这是为什么？为什么这些蟒古思游牧地的水草茂盛、肥美富饶呢？从前，当我转生为红勇士纳伽珠那的一匹修长的瓦灰马时，在这片有毒的黄海中间有一间窝棚，窝棚里有一头三岁的黑牛，牛身体里有一个金匣，金匣里有三只金色的小鸟。如果你不杀死这些小鸟，这些蟒古思就会再次复活。"灰屯呼和哲勃问道："有办法杀死它们吗？""怎么会没有？"于是灰屯呼和哲勃把一支白色的快箭搭在他那张花黄色的强弓上，迎着早晨的黄太阳开始拉弓，迎着中午的黄太阳开始放箭。放箭时他低声对着魔箭说道："你穿透那海中央的黑色窝棚，变成一只三岁公羊般大的黑马蜂，并开始蜇三岁黑牛那粗壮的大腿，把它赶出来！"附着这样的指令放出了那支箭。箭呼啸着飞去，彻底击碎了黑窝棚，变成了一只三岁公羊般大的黑马蜂开始蜇牛，刺穿牛腿上厚厚的肉，开始驱赶它。那牛走出来后，多克辛青格勒在黄色的强弓上搭上一支白色的快箭，从三个月路程远的距离迎面射了过去。他射穿了牛颈椎，打碎了金匣子。三只金色的小鸟随即飞向了天空。灰屯呼和哲勃看到这一幕心想:"不可能的事情发生了!"于是,他展示了自己九十九种神奇的本领:他拿走了天上的太阳,在鞍桥上镶嵌了膝盖骨大的黄太阳,然后扔出一块魔石,并向天空发出了一千劫波的寒冷黑飓风。所有的飞禽走兽都感到了寒冷,纷纷来到膝盖骨般的黄日跟前取暖。三天后,一只黑花的大鹏金翅鸟飞来,冻得瑟瑟发抖。那只大鹏金翅鸟的右翼下藏着三只小鸟。灰屯呼和哲勃抓住并压扁了它们。他随后点燃了山一般大的火,把它们彻底烧毁了。他放出了黄太阳,安抚了那边所有的生灵。

两位英雄正要回去,但那檀香色的枣骝马却开口说:"多克辛青格勒和六兄弟,你们最初为什么来到了这里?现在你们想怎么回去?当你们得知这七十五个蟒古思俘虏了以奥特根哈日(Отхон-хара 小黑)为首的八个仙女时,你们是来抢夺蟒古思的战利品,打击他们自尊心的。""如今已经过去了许多年,我们什么也不知道。"多克辛青格勒说道。檀香色的枣骝马说道:"在一丛连苍蝇鼻子都钻不进去的黑灌木丛中,有一片宽阔的白草地,草地中间蠹立着一个黑色的小屋,那小屋里面有八位美人。而这片灌木丛是很难进入的,它无法被绕过,也无法在白天穿过。灰屯呼和哲勃,你射箭吧,然后跟着箭进去。"灰屯呼和哲勃把白色的快箭搭在他那张花黄色的强弓上,拉开弓把箭射进了那片灌木丛,随后自己也出发去追赶自己的箭。灰屯呼和哲勃的白色快箭射穿了那丛黑色的灌木,射出了可以放牧好几牧场牛那么宽的道路。这时枣骝马飞快地穿过那片灌木丛,追上了那射出的箭。灰屯呼和哲勃拿起自己的箭,并用它挑起那小屋。这时他看到八只蜘蛛,正在小屋下爬。"这是蟒古思的灵魂吗?"他问道。枣骝马说道:"把它们带走吧,插上十三炷香来净化它们,用甘露雨来洗净它们,然后再看看吧!"

多克辛青格勒和灰屯呼和哲勃往各自怀里揣了四只蜘蛛,原路飞驰返回,爬上了长满刺柏的神秘杭爱山巅。在那里插上十三根香,降下甘露雨,清洗并净化了蜘蛛。于是蜘蛛变成了八个美人,像阳光一样闪闪发光。英雄们看到美女们坐在那里闪闪发光,因为害羞而不敢直视她们。因为没有衣服首饰,那些天界的美女默默向她们的父母,三十三位天人求救。于是一瞬间,世间的旋风为她们带来了美丽的锦缎丝绸衣物和首饰。

当其中七位美人的衣服落下时,美丽的奥特根哈日说道:"多克辛青格勒和兄弟们是我七个妹妹的未婚夫。现在我要去向长生天大汗报告她们找到归宿的喜讯。"说完,她变成了灵活聪明的鹦鹉,并飞向了天空。这时剩下的七位美女没有良驹,也没有马鞍和笼头用来备马。于是灰屯呼和哲勃从枣骝马的尾巴上拔下七根毛,又从马鬃上取下七根毛,打了结并把毛放到枣骝马喘出的气下。于是立刻出现了七匹带有马鞍和笼头的暗红色的白鼻马,玩弄着自己的脑袋,嬉戏打闹,不在原地站好。两位英雄让这些美女们骑上马,九个人一起奔向了多克辛青格勒的游牧地。当他们走了三天路程后,遇到了多克辛青格勒的六个兄弟,他们已占领了蟒古思的臣民和牲畜。灰屯呼和哲勃和多克辛青格勒给他们留下了七位美人,他们二人则继续前行。他们到了极好的孟梅耶汗的领地,下了马走进了宫帐,向父亲和母亲问了安,并详细地讲了发生在自己身上的一切。极好的孟梅耶汗对他们说道:"我的孩子们,人们对打猎的猎人说,好射手;对打仗的人说,丰厚的礼物。从你们的战利品中给我一些礼物吧。"于是他们每人献出了两代臣民和两群牲畜。

之后他们开始集合,准备在打败七十五个蟒古思、获得七位天仙美女之际,举办一场欢乐的盛宴。这时驮运队伍到了,人们也来了。灰屯呼和哲勃接受了他该拿的东西,给出了他该给的东西,分配好了一切。多克辛青格勒和他的兄弟们娶了七位天仙美女,而灰屯呼和哲勃娶了美丽的哈日努敦。婚宴开始后,他们庆祝了八十天。为了让灰屯呼和哲勃能够回到自己的游牧地,他们吊控好骆驼和马匹;把金色的《甘珠尔》和《丹珠尔》赐给了美丽的哈日努敦。一千五百峰白鼻黄驼满载着金色的《甘珠尔》和《丹珠尔》,用阿克(白)人的金色地毯[1]盖住并开始赶路了,骆驼被五十五十头分开,给每峰骆驼都分配了一位勇士牵引。一千五百峰敏捷的单峰驼满载了黑貂皮的宫帐和贵重的丝绸帷幔,上面铺好阿克人的地毯,带着驮运队伍,驶向了金黄色的道路。他们给美

---

[1] 蒙古文为:用金银的艾麻毯盖住。

丽的哈日努敦备好了马，配了鞍、笼头和珠宝，美女在这匹八根胫骨没有缝隙的小溜蹄马背上长大；她还有八个女仆做伴，聊着家长里短并把她送到驮运队伍的最后。灰屯呼和哲勃祝愿父母亲安康，并与他的七个兄长一起出发了。他领着驮运队伍和路上的人们，祝愿他的七个兄长安康后就让他们回去了。然后，灰屯呼和哲勃让他的驮运队伍日夜兼程，不论白天黑夜一直赶路。美丽的哈日努敦注意到后说："据说扔出去的石头会停下来！"她把九十九年路程的距离缩短到了五个昼夜。他们不紧不慢地走了五天，就进入了灰屯呼和哲勃的游牧地。牧马老人出来迎接他们，他们互相问好，谈论了所发生的一切。

灰屯呼和哲勃来到大汗父亲跟前，问候了大汗父亲安康，并向大汗父亲汇报了自己的行程。于是汗父亲下令收集举行盛大宴会所需的一切物品。就在他们开始准备并安排建起黑貂宫帐的地方时，驮运队伍缓缓走来。于是人们卸下了金色的《甘珠尔》《丹珠尔》，解开黑貂宫帐并开始搭建，刚好将它沿着宽阔美丽的草地，建在了美丽的高地中间。人们安置了所有好物，清除了所有的不祥之物，建起了金饰楼阁般的美丽宫帐。他们将金色的《甘珠尔》和《丹珠尔》安放在金色的寺庙佛塔中，进行了献祭祈祷仪式。然后聚集起所有众生，开启了一场无限盛大的宴庆。他们大肆庆祝，像杜鹃一样欢乐；所有众生都与他们一起完全沉浸在欢乐之中。他们心平气和，盆钵丰盈，尽情享受着。黑根灰屯呼和哲勃从枣骝马上取下马鞍和笼头，把它放归了马群中。据说，他开始了极致的幸福生活。没有冬天，都是盛夏，没有死亡，万古长青，没有春天，尽是丰秋，没有枯草，都是青草。没有敌人与他战斗，身旁没有恶意的阻碍，没有什么可怕的，没有什么损失的，一切都健康、美好地进行着。

203

额格勒莫尔根

一

白桦树成为装饰，天鹅欢叫着；落叶松成为装饰，雄鹰欢叫着。泉眼喷涌着，麋鹿鸣叫着，美德和幸福传播着，万千臣民聚集着......

当大王汗还只是个婴儿的时候，当这世界所有伟大的人民开始成长的时候，当布姆（Бум，十万）海还只是水潭、灰盘羊还只是羔羊的时候，当金黄的阳光刚洒下的时候，当这一劫波的千佛信仰开始增强的时候，当这中层阳光普照之世界的居民开始繁衍的时候，当释迦牟尼的宗教开始传播的时候，一位光荣的勇士诞生了，这个世界的人们都臣服于他。

天鹅欢乐着，花叶成为装饰。据说有片水晶海，据说有片蜜糖海。据说有片须弥海，还有片布姆海；光荣的勇士生来就统治着这些。

当须弥山还是座小山丘，当浩瀚的须弥海还是片水潭的时候，当下界七十七位国王还是婴儿、度母还是女神、达赖喇嘛还是班迪[1]、三十三重天之主霍尔穆斯塔刚满三岁的时候，诞生了一位光荣的勇士，独自统治着这中层阳光普照之世界。他成为这中层阳光普照之世界的光荣勇士，他一出生就成为中层阳光普照之世界的统治者。

---

[1] 小喇嘛。——译者注

据说从母亲的腹中出生时,他口中衔着一把黑宝剑;据说他出生时,手里攥着一坨肝脏般大的黑血块。据说他是阳光普照之世界八大洲上无人能敌的勇士;据说搜遍他的后背,没有可弯曲的脊椎;搜遍他的肋骨,没有剑可以插入的地方。据说这光荣的勇士在母亲的怀抱中安然长大,在父亲的怀抱中自在长大。那勇士淡黄的美丽辫子遮住了肩胛的光泽;他拥有一双美丽的黑眼睛和洁白的牙齿。他生来就是这中层阳光普照之世界的统治者,主宰着王国和国家。十多年后,畜群已多到数不清;多年之后,绵羊、公牛和骆驼也已多到数不清;中层阳光普照之世界的统治者,光荣的勇士诞生了。他生来不知上方的敌人,也不知身边的恶人。他的父亲是恩克孟克(Енке-Мэнкэ,宁静永恒),母亲是额尔德尼吉尔嘎拉(Ердени-Джиргал,宝石欢乐)。就这样,光荣的勇士诞生了;光荣的额格勒莫尔根就这样诞生了。

在名为图门(Тюмен,万)的谷地之源,有一片美丽的叫作图勒库尔(Тюлькюр,钥匙)的白色平原;那里矗立着光荣勇士的美丽宫帐。门上画着翱翔的大鹏金翅鸟,门框上是哈萨尔和巴萨尔猎犬,门楣上画着鹦鹉。哈那[1]和屋顶的椽子上有顶架的山羊,支柱上有搏斗的狮虎,天窗边上是各方的菩萨。据说这白色的宫帐有七十根支柱。建起它,让它迎着太阳和月亮的光芒。建起它,用二十四块毡墙盖着,用二十四条围绳系着。前毡顶用鹿皮缝制,包缝着花白的丝绸。丝质宽大的天窗罩,所有系带都用鲜艳的红线制成。这就是光荣勇士七十根支柱的宫帐。据说宫帐内部的用具有很多。那里放着一座狮腿宝座,那里摆着一尊阿育王像。那里收着金色圣洁的黄香,收着金色的《甘珠尔》和《丹珠尔》,上面铺着斑斓的地毯。那里摆放着光荣勇士的二十五个宝座,铺了二十五个双层的四角垫,摆放了二十五个美丽的香檀木架。人们架起七十五条带的篝火架,架起铜锅;拖来象皮马奶酒罐,放进香檀木槌;拖来犏牛皮罐,放进柳木槌;拖来红牛皮罐,放进河柳木槌;拉起六十丈的长绳,拴起鱼苗般多的小马驹,开始打珍贵的红马奶酒。

---

[1] 哈那:墙壁,蒙古包的木架。——译者注

额格勒莫尔根

那里散居着成千上万的普通百姓，光荣的勇士统治着他们。那光荣的勇士名叫早出生[1]的额格勒莫尔根（Erte tørsen Egel mergen）。额格勒莫尔根勇士有一匹额尔德尼洪古尔（Ердени-Хонгор，珍贵浅黄色）马。据说那马的背上没有弯曲的椎骨，肋骨间没有可插入黑钢剑的缝隙；早出生的额格勒莫尔根的马据说是匹飞马良驹。

光荣的勇士，早出生的额格勒莫尔根出征的时机已成熟。他向汗王父亲和母亲报告说，自己出征的时机已经成熟。但汗王父亲和母亲怒不可遏。光荣的勇士应该为自己聘娶住在西边日落之国的都尔斯库愣汗（Дюрскюленг-хан）的女儿，美丽的都图孟德尔（Дуту-Мэндэр）。光荣的勇士为自己聘娶那美女的时机已经成熟，早出生的额格勒莫尔根离开故乡游牧地的时机已成熟。有着额尔德尼洪古尔马的早出生的额格勒莫尔根决定应该聘娶那位美女，他决定踏上征程。早出生的额格勒莫尔根命令最好的牧马人阿克萨哈勒（白胡子）带来漂亮的飞马良驹。牧马人阿克萨哈勒出发去寻找勇士的飞马，他骑进无数匹阳光下行走的马中，大叫着跃入月光下行走的马中。牧马人跃起，为了抓住光荣勇士的飞马，他开始在马群中寻找。他在八十八丈长的白色马杆上套了一百零八丈长的套索。牧马人阿克萨哈勒抓住了叶尔德尼洪古尔马。然而那马开始蹬腿尥蹶子。它向上跳，可数天上的繁星；它向下跳，撼动大地的根基。但牧马人把它拉近并抓住，他给马套上笼头，把它牵到七十五根柱子的白色宫帐前。他在宫帐附近停下，把马拴得如岩石般紧，将绊绳套得像箱子般结实。牧马人阿克萨哈勒走进了七十根柱子的白色宫帐里。他向高贵神圣的诺颜问了安，下跪七十二次并说："我带来了光荣勇士的飞马良驹。"说完，他开始喝加了肉豆蔻的红茶，人们给他端来了倒在红檀壶里的茶，给他端来了倒在檀香碗里的茶；在他面前摆上白糖，插上白铜勺子；在他面前摆上冰糖，插上银勺子，献给他各种美味佳肴。牧马人阿克萨哈勒饱饮了一顿，解了渴。

与此同时，早出生的额格勒莫尔根也该给他的飞马备鞍了。他给马套上了乌银的笼头。鞍垫据说是由众多绵羊的毛制成，上面还用带眼的绒布做了装饰。

---

[1] 蒙古文和俄文本中为"早产儿"，本书统一译作"早出生的"。——译者注

额格勒莫尔根在鞍垫上放上了四十九只枣红带星点的貂皮垫子；然后调整马鞍，给自己的那匹飞马备好了鞍。光荣的勇士拉起前面六十五根鞍带，拉起后面八十五根鞍带，套好六十丈的鞘，在金色的缰绳上挂上贡沙木柄的野羊皮铜银镀白色训鞭。他在前后鞍桥上调整缰绳，在八十二条鞍带中的最后一条嫩黑的鞍带上，系上了生黑的绊绳。他就这样备好了马，把马拴了起来。早出生的额格勒莫尔根备好额尔德尼洪古尔马后，穿上了盔甲，穿上了黑牛前额皮制的苍白色裤子，穿上红靴和棉白袜。随后他佩戴了一把带有檀香木剑鞘、象骨钳的黑钢剑，还别了个丝绸小袋，里面装着大王汗赠送的烈性红烟草，还挂了一块三岁公牛般大的黑亮火镰。早出生的额格勒莫尔根在皮筒靴里塞了一根银烟管。母亲为他编了三十二条黑辫子，在三十二条辫子下拴上了一百零八杈的绑带。然后他戴了一顶带缨和护耳的洁白头盔；他放下帽瓦，松开圆环，解开挡板，放下护脸，把头盔戴在厚厚的前额上。光荣的勇士这样武装好了自己。

208　　他随后准备了一张九十八力的黄色强弓；拿出了一杆红色长枪，百丈长的铁枪六丈长的柄；拿出了一把带钳的黑钢剑；一把九十八弯的白色锋利马刀。然后他穿上了所有的盔甲，踏上了征程。他的马飞奔跳动着；额格勒莫尔根骑着马离开了父母亲的游牧地，向西朝着夕阳奔去。

　　早出生的额格勒莫尔根疾步驰骋，路尘缥缈，路沙翻卷。他在草原上若隐若现，在山岭上巍然屹立，他撼动四海，震撼世界。他的枪尖白光闪耀，他的盔顶光芒四射。阳光普照之世界的八块大陆撼动着，细细的黄尘被卷起，他没有停顿地骑过了大片黑戈壁，一瞬间骑过了几十片这样的戈壁。他骑着马绕过黄色的芦苇荡，他骑过辽阔的黄色草原。他骑着马穿过阳光普照之世界的八块大陆，向西朝着夕阳飞奔。盔甲就像山阴的松柏在他身后竖起。他穿过阿尔泰山阴的高地，走出黑山的阴坡，朝着夕阳飞奔。八片大陆在额格勒莫尔根的马蹄下摇晃，布姆海激荡，神圣的阿尔泰杭爱颤抖。早出生的额格勒莫尔根向西朝着夕阳飞奔。时间流逝，大雪纷飞，吹雪堆积，他驰骋了数月，没在炎热的白天休息，没在浓雾中躲避，没在平坦的石头上绊倒。

　　早出生的额格勒莫尔根来到一块没有通道的黑色岩石前，拿出黑钢宝剑开始砍石头，砍出了一条足以让一千峰骆驼通过的道路。他就这样把那块石头劈开，开辟了一条道。他从那里继续前行，来到了一片向上没有开端，向下也没有终点、沸腾着滚烫铁水的巨大戈壁；于是他降下了七十天的雨和冰雹，越过了那片戈壁。早出生的额格勒莫尔根就这样远离了父母亲的游牧地。他将一年的路程缩成一个月，把一天的路程缩成半天，就这样到达了遥远的地方。自从这位光荣的勇士离开游牧故土以来，已经过了十几年，但他还是没能到达都尔斯库愣汗的女儿都图孟德尔的游牧地。光荣勇士的身体在旅途中成长，他的臂膀渐渐宽厚，他的身体愈发健壮，他的人格和思想渐渐成熟，勇气和力量愈发强大。他瞬间穿越了连绵的戈壁；海角升起，峡谷显现。草原上开始起雾，山口逐渐暗淡，他翻山越岭，继而越过海岸。他继续向西，朝着夕阳行进，遇到了一个无始无终的深渊。额格勒莫尔根拔出黑钢剑，砍出了一道驮运队伍都可以通过的大道。他劈开大道，穿越了那悬崖。早出生的额格勒莫尔根从那儿继续走，到达了都尔斯库愣汗的女儿都图孟德尔游牧地的边缘。到了那里，这位光荣的勇士下了马，将马拴好，卸下盔甲并把它们堆在一起。他走进了白色的宫帐，把七十排的门帘甩到一边，不让它触碰到自己肩上的光泽，朝里走了进去。他随即在各诺颜面前跪了七十二下，又鞠了一躬；他弯下了钝膝，低下了圆头。早出生的额格勒莫尔根问了安，坐了下来。那位可汗随后问道："你的游牧地在哪里，你的家在哪里？你是谁的儿子，你叫什么名字？你的父母叫什么名字，你的姐妹叫什么名字？你是谁的儿子，你叫什么名字？你怀着怎样的目的，为何漂泊？"人们给光荣的勇士端上了肉豆蔻红茶和红檀粥[1]。光荣的勇士吃饱喝足，然后转向可汗说道："您的女儿正好是我命中注定的妻子，良缘本是上苍的旨意。我就是为此而来，来告诉您这事。"可汗随即说："带上这个美女回去吧。"额格勒莫尔根随后向父亲赠送了花缎丝绸，向母亲赠送了哈达，赠送了一万匹黄金缝制的花缎丝绸。

　　光荣的勇士迎娶那美女的时候到了。一场为期八十天的盛宴开始了。宴

---

[1] 此处应该为红檀碗，很可能是印刷错误。——译者注

会开始,娱乐开始。他们玩耍,敲打煮羊腿,互相给对方敬酒。他们宴饮娱乐了八十天。据说他们众多的白骆驼有金鼻勒和银鼻板,这些骆驼是用来将美女七十五根柱子的宫帐运走的。寺院里有神圣的管家,有乌光油亮的酿马奶酒的人,有巨龙声响的领诵师,还有九十四位执事。圆形寺庙中央的铜银鼓被敲响,向人类生灵分发布施品。赤黄色的袈裟飞舞着,黄红色的僧侣四处穿梭着。寺庙里八十八根柱子的帐篷内举行了八万场法会。在那请来了那位可汗的金色美女,按时举行了盛大的仪式。洁白的海螺被吹响,所有永恒的恐惧被洗净;威风的黄鼓被敲响,所有的邪恶被毁灭;人们开始唱威严的守护神赞歌,让那美女叩头行礼。

随后开始给那美女分配财产,给她分配了美丽的国家,给她分配了圆形的红色寺院,给她分配了四畜财产,给她备了一匹有八十八股辫子的修长淡黄马,给马戴上了八色的穗子,那穗子像枝繁叶茂的上等檀树。选了最好的月份和日子,那便是秋季中月的初八日。送美女上路的时机成熟了。这时开始了八十天的盛宴和六十天的欢宴。没有严冬,仅有盛夏;没有死亡,万古长青;没有贫穷,富贵显荣。额格勒莫尔根,勇士中的佼佼者,早出生的额格勒莫尔根带走美丽的都图孟德尔的日子到了;秋季中月的初八日来临。八位观星者和寺庙长老、得道喇嘛选择了这一天。骆驼上装好了包袱,装上了阿育王菩萨像,装上了金色的《甘珠尔》和《丹珠尔》,所有包袱都装在了那群骆驼上。装完所有的包袱后,用斑斓的地毯从头盖到了尾。金色的笼嘴闪闪发光,银色的嚼子闪闪发亮。光荣的勇士带着他的美女出发了。驮运队伍上路了,向着东方迎着太阳初升的方向,朝着富饶的故乡阿尔泰山出发了。马嘶声嘈杂,人声鼎沸。他们通过了多年无法通过的白戈壁,他们越过了数月无法越过的白戈壁。早出生的额格勒莫尔根驮着都尔斯库愣汗的女儿美丽的都图孟德尔。他们游牧了十多年,游牧着走过了漫长的岁月;游牧着,看到了雪花飘落,雪堆形成。他们不停地游牧,抓住太阳挂在木桩上,抓住月亮将它拴住。

这时他亲切的十三峰富饶的阿尔泰山出现了,二十三峰杭爱山出现了。早出生的额格勒莫尔根来到了父母亲的游牧地边缘。当进入游牧故土的边缘时,须弥海在颤抖,须弥山在摇晃。这时额格勒莫尔根飞奔起来,他让马跨过大山口,跨过宽山口。他开怀大笑,铲子般大的白牙闪闪发光,像虎般咆哮,又轰鸣一响。他小跑着伴随巨响,起风了;他小跑着伴随嘈杂声,旋风开始转动。他双腿紧绷,踩得沉重的银马镫弯曲,带子拖长。他骑着马,潮湿的草地在颤抖,蔚蓝的长生天逐渐泛红。额格勒莫尔根正奔向他的故乡游牧地,奔向十三峰富饶的阿尔泰山,他向着故土,向着仁慈圣洁的十三峰阿尔泰山,朝着阿尔泰年轻的红色神灵前进。而都尔斯库愣汗的女儿,美丽的都图孟德尔离开父母,离开故乡的游牧地,来到异国他乡。她那美丽洁白的胸脯变得浑浊不堪,十三种念头在她心里萌生起来,她那黑色的心脏跳动起来,她那双肺臃肿了起来,产生了各种不同的念头,水汪汪的黑眼泪流了下来。早出生的额格勒莫尔根来到了七十五根柱子的白色宫帐前,驮运队伍随后也到了。骆驼们来了,金色的笼嘴闪闪发光,银色的嚼子熠熠生辉;阿育王菩萨像闪闪发光,金色的《甘珠尔》和《丹珠尔》闪闪发亮。光荣的勇士迈着轻快的步伐,撼动了七十五根柱子的白色宫帐,撼动了蓬松的银墙壁和十四片银屋顶。额格勒莫尔根走进白色的宫帐,向母亲和父亲问了安,跪了七十二次,又鞠了一次躬。勇士向因思念而眼含热泪的父母亲宣布道:"我战胜了敌人,聘娶了一位天上的美女。"父母亲回答他说:"所以,你是一个光荣的勇士,你打败了敌人,为自己赢得了天上的美女!"那里举办了一场盛大的宴会,在那之后,所有人都生活在和平与幸福之中。

关于光荣的勇士,关于额格勒莫尔根,关于他如何得到天上美女的第一部分已经结束。

二

据说早出生的额格勒莫尔根踏上了征途,他朝太阳升起的方向前行。光荣的勇士骑马离开了他的祖国,离开了十三峰富饶的暗红阿尔泰山。他骑行了整整一年,看到了第二年的黄太阳。据说那时有一位白杭汗阿尔萨兰(Байханхан-

Арсалан），身着黄衣，骑一匹五丈长的金黄骏马。他正等待早出生的额格勒莫尔根。他骑马出来，下了马，拴好马，放下盔甲。他把阿尔泰山折弯当枕头，他把脚搭在杭爱山上，就这样睡着了。他就这样睡在了早出生的额格勒莫尔根要经过的路上。他发现自己等待的勇士正在靠近，之后便继续躺下。这时，光荣的勇士额格勒莫尔根来到他身边。他们看了看彼此，又朝不同的方向看了看，互相问了好。白杭汗阿尔萨兰随后问额格勒莫尔根："你的游牧地在哪里，你的家在哪里？你是谁的儿子，叫什么名字？你的父母亲叫什么名字，你的姐妹叫什么名字？你有什么想法，为何在漂泊？你从哪里来，要到哪里去？"额格勒莫尔根回答道："谷地的起点是我的营地，檀香弯处是我的游牧地。我的父亲是恩克孟克，母亲是额尔德尼吉尔嘎拉。我叫早出生的额格勒莫尔根，有一匹额尔德尼洪古尔马。你的游牧地在哪里，你的家在哪里？你的父母亲叫什么名字，你的姐妹叫什么名字？你是谁的儿子，叫什么名字？你有什么想法，为何在漂泊？"勇士回答："我叫白杭汗阿尔萨兰，身穿黄衣，有匹五丈长的金黄骏马。我的父亲是奥尔呼那然（Орху-Наран，夕阳），母亲是噶尔呼那然（Гарху-Наран，朝阳）。你同意用父母亲赐予我们的臂膀来比试吗？还是想用大师锻造的武器来战斗？""哪种都不必害怕。"额格勒莫尔根宣布道，"那让我们在晴朗的阳光下，在年轻的岁月里一决高下吧！"

他们两人骑着战马出发了。勇士们就这样撞在一起，开始用长矛互相刺杀，但都奈何不了对方。他们随后又掏出黑钢宝剑互相厮杀，依然奈何不了对方。他们用黄色强弓互相射击，依然奈何不了对方。"让我们用父母亲赐予的臂膀一决高下吧！"他们喊道。于是他们甩掉了铠甲，赤裸上身，迈着庄严的步伐走到了一起。他们开始战斗，两个光荣的勇士抓住彼此开始搏斗。时间一分一秒地过去了，但他们仍在战斗；雪在下，雪堆被吹起，但他们仍在战斗；他们战斗着，但都奈何不了对方。这时，早出生的额格勒莫尔根的臂膀肿了，他的力气和力量也增加了。他举起那身着黄衣的白杭汗阿尔萨兰，像举起黑帽子般，大喊一声举过黑头顶，将那光荣勇士扔出去，摔倒在地。额格勒莫尔根用膝盖抵住那勇士像大海般巨大的白色胸膛，抵着问道："你有多少兄弟能来找你？你

额格勒莫尔根

有多少孩子可来为你报仇？黑钢剑在你美丽的脖子上生着锈[1]！"那光荣勇士美丽的黑眼睛里流下了冰雹般亮闪闪的黑眼泪，他喊道："就让光荣的勇士吞下我的肉吧，减缓自己的饥饿，让他喝下我黑红的血解解渴吧！"[2]额格勒莫尔根举起了自己的黑钢剑，但心想："我怎么可以杀死这异国的光荣勇士，这别人的儿子呢？"他这样想着，站了起来，躺在他身下的光荣勇士白杭汗阿尔萨兰也站了起来。站起来后，他们结成了兄弟：他们舔了刀刃，在佛祖面前发了誓，一起爬到了金黄的弓弦下结成了兄弟。早出生的额格勒莫尔根和白杭汗阿尔萨兰结成了同袍兄弟。他们俩穿上盔甲，朝着白杭汗阿尔萨兰的游牧地出发了。他们到达白杭汗阿尔萨兰的故乡，在那里过上了幸福的生活。早出生的额格勒莫尔根从那里出发，朝着日出的方向前行。他驰骋着捕猎羚羊和野兽，奔向阿尔泰山。他飞奔了一整年，看到了第二年的黄太阳。他飞奔到南阿尔泰山阴面的高地上，开始呼唤草原羚羊，开始呼唤山里的野兽，开始用九十八力的黄色强弓射击。他打了很多猎物，堆了一大堆。他点燃山一样的大火，堆起山一样的炭，烤起了肉；随后他们开始吃肉，缓解了饥饿。他们决定在那里过夜。光荣的勇士们拴好马，堆好自己的盔甲，把阿尔泰山当枕头，把脚搭在杭爱山上，躺下来睡觉。

据说光荣的勇士们在那里睡了很久，一睡就是十几年。于是光荣英雄们的良驹战马开始拍打他们黑圆的脑袋，把他们唤醒。勇士们慢悠悠地起来，不慌不忙地穿衣。他们拿出银烟斗，吸了浓烈的青烟。他们解开了挂着如三岁公牛般大火镰的扣子，拿出锋利的黄色打火石，放上了巨大的黄色火绒，生起了旺火。他们坐在那里，嘴巴像烟斗孔似的抽着烟，他们的意识逐渐清晰。就这样吸完烟后，他们安静愉快地坐了一会儿。他们把烟斗塞进了皮筒靴里，把火镰别在了腰带后，带着武器上了路。据说他们朝着太阳升起的方向出发。他们撼动了宇宙四海，踏上了金色的道路。他们拴住太阳，捆住月亮，一天内走完了

---

[1] 蒙古文为架着，俄文原文为"заржаветь"（生锈）。——译者注
[2] 此处的剧情有待商榷，蒙古文中这段话实际为额格勒莫尔根的心理活动：吃这勇士的肉，可让我饱腹？喝这勇士的血能解我的渴？——译者注

一千年的路程，来到了九十个黑蟒古思兄弟那里。勇士中的佼佼者，早出生的额格勒莫尔根和光荣的勇士白杭汗阿尔萨兰来到了黑蟒古思这里。黑火药的气味弥漫开来，黑钢宝剑的光芒闪烁，地表摇晃着。光荣的勇士们击杀黑蟒古思，砍下他们的头颅，自己和剑都被鲜血染红。他们飞到天上，跑到地下，打倒了所有的九十个黑蟒古思兄弟，斩断了他们的血脉，打散了他们的根基。光荣的勇士们随后点燃了山一样的大火，扒出山一样大的煤，烧掉了那些黑蟒古思的尸体。就这样摧毁殆尽，牛啃不到一根骨头，狐狸闻不到一点腥臭。

光荣的勇士们在这之后继续前进。他们朝着日出的方向前进。据说他们遇到了一营营十万精兵和一万战士。于是早出生的额格勒莫尔根拿出了他的黑钢宝剑，冲上去痛击敌人。早出生的额格勒莫尔根在这里放飞自我，他杀光了一营营的精兵，杀光了众多战士。光荣的勇士继续前进，据说遇到了沙日浩特（Шара-хото，黄城）的一千名精锐士兵，他们击败了所有精锐士兵继续前进。他们走了整整一年，到达了阿尔泰山游牧地的边缘。

泉水在喷涌，麋鹿在鸣叫，佛陀的信仰在传播，那里有无数多的人。绿草如茵，布谷鸟轻声歌唱，美丽的香檀树摇曳生姿，鹰雕欢叫着，灌木交错，绿草丛生。青烟飘过这些地方，美丽的鸟雀欢叫着，细檀树摇曳抬起枝头；美丽的鹦鹉嬉闹，各色灌木摇曳着爬满山坡，跳鼠和松鼠四处奔窜。落叶松成为装饰，天鹅欢叫着；白桦树成为装饰，雄鹰欢叫着。戴胜鸟在高大美丽的檀香树上咕咕叫，桧树和檀树在阴坡上沙沙作响，孤独的金银花树在南坡沙沙作响；银鼠松鼠在树枝间徘徊，山羊绵羊爬上平坦美丽的岩石。水獭和黑貂享受着幸福。草原上青烟缭绕，从不同的山口望去，湖海碧波荡漾。从湖海的岸边望去，成群的鱼儿四散开来。他们进入了如此美丽的故乡，走进了十三峰富饶的暗红阿尔泰山。美丽的鸟雀翱翔欢腾着，青绿鲜嫩的草地沙沙作响。强大阿尔泰山的气息蔓延开来，人畜喧闹，人声鼎沸。良驹的蹄声嗒嗒作响，顽皮的青年们在喧闹。勇士中的佼佼者，早出生的额格勒莫尔根这时来到了这片游牧地的边缘。

勇士们来到七十五根柱的白色宫帐跟前，下了马。蓬松的银墙在摇晃，四方的屋顶此起彼伏。他们下马走进了宫帐内。七十排的门纱被他们抛开，不让它碰到肩上的光辉。勇士们进去坐在了尊位上，他们的头盔直冲屋顶的椽子，他们在生肉般红的宝座上坐下，压倒了众人的气势。人们将红檀罐子里的肉豆蔻红茶倒入珍贵的檀木碗中，献给了勇士。一位光荣的勇士，著名的大臣，把碗端了起来。他的主人，坐在上面的诺颜随后起身在勇士们面前跪了七十二下，再次叩头并问道："年轻人，你们的祖国在哪里，你们的家园在哪里？你们去哪里，为什么去那里？"他这样说，勇士中的佼佼者，早出生的额格勒莫尔根回答他："谷地的起点是我的营地，檀香河湾处是我的游牧地。我有九十二个黑色的冬营地，我的水源地在白色的大海里。我是恩克孟克和额尔德尼吉尔嘎拉之子，有一匹叫作额尔德尼洪古尔的马，早出生的额格勒莫尔根就是我的名字。我生来就能毁灭阳光普照之世界的八片大陆。我生而能与天神竞争，我生而能与大地比拼。我生来就是这古老世界的主宰，我生来就是所有邪恶敌人的征服者。在阳光普照之世界的八块大陆上，能打败我的年轻人还没出生，即便出生也还未曾接受国家和信仰。他还没有出现，即使出现也还没有认清大地和水域。现在我要粉碎你们碧玉般伟大的国家，我要占有你汗国的游牧地，我要把你们众多的臣民转移到我的祖国，转移到我十三峰富饶的暗红阿尔泰山。"说完，他下令精心照料骆驼，准备行装，将那数不清的臣民带走了。他们走了整整一年，看到了第二年红黄的太阳。勇士中的佼佼者，早出生的额格勒莫尔根来到了自己的故乡，把他的臣民带进了故乡游牧地境内，把数十万人带进了神圣的阿尔泰山和杭爱山境内。在一个半岛上，叫停了万驼队伍；在一个谷地里，千驼队伍被叫停。这些臣民进入了新的游牧地，成为新诺颜的臣民，过上了幸福的生活。而早出生的额格勒莫尔根占有了他们，也开始享受休息。

　　早出生的额格勒莫尔根进入自己的宫帐，开启了八十昼夜的盛宴，开始了六十昼夜的欢宴。他放走了自己的战马，卸下了马鞍和缰绳，将它放归马群，回到同伴身边。他脱掉了无缝的衣服，开始享受休息；他增加了十种白美德，净化了十种黑罪恶，开始享受和平安宁，掌管国家。在他之上没有敌人，在他身边没有恶人。光荣的勇士，早出生的额格勒莫尔根的光荣之名这时传扬了出去。

　　关于光荣勇士额格勒莫尔根的一大段故事结束了。

额尔格勒图尔格勒

额尔格勒图尔格勒

　　在过去美好宁静的时代末与现在即将到来的美好宁静的千纪间，当和平、安康以及巨大喜悦存在了几十万年，在英雄勇士荣耀的时代，在一个坚定宁静、美德远传的美丽时代……阳光洒下不久，八万四千种教义才传开，八万年的新生活重新开始时……据说在那美好的时代，国家和信仰得以建立。

　　杭爱故乡五十座隐约的山峰巍峨耸立，在轻风的吹拂下拔地而起，七十座阿尔泰双峦叠起，与裸露的悬崖共同生长。杜松密布的隐秘阿尔泰巍峨耸立，十片治愈之海的琼浆甘露泛着白。在那游牧地，美丽的青檀摇曳着，杜鹃欢快而甜美地鸣叫。美丽的树木摇曳生姿，各色的鸟儿咕咕鸣叫。黑色雏雕的叫声传来，在山间寻找猎物；四道河湾暗红的檀香草摇曳交织着。所有众生都活在幸福美满中。黑色雏鹰沉吟着，在高地山丘寻找猎物，三道河湾的草摇曳交织着。高地积雪嘶嘶融化，细声杜鹃在清晨黄色的阳光下鸣叫着，栖息在高大的檀树上。云雀和六十种麻雀鸣叫着，七十色的野鹿啃着青……简言之，这就是巍峨富饶的阿尔泰和杭爱故乡。

　　占满阿尔泰杭爱山阴坡的枣骝马已经长大，它们静静地吃着草；揪着草头，喝着纯净的水，吃着肥美的草。花枣骝马群占据了那边。戈壁盐碱地红黄的骆驼已经长大。骟驼和母驼几百万群地分开，小骆驼一起嗥叫，这些红黄的骆驼多得让人数不清；它们占据了那边。那里有一群躁动不安的红牛。黑灰的公牛在狭窄的峡谷中快速奔跑，沉吟着顶架；四岁公牛和四岁母牛在沟壑和坑洼中奔跑跳跃；三岁公牛和三岁母牛在潮湿的山坡上乱窜啃青。阿尔泰十三个山口遍布洁白的绵羊，整整一代人守护在那里。羯羊分开走，羊羔咩咩叫；羊群占据了那边。

一位光荣的勇士，从出生就拥有那游牧地和水域、那国家和信仰、那些牲畜和臣民。他的父亲是蔚蓝的长生天，他的母亲是肥沃的金色大地，他从三道山梁交叉处的一块花纹黑石中降生到了这世上。他的名字是三岁的额尔格勒图尔格勒，勇士中的佼佼者。在额尔格勒图尔格勒母亲和父亲的恩惠下，国家和信仰得到建立。长满刺柏的隐秘杭爱山南坡，在治愈之海的溢流处，在广袤的黄色平原中央，楼阁状的白色寺庙拔地而起，金银的宝顶闪闪发光，琉璃庙宇的屋顶熠熠生辉，熏香的气味弥漫开来。清脆的铃铛声响起，转经筒在微风中欢快地转动着，发出轧轧声。黄色高冠的鬃穗迎风飘扬，钟铃声叮当响，光荣喇嘛的宫帐高耸，无数僧侣的宫帐耸立，寺院在那里建起。而它的西北边则是八十八阶的汗王宫殿，一座辉煌的金黄塔。在这块游牧地上生活着九种语言的臣民，他们多到不计其数。额尔格勒图尔格勒自从来到这世上就没失去过水土，自他出生就没动摇过国家和信仰，据说他是一位光荣的勇士。他的头上有金刚总持，颅顶上有宗喀巴，额头上有玛哈嘎拉。双手有大鹏金翅鸟和老虎的力量，骨骼中有三十三条龙的力量；双肩上有观世音菩萨，肩胛上有七十只大鹏金翅鸟的力量。额尔格勒图尔格勒自从来到这世上，三年来不分昼夜地庆祝享乐。他坐着，从七十人抬不起的斑驳花碗里，一次次地饮下红色的阿尔扎；他喝醉了，饮下七十三碗葡萄味的美酒。然后开始说话，皱着那熏香般黝黑的额头，闪烁着铲子般的白牙；首先对右边的首领，端坐在结实白垫上的巴尔哈日（Барс-Хара，黑虎）大臣说道："我已征服了这国家，正在享受着母亲和父亲的恩惠。现在快给我找一匹良驹，一副好马鞍和笼头、各种武器、铠甲和头盔，就这些。还请告诉我，哪有呐喊而来的骑士靠近，哪有铿锵作响的武器靠近，哪有响亮的马蹄声靠近。我要去寻找！"没有一人出声，没有一人敢看一眼。这时额尔格勒图尔格勒又开口道："你们为何沉默地坐着，不承认我的话是有用的、好的？你们抛开我的话，认为我的话是无用的、不好的？你们为什么不回答我？"这时右翼首领巴尔哈日大臣把他可爱的黑胡子划了三下又理了三下说道:"我亲爱的可爱孩子!你熏香般的黑肉还没有长全,你强壮的胫骨还没有变强,你暗红的血液还没有变稠!但如果说到应驮着你的光荣战马,那我要告诉你:杭爱山般大的黑枣骝马哈日塔沙(Хара-Таша,黑腿)就是命中注定要驮着你的那匹马。你将凭借自己的勇士力量得到你命中注定的未婚妻。用具武器,铠甲头盔,马鞍笼头,我都给你!"说罢,他哗啦一声打开了十年未动的象白箱,拿出了银笼头、杭爱黑鞍、蟒古特黑鞭和白鞍垫。额尔格勒图尔格勒拿着赐予的东西跑了出去。他站在枝繁叶茂的美丽檀树下,把银笼头摇了三下又三下。黑枣骝马哈日塔沙听到了额尔格勒图尔格勒在摇动笼头。马儿心想:"应该是我的汗主人出发的时候到了,一定是我舒展十条白筋的时候了。"它在肥沃美丽的草地上翻了一个又一个身,咬了一口又一口鲜草,像阿尔泰杭爱的高山拔地而起,张开峡谷般的大嘴,伸出四颗落叶松般的尖牙,踏上了金黄的道路。它以狐狸的步伐疾驰,以狼的步伐驰骋,以绵羊的步伐小跑并跳跃着。额尔格勒图尔格勒迎面跑出来,抓住那马的长鬃,给它戴上带环的笼头,然后套上马鞍。他随后把马拴在枝繁叶茂的大檀树上,跑进了自己的宫帐里。他伴着巨响坐在神圣的八腿金座上,喝着最美味的葡萄美酒。于是巴尔哈日大臣又站了起来,打开了十年未动的狮白长盒。从里面拿出了银盔、黑铠甲、弓和箭、黑钢宝剑和红矛。他把所有的东西都赐给了额尔格勒图尔格勒。额尔格勒图尔格勒命令仆人给自己一连斟七十三次黑酒,并对汗国的长老和贵族们说道:"你们好好地活着,无所畏惧,身体健康,不能有任何闪失。我将去杭爱山游荡,狩猎羚羊、鹿麇、松鼠、狐狸、狼、水獭、猞猁、沙狐以及所有野生动物。你们在我回来之前,不要打断这场欢乐的盛宴。"说罢,他像细树般摆动,像各色花朵般摇曳,像天上的太阳般闪耀,像黑色的钻石般闪耀着走了出去。他像跳鼠一样跳上马,发出鹰一般的声响上了路。他的马飞奔跳跃着,夺着嚼子。额尔格勒图尔格勒把自己的红矛夹在腋下,向遥远的西方出发。一瞬间,他奔过了七个月的路程。

额尔格勒图尔格勒让他的猎犬和金雕跟在身后。他飞奔了三天三夜,到了故乡游牧地的西边。他爬上阿尔泰山十三座巍峨岩石中最大的白岩石上,拉住黑枣骝马的缰绳并停了下来。他开始用自己那碗口般稚嫩斑驳、能望十五年距离那么远的眼睛，观察阳光普照之世界的四块大陆和八片边缘地。但额尔格勒图尔格勒的眼里什么也没出现，他的眼里连蚂蚁般的黑影、扣子般的黄沙都没出现。额尔格勒图尔格勒想："是何方的光荣勇士汇聚了那些呐喊靠近的勇士？又是何方的光荣勇士把喧闹赶来的战马牵走，聚集起来？好吧，既然没有敌人可以战斗，阿尔泰和杭爱山的野兽野味又不是被消灭完了！"他拿出挂在鞍板上引兽的白色细哨，开始呼唤草原上的野兽，开始引诱山里的野兽。他让它们走成一路，让它们行成一道。他把白色快箭搭在花黄强弓上，拉开弓射向猎物。他射了七十群野兽，射穿了五十群野兽。额尔格勒图尔格勒的箭落得更远，射中了八十片隐蔽的黑戈壁，点燃了羊群般的大火。额尔格勒图尔格勒从捕获的野兽中挑选出最好的，把两百头鹿和两百头麋绑在黑绊绳上，然后把一捆捆野兽扔到他那杭爱般的黑枣骝马哈日塔沙上。然后他从黑貂里挑选出灰黑的，从松鼠中挑选出棕花的，从狐狸中挑选出淡红的，挑出所有最稀有的猎物后，绑满了他八条坚固的鞍带，随后跳上马继续前行。他就这样沿着阿尔泰山的南脊穿过森林，来到了水草丰美、河湾大又美、地势宽阔、景色优美的地方。"常言道，男儿的慰藉是自由的草原！"额尔格勒图尔格勒这样想着下了马，取下了鹿麋肉。他生了山一般大的火堆，用四棵落叶松做了扦子，把四百只鹿麋肉串在四个扦子上烤。烤好后，他立即展示了自己九十九种神奇的本领，瞬间建起了三座水晶屋。他把貂皮、松鼠皮、各种毛皮，所有最昂贵的毛皮放在西边漂亮的房间里，把自己的盔甲挂在东边的房间里。他勒紧那杭爱山般的马儿哈日塔沙的嚼子，将它绑得像岩石般结实，让它像箱子般站着；然后拿着他的马鞍和鞍垫，走进中间的房间，铺开鞍垫，枕着马鞍，躺下睡着了，像皮带一样伸展开来，脸红得像怪柳。

突然他在睡梦中颤抖着醒来，他梦见自己与伟大的英雄战斗，但无论如何都认不出他；这就是他醒来的原因。他被这梦弄得不安，开始解读这梦。他心想："这梦意味着什么？"随后他开始吃四百只鹿麋肉，用嘴把粗骨头吐出，用鼻子把小骨头剔出。吃完肉后，他备好自己的黑枣骝马哈日塔沙，收拾好自己的盔甲，奔回了自己的游牧地。当他回来的时候，看到以前的臣民和牲畜都被人全部赶到了北方。当他来到金黄塔的门口时，看到枝繁叶茂的大檀树的树枝上绑着一封信。他取下信开始读。上面是巴尔哈日大臣写给他的话："来了个英雄叫哈丹哈日库日木（Хадайн-Хара-Кюрмю，岩石般黑的外套），他生来就是西北边的领主，他有一匹杭爱山般大、忠实的海山（Хайсан，大锅）马，他攻占了我们。亲爱的，不要随你的人民过来，不要失去你珍贵的生命，继续在那里生活吧！哈日库日木比你大七倍，他的马比你的马大三倍。"于是额尔格勒图尔格勒说道："勇士生下来，脖子能比别人粗多少？勇士生下来，肩膀比另一个勇士大多少？俗话说：后生可畏，后来居上！"说完，额尔格勒图尔格勒就上马出发了。他沿着臣民们走过的金黄小路继续前行。他越过八十隘口，来到八个隘口的入口处。这时他看到前方路上有一位头发苍白、胡子比雪还白的老人正在坐着。老人对他喊道："我的额尔格勒图尔格勒，被愚蠢引得误入歧途，我的额尔格勒图尔格勒，被顽皮迷得失去了方向！你把自己的财富、牲畜和人民拱手送给了哈丹哈日库日木，你现在跟着他们走吗？""你是什么老人，为什么坐在我的路上，惊叹我的愚蠢和无助？"额尔格勒图尔格勒问老人。那老人对他说道："你的父亲是永恒的长生天，你的母亲是肥沃的金色大地。我是你母亲的守护神长老。当你和哈丹哈日库日木战斗时，你的皮裤会受不住。"说完这些，他给了额尔格勒图尔格勒一条宽大如草原的青铁裤。额尔格勒图尔格勒接过铁裤来，塞到鞍垫下。他想继续往前走，但那老人说："我亲爱的额尔格勒图尔格勒，当你从这里再往前走，翻过七个山口时，你会遇到全白的盘羊和金角的羔羊。千万别放开链环让你那白腹黑猎犬扑上去。"老人盼咐完留了下来，额尔格勒图尔格勒继续前进。他翻过七个山口，开始攀登第八个山口。这时，全身雪白的盘羊带着金角羊羔跳起来跑了。额尔格勒图尔格勒心想："如果勇士遇到这样的猎物，还能怎样？"于是他就放出了猎犬，催它追逐。猎犬追着白盘羊和金角羊羔。可还没等猎犬赶上，白盘羊和金角羔羊就跳过了六十丈深的黑坑。猎犬还未注意到就掉进了那黑坑。额尔格勒图尔格勒赶来并得知他那白腹黑猎犬掉进了无底深渊。"我亲爱的猎犬，你就这样被迫成了地狱深渊的守护者。"额尔格勒图尔格勒心想并策马离开了。他又越过了七个山口,进入了第八个山口。在这里,他看到一位灰发老人坐在金黄道路的白色山口上,老人的白胡子一直长到肚脐眼。老人说:"我的额尔格勒图尔格勒,被愚蠢引得误入歧途,我的额尔格勒图尔格勒,被顽皮迷得失了方向!你把你的故乡拱手送给了哈丹哈日库日木,你现在跟着他走吗?等等,停下来,停一下!"于是额尔格勒图尔格勒转过身停了下来,老人对他说:"我的额尔格勒图尔格勒,当你与哈日库日木交战时,你的腰带会坏掉的!"说完,老人递给了他青色的铁腰带,又说:"我的额尔格勒图尔格勒,你从这里出发,会翻过七个山口,进入第八个山口。然后会遇到身长五尺、尾巴五尺的灰黑母狼,那时候可千万别因遇到猎物而开心得解开你那凶猛金雕的脚镣和鹰帽,而放它追逐猎物!"吩咐完这些,老人留了下来,额尔格勒图尔格勒继续前行。他越过了七个山口,进入了第八个山口。这时身长五尺、尾巴五尺的灰黑母狼在他面前腾空而起并逃走了。额尔格勒图尔格勒心想:"如果勇士遇到了这样的猎物,还能怎样?"于是他解开了凶猛金雕的脚镣和鹰帽,让它去追母狼。金雕追上了灰母狼,用爪子抓住了母狼粗壮的尾巴。但母狼转身撕碎了凶猛金雕,溜走消失了。额尔格勒图尔格勒赶来,得知他的金雕死了便说道:"我亲爱的凶猛的金雕,你就这样落入了黑灰母狼的嘴中!"说完,他继续前进。他走啊走,遇到了一位头发比雪还白的老人,老人的白胡子一直长到了肚脐眼;他坐在金黄路上的白色山口上。老人对他说:"我的额尔格勒图尔格勒,你被愚蠢引得误入歧途,我的额尔格勒图尔格勒,被顽皮迷得失了方向!你把自己的财产拱手送给了哈丹哈日库日木,你现在跟着他走吗?我亲爱的孩子,额尔格勒图尔格勒,当你经过这地方继续前行,越过七个山口,进入第八个山口时,二十四叉角的黄红鹿就会站起来逃跑。你可不要抽打自己那杭爱山般大的黑枣骝马哈日塔沙去追赶它!"老人说完这些话后留下来了。额尔格勒图尔格勒越过了七个山口,开始攀登第八个山口;这时二十四叉角的浅黄红鹿在他前面起身跑开了。额尔格勒图尔格勒心想:"如果勇士遇到这么漂亮的猎物,还能怎样?"他使劲拍打着自己的马儿哈日塔沙的大腿,冲向了鹿。他越过七十个山口,开始追赶鹿,但那浅黄红鹿却跳上了一块湿滑的黑岩石。黑枣骝马紧随其后也跳上了岩石，却在黑岩石上滑了一跤，跌下来摔断了大腿。额尔格勒图尔格勒从马上下来，把它从岩石上抱到一块平坦的空地上，解下了马鞍和笼头，给它的下巴垫上草，让水从它的嘴唇下流过。"等你康复了就回到故乡吧！"他说着，绑好自己的盔甲、马鞍和笼头，扛在肩上，开始沿着金黄色的大路走。他越过大隘口，跨过宽山口，他跑了一天一夜。在第二天清晨黄色的阳光下，他看到在覆盖着稀疏暗红檀林的黑山坡上，在一条狭窄的、流向太阳的黑河口，人烟弥漫着整个宇宙，畜群掀起的尘土稀稀落落地飘向天空。随后他看到在宽阔美丽的黄色平原中央，在那长满暗红檀林的黑山南坡上，有三座雄伟的白色宫帐；他看到美丽的寺院拔地而起。于是额尔格勒图尔格勒跑了过去，从前面走近那雄伟的白宫帐，把包袱扔在地上，甩开门帘走进里面。一进门，他就看到美丽的女人坐在那里梳头。他向她问了安，抚摸了她右边的辫子，亲吻了她右边的脸颊，然后坐了下来。美女对他说："愚蠢的黄毛傻瓜，你怎么能这样做？你的故乡游牧地在哪里？ 你叫什么名字？""我的父亲是长生天大汗，我的母亲是黑龙的统治者；我叫额尔格勒图尔格勒，是从三道山梁交叉处的花纹黑石中蹦出来的。我把我的巨额财产作为战利品送给了敌人，现在正追赶他。我杀死了我的狗，我的金雕和我的马，现在我徒步行走。"那美女对他说："我们的家主是沙日勒岱莫尔根（Шаралда-Мерген）。他爬上西边的岩石峡谷上山打猎，从东边的岩石峡谷下山回来。他今天应该要回来。这就是我整理头发、清扫灰尘的原因。我们家主无情且苛刻，你今天就离开这里。"额尔格勒图尔格勒回答她："在我遇到懦弱的勇士和无子的女人后，我需要什么呢？我不走，要在你这里过夜。"美女无法忍受他的话，拿起檀木火钳敲了他的头并把他赶了出去。额尔格勒图尔格勒跳了出来，走进了中间的宫帐。他抚摸了坐在那里梳头的美女右边的辫子，亲吻了她右边的脸颊并坐了下来。美女对他说："我们的家主是宝日勒岱莫尔根（Боролдо-Мерген）。他爬上西边的岩石峡谷上山打猎，从东边的岩石峡谷下山回来。他今天应该要回来。所以我在整理头发，清扫灰尘。而你这个愚蠢的小人竟然随便亲吻我，你以为这片游牧地没有主人，以为我是没有丈夫的妻子！"说着，她拿起檀木火钳敲了他的头，把他赶了出去并说："滚开！"在这之后，额尔格勒图尔格勒拿着自己的东西，从北面走进了最边上的毡包。那里也坐着正在梳头的美女。额尔格勒图尔格勒抚摸了她右边的辫子，亲吻了她右边的脸颊并坐了下来。于是这美女说："我们的家主是哈日勒岱莫尔根（Харалда-Мерген）；他爬上西边的岩石峡谷去打猎，今天已是第七天，他应该回家了。这就是我整理头发、清扫灰尘的原因。你为什么认为我是个傻瓜，认为这是个无主的游牧地？你为什么要随便搂着别人的妻子亲吻呢？"额尔格勒图尔格勒对她说："你什么都不知道，女人！难道你没听说过，没有妻子的男人是黑夜的乞丐，没有马鞍的男人是白天的乞丐吗？"听到这话，美女打了额尔格勒图尔格勒的头，把他赶了出去。额尔格勒图尔格勒于是把盔甲、马鞍和缰绳放在哈日勒岱莫尔根的毡包上，随后拿起黑绸前襟往自己结实的腿上一别，抓起能抽得骨肉分离的蟒古特黑鞭，跑上了东边的岩石峡谷。

在正午灿烂的阳光下，雨水顺着东边的峡谷斜坡潺潺流下，微风吹过。这时额尔格勒图尔格勒想："这是英雄们在靠近！"他变成了一坨歪歪扭扭的马粪并躺在了路上。这时沙日勒岱莫尔根骑着一匹花黄杂色马，牵着一条黄色带白点的猎犬走了过来，身旁飞着花黄的金雕。当他刚要经过时，额尔格勒图尔格勒从他的右马镫下站起来，把沙日勒岱莫尔根从马上拽了下来，把他打倒在地，拿出敏捷的黑套索，把他下巴膝盖并拢捆在了一起。扔下他后，额尔格勒图尔格勒问道："你把我的臣民、我的财产当作战利品抢走了，是不是？"沙日勒岱莫尔根回答说："我没有夺取你的财产，我在阿尔泰杭爱山上狩猎盘羊。"随后额尔格勒图尔格勒把沙日勒岱莫尔根丢在那里跑走了。他变成了一只麻雀，坐在宝日勒岱莫尔根回来的路上等待着。这时宝日勒岱莫尔根骑着灰马，牵着灰狗，身旁飞着灰斑金雕走来。当他刚要经过，额尔格勒图尔格勒从他的右马镫下站起来，把宝日勒岱莫尔根从马上拖了下来。他随后用套索把他绑起来，把他下巴膝盖并拢捆了起来，并把他丢在那里。他自己则向前跑去，变成一只燕子，坐在了哈日勒岱莫尔根要经过的路上。这时哈日勒岱莫尔根骑着黑马，牵着黑猎犬，身旁飞着黑金雕走来。哈日勒岱莫尔根的黑狗从额尔格勒图尔格勒的腿上咬下了碗口般大的肉，黑金雕也从额尔格勒图尔格勒的肩膀上啄下了碗口大的皮。哈日勒岱莫尔根刚要经过时，额尔格勒图尔格勒把他从马背上侧身拉了下来摔在地上。然后他拿出套索将勇士下巴膝盖并拢绑了起来。"你们佔有了我的土地，是不是？"他问道。哈日勒岱莫尔根回答他："我没有抢走你的财产。"额尔格勒图尔格勒惊叹道："如果有人知道，那就是你们知道，如果有人见过，那就是你们见过！"说罢，他一下子就把哈日勒岱莫尔根和他的马拴在了一起，来到宝日勒岱莫尔根面前，又把宝日勒岱莫尔根和他的马扛在肩上，来到沙日勒岱莫尔根跟前，又把沙日勒岱莫尔根和他的马一起抓起，把捆好的勇士和三匹绑好的马都扛在了自己肩上。"如果有人看到我的土地，那就是你们；如果有人知道了它，那就是你们；如果有人夺走了它，那就是你们！"他说道。那三位勇士无法忍受这样的束缚，开口说道："我们的生命要结束了，我们的皮肤撕裂了！放开我们吧，我们四个结为一辈子的兄弟！你的人民，你的臣民都被勇士哈丹哈日库日木带走了。我们只是骑马打猎的猎人！"于是额尔格勒图尔格勒像老虎一样哈哈大笑，像野马一样狂笑，走得更快并放开了三位勇士。他们在那里彼此说着友好的话语，吃着美味的食物，结为了一辈子的兄弟。

沙日勒岱莫尔根说："我亲爱的孩子，额尔格勒图尔格勒，你骑上我这匹花黄杂色马吧，我徒步跑。"额尔格勒图尔格勒答应了，骑上沙日勒岱莫尔根的花黄马出发了。他骑着它跑过了三个山梁，花黄杂色马便开始尿血，像马驹一样嘶鸣，最后精疲力竭地停了下来。宝日勒岱莫尔根说："我亲爱的孩子，我的兄弟，骑上我的灰马走吧！"额尔格勒图尔格勒答应了，骑上宝日勒岱莫尔根的灰马出发了。他骑着马越过了四个山梁，但后来灰马开始尿血，精疲力竭地停了下来。哈日勒岱莫尔根说："我的兄弟额尔格勒图尔格勒，骑上我的黑马走吧。我步行过去。"额尔格勒图尔格勒同意了，跳上黑马上路了，他越过了七个山口，马停了下来，已经累到了极点，无法再承受他的重量。额尔格勒图尔格勒随即宣布道："我的兄弟们，你们骑着马赛跑吧，我将徒步与你们赛跑，直到你们的住所。"勇士们同意了，于是三个勇士骑着马，额尔格勒图尔格勒徒步，向哈日勒岱、宝日勒岱、沙日勒岱的住所奔去。额尔格勒图尔格勒一路狂奔，提前三天来到了三位勇士的住所。"哈日勒岱、宝日勒岱、沙日勒岱正在靠近。我和他们赛跑，第一个跑了回来。准备酒水和食物！"与此同时，哈日勒岱莫尔根到了，宝日勒岱莫尔根紧随其后，最后是沙日勒岱莫尔根。四兄弟开启了盛大的宴席。他们庆祝了七十天，七十个昼夜。

这时，哈日勒岱莫尔根的牧马人阿利亚沙拉（Аля-Шара，顽皮黄）赶来了，他从马群中匆匆赶来并说道："一匹浑身青灰、山那么大的马今夜从天而降，来到了我们的马群中！"额尔格勒图尔格勒对他说："你在说多么令人高兴的话啊，阿利亚沙拉勇士！你说了让人多么兴奋的话呀！阿利亚沙拉勇士！"说完，额尔格勒图尔格勒走到外面，从马鞍下拿出黑银笼头，摇了三摇，让它响了三响。随后他说："永恒的腾格里可汗，我的父亲，如果这就是我命中注定的马，那就让它听到我的笼头声就跑来吧！"他说完就停了下来。然后，那山一样大的云青色骏马张开峡谷般的大嘴，露出晶莹洁白的尖牙，用蛇一样红的舌头舔了舔，向他飞奔而来。额尔格勒图尔格勒一把抓住它的长鬃，举起黑银笼头并给它套上马鞍，把马拴在六十丈长的珍贵青铁马杆上。他跑进宫帐开启了一场盛宴，庆祝天神赐予额尔格勒图尔格勒一匹新马。

额尔格勒图尔格勒正要准备追赶哈丹哈日库日木，哈日勒岱莫尔根说："我的兄长可汗！你找到哈丹哈日库日木后，愿你灭了他的族，撒下他的骨灰，带走他所有的臣民百姓，愿你在得到纳仁达赖（Наран-Далай，太阳海）汗的女儿、被俘虏的美女纳布奇高娃（Набчи-Го，叶美人）后归来！"额尔格勒图尔格勒叹道："喜上加喜，乐上加乐！纳仁达赖汗的女儿有什么魅力？她有什么美德智慧？如果你知道就请说！"哈日勒岱莫尔根回答说："据说她有穿透毡包的光芒，脸颊比细树枝还要红；据说她有牛犊般的黑眼睛，能让干枯的树长出叶子，能让干涸的溪流复流，这就是传说中她拥有的魔力。""好吧，我走了！"额尔格勒图尔格勒大喊一声，穿上自己的铠甲，骑上山一般的云青马出发了。哈日勒岱莫尔根也跳上自己的黑马，和他一起出发了。他们出发去寻找哈丹哈日库日木，去寻找他的游牧地，踏上了金色的道路驰骋着，起起伏伏，日夜兼程，爬上了哈丹哈日库日木游牧地东南边缘布满檀木的黑山顶。他们停下并开始眺望，只见寺院和宫殿矗立在象白山南坡的西北侧，矗立在广阔的黄色平原上，矗立在治愈的湖海边。于是额尔格勒图尔格勒一声上天，一声入地般高喊道："你这个吃了父亲的哈丹哈日库日木！是你父亲教你夺取别人的财产作为战利品的吗？是你母亲教你的？愚蠢的黑傻瓜！快点出来到这儿！快点出来！让我们在初升的太阳下，在年轻的时候，在香檀林的黑山北坡上，在平坦的白色平原上一决高下吧！我们中谁更强大，就让他杀死弱者，占有他的牲畜和人民，夺取他的妻子！"哈丹哈日库日木听到了并心想："好啊，现在该是这倒霉的额尔格勒图尔格勒的死期了！"他收拾好盔甲，跳上自己聪明的黑马海山，急匆匆地迎着额尔格勒图尔格勒出发了。这时额尔格勒图尔格勒说："我的哈日勒岱莫尔根，你的年岁小，血液稀薄，坐在山顶上看着我，看着你的兄长，而我将与哈丹哈日库日木会面，与他战斗！"说罢，他跳上自己的云青马，冲下山去。他就像山上掉落的石头一样冲下了山。他们在这里相遇，没说一句话就开始了战斗。他们打得轰隆作响，仿佛天上的闪电劈在了黑岩石上；他们打得咚咚作响，仿佛犍牛和公牛撞在了一起。他们不停地厮杀了五天，仍没分出高下，锋利的马刀钝了，他们便拿起长矛开始刺杀，寻找对方黑色的眼瞳、黑色的心脉以及所有柔软的部位。他们用长矛搏斗了三个昼夜，还是分不出高下。当他们的长矛变钝时，他们惊呼道："这已经不行了！我们射箭吧！"他们说着，彼此走开一个月的距离。这时哈丹哈日库日木喊道："额尔格勒图尔格勒，你怒气冲冲地来到这里，你先射吧！我在自己的地盘，我最后射！"额尔格勒图尔格勒把快如闪电、迅捷的白箭搭在他那张九十九力的黄色强弓上，拉开弓并放了箭。箭尖玄铁沸腾，箭杆伸出彩虹，箭叉上冒出滚滚浓烟。神奇的白箭射中了哈丹哈日库尔木像白岩石斜面般裸露的白色胸膛，就像闪电劈在黑岩石上，"啪"的一声掉在地上四分五裂。哈丹哈日库日木喊道："现在轮到我了！"他把又白又快的灵活的箭搭在花黄强弓上，拉开弓放了箭。箭射中了额尔格勒图尔格勒像坚固的暗红岩石斜面般裸露的胸膛上，像闪电击中了岩石那般，"啪"的一声掉在地上四分五裂。于是额尔格勒图尔格勒喊道："哈丹哈日库日木，工匠制造的武器奈何不了你我！让我们试着用众多守护神赋予我们的力量来搏斗吧！"额尔格勒图尔格勒露出了身体，穿上了青铁裤，哈丹哈日库日木也露出了身体，穿上了红黄色的裤子。然后，勇士们聚到一起开始搏斗，他们开始把对方扔到这里又甩到那里，开始把对方甩到这边又扔到那边。他们撼动了金色的大地，给所有生物带来了毁灭。当他们一刻不停地搏斗了十五天后，哈丹哈日库日木未变热的身体变得滚烫，未湿润的身体变得湿润。他的身体膨胀起来，他的乳头肿胀起来，变得像小丘一样，他背脊的肉膨胀起来，变成了黄色的小山丘，黄色的汗水从他清秀的额头上滚落下来。他大叫一声举起额尔格勒图尔格勒，将他朝前扔了出去。但生来就是光荣勇士的额尔格勒图尔格勒站稳了并继续战斗。他们没有休息，继续打了十天。额尔格勒图尔格勒的身体热了起来，浑身充满了大地的力量。他大喊一声，举起哈丹哈日库日木，把他朝后扔去，又大吼一声举起他向前扔了出去。于是哈丹哈日库日木清澈的意识变得模糊不清，他的理智沉睡了。额尔格勒图尔格勒握得更紧，把哈丹哈日库日木向前拉，把他撞向岩石边缘，扔向落叶林，随后大叫一声把他举过头顶，撞向地面，然后踩着他的胸膛，扯下了他的头颅。他把头颅献给天上八部九十九位天神；拽出心脏和主脉，献给地下七十部龙王。哈丹哈日库日木八根粗壮的胫骨被他放在山一样大的火上焚烧，焚烧到牛啃不到一根骨头，狐狸闻不到一点腥臭；屠了他的血脉，扬下了骨灰，彻底毁灭了他。

  额尔格勒图尔格勒穿上衣服，戴上饰物，并骑上自己如山一样高大的云青马，并在杭爱山般高大的黑马海山身上驮了哈丹哈日库日木的盔甲，然后出发了。他进入了哈丹哈日库日木的领地，与巴尔哈日大臣为首的所有臣民会面。由于哈丹哈日库日木用诅咒镇住了纳仁达赖汗的女儿，美丽的纳布奇高娃，用武力拐走了她，而她正是额尔格勒图尔格勒的未婚妻，所以与她一起喝酒享乐了十五天。最后额尔格勒图尔格勒召集臣民，收集畜群，收集金银和各类物品，备好骆驼和马，备好驮运队伍，率领着驮运队伍走上了金黄的大道。哈丹哈日库日木和额尔格勒图尔格勒的臣民们出来时，他们的畜群沿着大路绵延不绝，像一条有无数泉眼和众多支流的黑色长河。额尔格勒图尔格勒和哈日勒岱莫尔根赶着驮运队伍，不停不歇。他们走了十五天，进入了哈日勒岱、宝日勒岱和沙日勒岱的领地。他们在那里度过了下午。随后，额尔格勒图尔格勒带着三兄弟和他们的财产，向自己游牧地的方向出发了。他们日夜兼程，走过很多地方，到达了额尔格勒图尔格勒留下他黑枣骝马哈日塔沙的地方，但他的马没在那里。额尔格勒图尔格勒又走了一段路，到达了他那凶猛金雕死去的地方，但它连一根羽毛都没留下。他又走了一段路，到了黑猎犬死去的地方，但连一根毛也没留下。当额尔格勒图尔格勒走近自己的游牧地故乡时，他看到了自己的黑枣骝马哈日塔沙，它已经恢复了原样，他看到了自己的狗和金雕，它们也变得和以前一样了。

额尔格勒图尔格勒率领自己的驮运队伍，命令他们卸货，自己则进入了早先搭建好的水晶屋。三兄弟将人们安顿在游牧地，将畜群安置在牧场，自己则在额尔格勒图尔格勒的前后安顿了下来。他们建造了寺庙，建立了国家。额尔格勒图尔格勒随后和兄弟们召集了所有说各种语言的生灵，开启了一场盛大无间断的盛宴。在他之上没有需要战斗的敌人，身边没有可造成伤害的障碍。他开始幸福地生活，无忧无虑，安详平静，不知死亡，万古长青，不知贫穷，安定富足；他的思想平静，盆钵丰盈。

沙日宝东

沙日宝东

阿尔萨兰查干（Арслан-Цаган，狮白色）山的游牧地，十片沙浪陡峭的海岸，八眼白泉的水源。八十面峭壁和冰峰雪脊，五十座杭爱白茫茫若隐若现，五十座杭爱山高耸入云隐约可见。波涛的海面白浪滔天。一簇簇落叶松和各种树木隐隐若现。阿尔泰山七十座山峰拔地而起，七十片大红沙绵延不绝。阿尔泰杭爱山中间十片宽阔的平原升腾，针茅花草青葱整齐。果树香檀摇曳生姿，戴胜杜鹃咕咕叫，成群结队地飞翔。伟大的杭爱山家园若隐若现，拔地而起，各种新陈绿草摇曳生姿。高耸入云的伟大阿尔泰山家园隐约可见，杜松香檀林枝繁叶茂。草原上的艾蒿一起生长，各色花朵争艳夺目；它们细枝相撑，花苞相碰，根茎缠绕。对人和所有生灵来说，它们带来了治愈，对阿尔泰和杭爱山来说，它们是美景，这些美妙斑斓的花朵！不知多少岁的白羚羊徘徊着，聚在一起，四散奔跑啃着青。老虎和熊奔跑嬉戏。雌雄天鹅喧闹着，各种鸟儿欢聚在一起。野马奔腾，蹄声隆隆作响。我幸福的家园，物产丰富、鸟兽众多的杭爱山！

这一切的主宰，这片故土的统治者，所有臣民的统治者是沙日宝东（Шара-Бодон，黄勇士），他的父亲是达赖莫尔根代奇布如勒多克辛切列布汗（Далай-Мерген-Дайчи-Бурул-Докшин-Череб，海-聪明的勇士-苍白色的-严厉的），他的母亲是达拉才茨克（Дара-Цецек，达拉花）哈屯。他的无数臣民在山阴山阳都有各自的营地，那里坐落着传播佛陀信仰的寺院。沙日宝东力大无穷，名声显赫。他默默地统治着西北地区，独自统治着这片土地。他出生在隆隆作响的天空下，出生在凹凸不平的大地上。他是父母命中注定的孩子，他生来为宇宙的大英雄，是最荣耀的勇士沙日宝东。

他有一群色彩斑斓的枣红马群，那马群不断壮大，遍布阿尔泰。这群马中有一匹金雕一样、高大如杭爱山的乌黑马，它是白鼻乌黑公马和白鼻乌黑骒马所生。

沙日宝东自出生直至三岁。三岁时，他已不再幼稚，开始像成人一样理解父母亲的话，理解所有生灵的语言。

有一天，他坐在家中说了这样一段话："我极好的父汗，我的哈屯母亲！我给你们俩说句话。""哦，我的孩子，说吧，请说！""我的幼年已结束，我的身体已强壮；我生命的一个阶段已过去，我的胎发已被剃去。父亲在，多识人；骏马在，多出游。大丈夫生在毛毡上，死在潮湿的草地上；大丈夫生在铺板上，死在悬崖下！父汗和母亲，请指给我，我将去的方向；指给我，我命中注定的未婚妻在哪里。请赐予我一匹良驹；赐予我马鞍、笼头、所有好的工具，马的所有装饰物；赐予我勇士穿戴的四种盔甲；赐予我头上戴的好冠！"说着，他拿出了南吉班丹哈达，弯下双膝跪在地上，低下头颅，给父母亲鞠了一躬。他们说道："孩子，你说的是对的。但今年就在这里过吧，明年早点出发。你的年岁还小，你的血液还稀，你还是骨骼肢体未长结实的孩子。太阳初起，你正值年少。异国艰苦，人民骄傲；他国艰险，杭爱故乡多山石，黑蟒古思很强劲！你的天配良缘，命中注定的未婚妻是上苍的旨意，是那然孙都勒达尔罕汗的女儿纳布奇高娃赞丹（Набчи-Го-Зандан，叶子美丽檀香）美女，她住在前方那太阳初升的地方，在八千年路程之外的地方。能够驮你的马是金雕般的乌黑马，它像云雾缭绕的杭爱山那般大，是一匹孔雀灰的骒马所生。亲爱的孩子，你还不了解远方敌人的所作所为，你还没有接受父母亲的思想，今年就留在这里吧，明年早点出发！我们给你准备好盔甲，为我们的孩儿举办欢乐的盛宴！等这一切都安排妥了再走吧。"沙日宝东听到这些话，他的愿望又复燃起来，想法又出现了。他对自己说道："我计划的事情怎么可能没有障碍？我明亮的天空怎么可能黯淡下来呢？我必须尽快！"他这样宣布："我要马上出发，即刻就出发，召集所有青年,赐给我四种好的盔甲!我要搜遍马群,寻到自己的马。我将日夜兼程,无需白天休息、夜晚过夜;我将迎着清晨的黄日驰骋,在正午的黄日到达!我的可汗父亲,我美丽的哈屯母亲,我在漆黑的夜晚梦见我的未婚妻子去了别人身边,梦见我的战利品离我而去,梦见我与许多食人魔鬼搏斗。如果这一切都过去,宇宙就会平静下来,众生就会得到幸福。"

他想这样踏上旅途,牧马人阿克萨哈勒(白胡子)老人骑上一匹浅黄色的骏马,手持白桦套马杆,挂上活套,向马群出发了。他抓到了沙日宝东那金雕般大的乌黑马,这马如云雾缭绕的杭爱山那么大,掉转马头把它带回了家。他在大檀树的枝上拴上马,把绳结打成方便勇士在奔跑中解开的那样,并进入了营帐。沙日宝东问他:"白发汗牧马人,我的白发大人,马群可好?臣民万众可还好?"接着问了他很多事情。阿克萨哈勒回答说:"我不知道臣民万众如何,但牛群马群安康。"之后沙日宝东站在父母亲面前,父母亲赐给他马鞍、笼头和所有的好马具。沙日宝东随即给马套上马鞍,将它牢牢地拴在马桩上,观察它端详它。他随后向父母亲报告说:"现在我已拥有了这一切。请赐予我所最需要的东西,赐予我珍贵的丝绸衣裳,赐予我四种武器。我即刻就要启程。无论白天黑夜,我都要出发!"他的汗父亲和哈屯母亲给了他黑丝绸的衣裳,让他坐在自己的右边,抚摸他、爱抚他、亲吻他,并开始教导他:"好了,我的孩子,异乡艰苦,人民骄傲!无论经过哪里,都要回头看看,向你的父母亲祈祷!"母亲对他说:"我已预知会发生什么,我已知道所发生的事!走好你光荣的路!当你踏上金黄的道路,踏上旅途,你将会遇到三件急事。即使在芳草萋萋的地方,也不要停下来过夜;即使看见有人烟的营地,也不要进去,要马不停蹄地赶路!途中向牧牛人问好,不要嫌贫爱富,要向老人问安,让他说三句话再继续前进。无论如何,都要尽快通过路上的一个营地,那营地就在三座险峻的黑山中间,那地方正朝着太阳初升的方向!"她说完,孩子就问母亲:"母亲,如果我去了那有人烟的,在三座险峻的黑山中间,朝着日出方向的营地,我会遇到什么人,什么灾难呢?达拉才茨克哈屯,预知未来三场灾难、获悉过去三十三场灾难的母亲,请您明确地告诉我!请在我无助时赐予祝福,请在我受伤时赐予甘露,请在我死亡时赐予神圣的教诲!"于是他的母亲用金色的器皿盛了甘露,附带祝福送给了他。母亲从柔软洁白的乳房中挤出乳汁,与食用浆果混在一起,以防他受饥饿之苦。她随后把金沙给了他,并说道:"当你遇到邪恶的阻碍时,就撒下这个吧!"

随后沙日宝东开始请求父亲赐予他所说的一切。于是可汗父亲拿出了铠甲和头盔、宝剑和弓箭,拿出了红色长矛,赐予了他这一切。沙日宝东从父母亲手中得到了自己说的衣裳盔甲和四种武器。他该去看远处敌人的动静了。

夜晚降临,可汗和哈屯躺在王座的床上睡觉,他们的孩儿也躺在地上的床上,睡在他们身边。沙日宝东睡着又醒了。当他醒来时,听到父母亲正在悄悄交谈。"我年迈的父母亲已经入睡了,他们还在说什么呢?"他这样想着,在漆黑的夜里爬起来开始倾听。这时他听到达拉才茨克哈屯说了如下的话:"十面八方的竞争者聚集在一起,为了争夺那住在前方太阳初升之地的那然孙都勒达尔罕汗的女儿,美丽的纳布奇高娃赞丹。雄伟天神之子额尔克木哈日勇士(Ерким-Хара,最高的黑的)已经到达那里,也加入了争夺。我知道了这些,知道了这些话。"达赖莫尔根代奇布如勒汗接着说:"如果女仆开始说话,那就会惹上麻烦;如果羚羊先下水,就会陷入泥潭。老太婆,你不要说这些谎话!如果我们唯一的儿子听到了这些话离开我们,老太婆,你和我,将成为孤家寡人。你可千万别告诉任何人。"沙日宝东听到这些,悄无声息地站起身来,悄悄走出去,收拾好所有的东西。他走到拴好的乌黑马前,穿上自己的盔甲,悄悄地骑上马出发了。当骑马离开时,他将马头转向远方,自己回头大声喊道:"我的父母亲,你们好好生活,祝你们安康吉祥!"他如此告别,踏上了金黄色的道路,离开了父母双亲,离开了游牧故乡阿尔萨兰查干山。他离开游牧故土,进入异国的土地。途中他遇到了一座无法绕过也无法通过的险峻黑山。沙日宝东飞奔起来,像山地跳鼠般跳跃,开始像鹰一样飞驰,深入到三座险峻的黑山中间。那里有一条白色的河,流向太阳初升的方向,在那里可看到八座冒着青烟的白色营地,各色花朵在那里摇曳,鲜嫩的小草荡漾着。当沙日宝东穿过那些冒着青烟的白色营地时,一只身长三十丈、尾巴三丈的黄狐从他身旁飞奔出来迅速跑开。"如果你是敏捷的马，就追上我吧！如果你生来就是强壮的青年，就让我们在三座大山中间，三块大陆中间战斗吧！"狐狸喊道。于是沙日宝东拉住乌黑马的缰绳，猛地一击，乌黑马发出马驹般的嘶鸣，身体随即暖和起来，变得勇敢且坚定。沙日宝东追赶着狐狸，冲向三面大墙后的切口，转过身来跳到了那狐狸面前。狐狸冲向三座黑山，急忙跑到鹰都无法飞上去的险峻悬崖上，但就在这时，沙日宝东抽打并迅速抓住它，将它的腹胸扯开了。"母亲说的话是真的！这令人厌恶、可怕有害的敌人就在金黄色的大路上！"沙日宝东心想并说着："父母亲的守护神，请怜悯！"并降下了恩典之雨。他随后上了十三根香，净化了自己，然后沿着之前走过的路，向太阳初升的前方走去。

　　他走了五天五夜。他就这样走在路上，遇到了一位胡子白得像棉絮的驼背老人，他穿着无面的皮袄，骑在短尾花犍牛上，牛身上只有破破的笼头和带有木制马镫的破烂马鞍；老人在放很多很多的羊。"老人家，您可安康？""我很好，你好吗？""老人家，你放的是谁家的羊？""主人在亲自放羊，你还问是谁的羊？"那位老人惊叹，拉了拉他的短尾牛，蹬到耳镫断裂，冲向沙日宝东就要打他。但沙日宝东巧妙地躲开了，娴熟地转过身来，用他那黑蟒古特鞭将老人和牛一起抽打，鞭子抽得皮肉分离。沙日宝东将老人和牛扔在了地上，骑着马继续前进。他走着走着遇到了放一大群牲畜的人。"牧马老人，您可安康？""我很好，你好吗？""老人家，您看守的是谁的大牧群？""在昔日辉煌的时代，它曾是那然孙都勒达尔罕汗的牧群，但现在属于天上的额尔克木哈日。""怎么会落入外人之手？""十方的竞争者聚集，二十方的恶人聚集；天上的额尔克木哈日占有了这一切。而你这青年，是谁的儿子，叫什么名字？你的游牧地故乡在哪里？你的父母叫什么名字，你自己叫什么名字？你需要什么，你有什么目的？你遥远的思念是为了谁？请对我说，告诉我！我不逃避强大的敌人，也不惧怕世袭的勇士！我亲爱的孩子，告诉我你的需求！"沙日宝东于是回答道："我的冬季牧场在五十座杭爱山的雪岭高地，我的秋季牧场在八十座冰崖岩石上，我的夏季牧场在阿尔萨兰查干山，我的哨地在阿兰松都尔山，我的水源地是八眼甘露泉。我的父亲是达赖莫尔根代奇布如勒多克辛切列布汗，我的母亲是美女中的美女达拉才茨克哈屯，我的名字是勇士中的佼佼者沙日宝东。我注定迎娶那然孙都勒达尔罕汗的女儿，美丽的纳布奇高娃赞丹为妻。听说十方的竞争者正聚集起来进行角逐，于是我踏上了征程，去打败可怕的敌人，迎娶命中注定的美女。这就是我的需求和想法。祝您健康吉祥，照看好人畜！""等等，我的孩子，我告诉你一件事。你前面的路上会有一位牧牛老人，你去找他说番好话，照这老人的话去做，把他的话当作天界的命令！"

沙日宝东继续前行，遇到了一位牧牛老人。"老人家，您可安康？""我很好，你好吗？""老人家，您放的是谁的奶牛？""以前是那然孙都勒达尔罕汗的奶牛，现在属于天上的额尔克木哈日。""它们之前是那位大汗的，怎么现在又归了额尔克木哈日？"老人回答："十方的竞争者聚集，二十方的恶人聚集，他们开始了一场较量。额尔克木哈日在这角逐中取得了胜利。这就是为什么这些牛还有那里的人，都属于额尔克木哈日了……好了，孩子，你要一路走好，身体健康，路上会遇到三大敌，你战胜不了他们就无法前进了。""这三大敌是什么，老人家，他们叫什么名字？""在这游牧地的这一边，有五百名手持马刀的战士；再往前走，有五百名手持弓箭的勇士；再往前走三天的路程，有条火红的沟壑。就是这三个敌人，要小心他们！额尔克木哈日神通广大，诡计多端，力大无穷，是一个可怕的人！你怎么能不毁掉你的生命，你怎么能不留下你的皮囊！""骄傲的年轻人会毁了自己的骄傲，我将从那勇士手中夺取我的战利品！我这工匠们打造的盔甲很好；我这结实的臂膀是命运所赐！好了，老人家，祝您牧牛吉祥如意！在回去的路上我再来这里，把你老人家和牛一起带走！"说完，沙日宝东就上路了。他日夜兼程，驰骋了三天。在这里，他遇到了五百名手持马刀的战士。他开始与他们搏斗，刀剑碰撞声不绝于耳；他杀死了所有的勇士，继续赶路。他又日夜兼程地奔跑了两天，又遇到了五百名手持弓箭的勇士。他毫不迟疑地与他们交战，毫不迟疑地砍杀了他们。他把尸体堆得像被捆起的骆驼，他把尸体堆得像被砍倒的树木。他把他们的黑骨撒在草原上，让所有人惊叹。随后沙日宝东又踏上了征程，飞奔了七天七夜，看到了无法通过也无法绕过的火红沟壑。勇士中的佼佼者沙日宝东来到这片沸腾的海边，下了马,开始念诵七个黑色咒语。他向天界霍尔穆斯塔的方向划了几下,降下了冰冷的黑雨,这雨不分昼夜下了三天,火红的大海变成了能够搅拌的黏土。随后沙日宝东骑着马继续前行,这样走啊走,看到了满戈壁的骆驼。他骑到骆驼跟前,遇到一位光彩照人、骑在一峰快黄驼上的勇士,他手里拿着套索和桦木手柄的鞭子。"嘿,年轻人,这是谁的骆驼?你是谁的儿子,叫什么名字?""这些骆驼以前属于那然孙都勒达尔罕汗,但现在属于天界的额尔克木哈日;我是黑龙王的儿子古南哈日布克(Гунун-Хара-Бэкэ,三岁的黑勇士)。我被额尔克木哈日可怕的力量打败,成了他的臣民和战士,现在放着他的骆驼。你呢,兄弟,你是谁的儿子,你叫什么名字?""我叫沙日宝东,是达赖莫尔根代奇布如勒切列布汗和达拉才茨克哈屯的儿子。我正要去迎娶那然孙都勒达尔罕汗的女儿,美丽的纳布奇高娃赞丹。""我的哥哥,你来到这个方向,那然汗就在这里。但你无法越过这些骆驼,那里没人可以进入。那里有一峰黑得像秃鹫的公驼,充满了狂怒大象般的力量;它的下巴摩擦着草地,它的头直冲天空;它不让任何一个可能伤害它汗国的人通过。又怎会让一个陌生人通过呢?""谁告诉你生在福中的孩儿会允许自己被一头生在风中的牛杀死?吃肉之人的儿子能杀死吃草的牛犊!在我的国家就是这样!在我的国家没有吃肉的牛,没有吃草的人!你是什么蠢货,竟敢胡说八道?好好生活吧,我继续走。"沙日宝东说完这些话就走了,黑龙王的儿子古南哈日布克跟在他后面,他们从那驼群中间经过,继续前进。这时一峰黑驼出现在他们面前,犹如沟渠上的石头,滚动着,摇着头,龇着十二颗獠牙。于是沙日宝东下了马,拿起手中的鞭子,把马绑得像岩石般结实,将它拴得像箱子一样紧。他随即脱下铠甲,小心地放在地上,撩起衣裳下摆别在结实漂亮的大腿上,向骆驼走去。骆驼靠近他,想用牙齿咬住他,但光荣的勇士沙日宝东向前一跃,抓住骆驼的后腿将它摔倒在地。然后他用黑色的蟒古特鞭抽打骆驼的肋骨。骆驼的绒毛都掉了下来,皮和肉都被撕裂了,鞭子抽到了骨头上,骆驼像驼羔般嗥叫并躲开了,又像驼羔般吼叫着跳起来,飞奔向自己的同伴。光荣的勇士沙日宝东又骑上马上路了,向可汗的营地走去。他在营地边缘的一座孤零零的民居附近停了下来,在那里把金雕般的乌黑马变成了一匹乌黑的劣等马，把自己也变成了一个愚蠢的小寻驼人。他停下脚步，走进一位年迈老人的蒙古包。"年轻人，你要去哪里？你是谁？你需要什么？说吧，告诉我！""我是崇高天上的赶驼人。一个驼峰高大的扇驼和一个三岁的黑种驼不知跑到哪里去了，还有一个鼻子还未穿孔的小黄驼也跟它们一起走了。我丢失了这三峰骆驼。您知道你们国家有这样的骆驼吗？"老人回答说："现在我们这里的骆驼已经很少了，而且我哪儿也不去。"然后给了沙日宝东一些煮好的红茶，让他解渴。沙日宝东喝了红茶对老人说："老人家，我就在您家过夜吧。我要让我的马休息，让自己睡个饱觉！"说罢，他像皮带一样伸了懒腰，脸红得像柽柳，开始沉入黑色的梦乡。他转过身去假装睡着了。当他躺在那里时，老人对他的老伴说："这年轻人不是来找骆驼的！说找骆驼是骗人的。至于他丢失的骆驼，是这个意思：他的黑扇驼，那是光荣的勇士额尔克木哈日，就是这个意思！那黑公驼是黑龙王的儿子古南哈日布克，那匹鼻子还未穿孔的小黄驼是我们可汗美丽的女儿。啊，老太婆，他与此无关；他不是白来的，他有事要做；我们可汗的女儿是这人命中注定的未婚妻。这不是一个恶毒的人，而是一个善良的人。人要是自由自在地坐着，没有羞怯，很可能会说出自己的想法。但人坐着时小心翼翼，那他就必须被拆穿。如果我们弄明白这个年轻人，就会发现他有勇士的特征。他不是一个渺小的人，而是一个伟大的人；不是一个愚蠢的人，而是一个聪明的人，他注定会使宇宙平息。但他不是一个平凡的人，而是一个能让众生欢欣鼓舞的人。一个光荣的勇士正在前进，一个光荣的人正在出现。""那么老头子，您就好好问问吧！"老妇人说。于是老人对沙日宝东说："好了，年轻人，从睡梦中醒来吧。如果你饿了就吃点东西！你和我的儿子没什么区别。人的孩子要向父母亲学习，雏鸟要跟着母亲学习飞翔。你是个能说会道的年轻人，告诉我老人家吧，说说你自己的光荣事迹吧！""我是沙日宝东，是达赖莫尔根代奇布如勒切列布汗和达拉才茨克哈屯的儿子。我要从这边带走美丽的纳布奇高娃赞丹；我踏上征程，因为她是命中注定的未婚妻，是先知的愿望留给我的，是以前的善行决定的。我不认识这个国家的任何人，不识地、不认路，没有我曾走过的路，没有我曾追随过的人。你们一定是谁人的父母亲，请告诉我这个国家的风土人情，告诉我此地的经验，告诉我一两句当地人的心愿！这就是我的需求。我之所以踏上旅途，是因为听说这里来了黑蟒古思和天上的额尔克木哈日勇士，他们进行了角逐，老人家，这是真是假？我想，如果作为真正的勇士前来，就会发生一场战斗，而如果作为一个可怜的傻瓜出现，一切都会好起来。于是我把那匹杭爱山般大的乌黑马变成了一匹瘦小的马，把自己变成了一个牧童，把自己的盔甲和武器变成了木撅。我来到你们的身边，想解解渴，并听你们讲话，了解各种情况。我的事情和事迹就是这样！你们的大汗离这里是远还是近？他身边的人是多还是少？谁在勇士的比赛中获胜？那个盔甲最漂亮的伟大英雄叫什么名字？摔跤比赛中谁的力量最大，赛跑比赛中谁的马最快？你们可汗的美丽女儿是在举办了合法婚宴后出嫁的，还是被可怕的力量带走的，还是在男儿三艺比赛后被带走的？"老人回答他说："我们的汗离这里不远，很近；那里的人也不多，很少。那里有来自十方的选手，有来自二十方的恶人，沙漠蟒古思三兄弟，天上的额尔克木哈日勇士，黑龙王的儿子古南哈日布克都在那里。最快的马是属于黑蟒古思的长着六只翅膀的马，快马还有天神之子额尔克木哈日的云灰马，快马还有属于古南哈日勇士的白鼻乌黑马。显然，这三匹马谁跑得最快还很难说。那里会组织三方的比赛，安排好了九十九天路程的赛马，他们想在同样的距离安排一场射箭比赛，他们想测臂膀的力量。他们决定，谁能在搏斗中获胜，谁的箭术第一，谁的马先到，谁就能得到我们可汗的女儿。"沙日宝东赞叹道："好啊，如果要射箭我可以；如果他们要赛马我也可以，我还能摔跤！好了，老人家，你说了多么好的话啊！真是喜上加喜，让人高兴，让人欣慰！好了，老人家，现在我要走了。直到我回来，你们要勇敢地生活，幸福安康。当我再次来到这里时会向你们问好，并从自己的战利品中带来礼物。""无畏的好勇士，好好健康地上路吧！按照佛法执行你的一切计划，享受幸福！带着一座座毡包的人民和驼队，安全地来到我们这里。为自己聘娶那光彩夺目的美女纳布奇高娃赞丹，让命运更近一步，让预言的美好愿望凝聚在一起！"

　　沙日宝东离开那位老人，朝着西南方向前进。他看到了十八片白色的海洋，阿勒玛斯腾吉斯（Алмас-тенгис，钻石海），一座色彩斑斓的高山出现在他眼前，他看到了笼罩在云雾中的杜松和香檀林。山顶的平台上有个美丽的营地，绿草平缓地摇曳着，地面上的树木一起摇摆。蒿茅交织在一起，檀梨树枝在清风中摇曳。在美丽宽阔的营地中央，青色的树影下，装饰各异、金碧辉煌的那然孙都勒达尔罕汗雄伟的营帐矗立在那里，大帐有四十四面墙、四千根椽子。金色的八层塔在阳光下熠熠生辉。长着稀疏檀林的哨山清晰可见。勇士中的佼佼者沙日宝东来到白色雄伟的营帐前，在那附近下了马，将自己的战马拴在了刺柏马桩上。随后他脱下自己的铠甲，将红矛插入地下九尺深，从肩上取下白色的强弓搭在箭上。他甩开饰有七十个环、刻有铭文的白色帷幕，不让帷幕触及肩上的光泽，跑进了营帐里。他向那然孙都勒达尔罕汗问安，向哈屯木森格日勒（Мэсюн-Герель，冰雪之光）问好，向坐在那里的所有英雄一一问好，也向额尔克木哈日问了好。那然孙都勒达尔罕汗对他说："年轻人，你是谁的儿子，叫什么名字？你们伟大的游牧地在哪里？你的父母怎么称呼？怎么称呼你？告诉我，你为什么来，有什么目的？"沙日宝东回答说："我的游牧地在八十个深不见底的白色悬崖上，我的水源地是五十条找不到河口的黑河流。我的夏营地在阿尔萨兰查干山上。我是沙日宝东，达赖莫尔根代奇布如勒切列布汗和达拉才茨克哈屯之子。我来到这里是为了聘娶美丽的纳布奇高娃赞丹。如果可以按照习俗，和平地得到她，那我就按照世俗的习俗得到她；如果这里有邪恶的阻碍，那我就与你们的力量斗争，打破你们的碧玉栅栏，得到我亲爱唯一的姑娘。我踏上征途是为了从幸运的勇士那里夺回战利品，我停下脚步是为了打破骄傲勇士的傲慢。这就是我能告诉你的，这就是我能告诉你的话。"汗对他说："啊，年轻人！人不这样说另一人，也不用这种方式攻击人。我也曾年轻过，也曾骄傲过，也曾像勇士一样驰骋疆场，但没有这样说过，也没有这样攻击过人。我有唯一的孩子，但我不会把他交给傲慢的人，交给受惊的马。好男儿必须经过男儿三艺比赛。谁能在男儿三艺比赛中获胜，谁就能带走我的女儿，我就把她交给谁。我将按照习俗举办婚宴，安排婚礼娱乐和游戏，选择良辰吉日，遵循世间一切习俗把她嫁人。这是我们国家的法律，也是所有人的习俗！好了，老太婆！给这年轻人一些可口的食物充饥，给他些红茶解渴。我们要谈谈，我们要无所不谈。而你，勇士，让马休息一下，散散汗！至于让不让你比赛，你去和三方的勇士谈谈！"沙日宝东感叹道："啊，我的老父亲，我欢喜得额头几乎要碎了，我激动得胸脯几乎要破了。我的思想没有阻碍，我的计算没有阻碍！"他们给沙日宝东斟上进出了麝香气味的红茶，跪拜着、鞠着躬带来不同的水果。沙日宝东喝了茶，吃了水果，解了渴。他与额尔克木哈日、三个蟒古思兄弟和古南哈日布克交谈了一番。沙日宝东对他们说："在我们国家，九十九天路程的射箭被认为是不好的射箭；九十九天路程的赛马被认为是不好的赛马；不承认对方是敌人的摔跤是幼稚的摔跤。""既然如此，你说吧，提议吧。"勇士们说。"勇士们摔跤就像与敌人摔跤那般，当盔甲和武器毁坏时，就会比拼臂膀的力量。然后他们赛马，从九十九年路程之外的地方飞奔，这是所谓的中程比赛。其实你们随便吧！我的光辉事业不会受阻，我的晴空不会阴沉！"

于是，可汗父亲决定第一场比赛是九十九天路程的赛马比赛。沙漠黑蟒古思兄弟牵出了五匹乌黑马，它们有五个头，走起路来像魔鬼，雄伟的天神之子额尔克木哈日牵出了他的云灰马，古南哈日布克牵出了他的乌黑马，沙日宝东牵出了他像金雕一样的乌黑马。蟒古思中，一个十五颗脑袋的黑瘦蟒古思出来参赛，另外三位勇士也出发了。四位勇士都派出了自己的马匹外加四十位随从。九十九天的路程他们用了九天，九天的路程他们用了一天，就到达了出发地。在那个地方他们排成一排，整齐划一。勇士们随后放马疾驰而去。淡黄的尘土飞扬，嘈杂的声音此起彼伏，远处的喧闹声越来越近，人们的讲话声此起彼伏，马匹的嘶鸣声此起彼伏。汗王和他所有的臣民，不管是黑衣人还是黄衣人[1]，都出来观看赛马比赛。额尔克木哈日说他的马快到了，十五颗脑袋的黑蟒古思，古南哈日布克也说他们的马快到了。而沙日宝东则说道："我的马蹄声在靠近，一定是这样！"这时他们听到一阵响彻宽阔戈壁的震动声，好似千匹骏马飞奔，

---

1 指俗人或是喇嘛。——译者注

尘土飞扬,就像从千匹马蹄下传来的一样,暗淡的雾笼罩了一切,他们只听到有人伴随声响停了下来。原来是沙日宝东那金雕般的乌黑马在众马中最先到达。接着是额尔克木哈日的马,然后是黑蟒古思的马,最后是古南哈日布克的马。沙日宝东感叹道:"看,汗父亲,赛马比赛的胜利属于我吗?""你获胜了!"

然后决定第二项比赛是射箭。谁的箭从半天路程射出,穿过细针的针眼,穿过大针的针孔,射断针茅的茎,穿过狐狸骨盆的洞,然后从一棵弯曲的树下穿过,射碎一块大圆石,谁就是获胜者。"谁先射?"英雄们问道。"沙日宝东,你先射!"额尔克木哈日说。"不,"沙日宝东反对说,"既然你被称为天神之子,就应该由你先射。"于是勇士们决定古南哈日布克和沙日宝东一队,让十五颗脑袋的黑蟒古思和额尔克木哈日一队,他们分成两队比试。额尔克木哈日弯弓射出一箭,箭穿过所有的洞,射断了针茅,从一棵弯曲的树下穿过,射中了一块巨石,箭碎成了十段掉在了地上。接着,沙日宝东拉开了自己的白弓,射出一箭。他的箭穿过所有的孔,从弯曲的树下穿过,把黑色的巨石彻底射成了碎片。"我赢了这场,可汗!我在第二次比赛中取得了胜利!"沙日宝东喊道。他继续说道:"我是独子,我的故乡游牧地离我很远,我的父亲和母亲都已年老。我该回去了!我的白发可汗父亲,请准备一场精神盛宴,准备一场欢乐的婚宴吧。这些比赛都将属于我,我将是所有比赛的胜利者。我的父汗长老!开始摔跤比赛吧,给我们指定地点!"那然孙都勒达尔罕汗指着摔跤的地方,指着长满檀香林的黑色山峰的阳坡上,细细的小河源头那宽阔美丽的草地。在英雄们的带领下,各路勇士前往那里。

沙日宝东从自己的乌黑马上下来,穿上自己的衣裳去摔跤;额尔克木哈日也是如此。他们像细树一样光彩夺目,像各色的花朵般摇曳着,像生长在山南坡上孤独的忍冬一样摇曳着。隔着半天的距离,他们把草和泥土抛向空中,握紧双手开始搏斗。他们把对方扔到这边甩到那边,扔向不同的方向。额尔克木哈日把沙日宝东转了过去,将他甩了出去,按在了地上,然后用膝盖压住他的胸膛,开始问他有哪三个遗憾。沙日宝东叹道:"我有一个遗憾,你杀了自己的父亲,你不知道我还在遗憾什么?不知如何处理你!烟斗没有忧愁,徒步者不知尘土。"沙日宝东没有再说什么,也没有说他遗憾什么,只是推起额尔克木哈日,像戈壁骆驼尥蹶子那般把他撞起。他们又开始搏斗,又开始互相抛掷。沙日宝东大吼一声,将额尔克木哈日举过头顶,扔到了地上,然后用膝盖顶住额尔克木哈日的胸口,开始问他有哪三个遗憾。额尔克木哈日回答他说:"我以前发过誓,如果向任何国家的勇士屈服,就砍掉自己的手指。现在我屈服了,这是我的第一个遗憾。我说过,如果我落到宽肩膀的勇士手里,我就砍掉我的臂膀。现在我失败了,这是我的第二个遗憾。我来到这个国家,以为我会成为所有比赛的胜者。我输了,这是我最大的遗憾,因为我没有实现我的愿望。死人是没有遗憾的,如果我还活着,那就没有什么快乐可言了!"沙日宝东感叹道:"啊,可怜的人!我才来参加这些比赛,才开始参加这些比赛。但我要为国家完成光荣的事。对我来说,杀了你很容易,剥了你的皮也很方便。但在游戏的开端,我不会让你死!"说罢,他和额尔克木哈日结为一生的兄弟,说着命中注定的美好祝愿;他们一起抽了烟草,一起舐了刀刃,说着美好的祝愿。

"好了,现在我已经是三场比赛的获胜者了!"沙日宝东宣布道。随后,所有人在勇士们的带领下前往那然孙都勒达尔罕汗那里。大汗聚集了众人,给所有人都献上了浅黄的马奶酒,给所有人都献上了不同的饮品和食物。在大汗和英雄们的带领下,所有人庆祝了七十天。到了沙日宝东迎娶美丽的纳布奇高娃赞丹为妻的时候了。夏季首月的初八,沙日宝东和纳布奇高娃赞丹双手紧握羊拐骨向黄色的太阳鞠躬。人们给纳布奇高娃赞丹披上黑丝斗篷,戴上黑色高冠,让她向父汗的守护神鞠躬。父汗和哈屯母亲给了她一块马头大的宝石水晶和一块马头大的冰白糖,还给了她一块圣洁的丝巾。他们给了她三分之一的臣民、三分之一的财产和三分之一的畜群。他们还给了她金色的《甘珠尔》和《丹珠尔》。那然孙都勒达尔罕汗说道:"啊,我的女儿,异国艰苦,人民骄傲。在生活中你应孝敬父母,敬畏三宝。施舍平民,尊敬长辈。在瘸子的地方,要歪着腿走路;在瞎子的地方,要捂住眼睛。人的孩子根据传统,要寻找幸福;鸟的雏鹰跟着大雾,寻找有风的地方。我的孩子,无论你的双耳能听到何方,都要倾听你父母亲的声音;无论你的双眼看向哪里,都要仰望你的父母双亲。我的年华已逝,我的背已驼;温暖随风而逝,我的欢乐已逝!你要幸福生活,无所畏惧;生活平安,什么都不要失去!像白日耀阳般的我唯一的女儿!像晨星般闪耀的我唯一的女儿!像散发着光芒的满月般的我的女儿!像荒山上摇曳的花朵般的我亲爱的孩子!愿你像无量光佛一样长寿,像俱毗罗一样富有且幸福!遵照佛祖的旨意,好好享受吧!"

嘱咐完毕后,大汗父亲和哈屯母亲亲吻并爱抚了美女纳布奇高娃赞丹。这时她就该上路了,大家都来到外面。外面矗立着一座神奇的白色大帐,大帐有檀木的墙、上等的丝绸帷幔、珍贵的支柱、黑黄色的篝火架、珍贵的青铜大锅。狮子宝座被搬进了大帐,无量光佛像被立了起来,各种祭品被摆了起来,一盏盏灯被点亮,熏香被点燃。柜子、抽屉、橱柜和架子也都被搬进了那个大帐里;各种器皿、水桶和各种用具也都被摆放好。美女们把所有这些东西都搬了过来,摆放整齐,摆放得体,收放有序。她们把纳布奇高娃赞丹和沙日宝东带进营帐,待到良辰吉时,在他们面前拉开白绸帷幕,铺上大大小小的地毯和虎皮,欢乐的盛宴就此开始了。随后人们给那匹又轻巧又敏捷的马套上马鞍和所有马具,准备让它驮着美女。他们在九十九峰洁白的骆驼上放上驼鞍屉,将放在漂亮盒子里的《甘珠尔》和《丹珠尔》用长短哈达拴住,放在骆驼上。年轻美丽的勇士们给骆驼装好货物,在骆驼包上铺满了斑斓的地毯[1]。八位精锐的勇士牵着骆驼,八名年龄相仿的勇士跟在后面。纳布奇高娃赞丹由八位敏捷的、气质高雅的、声音响亮的、美丽漂亮的姑娘护送。他们送走了美丽的纳布奇高娃赞丹,让她骑在一匹洁白轻巧的马上,他们出发到了西边,到了黄太阳消失的那一边。

驮运队伍在行进,骆驼在赶路,马蹄声响起。老人在聊天,年轻人在游戏,唱着歌吹着口哨。驮运队伍经过那然孙都勒达尔罕汗的游牧地边界,开始接近亲爱的孩儿沙日宝东的游牧地边缘。于是沙日宝东向他的人民说道:"勇士们,我的兄弟们,我的臣民们,我要告诉你们一句话!""我的主人,我们英勇的主人,请下达您的命令!""我们已经离开了别人游牧地的边界,来到了自己游牧

---

[1] 此处无蒙古文参考,故按照之前的译文译出,而俄文原文为阿克(白)人的地毯。——译者注

地的边缘。我离开故乡已很久，我还有年迈的父母亲，所以我会先尽快返回故乡去向父母亲问安。我会准备一场喜宴，一场欢乐的婚宴！你们继续旅程，吉祥安康地到达目的地！"沙日宝东随后抽着他的乌黑马，从驮运队伍中冲出，从他的臣民、他的士兵中向前驰去，前去问候他的父母亲。

他来到了故乡，来到了父母亲的身边。达赖莫尔根代奇布如勒切列布汗走到外面，达拉才茨克哈屯出来迎接他；所有的臣民都出来迎接他，人们接过他们伟大领主的缰绳。沙日宝东首先按照习俗跪在父母亲面前，向他们问了安；无数臣民也都按照习俗向沙日宝东问安。可汗父亲对他说："我亲爱的孩子啊，你可一路顺风，身体健康？你聘娶了金贵的美女吗？你有没有带来人民，有没有带一队队满载货物的骆驼来？"于是沙日宝东把最好的战利品带给了他的父母亲。之后，他们准备了一场世间从未有过的盛宴。牧马人阿克萨哈勒出发去放牧了；他把遍布阿尔泰山树林和草地的牛群聚集起来；他挑选了年轻的母驹，把它们赶到大汗的营地。然后人们砍伐细长的树木，用它们制作长矛；用百头公牛的皮制作绳子。他们用带马驹的骒马产下的奶准备了盛宴饮品：马奶酒、阿尔扎和霍尔扎。驮运队伍这时也到来了，美女带着她的臣民、带着她的战士们到来了。他们将纳布奇高娃赞丹雄伟的大帐建起，安装、调整并装饰。香檀被点燃，青铜大锅架在火上，微微苦涩的红茶被煮得恰到好处。长老们随后为美丽的纳布奇高娃赞丹解开发髻，用黄胶涂抹将其分成两股，分别装进两个金色的锦缎发筒里，收拾好并挂上所有必要的装饰品。纳布奇高娃赞丹披上黑丝绸披肩，戴上有红穗子的黑色高冠，擦干眼泪，点起一盏黑灯，祭奠大汗的守护神，向神灵们献上肉和油。然后她用杜松祭拜了大汗的神炉，祭拜了大汗父亲和哈屯母亲的守护神。随后可汗父亲说了句话，哈屯母亲说了句话，把他三分之一的臣民、三分之一的战士、三分之一的牲畜作为财产，作为嫁妆送给了美丽的纳布奇高娃赞丹。汗父亲随后用箭尖撩起白绸帷幕，现出了金色的美女。于是一场前所未有的盛大宴会开始了。

婚宴结束七天后，沙日宝东在夜里走出大帐，开始拴自己的乌黑马。这时，他听到可汗父亲正在和哈屯母亲说话，听到他们的声音在嗡嗡响。他从外面走近他们的宫帐,正好对着他们所在的位置,开始用他那美丽的耳朵倾听:"在东北方向,在祖尔昆(Зюркюн,心)岩山的南坡上,有两位英雄,阿尔海和沙尔海,还有两位英雄哈达(Хада,岩石)和哈尔盖(Харгай,落叶松),还有八龙之王的三位黑勇士,还有库吉库日勒达尔罕汗(Кюджи-Кюрюль-Дархан-хан,熏香铜匠)的儿子,英雄库都尔乌兰宝东(Кюдюр-Улан-Бодан,麝红骑士),他们都在竞争,希望得到孟德尔达尔罕汗(Меньдюр-Даран-хан,冰雹铁匠)的女儿,美丽的木森格日勒(Мэсюн-Герель,冰雪光辉)。这件事没必要告诉我们的沙日宝东吧?"听到这番对话的沙日宝东,调转自己的乌黑马,套上马鞍,穿上自己的盔甲,在漆黑的夜里悄悄地走了。他悄悄骑马骑到空地时,父亲和母亲什么也没听到他,谁也没有注意到他。然后他飞奔而去,扬起淡黄的尘土。天开始亮起来,天空泛白,早晨的黄太阳升起来了。沙日宝东爬到一座高山的山巅上,开始四处瞭望。他注意到在阿尔泰山的广袤大地上,在辽阔自由的黄色大草原中央,有一座红色的险峻山峰,山的旁边还有几头牛。他心想:"这座山真奇怪,是辽阔自由的黄色大草原上一座孤独的山!在它附近徘徊的牛很奇怪。我要去那里,去那座山!"他像草原上的野火,像从陡坡上掉下的石块那样冲了上去。当他靠近那座山时发现那不是山,而是一匹枣红马,它正在摆弄着头,扭动着臀。而在他看来是牛的东西其实是鞭囊,他的箭羽。沙日宝东看到那里睡着一个小男孩,辫子散乱,牙齿残缺,像皮带一样伸展,脸红得像被正午烈日灼伤的柽柳。

沙日宝东来到他身边,大声喊道:"起来!"他喊了三声,但没能叫醒那个勇士。然后他喊道:"你是光荣的勇士还是因羞愧而躺下的人?或者你是个淘气鬼,因害怕而躺下?"沙日宝东说着这话,用鞭子狠狠地抽打着年轻人的肩胛骨。而那人则在睡梦中喃喃自语:"诶,臭跳蚤咬人了!"转过身又睡着了。然后沙日宝东拿起他的红矛刺向那勇士的大腿。但那人嘟囔着:"诶,臭跳蚤咬的!没关系!""也许你的父母亲是跳蚤,但我不是跳蚤!起来吧!你是什么东西,竟然睡成这样?"于是那勇士醒了,站起来喊道:"你这疯疯癫癫的傻瓜,竟然扎一个熟睡的人!你这个臭傻瓜,竟然无故鞭打熟睡的人!如果你是个勇士,让我们来较量一下臂膀的力量!如果你只是个愚蠢的小人,就安然离去吧!"沙日宝东随即下了马,脱下了盔甲,两个勇士在荒无人烟的广阔草原中央开始搏斗。沙日宝东拎起勇士把他扔在了地上、把他按倒在地,开始问他有哪三件遗憾的事。"我要告诉你我的遗憾吗?你见过谁在荒无人烟的草原上打完仗后会问自己后悔什么?在你问之前,先抬头看看再低头看看,然后再问!"沙日宝东心想:"这人的话虽难听,但勇士没有花花肠子,荒无人烟的地方没有幸福!"他这么想着,抬起头来看了看,他看到勇士的两个膝盖和头顶连在了一起。沙日宝东低头一看,自己离地面竟然有一丈多高。"这个勇士不是普通人,他没在瞎说,是挺有理的!"英雄想了想,向勇士提了这样一个问题:"喂,勇士,你伟大的游牧地在哪里?你的父母亲叫什么?你自己叫什么?你去哪里?你远方的思念是谁?说吧,告诉我!"勇士说道:"你给我下来,你坐在人身上,怎么能问他话呢?躺在马上是不能骑马的!"于是沙日宝东从他身上下来,勇士起身坐在了他身边。"你是谁的儿子?你叫什么名字?你要去哪里?"他问沙日宝东。"我是达赖莫尔根布如勒代奇切列布汗之子,沙日宝东。"那个勇士说道:"我的冬季牧场在凉爽的八座杭爱山上,我的夏季牧场在凉爽的白海边。我是森德尔达尔罕汗(Сендель-Дархан-хана)和西迪格日勒哈屯(Сиди-Герель-ханша)之子,我的名字叫森克尔乌兰宝东(Сенкер-Улан-Бодон 浅蓝红骑士)。听说在东北方向,六方勇士在举办比赛,我就去打倒男儿、折断手指、夺取物品、粉碎傲慢。这就是我的需求,我的想法。""你多大了?"沙日宝东问。"我已经三岁了,我的马四岁了。""你我有同样的地方要去,我们有同样的想法,我们的英雄力量是一样的,我们的臂膀是相当的。"沙日宝东这样说着,他们结成了兄弟。他们匍匐在弓弦下,舔了刀刃,立下最好的誓言,结为了兄弟。两位英雄骑上各自的马上了路。英雄们唱着歌,他们的马蹄声如雷贯耳。

他们这就来到了孟德尔达尔罕汗大游牧地的南端。在一座巨大山峰的南坡上,矗立着一座极大且雄伟的白色宫帐。那里有无数的战马隐约可见。无数年轻人聚在那里,人们听到两位英雄到来的动静,议论纷纷,各自散去,回到了自己的游牧地，回到了自己的家中。只剩下六名勇士：阿尔海和沙尔海勇士、哈达和哈尔盖勇士、库吉库日勒汗的儿子库都尔乌兰宝东和八龙之王的儿子古南哈日布克。沙日宝东和乌兰宝东这两位英雄在孟德尔达尔罕汗的宫帐前停下，拴好马进去后，向汗王介绍了自己。人们向勇士们献上了红茶和各种水果，孟德尔达尔罕汗问道："你们是谁家的小伙？你们叫什么名字？你们伟大的游牧地在哪里？你们为什么而来？你们要去哪里？""我的冬季牧场是平静的八大杭爱山；我的饮水地是清凉的白色大海；我是森德尔达尔罕汗之子森克尔乌兰宝东。"一位勇士说。沙日宝东说："我的游牧地是阿尔萨兰查干山，我的水源地是甘露泉，我是达赖莫尔根代奇布如勒切列布汗之子沙日宝东。我们听说六位英雄这里进行比赛，我们就来摔摔跤、赛赛马、射射箭，遇到敌人就亮出武器。我们想要抚慰世间，我们想要振奋众生；我们要从幸运的勇士那里夺取战利品，我们要从自夸的勇士那里消除傲慢！森克尔乌兰宝东命中注定的未婚妻是孟德尔达尔罕汗的女儿，美丽的木森格日勒，这是上苍的意愿。"

在勇士的比赛中，沙日宝东和森克尔乌兰宝东成了获胜者，森克尔乌兰宝东聘娶了美丽的木森格日勒美女。在他们之后，库吉库日勒达尔罕汗之子库德尔乌兰宝东脱颖而出。三位宝东结为了兄弟，三位宝东和他们的妻子，六个人生活在了一起，享受着幸福顺遂。阿尔泰杭爱山的人民和牲畜也开始享受幸福。

蒙古语与其他东方语言词汇索引

Абида 音译阿比达，意为阿弥陀佛。同梵语 अमिताभ（amitābha，Амитаба）。

Айран 音译艾然，指发酵的奶制饮品，酸奶。同蒙古语艾日格（айрик）。

Аранзала 音译阿兰扎尔，指神马。

Аргали 音译阿尔嘎利，指盘羊、岩羊、野羊。

Арза 音译阿尔扎，指蒸馏两次的酸马奶或酸奶制作的酒。

Аю-бодисатва 阿育王菩萨，度母之子。

Басар 音译巴萨尔，是给好狗起的名字。

Бимба 音译宾巴，是一种结红色果实的植物。

Бодисатва 菩萨，称为佛陀的生灵；按照佛教的观念，为了普度众生而放弃涅槃的生灵。

Будда Беспредельного света 燃灯佛[1]。

Будда-Наставник 佛祖上师，蒙古语中的释迦牟尼佛的外号。

Бум (море) 布姆海，佛教世界观当中的一片海，须弥海。

Ваджрадара 金刚总持，神秘的佛，北方佛教万神殿当中的一个重要角色。

Ваджрапани 金刚手，外形凶内心善良的佛教守护神。

Ганджир 金顶，位于佛教寺院顶上的金色装饰物。

Ганджур 音译甘珠尔，指"佛语"，是北方佛教徒认为的佛祖所作的作

---

[1] 此处符氏俄文译本中有写"同 Абида"字样，而燃灯佛并非阿弥陀佛。——译者注

品集。

Гаруда 大鹏金翅鸟，印度神话当中的鸟形神奇生物。

Гелюн 音译格隆，指佛教喇嘛。

Гецель 音译格策，指沙弥。

Гоби 戈壁。

Дайбун-хан 大王汗，蒙古史诗当中对汉族统治者的昵称。

Далай-лама 达赖喇嘛。

Данджур 音译丹珠尔，佛弟子及后世学者对释迦牟尼佛语录的注疏（非佛祖创作）。

Дара-еке 度母，北方佛教中慈悲的女性神灵。

Джавук 西藏和蒙古寺院中僧侣随身携带的权杖。

Дзонкава 宗喀巴，西藏佛教的著名圣僧，"黄帽"格鲁派的创始人。

Дипанкара 燃灯佛。

Замлин гунчиб 一种特殊熏香的名称。

Кабчал 峡谷，狭窄的山口。

Калпа 尘寰，时代，时期。（宗教）劫波。

Кувера 俱毗罗，印度神话当中的财神。

Кудурзала 音译库都尔扎尔，指神马。

Куша 音译库沙，指仙草。

Лама 音译喇嘛 指佛教僧侣。

Лана 两，计量单位。

Майдари 未来佛、弥勒佛，释迦牟尼佛之后成佛宣扬佛法的菩萨。

Мангус 蟒古思，一种吃人的怪物。

Махакала 玛哈嘎拉，佛教的（北方）守护神，威神。

Мегдзема 宗喀巴上师赞，纪念宗喀巴大师的赞歌。

Нагарджуна 那伽朱纳，生活在印度约公元1世纪的佛教名师，龙树菩萨。

Намджи-Бандан 南吉班丹，玄妙配方的名称。藏语意为"十相自在"。

Наринзала 音译纳林扎拉，指神马。

Онгон 萨满神灵，萨满神灵的形象、小像。

Очир 音译敖其尔，意为：棍棒、权杖、钻石；喇嘛在修炼和举行各种宗教仪式时使用的权杖。

Сум (море) 须弥海，印度人世界观里的一种神秘的海。

Сумеру 须弥山，印度世界观当中认为的位于世界中心的神秘山。

Шакьямуни 释迦牟尼。

Шинкам гунчиб 音译欣坎贡其布，是一种特殊熏香的名称。

Шурган 暴风雪。

Хадак 音译哈达，见面时使用的丝绸布。

Хасар 音译哈萨尔，给好狗起的名字。

Хом 放在骆驼驮包底下的鞍垫，驼鞍屉。

Хоншим-бодисатва 观音菩萨。

Хорза 音译霍尔扎，指酸马奶或发酵奶三次蒸馏的酒。

Хормуста 霍尔姆斯塔，是三十三重天的管理者，对应梵语的 Индра。

Хорон 音译霍伦，意为：多次蒸馏的酸马奶或发酵奶制作的酒；毒。

Худжир 盐碱地。

Хурал 佛教僧侣的宗教法会。

译后记

翻译这本对史诗学,甚至是蒙古学具有重要意义的著作,源自我学生生涯的一系列特殊缘分。这是一段从我的母校中央民族大学经俄罗斯卡尔梅克共和国再到中国社会科学院的缘分,这也是我学生时期最珍贵的财富。经俄罗斯卡尔梅克国立大学巴斯尔老师介绍,中国社会科学院民族文学研究所的旦布尔加甫、斯钦巴图、乌·纳钦三位老师提议让我尝试翻译著名蒙古学家鲍·符拉基米尔佐夫先生的《蒙古卫拉特英雄史诗》。虽然这部作品将富有韵律的西蒙古卫拉特英雄史诗以简练的语言翻译到了俄语,但作为以前从未接触过英雄史诗这类题材的俄语人,还是深深地感受到了不同学科间巨大的差异。在尝试翻译完前言并进行了一系列理论方面的学习后,我深刻地认识到只有俄语这一工具,对翻译这本书剩余的史诗部分是完全不够的。

好在儿时接触过《江格尔》《格斯尔》的故事,因此在翻译的过程中每每遇到相关词汇,史诗故事一贯描绘的自然风景、故事情节、人物的刻画以及对英雄战斗的描写,蒙古文对应的表达会自然而然地在脑海里像电影画面般浮现出来。虽然母语的加持给了我翻译过程中极大的辅助,但在面对符拉基米尔佐夫先生富有感染力的描绘时,一边赞叹于其绝妙的俄语表达,一边又陷入如何才能将这些表达巧妙表达成中文的苦恼当中。符拉基米尔佐夫先生的俄文译本无疑是符合俄语读者的习惯的,在欣赏的过程当中我感受到浓烈的草原文化背景故事中所流露的阵阵俄式风情,尤其对寺庙的描写让我似乎从中看到了东正教堂的身影。实际上,正如符拉基米尔佐夫先生所言,他的俄语翻译版本尽力保留了卫拉特蒙古语所谓"原来的韵味",但由于无法避免的文化差异以及语言和方言方面的问题,俄语文本有时候也会让人产生一些理解上的困扰。

就在我感到实在无力的时候，且布尔加甫老师将自己多年前从符拉基米尔佐夫先生的另一本书《蒙古民间文学样本》中转写并对方言词汇进行注释的蒙古文文本给了我，供我参考，这大大消除了我在翻译故事过程中的障碍。据两本书俄文前言所提供的内容，其资料为作者在蒙古西部卫拉特人当中于1911年和1913—1915年间的记录，除了《宝玛额尔德尼》《达尼库日勒》和《沙日宝东》外，其余三部史诗在另一本书中按照史诗说唱艺人的演唱被完整记录了下来。可惜的是，在本书中除《宝玛额尔德尼》和《达尼库日勒》是完整翻译，从俄文译稿来看，其余四部史诗皆有大篇幅删减的痕迹，而蒙古文手稿原件在圣彼得堡的图书馆保存，目前国内学者尚未见到真迹，实属遗憾。加之蒙古国出版的《宝玛额尔德尼》和《达尼库日勒》因方言的问题导致参考价值较低，我无奈只得在多个版本的基础上，再从且布尔加甫老师提供的其他三部史诗的文本中寻找蛛丝马迹，来拼凑破译前两部作品中有疑问的部分词汇和表达。在此特别说明，在翻译的表达方面，我参考了色道尔吉老师出色的《江格尔》汉译本。本书中的边码为符氏俄文原著的页码。

翻译过程虽苦，但总伴随着各位老师和同事们的热心帮助，使得这艰难的过程充满温暖和感动。符拉基米尔佐夫先生的这部作品兼顾学术性及文学性，无疑给我提供了通向研究这一人类文化瑰宝的钥匙。且布尔加甫、斯钦巴图、乌·纳钦三位老师在我着手翻译前提供了大量史诗研究相关成果供学习，老师们的鼓励和肯定让我坚定了完成这项工作的决心。学术翻译是一件任重而道远的工作，更何况将这部兼具学术性和文学性的作品译得精准且语言雅达是极难的。我深知讹误难免，但译出这部作品既是致敬著名蒙古学家符拉基米尔佐夫先生，也是为我国史诗学事业尽自己微薄之力。感谢中国社会科学院民族文学研究所且布尔加甫、斯钦巴图、乌·纳钦老师的鼎力支持，感谢学苑出版社陈佳老师耐心专业的编辑支持，在此衷心期望专家老师们不吝赐教，期待吾辈同侪共赏此书，细品深议，携手研讨。

雅茹

2024年冬于北京